Kurt Wilhelm
Der Brandner Kaspar

Kurt Wilhelm

Der Brandner Kaspar

Roman

rosenheimer

Besuchen Sie uns im Internet:
www.rosenheimer.com

© 2003 Rosenheimer Verlagshaus GmbH & Co. KG, Rosenheim

Titelbild: Foto Sessner, Dachau (Toni Berger und Fred Still-
krauth in einer Aufführung des Residenztheaters, München)
Satz: Buch Werkstatt GmbH, Bad Aibling
Druck und Bindung: Ebner & Spiegel, Ulm
Printed in Germany

ISBN 3-475-53440-1

Inhalt

Die Jagd

Der Tag, an dem der Brandner Kaspar hat sterben sollen, war einer von jenen, an denen die Natur behaglich zu schmunzeln scheint, wo poetische Seelen davon schwärmen, wie schneeweiß die Wolken sind, wie angenehm frisch das Elf-Uhr-Lüftl von den Bergen herab weht, wie die Mittagssonne nicht gar so heiß sticht, wie die Wälder widerhallen vom bunten, emsigen Lärmen der Vögel, wie es zirpt und summt in Wiesen und Gründen, und Schmetterlinge zuhauf über die Blüten hin schaukeln.

Am Mittag noch war der Kaspar gänzlich gesund und springlustig und hat so viel Lazzi und G'spaß gemacht, dass ihn der Flori gefragt hat:

»Was ist denn, du bist ja heut gar so fidel? Gibt's einen Anlass?«

»Grad den«, war die Antwort, »dass mich's Leben unbändig g'freut. Des g'langt doch!«

Die kleine weite Welt um den See ist von stiller Beständigkeit. Das Altbewährte wird sorgsam bewahrt, das Neumodische argwöhnisch beäugt, ob man es überhaupt braucht und für was es gut sein soll. Ein jeglicher hat seinen Platz, ein jegliches Tun und jegliches Ding seinen einfachen Sinn.

Ein Durcheinander und elendes Lärmen gibt es in

dieser Zeit der neuen Maschinen und Eisenbahnen nur in den Städten. Ja, vier Stunden entfernt, in München drin, da rasseln die Fuhrwerke, eines am anderen, und fahren einander in die Quere, da schreien und fluchen die Kutscher wie die Kutscher, plärren Hausierer, streiten Bettelweiber, gießt man Unrat aus den Häusern in die Rinnsteine, hämmern und wuchten Handwerker an ihrem Zeug den lieben langen Tag und die halberte Nacht, und unaufhörlich tappen Leute scheinbar ziellos hierhin und dorthin, mit schallenden Sohlen über die buckligen Kopfsteinpflaster. Uhren und Glocken schlagen von den Türmen eine jegliche Viertelstunde, das Militär marschiert mit klingendem Spiel, es ist ein ständiges Schwätzen und Hasten, und immer gibt es etwas zum Schauen, zum Hören, nie ist Ruh, und man muss sich seine Behaglichkeit suchen.

Am Tegernsee rasselt halt ein-, zweimal am Tag ein Stellwagen oder ein Landauer von Gmund aus mit trabenden Rössern die Uferstraße entlang und bringt ein paar Sommergäste nach Bad Kreuth hinter zur Molkenkur. Es ist rundum so still, dass man am Ufer die Stimmen der Fahrgäste draußen über das Wasser vernehmen kann, wenn das kleine Dampfboot auf dem See herum schinakelt.

Freilich krähen die Hähne sich von aller Herrgottsfrüh an heiser, brüllt vor dem Füttern und Melken das Vieh, hört man den Hufschlag der einzelnen Reiter oder gar einer Kavalkade weithin. Fuhrwerke knirschen auf sandigen Wegen, beim Marmorbruch am Lohbach, hinten am Ringberg, kracht dann und wann eine Sprengung, deren Echo lange durchs Tal rollt, und auf dem Sixtnhof bei Finsterwald drüben quietscht gottserbärmlich die alte Wasserpumpe, wenn man die Tröge füllt für die Fackeln, das Vieh und die großen Gemüsebeete. Aber sonst, und abgesehen davon, herrscht eine weite Stille. Die Einheimischen sind sie gewohnt, und den Stadtfräcken ist sie ein Labsal. Dann und wann freilich wird's lauter, so wie heute, wo eine Hofjagd die Idylle verscheucht. Da sind alle versammelt, die es angeht, die teilnehmen und helfen, und sie wuseln voll Eifer durcheinander.

Das zweite Treiben ist am Spätnachmittag. Die Hunde haben das Wild bestätigt, verbellen und kreisen es ein, Jagdhörner tönen rundum, die es zum See lenken müssen, und der Kaspar spürt und weiß es, diesmal kommt der Hirsch nicht mehr aus, wie heut in der Früh, wo ein paar Deppen nicht Obacht gegeben haben, und er ist ihnen hinaus durch die Kette und hinauf in das Dickicht, versteckt und verloren für den Moment.

Das war eine böse Blamage, wo er doch dem alten, schon etwas wackligen König angesagt und versprochen war. Der Prinz Carl hat recht unglücklich dreingeschaut, und der Herr Königliche Advokat Dr. Senger hat den Brandner beiseite genommen:

»Was meinen S', derwisch ma den noch?«

»Man müsst suchen«, hat der Kaspar erwidert. »Ich kunnt mir eppa scho denken, wo dass er naus is.«

»Tun Sie uns den Gefallen? Wenn einer ihn findet, dann Sie mit Ihrem tüchtigen Söllmann.«

Da ist der Kaspar in der Mittagszeit, während die Herrschaften zum Picknick gelagert waren, mit seinem

Leithund, dem Söllmann, über die Holzeralm den Kogel hinauf. Er hat fleißig geschaut, wo Zweigerln von dem fliehenden Hirschen geknickt worden waren, der Söllmann hat bald die Witterung gehabt und die Fährte lautlos verfolgt, bis er mit einem kurzen Bellen angesprochen hat. Der Brandner hat sich niedergebeugt und das frische Fädlein betrachtet, den dünnen Erdstreifen, der zwischen den Schalen des Hirsches emporgedrückt wird. Kein Zweifel, der Tritt war noch jung, der Hirsch ist ausgemacht, er muss in der Nähe sein. Der Brandner war nicht grad begeistert, dass der fremde König den Napoleon bekommen sollte, aber um der Herrschaft die Freud nicht zu verderben, hat er es unten gemeldet und angezeigt, wo man die Treiberkette erneuern und frisch aufstellen kann.

Gegen Abend zu ist dann der Hirsch aus dem Dickicht gescheucht. Er stürmt talzu, verfolgt vom Bellen der Meute und den Rufen ›Tajo!‹ und ›Harro!‹ der Treiber, die sein Kommen ankünden. Jeden Augenblick muss er im Blickfeld des Brandner auftauchen, an ihm vorbei hinunter zur Fürlege hetzen, wo die Jagdgesellschaft schussbereit harrt. Der ist so gut wie Halali.

Weiter oben brechen zwei Schüsse. Kann es da einer nicht derwarten, wo der Schuss doch dem König der Belgier gebührt, keinem sonst? Der Brandner tritt ärgerlich aus dem Gebüsch auf die Lichtung, will nach dem Rechten sehen, läuft ein paar Schritte –

Da geschieht es. Das soll der Moment seines Todes sein. Er hört den Schuss schallen, ganz nah, eh er ihn wie ein Peitschenschlag am Kopf trifft und ihn umwirft. Im Fallen vermeint er, es dauere eine Ewigkeit, bis er den Boden erreicht, und während des schnellen, langsamen Sturzes jagen allerhand Bilder aus seinem Leben vorbei. Dann wird es ihm gänzlich schwarz vor dem Blick. Er liegt auf seinem Gesicht, seine Augen sind zu, und doch erkennt er ganz deutlich, wie und wo er da liegt, so, als stünde er aufrecht daneben und blicke von oben auf sich hinab. Zwischen ihm und der Welt sind auf einmal dicke gläserne Wände errichtet, die alles verzerren, verziehen, und durch die kein Laut dringt. Mit dem Peitschenschlag ist es um ihn stumm und still, starr und betäubt, und vor seinem unwahren Blick regt sich kein Ast und kein Blattl.

Doch – etwas bewegt sich! Eine schwarze Gestalt erhebt sich in der Entfernung aus dem Dicket und schreitet langsam herzu. Ein Jäger in dunkler Livree will sich forschend über ihn beugen, über ihn, der vermeint, sich selber da liegen zu sehen.

Der Kaspar möchte ihn anschreien: »Schaug net so loami, tu was und hilf«, da schwindet ihm diese unwirkliche Sicht von oben auf sich herab, wird blass und vergeht. Er kann seine wahren Augen wiederum öffnen, und sie sehen ganz nah vor sich die Steine, Gräser und das Moos des Waldbodens, auf den er gestürzt ist.

Er ist wieder bei Sinnen, er versucht aufzustehen, dreht den Kopf und erkennt über sich, schattenhaft gegen den weiß-blauen Himmel, wie ein Etwas einen schwarzen Mantel aufhebt, um ein Gesicht zu verbergen, und gleich sich auflöst und fort ist, als sei da niemand gewesen, sondern nur ein Schatten, ein Schemen, sonst nichts.

»Was is mir denn g'schehn? Warum hat's mi hing'haut?«, will der Kaspar in seiner Wirrnis fragen und rufen: »Heda, ich bräuchert an Beistand!« Doch aus der Kehle kommt nur Gurgeln und Pfeifen, und gleich darauf fällt wieder Dunkel um ihn, seine Glieder strecken sich leer und schlaff, und der Söllmann, der ihn ängstlich umkreist hat, stupst den Leblosen mit der Schnauze und winselt.

An diesem Morgen hatte man sich früher versammelt als sonst bei Hofjagden mit erlauchten Gästen, denn die meisten der Teilnehmer waren nicht Sonntagsjäger, die den Schießprügel nur gelegentlich auf gut Glück handhaben, sondern des edlen Waidwerks Kundige. Jagdherr und Gastgeber war der Feldmarschall und Generalinspektor der Armee, Prinz Carl, der Halbbruder des gewesenen Königs, ein Reiter vor dem Herrn, der es an Jagderfahrung mit einem jeden aufnehmen kann. Mit von der Partie waren Mannsbilder, die gleich ihm das Leben in freier Natur der Stadtluft allezeit vorziehen:

Graf Arco-Zinneberg mit seinem Freund Franz von Kobell, Professor für Mineralogie. Der Advokat Dr. Senger, der sich oberhalb der ehemals gefürsteten Benediktinerabtei Tegernsee ein protziges Lustschlössl erbaut hat. Die Herren von Krempelhuber, von Stegmaier und Reichenbach aus dem Münchener Kaufherrenstande, Herr von Wydenbruckh und der Lord Ponsby, kurz alle jene, die in den letzten Jahrzehnten am Tegernsee, nahe der Gnadensonne des lange betrauerten ersten Königs von Bayern, Max des Ersten Joseph, und seiner sanften Gemahlin Caroline von Baden ein Sommer- und Jagddomizil sich errichtet hatten.

Die Jagd war zu Ehren Leopolds I., des bald sechzigjährigen Königs der Belgier. Der hohe Besuch, ein Spross des befreundeten Hauses Sachsen-Coburg-Gotha, war ein viel bewunderter, gerechtsamer Herr, ein wichtiger Mann unter den Herrschern Europas. Von großem Einfluss auf seine Nichte Victoria, die englische Königin, dem Hause Frankreich verwandt und den Bayern gewogen. Der Witwer war mit seiner siebzehnjährigen Tochter auf der Reise nach Wien, wo sie dem österreichischen Erzherzog Maximilian verlobt werden sollte. Der alte Herr war, bei allem Wohlwollen, nicht grad als ein exzellenter Schütze zu preisen. Man bot ihm daher nicht eine Pirsch wie einem echten Jäger, sondern eine jener althergebrachten Treibjagden, bei denen man sich nicht echauffieren muss, weil einem gewiss etwas vor die Flinte gebracht wird.

»Es wird eh a Trauerspiel«, hatte Graf Arco schon in aller Herrgottsfrüh beim hastig getrunkenen Kaffee zu Kobelln gesagt.

»Na, was denn. Ma kann ihm bloß brav zutreiben. Kommt daher, was mag, wir selber dürfen nix treffen, aus Höflichkeit.«

»Jedenfalls nicht, bis er einigermaßen a Strecke beinand hat, der Belgierpoldl.«

Kobell machte schmale Augen unter seinen großen, buschigen Brauen: »Das Beste wird sein, ich halt mich in seiner Näh, und wenn er abdruckt, schieß ich im selben Moment mit, damit wenigstens hie und da irgendwas umfallt. Er wird gewiss nit lang fragen, ob's meine Kugel war oder die seine.«

»Hauptsach, er bringt überhaupts eine Strecke z'amm, na is er schon glücklich.«

»Stehen tät gnua im Revier. Ich hab gestern den alten Brandner gebeten, dass er vorsucht. Könnt sein, am End kommt sogar der Napoleon daher.«

Graf Arco musste lächeln. ›Napoleon‹ hatte der Brandner einen alten, rauflustigen Zwölfender getauft, der so unberechenbar war wie einst der Franzosenkaiser.

»Is der vom Fockenstoa abi zum Kogel g'wechselt?«

»Ja, die vorige Woch'.«

Bei der gestrigen Behangzeit am Abend hatte der Brandner mit seinem Söllmann die Abtritte des Napoleon ausgemacht und für die Treiber mit Verbruch aus Zweigen bezeichnet. Der gerissene alte Hirsch war nicht von jener edlen Rasse, die Graf Arco vor einiger Zeit angesiedelt hatte. Er hatte als Spießer und Gabler frühzeitig gelernt, die Jäger nicht zu fürchten. Sie taten ihm nichts, weil er damals nicht jagdbar war, und so fühlte er sich allezeit sicher. Wurde er gestellt, hoffte er stolz eine Weile nach allen Seiten, wendete sich in kräftigem Bogen, keineswegs übereilt ins Unterholz, vollführte dort ein paar Wiedergänge und streckte sich endlich ins Dickicht, bis sich die Jagd und die Hörner entfernten. Er spielte sich auf als Platzhirsch, bewachte sein Wildbret gegen jüngere und stärkere Achter, indem er sie zornig ansprach, drohend gegen sie schritt und sie endlich in Sprüngen in die Flucht trieb. Dabei verblieben nicht selten einige Schmaltiere aus dem Harem des Jüngeren achtungsvoll beim Napoleon.

Derzeit stand er oberhalb von der Holzeralm. Dem lautlos witternden Söllmann nachhängend, hatte der Brandner sein Bett in einer Feuchte gefunden und ihn am Schlosstritt erkannt, mit dem Hirsche beim Erheben mitten in ihrer Lagerstatt den Abdruck der Schalen hinterlassen. In der Nähe wuchs eine Leibspeise des Rotwilds, ein wilder Jasmin. Der allein gehende Napoleon hatte den Platz schon nahezu abgeäst, doch gab es unterhalb noch mehr davon, und so würde er gewiss heute wechseln. Dort war das Unterholz spärlich und licht, von dort aus konnte man ihn leicht vor die Büchsen der Hofjäger treiben als ein Prunkstück für den belgischen Gast.

Obwohl er drüben daheim war, am anderen Ufer des Sees, am Albach, oberhalb von Kloster und Ort Tegernsee, zwischen Wester- und Pfliegelhof, noch ein Stück höher droben, kannte der Brandner sich auch auf dieser Seite recht gut aus. Auch wenn er selten in dieses Revier kam, sein sechster Sinn für jegliches Wild machte seine Wahrnehmungen verlässig. Dafür hatte ihn noch ein jeder Jagdherr belobigt. Instinkt, Erfahrung und seine lebenslange Leidenschaft für die Jägerei ließen ihn den Jungen in allen Stücken über sein.

Der Haller Simon, Hofjäger in Diensten des Prinzen Carl, zog ungern auf eine große Jagd, wenn der Brandner nicht mit von der Partie war. Manchmal zahlte er ihm sogar aus der eigenen Tasche einen Sold als Jagdhelfer, weil er wusste, dass er in heiklen Situationen ohne den Alten aufgeschmissen war.

Der Kaspar war weithin beliebt und geachtet. Wenn er so daherkam, spottlustig, mager, zäh und ein bissei krummhaxert, mit der verschmitzten Freundlichkeit auf dem in tausend Falten gegerbten Gesicht, verströmte er eine Sicherheit, die Vertrauen einflößen musste.

In der Frühe hatte sich die Gesellschaft nahe dem prächtigen Königsgut Kaltenbrunn versammelt. Die Gäste genossen gebührend den weiten Blick über den See auf die Blauberge, hinter denen der Unnütz im Tiroler Achental hervorragte. Zum Betrachten reichte man ihnen die neueste Attraktion der Naturschwärmer, farbige Gläser, durch die das Panorama überraschende Varianten gewann.

Dann waren die Herren zu Pferde, der Belgier und die Damen in Wagen, am Finnerhof vorbei zum Rohnbognerhof hinaufgezogen, neben dem das Gebäude der Ölkapelle steht. Während die Treiber von den Hofjägern auf ihre Plätze gewiesen wurden, zeigte man den Belgiern die Erdölquelle, die der heilige Quirinus aus der Erde hat sprudeln lassen, wie die Legende behauptete.

Majestät Leopold erfuhren, und waren höflich beeindruckt darob, dass schon im 15. Jahrhundert ein dunkelgrünes, dickliches Bergnaphtha dem Boden entquoll, das auf Wasser schwamm, leicht entzündbar war und dem Heilkräfte nachgesagt wurden. Prinzessin Maria Charlotte kräuselte während der Erläuterung durch einen Ingenieur des Hofes die Nase ob des penetranten Geruches und begehrte ins Freie.

Dort harrte der Rohnbogner im Kreise seiner zahlreichen, sauber gewaschenen, gekämmten, geschnäuzten Familie, um mit tiefer Verneigung, halsig um ein verständliches Schriftdeutsch bemüht, den hohen Gästen ein Fläschchen voll Öl als Souvenir zu verehren.

»Glauben S' as, Majestät, bal S' an Wehdam ham, ich mein, eine Schmerzlichkeit, a Halsweh oder a Reißerts, schmieren S' es unverzagt drauf. I sag 's Ihna, des hilft auf der Stell, besser wie a jegliche Kräuterhex. Nix tut so guat, wie meine Familie beweist, wenn Sie 's o'schaun mögen, ich meine geruherten, da, wie 's dastehngan, allesamt g'sund zum Verrecka.«

Unter der Holzeralm war dieses Tages Fürlege. Dort fassten die Jäger in weitem Halbkreis Posto und erwarteten den Zutrieb. Die Strecke des Vormittags war erfreulich. Dass der versprochene Napoleon entwischte, ließ die Gastgeber sich vielmals entschuldigen, beratschlagen und den Eifer verdoppeln. Die Hofjäger, unter ihnen der Haller Simmerl, wurden instruiert, beim Treiben am Nachmittag sich so zu postieren, dass sie durch absichtsvoll daneben gezielte Schüsse den Napoleon, wenn man seiner habhaft werden und ihn herleiten könne, vor die Flinte des Königs jagten.

Durch besonderen Eifer im Bedienen der Herrschaft tat sich wieder einmal der Kaufmann Senftl buckelnd hervor. Seines Amtes als Stellvertreter des Bürgermeisters war es, den Verlauf von Festlichkeiten sorgfältig zu arrangieren.

»Schau nur, der G'schaftlhuber, wie er wieder rumfuhrwerkt«, flüsterten Treiber, und manch einer stellte sich bei seinen Befehlen grad extra recht dumm an, damit der Gockel vor Ärger rot anlief.

17

Der Senftl Alois war weiß Gott nicht beliebt, doch kam keiner ohne ihn aus. Sein Kaufhaus, in dem es alles gab, was man brauchte, Werkzeug, Stoffe, Geräte, Gewürze, Spezereien, Petroleum, Waffen, Pulver, Wagenschmier und Heiligenbilder, beherrschte den Markt. Sein Eheweib regierte den großen Hof nahe der Tuftn, während er nebsbei Geschäfte machte mit Holz, mit Vieh und Getreide, Rüben, Kartoffeln und Saatgut, Gründe vermittelte und Häuser und Höfe, Boote und Wagen verlieh an reisende Gäste, kurz, in allem und jedem seine gierigen Finger drin hatte.

Seine Tüchtigkeit war ebenso respektabel wie unangenehm. Nach der Napoleonzeit ein armer Schlucker, der vazierend mit Graffel und Glump von Hof zu Hof zog, hatte er es verstanden, sich beim gutmütigen König Max in derart schmieriger Weise einzuschmeicheln, dass er zum Gespött wurde, und wehe, es wagte heute noch jemand, ihn daran zu erinnern. Dank der königlichen Förderung und seiner Gerissenheit brachte er es zu Vermögen und Einfluss. Weil er auch Geld auf Zinsen verlieh, war die Zahl seiner Schuldner erheblich. Kleine und größere Bauern, Fischer, Fuhrleut und Handwerker waren abhängig von seiner Gnade und durften nichts gegen ihn sagen oder gar unternehmen. Hohen Herrschaften gegenüber war er stets hilfreich, süß und devot, aber auch sie trauten ihm nicht über den Weg.

Er war es, der an diesem Mittag in triefendem Eifer dem Brandner befahl:

»Es geht um die Wurscht, wir müssen a Ehr einlegen, hoppauf, geh zu mit dei'm Söllmann und find ihn uns schleunigst, den Malefizhirschn, den gottsver-reckten.« »Warum akkrat mir diese Ehr?«, tat der Kaspar gleichmütig und verriet nicht, dass er nach der Bitte des Dr. Senger ohnehin auf dem Wege war, den Napoleon zu suchen. »San net Jager g'nua da, vom Hof und die Forstämter, was sollt da a armes Mann-derl wie ich ausrichten, noch dazu ganz allein?«

Der Senftl war zu humorarm, um den Hohn zu er-kennen. »Du kennst dich am bessern aus, alter Wilde-rer, g'stell di net so! Des weißt du genau, dass ich ver-antwortlich bin für den heutigen Erfolg, und drum tust du des auf der Stell, und zwar für mich, sonst – mehra brauch i ja wohl nimmer sagen, oder?«

»Naa, drohen brauchst wahrlich net, damit i der Herrschaft einen Gefallen erweis«, hatte der Brandner erwidert. Als der Senftl mit seinen glühenden Augen über der Vogelnase in dem hageren Gesicht noch wei-ter scharf und unangenehm keifte, ihn ja nicht zu hin-tergehen und womöglich nicht fleißig zu suchen, und ihm dabei immer wieder mit dem Zeigefinger auf die Brust stach, hatte er ihm einfach den Rücken gekehrt und war, den Hund an der Leine, pfeifend davonge-schlendert.

»Dich muss ma ermahnen, weil du bist und bleibst a Hallodri, dir kann ma net trauen«, hatte der Senftl ihm nachgerufen, so laut, dass es andere hören mussten.

Da hatte der Brandner sich umgedreht und ebenso laut zurückgerufen:

»Aber gell, dir traut blindlings a jeder, du glückli-cher Mensch, du gute, kreuzbrave Seel'«, und im Fortgehen einige genüsslich kichern gehört. Nein, mit dem Senftl war kein Auskommen, und die Schulden, die er bei ihm hatte, bedrückten den Brandner mitunter recht sehr.

Gegen den Abend zu nahm die Jagd auf den Napoleon einen Verlauf, den niemand erwartet hatte.

Als der Brandner nach dem Schuss leblos lag, brach der flüchtige Hirsch an ihm vorbei. Der königliche Gast wartete schon in einiger Spannung, das Gewehr schussbereit an die Wange gelehnt, denn er wollte sich vor den erfahrenen Jägern keine Blöße gestatten. Kobell, halb hinter ihm stehend, legte, für alle Fälle, bedächtig zum Parallelschuss an.

Das Kläffen der Hunde, das Lärmen der Treiber, die Gasse der Hörner und lenkenden Schüsse der Hofjäger hetzten das Tier der Fürlege zu. Es tauchte auf, der Belgier zog durch, der Schuss brach, der Napoleon stürzte im vollen Lauf, rutschte ein Stück ins Gebüsch und blieb liegen.

Triumph!

Die Gesellschaft applaudierte dieser Krönung der Jagd und schenkte dem übrigen Getier, das im Gefolge des Lärms noch vorbeikam, keine Beachtung mehr. Prinz Carl gab dem Hornisten das Zeichen, und es erscholl das stolze ›Hirsch tot‹. Der König bekam einen Kuss seiner Tochter und nahm die Glückwünsche der Gastgeber huldvoll lächelnd entgegen.

Dann begab man sich zu der gefällten Beute. Der Napoleon lag reglos mit offenen Lichtern, der Lecker hing ihm aus dem Maul. Man reichte dem König den Gnicker, das Jagdmesser, bog die hindernden Buschen beiseite, in die der mächtige Körper gestürzt war, Majestät beugten sich nieder –

– da, kaum hatte der Herrscher der Belgier die Luser gepackt, um waidgerecht zu genicken, fuhr Lebendigkeit in die Kreatur, sie rangelte und riss sich empor auf die Läufe und fegte so kraftvoll, als sei sie niemals getroffen, bergauf und davon. Majestät machten einen erschrockenen Satz rückwärts und bargen sich bei der Prinzessin, und noch ehe einer der verblüfften Umstehenden für einen Nachschuss die Waffe ergreifen konnte, war der Napoleon schon im Unterholz verschwunden.

»Was is des für e Gwerch …?«, stöhnte der König, ins Fränkisch der Jugendtage verfallend.

»Qu'est-ce que c'est?«, rief die Prinzessin, »Ca c'est tellement incroyable. C'etait mort, bien sûr mort!«

»A Prellschuss, Kreuzdividomine, gibt's denn des aa!«, rief Graf Arco.

»Alle heilige Zeiten kommt sowas vor«, sagte Prinz Carl entschuldigend, »ich hab 's selber noch niemals erlebt bis auf heut.«

»Prellschuss?«, begehrte der König zu wissen, und Kobell wusste ihm Antwort: »Es ist immer bedenklich, wenn der Schuss einen Hirschen so niederwirft auf dem Fleck. Oft ist da nur das Kreuz geprellt oder unter dem Rückgrat, wie man sagt, ›hohl‹ durchgeschossen.«

»Aber er ist doch verletzt und muss eingehen. Er bleibt irgendwo liegen, man kann ihn doch finden«, rief der geprellte Jäger, voll Empörung, dass die Jagdtrophäe, die sein Brüsseler Schloss zieren zu helfen

21

bestimmt war, so eigenwillig am Leben geblieben sein sollte.

»Net amal das ist gewiss, Majestät, mit Verlaub. Meistens erholt so einer sich bald, weil die Wunde nur klein und glatt durchgängig ist. Ich befürchte, den ham ma verloren, zumindest für heut …«

»Die Hund' hinterher, trotzdem. Man soll die Suche aufnehmen«, befahl Prinz Carl seinen Jägern. »Wer kennt sich aus? Wo ist der Brandner mit seinem Söllmann …?«

Der liegt noch wie tot auf dem Bauch, als ihn einer der Treiber, der junge Florian Högg, im Vorüberlaufen entdeckt, weil der Söllmann neben ihm tänzelt und Laut gibt. Der Flori erschrickt, ruft ein hilfloses, halblautes »Heda – da liegt einer« ins Leere, läuft herzu, kniet nieder und wendet den Alten um. Der ist gar nicht tot, seine Augenlider flattern. Der Flori richtet ihn auf und bringt ihn zu sich.

»Brandnervater, geh zua, mach keine G'schichten, wach doch auf! Was is dir denn g'schehn?«

Der wälzt und ringt sich aus der Betäubung, und als er endlich die Augen aufgebracht hat, stöhnt er:

»Herrschaftszeiten … der Flori! Bist du der sell Schwarze?«

»Was für a Schwarzer? Bist net am Zeug? A Schuss hat dich g'striffen, da am Schädel, am Ohr. Es bliat no …« Die Kugel ist sichtbar am Filz des alten verbeulten Hutes abgeglitten, hat ihn aufgerissen und den oberen Rand vom Ohrwaschel erwischt. Da läuft helles Blut aus der Wunde. Der Flori tastet vorsichtig.

»Ouh, du, des war haarscharf! Da kannst fei a Kerzen stiften zum Dank. Oa Alzerl daneben, und du wärst nimmermehr da.«

Der Alte ist noch ganz dasig.

»Einen Schuss in der Näh hab ich grad noch vernommen, aber was danach g'wesen is, Flori ... des war mehra wie g'spaßig«, murmelt er und rappelt sich mühsam empor auf die Füß. Er beutelt den Schädel, tappt sich ans Ohr und schaut kopfschüttelnd auf das Blut an den Fingern.

»G'spürst was? Is dir net extra? Draht sa si vor deine Augen oder so eppas?«, fragt der Flori besorgt.

»Naa naa, nixi. I bin aufm Posten, es tut net amal weh. Grad so a g'spaßiges Singen und Zirpen hab i im Schädel«, erwidert der Brandner wie in Gedanken, fingert sein Sacktuch heraus und presst es aufs Ohr.

»Wer schießt da auf mich und verschwindt ... und warum? I kann mir des all's net so recht z'ammadipfin ...«

»Hast den Schützen denn g'sehen?«

»Ja. Nein. Glaub scho. I bin mir net g'wiß.«

»Hast 'n net 'kennt?«

»I moan, net. A ganz a schwarz ang'legter Kerle könnt's g'wen sein.«

»A Jager, a fremder, von die Belgischen einer?«

»Wär gut möglich.«

»Solchene Lalli g'hörert a Lehre verpasst für den Leichtsinn! Schießen, wenn Leut davor san!«

Von unten tönt soeben das Hornsignal ›Hirsch tot‹ und danach das wilde Geschrei und Getön. Ein Vieh bricht in der Nähe durchs Holz, läuft bergan, Schüsse fallen, und gleich darauf schreit wer:

23

»Hö, wer strawanzt da umanander im Schussfeld!«

Der Brandner horcht auf:

»Des is doch der Simmerl –«

»Der sell Jager vom Prinzen? No, von dem is' bekannt, dass er schießt wie a Wildsau, wenn sich wo was rührt. Ob 's am End der war, der dich derwischt hat?«

Ein Fehlschuss des eifrigen Haller Simon? Gewiss, der schwarzschädlerte Bursch war ständig bemüht, durch besondere Tüchtigkeit sich beliebter zu machen, als dies seinem verschlossenen, etwas groben Wesen beschieden war. So brav er auch war und obwohl er sich nie einen Tadel verdiente, er hatte es immer schwer gehabt, Freunde zu finden und fröhlich zu sein. Er musste sich eine jegliche Anerkenntnis sauer erringen. Gut möglich, dass er im Eifer und um sich hervorzutun blindlings dem flüchtigen Hirschen nachgeschossen und dabei den aufrecht stehenden Brandner übersehen hatte.

»Der Simmerl?«

Ein winziges Lächeln zieht um den Mund des Alten. Er schaut listig zum Florian hin:

»Du meinst, dem sollt ma auf alle Fälle die Lehre erteilen?«

»Dem ganz g'wiß. Wurscht, ob er 's war oder net. Eh 's 'n zerreißt, vor lauter Bedeutung, die er sich einbild't.«

Der Brandner, das Schlitzohr, von dem allbekannt ist, dass er keine Gelegenheit vorbeigehen lässt, jemandem einen Streich zu spielen, feixt:

»Guat, tratz ma 'n a bissei. Pass gut auf und spiel mit. Des gibt a Gaudi!«

Er reckt das Ohr hin und fragt: »Bliat 's noch?«
Und als der Flori nachschaut und nickt, zwinkert er
zufrieden, legt sich gestreckterlängs auf den Boden
und beginnt recht zu jammern: »Ah ah – au au«, und,
als sei er eingeweiht und spiele mit, hebt der Söllmann
wiederum herzzerreißend zu winseln an und tänzelt
mit krummem Rücken um ihn.

Der Simmerl taucht am Rande der Lichtung auf,
schreit herüber: »Seids ihr denn narrisch, dass ihr im
Schussfeld ...«, erblickt die Gestalt auf dem Boden
und rennt erschrocken herzu:

»Brandner, was is denn?«

Der Flori zieht die Augenbrauen recht weit hinauf:
»Taat er noch fragen. Statt dass er a Brillen aufsetzert,
ehvor dass er 's Gewehr in die Hand nimmt.«

»I hab bloß dem Hirschen hinterhergschossen«,
stammelt der Simmerl.

»– und an alten Dackel getroffen, au au.«

Der Simmerl kniet und betrachtet die Wunde: »Da
ham ma, scheint's, grad noch a Massl g'habt. Schlimm
schaut's net her.«

»Aber schwindlig is mir, so vui schwindlig«, wimmert der Alte und rollt in gespieltem Schmerz den
Kopf hin und her.

Der Simmerl ist einen Atemzug lang ratlos. Dann
wirft er den Rucksack von seiner Schulter: »Wart, ich
verbind dich«, zieht ihn auf, kramt herum und bringt
Leinzeug und Charpie heraus.

»Gell«, feixt der Flori gelinde, »so a ganz a sicherer
Schütz hat allerweil a Verbandszeug im Sack, is 's net
so?«

»Du musst mi ausspotten, du Ratschenbertl, du

windiger Treiber«, knurrt der Simmerl, hebt eine helle, eckige Glasflasche aus dem Sack, korkt sie auf, schüttet ein wenig über das Linnen und tupft damit auf der Wunde herum. Ein zarter Duft breitet sich aus.

»Ui, is des wahrhaftig a Kerschgeist?«, fragt der Brandner und windet sich nicht mehr und ächzt auch nicht weiter.

»Freili. Des Beste, dass die Wunde sich schließt.«

»Geh, aber äußerlich is es doch ewig schad um a selchterne Kostbarkeit. Gebertst mir besser a Schlückerl für einwendig, zu meiner Stärkung, gegen mein' Schwindel, verstehst.«

»Von mir aus.«

Der Kaspar schnuppert, ehe er trinkt, und bezeigt Überraschung: »Uh, der is aber was ganz was Rar's, kimmt mir für. An sowas kommt unsereins sonst net so leicht. Wo hast denn den her?«

»A Wurzer-Burgl'scher is', a G'schenk vom Prinz Carl.«

»An dich?«

»Ja, an mich.«

»Da schau her. Für Verdienste am End?«

Der Simmerl bemerkt nicht den Spott, sondern ist stolz: »Ja, für die heutige Jagdausrichtung.«

»Na mach i mei' Gratulation und dank dir, dass du die Kostbarkeit teilen willst mit mir. Vergelt's Gott, Simmerl.«

»G'segen's Gott.«

Er verbindet mit Sorgfalt den Schädel und merkt in der Pflicht nicht, wie viel auf einen einzigen Zug, grinsend, genüsslich, der Alte aus seiner Flasche heraustrinkt. Im Eifer entgeht ihm auch noch, dass hinter seinem Rücken der Flori einen gewaltigen Zug tut, eh er dem Kaspar die Flasche zurückreicht. Der setzt abermals an, um sich noch mehr zu vergönnen, da schreit schon der Simmerl: »Hö – net a so viel! Der ist kostbar! Und b'suffa bal dich die Herrschaften finden –«

Der Flori macht recht kummervolle Augen her und derbleckt den Jäger im Jammerton: »Simmerl, bedenk doch, wie groß dass der Schwindel vom Kaspar is, vermutlich durch deine eigene Schuld –«

Das ist zu viel. Da fährt er auf und rückt ihm nah auf den Leib: »Du, sei net so frech, du Lauser, und schmatz da net so a Zeugs umanander. Lauf lieber 'nunter zur Gesellschaft und vermeld, dass ich aufg'halten bin, für den Moment!«

Der Flori nickt und heuchelt Gehorsam:

»Weil du wen ang'schossen hast, sag ich.«

Da packt ihn der Simmerl hart am Schlafittl und zieht ihn sich nah vors Gesicht:

»Untersteh dich und sag des! Es is net erwiesen, dass des mei Schuss war! Wehe, du probierst es, dass d' mich blamierst vor die Herrschaften, Bürschei!«

»Guat«, grinst der Flori und schaut ihn treuherzig an. »Na lüg i was z'amm, und du tust es beichten, hernach.«

Jetzt merkt es sogar der Simmerl, dass man ihn ausspottet, und löst den harten Griff an Floris Gewand, während er drohend erwidert:

»Schau du nur drauf, dass du dei' eigene Hoffart derbeichtst, und bekümmmer dich net um mein Seelenheil. Schieb ab!«

Wenn zwei so junge Burschen einander nicht grün

sind, ist meistens ein Weiberts dran schuld. Der Brandner weiß nur zu gut, wer es ist, sein eigenes Enkelkind nämlich, die Marei, die zusammen mit ihm das klein gewordene Anwesen bewirtschaftet.

Sie kennt den Haller Simon schon, seit sie ein halbertes Kind war, weil der Simmerl sich immer beim Kaspar Rat geholt hat. Erst hat er sie wenig beachtet, aber dann, nachdem er sie auf Ostern beim Kirchgang im von der Mutter ererbten Sonntagsstaat sah, muss es ihn jählings erwischt haben. Von da an ist er weit öfter auf dem Brandnerschen Anwesen erschienen, als es nötig gewesen wäre.

Im folgenden Herbst, zum Kirchtag, hat der Alte sie nach dem Amt zum ersten Mal mitgehen lassen ins Gasthaus zur Post, zum Feiern und Tanzen. Sie ist brav abseits auf der Bank an der Wand gesessen, wo die unverheirateten Töchter abwarten, bis einer sie holt, während die Eltern, die Erwachsenen, die Reichen und Ärmeren, mit ihren Frauen an der langen Festestafel im Saal hocken. Wer nur ein Dienstbot ist, hat überhaupt draußen zu bleiben. Die Ehhalten versammeln sich in der Schwemm oder lungern auf der Stiege herum, hoffend, dass sie jemand für wert hält, mit ihnen zu tanzen.

Es hat damals kein Geriss gegeben ums Marei, überhaupt keines. Die Danzl Maria – so hieß sie nach ihren Eltern, der Kaspar ist der Vater von ihrer verstorbenen Mutter – war noch ein junges, mageres Ding. Eines zwar mit einem bildhübschen, frischen Gesicht, aber doch ›no net bacha‹, nicht fertig gebacken, sodass die Burschen sich lieber um die ausgewachsene Ware gekümmert haben.

Da hat sie der Simmerl vom Hoffen und Warten erlöst. Er hat nur mit ihr getanzt und sie sogar an den Tisch zu den Erwachsenen und den Verheirateten gebracht. Das wurde allseits bemerkt, und fortan galten im Ort er und das Marei als ein sicheres Paar, mit dem man einverstanden sein konnte.

Das Jahr darauf haben die Burschen das inzwischen nicht mehr magere, blühende Marei gar nicht erst aufgefordert, weil sie ihrer unbändigen Tanzlust ohnehin nur mit dem Haller oblag. Die Ratschweiber warteten schon, dass der Simmerl mit ihr zum Stuhlfest beim Pfarrer erscheint, zum Aufgebot. Hoffentlich, denn auf den Brandnerhof gehört eine Jugend. Der Kaspar ist viel zu alt. Er hätte schon längst übergeben an seinen Schwiegersohn und die Tochter. Da waren aber beide gestorben, und das Marei, ihr einziges Kind, wuchs bei dem Großvater auf.

Seit zwei Jahrzehnten werkeln die beiden nun schon recht und schlecht. Einen Knecht oder eine Stalldirn konnten sie sich nicht leisten. Der Kaspar hat das Regieren nie richtig erlernt, weil ja sein ältester Bruder der Hoferbe gewesen wäre, und man hat ihn, den Jüngsten von dreien, das Schlosserhandwerk erlernen lassen, auf dass er später ein Auskommen habe. Er hat es gern ausgeübt und sich als Büchsenmacher schon in jungen Jahren bewährt.

Da waren aber seine beiden Brüder im Tiroler Krieg gefallen, und er blieb allein übrig. Sein Vater hatte einen schweren Stand in den notigen Jahren nach den Napoleonkriegen, die Europa um und um gerührt und gänzlich verarmt hatten. Das Brandnersche Sach ging zurück, der Vater schon musste ein

Trumm Land nach dem ändern veräußern, und der Kaspar war dann noch tiefer in die Schulden geraten.

Nur ein geldiger Bauernsohn als Hochzeiter fürs Marei hätte die Rettung sein können, einer, der tüchtig zu arbeiten versteht. Der Simmerl aber, ein vierter Sohn aus der Gegend von Tölz, erbte nichts. Auch seine Leut krebsten nur so schlecht und recht, wie die meisten in diesen Jahren. Er verstand was von Jägerei und von Forstarbeit, aber wenig vom Bauernberuf. Darum tat er beim Kaspar den Mund wegen einer Heirat gar nicht erst auf. So auskömmlich sein Sold beim Prinzen für ihn allein war, zur Rettung des Brandnerschen Erbes langte es auf keine Weiten.

Er kam auf Besuch, saß in der Stube herum, half da und dort bei der Arbeit und gewöhnte sich dem Marei gegenüber eine besitzergreifende Art an, die den Kaspar mehr und mehr ärgerte. Er tat, als sei sie sein Eigentum, bewachte sie und ließ keinen anderen Burschen in ihre Nähe. Weil er sie niemals hitzig bedrängte und das Marei ihn so hinnahm, wie er war, mischte der Kaspar sich weiter nicht ein. Es war recht, wenn er da war, aber wenn er nicht kam, war es auch gut.

Dann aber, und das lag erst ein paar Wochen zurück, lief dem Marei der Florian Högg über den Weg, und alles war anders als vordem.

Der Simmerl schaut dem lachend zu Tal laufenden Flori hinterher: »Frecher Kerle. Den nimm i nimmer zu die Treiber, wenn er so frech ist.«

»Er is a braver Bua, tu ihm net unrecht«, hält der Brandner dawider und spielt weiter den schwindligen Kranken. Der Simmerl hilft ihm vorsichtig auf, hebt ihn, setzt ihn sacht auf einen Baumstumpf, rückt und drückt ihm seinen alten Hut so über den verbundenen Kopf, dass nur noch ein schmaler Streifen weißen Leinens am Ohr hervorschaut.

»So siecht ma nix mehr – und dei'm Enkelkind sagst einfach, du hast dich g'rissen an am Ast im Unterholz, verstanden?«

Der Kaspar schaut forschend, denn da ist wieder der Ton von Anspruch und Anordnung:

»Is dir des gar a so wichtig, was 's Marei von dir denkt?«

»Frag net so dalkert!«

Der Simmerl geniert sich, seine Empfindung verraten zu haben. Er ist froh, dass sich darüber kein Disputieren ergeben kann, weil von unten das Hornsignal ›Sammeln für Jäger und Treiben‹ ertönt. Er packt seinen Rucksack und das Gewehr:

»Komm, steh jetzt auf, wir müssen 'nunter zur G'sellschaft.«

»Wir zwei? Mitanand? Dass ma fragt, was du g'macht hast mit mir?«

»Was hab i denn g'macht, nix hab i g'macht, Herrschaftszeitn! G'funden hab i di, verbunden hab i di – komm, steh jetzt auf!«

Er schreit, weil sein Gewissen ihn zwickt ob seines Schießens. Sein grobes Betragen spornt den Kaspar erst recht an, ihn zur Strafe weiter zu tratzen. Er wackelt den Kopf, klappert recht hilflos die Augendeckel und haucht:

»I kann leider net aufstehen. Der Schwindel, verstehst. Du müssertst mich tragen.«

»Tragen??!«

»Am Buckel, freundlicherweise, bis abi –«

»Tragen? Mich blamieren vor alle die Leut, wenn ich daherkomm, mit dir huckepack? … Mann Gottes, mach mi net narrisch!«

»Wennst mich so anschreist, krieg ich völlig 'as Zittern«, klagt der Kaspar und sinkt tragisch in sich zusammen. Das wirft den Jäger nun vollends aus dem Gleis.

»Du, i lass dich da liegen«, droht er.

»Des machert beim Marei fei einen mäßigen Eindruck. Solltest dich schon derbarmen –«

Weil der alte Hallodri gar so jammervoll dreinschaut und Miene macht, demütig bittend die alten Hände zu heben, kann der Simmerl nicht anders:

»Alsdann, von mir aus – hopp!«

Das Manöver des Aufsteigens erweist sich als schwierig. Der Kaspar kriecht schlenkernd und wackelnd auf den dargebotenen gekrümmten Buckel hinauf und schlingt die Arme derart fest um den Hals des Helfers, auf dass er nicht hinunterrutsche, dass er dem Simmerl den Adamsapfel zusammenquetscht und der nur röcheln kann:

»Derwürgen brauchst mi fei net!«

Der Söllmann, verwirrt von dem ungewöhnlichen Vorgang, beginnt warnend zu bellen. Der Simmerl hat nun den Alten im Genick. Der macht sich schwer und lässt seine Beine von rückwärts her gegen die Haxen des Lastträgers schlagen. Der Simmerl muss sich noch einmal bücken, um sein Gewehr und den Rucksack aufzuheben. Das ist mühsam genug. Als er sie endlich geangelt hat, wobei der Kaspar ihm mehrmals seitlich hinabgleitet, was besorgte Angriffe des wild kläffenden Söllmann zur Folge hat, kann er sich seine Ausrüstung nicht, wie gewohnt, über die Schultern hängen, weil ja der Kaspar da hinten wie ein Sack auf ihm lastet. Er muss sich Gewehr- und Rucksackriemen, albern genug, von vorn her über den Kopf auf den Nacken ziehen, sodass sie ihm störend und ungewohnt vor der Brust pendeln.

»Glump, varreckt's«, knirscht er, und der Alte mahnt ihn mit schwacher Stimme zu alledem noch:

»Wackel net so umanand wie der Schwoaf von der Kuh, sonst kann i mich mit mei'm Schwindel net halten und fall abi, sei so freundlich.«

Der wütend-verzweifelte Simmerl packt mit den Pratzen den Kaspar so fest in den Kniekehlen, dass die Rutscherei auf dem Rücken ein End haben muss, der Alte ruft fröhlich: »So passt's, auf geht's – hüah, alter Schimmel« – und der Herr Hofjäger in seiner Jagdlivree tappt brav und ergeben mit seiner ächzenden Last bergab, wobei ihm bei jedem Schritt Gewehr und Rucksack auf die Brust schlagen und der unzufriedene Söllmann ihn, unaufhörlich bellend, kämpferisch immer wieder von allen Seiten her anspringt.

»So is es brav«, lobt der Brandner.

»Halt du bloß dei Mäu, ehvor dass i grantig werd«, keucht es zurück.

Der Simmerl hofft inständig, dass ihnen niemand begegnet und dass er den Alten nahe dem Sammelplatz irgendwie ungesehen loswerden kann. Das aber ist ihm nicht beschieden. Keine zweihundert Schritte vor dem Ziel kommt ihm, ausgerechnet, der emsige Senftl entgegen, reißt seine glühenden Augen weit auf und plärrt:

»Ja, gibt's denn des aa! – I glaub, i träum! – Darf ich mir die ergebenste Frage erlauben, ob Hofjäger neuerdings 'as Hutschpferd machen für alte Krattler?«

»Plärr net a so«, fleht der Simmerl, weil er zwischen den Stämmen erkennt, wie in einiger Entfernung etliche Jäger, Treiber und Gäste aufmerksam werden, herschauen und Miene machen, herüberzuschlendern.

»Er kann net gehn. Er hat an Streifschuss derwischt.«

»So? Wo?«

»Am Ohr.«

»Aha! Und seit wann geht der auf die Ohren«, höhnt der Senftl und sieht missbilligend zu, wie der Simmerl versucht, den Alten vom Rücken zu schütteln. Der aber hält sich dort eisern fest.

»Schwindlig is ihm«, erklärt er verlegen, was den Senftl zu einem spöttischen Lachen veranlasst:

»So? Dem? Dem seine Schwindel kennt a jeds in der Gegend. Dem machst doch du grad den Kasperl. Schau nur, wie der fürizahnt, der Spitzbua, der o'drahte!«

Der Simmerl schielt zur Seite und sieht dicht neben sich das grinsende Antlitz des Brandner über seiner Schulter. Es schwant ihm, dass er wirklich den Kasperl abgibt, und als der Brandner lächelt und säuselt: »So viel schwindlig«, da schmeißt er ihn vom Rücken herunter, um die Blamage los zu sein. Der Söllmann springt daraufhin gleich mit allen vieren in die Höhe, wähnt sich von Feinden umgeben, hat noch jemanden, den er nicht mag, zum Anbellen gefunden, und geht waffend los auf den Senftl.

»Pfeif gefälligst dei' Raubersviech da z'ruck«,

34

schreit der Spötter geängstigt und flieht ein paar Schritte zur Seite. Da sieht er, wie der Brandner gemächlich die Kirschgeistflasche des Simmerl aus seiner eigenen Rocktasche hebt und sich erneut eine Stärkung genehmigt:

»Ah, brav – und dein' Schnaps hat er aa scho, der alte Dadädl!«

Der hilflose Simmerl raunt, um zu begütigen und sich zu entschuldigen:

»Wenn's mein Schuss g'wesen wär, der ihn g'streift hat, muss ich doch …«, doch dieses Bekenntnis bringt ihm nur weiteren Hohn ein:

»Dein Schuss, ja da schau her, aha, soso. Und du ›muaßt‹! Ja, freilich. Du ›muaßt‹ ja auch dem Hirschn hinterherschießen, der dem König gehört, und ihn net amal treffen – net amal des! Der Prinz Carl hat a Wut auf dich, verlangt dringlich nach dir, und wer is net da? Du! Du musst ja zahnluckerte Spitaler spazieren tragen am helllichten Tag!«

»Was sollt i denn machen?«, plärrt der hilflose Jäger zurück.

»Ja, nix mehr«, giftet der Senftl ihn an. »Hast ja scho alles g'macht, was ma verkehrt machen kann, du Prachtexemplar! – Weißt wenigstens, wo der Hirsch 'naus is? Des könnt deine Rettung sein, wennst du des wissertst! –«

Der Simmerl hat keine Idee. Er schlenkert den Arm und deutet vage zur Holzeralm: »No, wo wird er sein. Da nauf is er – vermutlich.«

Darauf antwortet der Senftl ihm gar nicht erst, sondern tritt funkelnden Auges dicht vor ihn hin, sticht ihm, wie es so seine Art ist, den Zeigefinger hart in die Brust und höhnt in übel wollender Sanftheit:

»Freilich, jaja, da 'nauf is er, so wird's sein. Des meldst jetzt den hohen Herrschaften. Wörtlich und genau in dem Ton. Dann sagst es noch auf Französisch, damit der König von Belgien und sei Töchterl auch eine Freud ham – und dann suchst dir a andere Arbeit – im Fall, dass d' noch eine findst, im rechtsrheinischen Bayern, du Preisschütz.«

Auf den Kaspar scheinen die beiden vergessen zu haben. Der hat sich inzwischen auf einen Holzstoß gesetzt und genießt schmunzelnd den Zank. Der Söllmann ist still zu seinen Füßen gelagert und horcht erst wieder auf, als von unten das Halali der Hörner das Ende des Jagdtages kündet.

»Malefiz«, sagt der Senftl. »Die Herrschaften dürfen den Ang'schossenen da nicht zu Gesicht kriegen. Das fehlert grad noch, das verdürb ihnen vollends den Tag, und ich wär am End wieder schuld!«

»Ich bring ihn heim«, sagt der Simmerl.

»Naa, du net. Du g'wiss net«, kommt es verächtlich zurück. »Du wärst es bei deiner Geschicklichkeit imstand und kutschierertst ihn pfeilgrad in' See eini, dass er dersauft. Naa naa, und sowas is a Verwandter zu mir – a Sohn von am meinigen Basl!«

So ist es. Die Mutter vom Simmerl ist der Senftlsippe verwandt. Darum kann er ihn abkanzeln wie einen Abc-Schützen, ohne dass der es wagen darf, sich wirksam zu wehren. Dieserhalb wäre es auch dem Senftl zupass gewesen, wenn eine Hochzeit mit dem

Marei hätte stattfinden können, weil so der Brandner-
besitz an die Senftlfamilie gelangt wäre. Wer weiß, am
End war die solenne Feindschaft gegen den Kaspar
nur die Folge davon, dass daraus nichts werden konnte, weil der Simmerl zu dieser Hochzeit nicht taugte.
Zudem hatte der Senftl, der seine Nase in alles steckte,
längst erfahren, dass sich zwischen dem Mädchen und
dem Futterknecht in seinen Diensten, dem Florian
Högg, etwas anspinnt. Auch das ist ihm nicht recht,
aber was ist dem Senftl schon recht, was andere tun. –

Er entscheidet: »Den Brandner bringt irgendwer
heim, unauffällig und hint 'rum«, und ruft einen Treiber an, der ahnungslos durch den Wald kommt:

»Heda, du – Bursch! – Ja, dich mein ich, hörst du
net? – Geh amal zuawi, gefälligst.«

Der Angerufene ist von zarter Gestalt und trägt ein
zu großes, schlotterndes Gewand, grobe Stiefel und
einen Tegernseer Stopselhut, der ihm fast über die
Ohren rutscht. Er zögert und kommt nicht ›gefälligst
zuawi‹. Er scheint den Brüller zu fürchten.

Der Kaspar schaut um, erkennt, wer es ist, und widerspricht augenblicklich: »Lass den Burschen in
Ruh. Ich brauch neamds, i find scho alloa heim.«

»Nix da! Wenn ich a Anordnung treff, wird die be-
folgt! – Was is, kommst du jetz her, oder sollt ma dir a
schriftliche Einladung schicken? Horch zu, du schaffst
mir den Brandner da weg, der is ang'schossen.«

Das trifft die kleine Gestalt wie ein Blitz:
»Ang'schossen? Wo is er?«, ruft das Krischperl mit
hoher, kindlicher Stimme und läuft eilends herzu.

»No, da flackt er. Und außerdem – hast eppa du den
Malefizhirschen gesichtet? Du, oder einer von die an-

deren Treiber? Was is, krieg i koa Antwort? Kannst du net reden?«

Die kleine Gestalt hört nicht hin. Sie hockt sich neben den Kaspar, sie redet leise und voller Besorgnis mit ihm, und der Söllmann schnüffelt vertraulich an ihr herum. Der Simmerl erkennt es als Erster, wer das Krischperl in Wahrheit ist, und gleich darauf erkennt es der Senftl. Er staunt nur so:

»I glaub, i träum! – 's Marei! In am Mannderg'wand. Brav, so is' recht. Als Treiber gehn is verboten für Weiberleut, und sie kostümiert sich als Bua! – Freili, bei uns geht ja alles! In meiner G'moa tut a jeder grad, was er mag. Unsere Erlässe san euch ja Wurscht, euch Bagasch!«

Das Marei richtet sich verlegen auf, stolpert dabei ein wenig in den Stiefeln des Großvaters, das lange, dunkle Haar rutscht ihr unter dem Hut hervor, sie sucht es zurückzustecken, schaut dem Senftl fest ins Gesicht und erwidert bescheiden:

»Wir sind koa Bagasch, Senftl, des wissen Sie genau, und wir befolgen ansonsten auch alle Ihre Erläss'. Bloß grad heut …«

Weil sie, während sie redet, den Simmerl mit einem ganz kurzen Blick streift, argwöhnt der Senftl sofort:

»Ah so, des is a Komplott! Ah so? Hast du mir des eing'rührt, Herr Hofjäger?«

»Der Simmerl kann nix dafür«, wiegelt das Marei tapfer ab. »Des is mir ganz von allein eing'fallen. Weil doch der Gendarm, der Loichinger, der wo die Treiber aufnimmt und einweist, a so schuiklert und kurzsichtig is, hab i mir denkt, probierst es amal, verdienst dir die fuchz'g Kreuzer, den Tag.«

»Du Anten, du freche!«, schreit der Senftl sie an, und er hätte seiner Empörung noch weiterhin Luft gemacht, wäre nicht just in dem Augenblick der Flori gelaufen gekommen, um, ein wenig atemlos, zu vermelden:

»Senftl, an schön' Gruß vom Prinz Carl, und Sie solltertn glei umi zur G'sellschaft, samt dem Herrn Hofjäger Simmerl! Und nach 'm Brandner hat er auch g'fragt! – Hö, was is denn da g'schehn? – des is ja 's Marei …«

»Ja, das Marei!«, funkelt der Senftl, »dei Herzi, unbotmäßig, keck und ohne Respekt für die Obrigkeit. Aber des sag i dir, Madl, koan Kreuzer kriegst du für den heutigen Tag, für des sorg i. Und i überleg mir überhaupts noch, ob i net Anzeige mach gegen dich, wegen Verbotesmissachtung, und …«

»Und – was? Gar nix macha Sie!«

Der Flori schiebt sich, fest und bestimmt, mit breiten Schultern zwischen den Schimpfenden und das geängstigte Mädchen. »Aber scho gar nix! Des braucht's net, dass Sie des Mädel so anplärrn, ham S' mi verstanden?«

Der Senftl schluckt und bringt gegen diesen Beschützer der Unschuld nur ein mattes: »Ja, wie traust di denn du mit mir reden?«, heraus.

»Nix für ungut«, beschließt der Flori die Zurechtweisung, »aber a so a Schreierei z'wegs einer solchen Lappalie, des is koa G'hörtsi.«

Die Augen des Senftl glühen gefährlich auf, während er Luft holt:

»So, des waar koa G'hörtsi, aha? – Brav, a so mag i 's! A meiniger Fuaderknecht möcht mir Manieren befehlen, taat mi abkanzeln vor alle Leut – hätt den Fiduz, dass er si auflehnert gegen sein' eigenen Brotherrn! Was buidst dir denn du ein, Bürschei? Aber pass auf, i sag dir was Schön's: Du bist ausg'stellt, und zwar auf der Stell!«

Das schlägt ein. Die Kündigung als Quittung für ein mutiges Wort? Das Marei ruft ganz verzweifelt:

»Vom Dienst jagen, mitten unter'm Jahr? Des is net Ihr Ernst, Senftl! Sowas tut ma doch net!«

»I wer' mi geniern! Ich jag an jeden davon, wenn's mir so passt! Und weil mir der Kerl, der freche, scho lang nimmer passt – basta und aussi, fort ohne Schaden! Er braucht gar nimmer kemma auf mein Hof! Sein' restlichen Lohn b'halt i ein, weil er Schulden g'nua hat bei mir. Dir werd i 's lerna, wiest du reden muaßt mit Respektspersonen!«

Er ist keinem Einwand zugänglich. Auch nicht, als der Simmerl und das Marei gemeinsam ihn bitten, sich noch einmal zu bedenken, es sei nicht böse gemeint gewesen. »Nix, nix, nix«, schreit er und säbelt mit den Händen durch die Luft. »Er ist und bleibt ausg'stellt! Basta damit!«

Da ertönt ein Lachen. Der Kaspar hockt noch auf dem Holzstoß, hat seine Pfeife angezündet, dem Streit zugeschaut, schüttelt tadelnd den Kopf und amüsiert sich. Der Senftl kann nichts anderes glauben, als dass der Schuss den Alten um den Verstand gebracht hat.

»Spinnst jetzt du vollends? Du bist schwer verwundet, rauchst wie a Schlot, beutelst dein' Belli – und was gaab's da zum Lachen?«

»Entschuldige schon, Senftl, aber es is gar zu g'spaßig, wie er dir wegen am jeden Schmarren gar a so schön stinkt! Spannst denn du nie, wenn was a Gaudi is und sonst nix? Verstehst net: Das Marei hat sich an G'spaß g'macht! – net mit dir! Mit dem schelchaugerten Loichinger und mit'm Simmerl dazua – und du rumpelst drauf rein, wo's dich doch gar net betrifft. Da brauchst di net wundern, wenn ma di diam derbleckt.«

»Ja, derblecken, des is alles, auf was sich die Brandnerische Sippe versteht!« Der Senftl mag nicht von seinem hohen Ross herunter und käme sich windig vor, wenn er mitlachen würde. »Derblecken, so wie du damals mein' Vater!«

»Geh, die uralte G'schicht'!« winkt der Brandner ab. »Des is über fuchz'g Jahr her, dass ich mir mit dem den sellen G'spaß erlaubt hab.«

»Aber vergessen is' net, deine Untat! Die Leut reden heut noch davon, und des verzeih ich dir nie! Freilich, für dich waar 's ganze Leben a G'spaß, des is allbekannt«, geht der Senftl ihn immer härter an, sodass der Söllmann sich aufsetzt und zu knurren beginnt. Der Wütende achtet nicht darauf.

»Aber dir wird noch das Lachen vergehn, wenn i Ernst mach und klag alles ein, was du mir schuldest. Dann is' aus! Dann heißt's 'naus aus deim Hof, dann stehst auf der Straß, mitsamt dei'm gaudigen Enkelkind da! Dann könnts alle zwoa 'as ganze Jahr Maschkra laufen, als Bettelleut nämlich von einer Ortschaft zur ändern, und schau'n, wo's ihr bleibts! – Ich bin ganz g'wiss die Langmut und Nachsicht in Person, aber was z'viel is, is z'viel – und wehe, mir reißt die Geduld! Wehe!«

Die Geduld reißt dem Söllmann. Er meint seinen Herrn verteidigen zu müssen, er greift an, packt sich den Senftl, springt an ihm hoch, erwischt sein Gewand, zerrt einen Fetzen heraus vom Gilet und ist vom Brandner kaum mehr zu halten.

Der Gebissene schreit, schlägt um sich, läuft, was die Beine hergeben, bleibt in der Entfernung noch einmal stehen und brüllt, krebsrot im Gesicht, seine Kriegserklärung herüber:

»Des werd's ihr mir büßen, ihr Krattlergesindel! Simmerl, geh her da! Dass i dich nie mehr derwisch mit dene Leut! Ihr sollt's alle noch denken an mich!« – und rennt fort.

Dem Simmerl ist dieser Auftritt am ärgsten. Er muss dem Oheim folgen und mag ihm nicht folgen.

Er muss das Marei hier lassen und mag es nicht lassen. Schon gar nicht beim Flori, der sich so ritterlich aufgeführt hat, wo er, der Simmerl, nur schweigend daneben stand. Er möchte sich um den Kaspar kümmern und muss gehorsam zum Prinzen eilen, wenn der nach ihm schickt.

Ihm ist elend zumut. Nach ein paar Schritten schaut er hilflos zurück:

»Sollt i dich nochmals tragen, Kaspar, bis abi?«

»Naa naa, Simmerl, dankschön, i geh gut auf meine eigenen Füß. Ich hab vorhin a bissei Komödi g'spielt und mir a wengerl an G'spaß g'macht mit dir – derfst mir net gram sein.«

»Woher denn. Ich versteh ja an G'spaß«, antwortet der Simmerl traurig. »Was is, geh ma mit'nander, oder kommt's ihr mir nach?«

»Geh nur voraus, wir säumen net lang.«

Die drei schauen ihm nicht hinterher, wie er trotzig davongeht, ohne sich umzusehen. Sie sitzen versonnen, und jeder überlegt vor sich hin. Der Kaspar setzt die Pfeife umständlich in Brand, ohne wahrzunehmen, was er tut. Nicht die Senftlische Drohung bedrückt ihn, nein, da ist ein dumpfer Schmerz über den Augen, und fließende Farben wechseln vor seinem Blick. Das macht ihn unsicher, das beobachtet er wie ein ungewohntes Naturschauspiel.

Der Flori fragt in das lange Schweigen hinein:

»Kann denn der Senftl euch wirklich 'nausteufeln, so, wie er sagt?«

»Rundum gehört eh schon bald alles sein«, erwidert das Marei bedrückt, »bis 'nauf zur Neureuth, zum Dr. Senger, zum Westerhof, und abi bis in die Grund vom Pfliegelhof. Viel is nimmermehr übrig für uns, im Albachtal.«

Der Kaspar kneift die Augen zusammen, weil das Sirren und Klingen im Schädel, auf das er eine Weile vergessen hatte, wieder lästig anzuschwellen beginnt.

Das Marei meint weiter: »Unser Herr Pfarrer hat neulich amal g'sagt: ›Euer Gütl is bald wie eine Insel im Senftlschen Meer!‹ Und jetzo g'lust' ihn die Insel halt auch noch. Es is wie verhext, wir werkeln und macha und toa und kommen doch net vom Fleck.«

Der Flori nickt: »Des geht viele Leut so, heutzutag. A jeder is froh, der sei' Auskommen hat«, und das Marei fragt ihn: »Was hast jetzt du im Sinn, nach dem Nausschmiss?«

»Weiß net. Ich find schon an Platz. Ich könnt wieder im Holz droben arbeiten, da war i schon vor meiner Militärzeit.«

»Die Holzarbeit is net gar leicht«, meint der Kaspar bedächtig. »Die braucht's G'wöhnen, wennst länger pausiert hast. D' Holzknecht san hagelbucherne Lackeln, allesamt. Des is aa net jedermanns Sach.«

Der Flori zuckt die Achseln: »Ich werd mir's net aussuchen können.«

»Ob 's net in der Schussermühle eppa wen brauchen?«, fällt dem Marei ein. Nahe Kreuth wird Marmor vom Ringberg auf durch Wasserkraft getriebenen neumodischen Säge-, Dreh- und Poliermaschinen verarbeitet: zu Bodenplatten für die Oper und die Glyptothek in München, zu griechischen Säulen, Tischplatten, Vasen, Schmuck und so Glump. Die Werkstätte gehört doch, ja – dem Herrn von Reichenbach, »den kennst du doch. Großvater! Is der net überhaupt heut bei der Jagdgesellschaft dabei? Ob du den amal fragst?«

»Ma kannt 's ja versuchen.«

Der Brandner erhebt sich und klopft seine Pfeife aus: »Es is ohnehin Zeit. Wir müssen nunter, zum Sammeln ham's scho geblasen.«

Auf dem Streckplatz sind bald alle beinander. Die Strecke wird auf Tannenzweigen säuberlich ausgelegt, die Hornisten stehen bereit, sie zu verblasen. Man verabreicht allseits den Jagdtrunk. Für die Feinen sind ein Champagner und edle Weine vorhanden, der Prinz, die Zünftigen und die Kenner bevorzugen den Kirschgeist und halten sich an die Spezialitäten, die ein grobes, älteres Frauenzimmer, die Wurzer-Burgl, rundum ausschenkt.

Die ist weithin bekannt und berühmt. Vor Jahrzehnten war sie mit ihrem Geliebten aus dem Zillertal zugewandert. Die beiden hatten sich eine Hütte erbaut, er ging in die Holzarbeit, sie strich mit Hacke und Korb durch die Gegend und sammelte Wurzeln und Kräuter.

Man hielt sie für spinnert, bis Holzknechte die ›geistigen Wässer‹, die sie aus Kräutern, aus Kalmuswurz, Brunnkress und Enzian höllisch scharf zu brennen verstand, zu kosten bekamen und ganz narrisch waren darauf.

Da musste ihr Jörgl bald feste Bänke und Tische vor die Hütte ins Gärtchen zimmern. Sie schenkte aus, Gäste kamen von weither, Hoch und Niedrig saßen selig-gierig beisammen und ließen sich von der Burgl allerlei Wahrheiten sagen, denn dies gewitzte, tüchtige Leut scheute keinen Erlauchten, und neben der Wirkung der Wässer erfuhren jene gleich auch noch, was das Volk denkt.

Bis hinunter nach Preußisch-Berlin drang dann ihr Renommee, als sie dem armen, matten, dürstenden Kronprinzen der Pruzzen im Gärtlein einen reschen Enzian einflößte, gegen das Zetern seiner mitwandernden Höflinge, die Vergiftung und Aussterben des Hohenzollernstammes befürchten zu müssen sich veranlasst sahen.

Zum heutigen Jagdtrunk ist sie samt ihrem Fässchen geladen und trägt zur Erbauung verbal und kulinarisch Erhebliches bei.

Die meisten der Damen sowie jene, denen von Arzt oder Gattin Mäßigung befohlen ist, laben sich, wie die meisten Einheimischen, die Diener, Kutscher und Treiber, am dunklen Bier aus dem Bräuhaus von Tegernsee, das den Wittelsbachern gehört, seit 1817 König Max der Erste – ob der grünen Filzkappe, die er so gern trug, ›Moosmaxl‹ geheißen – das den Benediktinern böse gewaltsam enteignete Kloster samt Brauerei insgeheim aufgekauft und vor dem Verrotten gerettet hatte. Insgeheim hatte er auch verjagte benediktinische Bräumeister heimgeholt, und das Ergebnis, die jährlichen tausend Hektoliter, befriedigte die Erwartungen aller.

Heut ist das Bier so, wie es sein soll, weil es aus den kühlen Kellern von Kaltenbrunn kommt. Oft ist es lack und lau, wenn kein Eis da ist, und oft ist es rar. Man kann davon nicht genügend aufbewahren, wenn der Sommer heiß ist, Durst macht und viele Fremde am Ort sind. Dann geht es aus, und man muss anderes von weit herschaffen, etwa aus Tölz.

»No, Brandner, war die Jagd net ganz nach Ihrem Geschmack, oder was? Sie schauen a bissei dernepft drein«, fragt der Herr Dr. Senger, als er ihn ganz draußen am Rande des Platzes bei den Treibern entdeckt, dort, wo auch Bettelleut lungern und gierig nach Almosen spähen.

»Treibjagden san net mein Fall, Herr Doktor. Was is des gegen a g'scheite Pirsch, wo man ansitzt und lurt und warten muss, bis was daherkommt, und es bleibt fraglich, ob ma zum Schuss kommen kann.«

»Sie ham a Berechtigung? Sie dürfen schießen?«

»Ich hab's amal g'habt, aber dann is was fürkemma …«

»Was?«

»Ah, nix weiter. A dumme G'schicht. Da hätt einer

g'moant, i hätt was erlegt, was eigentlich ihm g'hört hätt – und der hat prozessiert.« »Lassn S' mich raten, wer's war – der Senftl?«

»Der sell kunnt's g'wesen sein, ja. Aber es macht nix.«

»Da kann man doch was unternehmen, damit Sie die Erlaubnis wieder erlangen. Ich bin gern bereit, als Jurist …«

»Dankschön, Herr Dokter, aber 'as Mitgehen am Pirschgang is genau a so scho schön, gar, wenn ma älter wird und bläder dazua.«

»Na, Sie doch net. Sie san doch das leibhaftige Leben, mit Ihre – wie alt san S'?«

»Zwoarasiebaz'ge bin g'wesen, vor etliche Wochen.«

»Na, also – mit zweiundsiebzig so vif beianand, des is doch a Gnade vom Herrgott.«

»Kann ma in Dankbarkeit sagen, ja.«

»Was ham S' denn für an Verband um den Kopf? Is Ihnen was g'schehn?«

Es ist dem Kaspar nicht recht, dass man von seiner Verwundung erfährt. Und dem Senftl ist es schon gleich gar nicht genehm. Er hat zu langsam geschaut, als die Brandnerleut auf dem Platz erschienen sind. Als er sie verjagen hat wollen, hat der Hofadvokat schon mit dem Alten geredet, und er hat es sich nicht mehr getraut.

Nun muss er mit ansehen, wie der Senger den Alten zu den Großkopferten führt und berichtet, dass es unbemerkt zu einem gefährlichen Vorfall gekommen ist. Voll Ärger sieht er den Kobell, Graf Arco und den Reichenbach um den Brandner herumstehen und sich den Hergang erzählen lassen. Dann holt man gar noch den Prinzen dazu, den Gastgeber und Herrn der Jagd.

»Sie ham wirklich nicht g'sehn, wer's gewesen sein könnt?«

»Tut mir Leid, Königliche Hoheit, nix.«

»Wer hat Sie denn in der Ohnmacht gefunden?«

»Der Florian Högg.«

»Geh, seids so gut, bittet's mir den amal her. Vielleicht hat der wen erkannt. Wer war überhaupt droben platziert? Ist da nicht mein Jäger g'standen, der Haller? – Simmerl, kommen S' doch amal her, bittschön!«

Sakradi, denkt der Senftl, jetzt kommt's auf. Der Hundling, der Högg, wird's verklagen, der Simmerl in seiner Blödheit bringt's Herauslügen nicht z'amm, der Makel bleibt meiner Familie und mir. So ein Hundskopf, der Brandner! Nicht genug, dass er mir ein Wild weggeschossen hat, seinerzeit, jetzt macht er auf dem Wege des Mitleids sich gar noch Liebkind. Wer weiß, ob er denen nicht auch von dem Streit was erzählt, den wir gehabt ham –?

Prinz Carl besteht darauf, dass ein Medicus sich die Wunde besieht. Des Belgierkönigs Vertrauter, der sächsische Baron Christian von Stockmar, der Arzt war, ehe er sich der Geheimdiplomatie verschrieb, wickelt persönlich den Verband ab. Das Ohr blutet kaum mehr. Immerhin, kein Zweifel, das ging haarscharf am Tode vorbei. Sowas darf bei einer sauberen jagdlichen Ordnung nicht vorkommen. Der Florian Högg wird herbeigeführt und berichtet, dass der Brandner beim Erwachen etwas von einem schwarzen Kerl gefaselt hat.

Der Kobell flüstert ironisch zum Arco hinüber: »A ganz a Schwarzer? Uiui! War a Pfarrer dabei?«

»Wer sonst wär zuständig für die Schwelle zum Jenseits?«, grinst der leise zurück.

Der Medicus hält die Gestalt für ein Traumbild, das der Patient ins Erwachen geschleppt hat. Als aber der Prinz sich beim Simmerl erkundigt, ob jemand bei der Gesellschaft schwarze Kleidung trägt, da schluckt der verlegen, kriegt einen ganz roten Schädel und würgt schließlich heraus:

»Des net, Hoheit, aber – ich muss es vermelden, dass ich ganz in der Näh war und dass ich g'schossen hab.«

»Gib a Ruh«, fährt ihm der Kaspar ins Wort. »Dein Schuss war zu späterer Zeit, da bin ich schon wieder erwacht. Des hat nix zu tun mit dem!«

»Ich hab aber zweimal g'schossen, mit Verlaub, Königliche Hoheit. Einmal den Lenkschuss, wie der Hirsch abi zur Fürlege g'saust is, absichtlich nahe vorbei an ihm, in den Boden, und 'as zweite Mal, wie er wieder auf und davon g'roast is, ganz überraschend, als an versuchten Fangschuss.«

»Beide Schüss' hab ich vernommen, und keiner von denen is' g'wesen«, beharrt der Kaspar.

Prinz Carl legt seinem Jäger die Hand auf den Arm: »Es ehrt Sie, lieber Haller, dass Sie an diese Möglichkeit denken, aber san S' friedlich: Sie waren's net, wir müssen uns anderweitig erkundigen. Ich bring es zur Sprach bei der Jagdtafel, später, im Schloss drüben. Jetzt holen S' an Wagen, dann fahren wir ihn heim, den Herrn Brandner.«

»Des braucht's aber wirklich net, Hoheit, ich bin gut auf die Füß und hab auch zwei Leut zur Begleitung.« Der Kaspar beharrt aus Bescheidenheit und wehrt sich auch, als der Prinz ihn dem König von Belgien vorstellen will: »Hoheit, des braucht's doch net, und i kann ja aa net Französisch.«

»Lieber Freund, einmal hat der Coburger auf sein Deutsch net vergessen, zum ändern waren Sie es, der den Hirschen für ihn aufg'funden hat. Also kommen S' getrost, der Leopold freut sich, ich versprech's Ihnen.« Des aa no, denkt der Senftl voll Ingrimm, wie der Prinz höchstselbst den Brandner vor den König hinführt. Ihn schmerzt diese Huld. Er ist neidig, dass dem Hofmeister gewinkt wird, der ein Geschenk zureicht und der Brandner einen goldenen Taler bekommt, als Dank, zum Trost und als Angedenken, und dass die Herrschaften um den Alten scharwenzeln, als sei er der Mittelpunkt. »Vielen Dank, zu viel Ehr, unverdient«, murmelt der Kaspar verlegen ein über das andre Mal, und weil er sich der Franzosenzeit seiner Jugend erinnert, sagt er noch mutig zum Belgier: »Merci beaucoup, Majestät«, eh er sich unter Verneigungen zurückzieht.

Eine leise schnarrende Stimme fragt den lurenden Senftl: »Pardong, Sie wissen, wer dieser Mann ist, um den man sich derart auffällig bemüht?«

»A windiger Jagdhelfer, der sich an Schuss eing'fangen hat, a Irgendwer, weiter net wichtig.«

Der Fragende ist ein eleganter junger Herr mit Schmissen im glatten Gesicht, gekleidet in eine nagelneue Jagduniform. Er blickt leicht blasiert, raucht eine Zigarette und sieht so wichtig und einflussreich aus, dass der Senftl sich allsogleich anbiedert:

»Gestatten, dass ich mich vorstell, Alois Senftl mein Name, eigentlicher Bürgermeister von Tegernsee, gewissermaßen. Und mit wem hab ich die Ehre?«

»Leutnant von Zieten, Adjutant des königlich preuß'schen Gesandten am bayerischen Hofe. Finde alles hier kolossal. Bin erst seit drei Tagen im Lande, muss sagen, äußerst disturbierend, verstehe kein Wort von dem, was die Leute so reden, aber insgesamt kolossal urig.«

»Gell, ja. Den meisten nördlichen Herrschaften gefallt's bei uns gut. Wenn Sie mir die Ehre erweiserten, dass ich Ihnen beim Eingewöhnen behilflich sein dürft …«

»Wird dankbarst angenommen, Herr Bürgermeister.«

Das tut gut. Der Senftl belässt es bei der Titulatur. Er hört sie gar zu gern, und der Fremde braucht ja nicht wissen, dass er nur der Stellvertreter ist. Er wird es schon noch erreichen, dass ihn die zähen Leute zum Alleinherrscher des Ortes erwählen, na was denn …

Der Brandner kommt am Senftl vorbei, beider Blicke streifen sich, und wie der Senftl sieht, ist der Kaspar totenblass. Da kann er nicht anders, er grinst ihn mit seinen glühenden Augen so freundlich an, als sei nie etwas zwischen ihnen gewesen, der falsche Hund. Der Kaspar schüttelt nur seinen Kopf und geht weiter, zum Marei, das mit dem Flori bescheiden abseits steht.

Da geschieht ihm abermals etwas Unerwartetes. Sein Schritt wird unsicher, er stolpert, schwankt, taumelt und wäre gestürzt, hätte der Flori ihn nicht rasch noch gestützt.

Wieder muss der Senftl erleben, dass es ein Hallo gibt um den Alten, dass man sich erneut um ihn schart, dass der Freiherr von Stockmar noch einmal beigezogen wird, einen Schwächeanfall nach der übergroßen Aufregung feststellt, Ruhe verordnet und der Prinz apodiktisch befiehlt, der Brandner sei in einer Kutsche nach Hause zu fahren.

Der Simmerl bittet dringlich, ihn kutschieren zu dürfen, aber die Dienstpflicht verbietet es, er ist im Moment unentbehrlich. Während die Gesellschaft zur Jagdtafel hinüber ins Schloss Tegernsee zieht, ist er es, der beaufsichtigen muss, dass die Strecke und alle Jagdgerätschaften pünktlich dorthin verbracht werden.

Im Hin und Her stellt Dr. Senger seinen Jagdwagen zur Disposition. Der Flori soll ihn kutschieren, den Alten abliefern und das Gefährt dann zum Schloss Tegernsee bringen.

»So a G'schiss um den alten Deppen«, knirscht der Senftl in sich hinein, während er huldvoll lächelnd behilflich ist, den Wagen herbeizuführen. Er tut öffentlich dar, wie gewogen er der Brandnerfamilie ist, denn er kennt das Leben. Er weiß, der Kaspar ist von nun an nicht mehr nur ein geduldeter Kleinhäusler, der keinen Rückhalt hat. Wer von den hohen Herrschaften bemerkt und gefördert wird, darf ein besseres Leben und Beachtung erhoffen.

Das weiß er genau, weil sein eigener Aufstieg begann, als er sich beim König anwanzte, durch jene G'schicht, an die er nimmer erinnert sein mag.

Damals, als Jungem, war es ihm notig gegangen, und er hat Straßenarbeiten gemacht. Er war nicht grad fleißig dabei, das kann niemand behaupten. Oft ist er auf seinem Schubkarren gesessen und hat Brotzeit gemacht. Wie er einmal so dahockt, kommt die Kalesche des Königs Max I. Joseph vorbei, und der Monarch ruft herüber, leutselig oder ironisch, das hat er nicht ausmachen können:

»Recht guten Appetit, lieber Freund!«

Er ist hochgerumpelt, hat sich verneigt, hat im Verwirrnis sein Brot hingestreckt und gerufen:

»Dank, gnädiger König! Wir waar's – mitgehalten?«

Da sind Majestät tatsächlich ausgestiegen und haben in das dargebotene Brot gebissen. Das war der entscheidende Augenblick.

Der Senftl hat gleich recht gezahnt und gejammert, wie schlecht es ihm geht, hat sich hingekniet und sein Lamento beschlossen:

»Sonst kann i nix tun für Enk, aber ich will fleißig beten für die gnädige Majestät.«

Das hat dem gutmütigen König gefallen. Er hat geschmunzelt: »Bet du für mich. Ich kann für dich auch was anderes tun«, hat sich den Namen sagen lassen, und schon am Abend hat der Senftl einen Beutel Dukaten bekommen und den Bescheid, dass er für den Hof arbeiten darf.

Von da an ist er überall besser behandelt worden, weil Protektion halt Reputation mit sich bringt, so sind die Leut, kannst nix machen. Damals begann sein Aufstieg, und wie man ihm draufgekommen ist, auf welch anlassige Weise er ihn erreicht hat, wurde er zum Gespött. Aber nicht lang. Er hat es den Klatschmäulern, den grinsenden, bald gezeigt, dass mit ihm von nun an zu rechnen ist.

Und jetzt, verflucht, denkt er, kann es sein, dass der Kaspar genauso in die Gnade kommt! Das hat noch gefehlt!

Eifrig besorgt hilft er beim Einsteigen und kommt dabei mit dem Marei in nahe Berührung, was ihm angenehm ist. So alt ist er nicht, trotz erwachsener ehelicher Kinder sowie derer, für die er insgeheim zahlen muss, dass ihm bei einem so frischen Geschöpf nicht einfiele, wie man herumtaubern muss, um sich zu nähern. Könnte er sich das Marei geneigt machen, würde der Kaspar zerspringen vor Wut, und er selber hätte zudem noch sein Vergnügen. Als er das denkt, lächelt er sie so liebreich und so verheißungsvoll an, dass die sich nur wundert, wie ein Mensch sich so zu verstellen imstand ist. Aber sie sagt es nicht.

Sie geniert sich ohnehin in ihrem Bubengewand und möchte rasch fort, ohne aufzufallen. Sie wagt es auch nicht, den Herrn Reichenbach wegen einer Arbeit für den Flori anzureden. Sie lächelt verlegen, als die Gesellschaft ihnen bei der Abfahrt zuwinkt und gute Wünsche nachruft.

Sie kutschieren im leichten Trab an Kaltenbrunn und dann an Gmunds dreißig Häusern vorbei, der Flori auf dem Bock, der Brandner und das Marei im Fond wie ein hochherrschaftliches Nobelpaar, zu ihren Füßen der Söllmann. Sie staunen, wie schnell es vorangeht, vorbei am Bauern am See, den Sandweg am Ufer entlang, schauen, genießen, kommen sich stolz vor, und der Kaspar denkt, dass es so eine Ehr in seiner Jugend gewiss nicht gegeben hätte, weil man damals noch nicht demokratisch war.

Sie begegnen Abendspaziergängern, Sommerfrischlern aus der Stadt. Man trifft sie seit einiger Zeit immer häufiger. Früher war ein fremdes Gesicht was Besonderes – wer kam schon hierher außer Weinreisenden, Schmusern, Händlern mit Holz oder Vieh und gelegentlich ein paar spinnerten Engländern. Seit aber König Max I. Joseph Schloss Tegernsee zur Sommerresidenz erkor, ist es, als sei dieses Tal entdeckt worden wie weiland Amerika und seine Indianer.

Die Sonne geht hinter dem Hirschberg hinab, der See erglänzt blau und golden, in den Rainen und Wiesen ratschen die Grillen, es wird kühler und stiller. In Quirin, beim Kircherl am See, hält der Viehtrieb vom Angermanngütl sie auf. Ihr elegantes Gefährt steckt in der muhenden, trottenden Herde. Die Kühe, die heim in den Stall geführt werden, sind aufgeregt, weil ein Pferd in der Nähe ist. Die Magd vom Gütl, die Genovefa, die mit dem Marei in die vom König eingerichtete Näh- und Strickschule geht, staunt nicht schlecht, als sie die Fahrgäste erkennt.

»Habt's ihr in der Lotterie g'wunna?« ruft sie. Der Brandner antwortet ihr würdig: »Glei zwoamal, Vevi. Ich die Kutsch und sie des Ross, und jetzt samma so fürnehm, dass du künftig fei Sie sagen musst zu mir, und zu ihra gnädiges Fräulein!«, und dann feixen sie alle.

Sie überlegen den Weg, denn das einzelne Pferd kann den steilen Anstieg zum Hof gewiss nicht bewältigen. Das letzte Stück wird der Kaspar zu Fuß gehen oder auf dem ausgespannten Ross reiten müssen.

»Ich hatsch auffi, macht's keine Krampf, ich bin doch scho wieder wie neu«, sagte er. »Kutschier du beim Westerhof auffi, so weit als es geht, dann kehrts ihr um und bringts den Wagen gleich z'ruck. Ich mag des Entgegenkommen net gar a so ausnutzen.«

Hinter ›Maria Schnee‹, der kleinen Kapelle, wo der Albach in den See sich ergießt, schlägt das Pferd selber den Weg hinauf ein. Es kennt ihn, er führt ja zum Lustschloss seines Herrn, Dr. Senger, und es zieht kraftvoll empor.

Die Sonne ist hinunter, die Silhouetten der Berge stehen scharf und blauschwarz vor dem in vielen Farben leuchtenden Himmel, und der Kaspar kann auf den schimmernden See hinabsehen. Er hat nicht die Wahrheit gesprochen, als er sagte, er sei schon wieder wie neu. Sirrend und klingend bedrängt seinen Schädel der unausweichliche Schmerz, und durch seine Glieder rieselt Kälte in Schüben und Wellen.

Ihm ist elend und fremd, und plötzlich fasst ihn der Gedanke, dass er das alles irgendwann ein letztes Mal sieht, dass das Sterben zu jeder Minute dicht beim Lebendigsein steht und dass er heut nicht einmal mehr Abschied hätte nehmen können von seiner Welt.

Ja, hätte er den Schädel um eines Fingers Breite zur Seite geneigt, er läge seit einer Stunde tot auf der Erde. Hätte er zur Mittagsstunde gedacht, dass ihn zu Abend eines Fingers Breite vom Tode trennt, von einem plötzlichen Sterben, das er nicht einmal wahrnehmen könnte? Dass er mitten aus seinem selbstverständlichen Leben ohne Abschied dahin gemusst hätte?

Wohin?

Erzählt der Herr Pfarrer jemals, wie das Sterben geschieht? Der sagt nur, dass vielleicht in einem lichten Himmel voll Engel und Heiliger das Paradies und die ewige Seligkeit warten, dass Sünder hinab ins Fegfeuer müssen. Was mir geschehen wäre, nachdem mich der Schuss aus dem Leben riss, davon schnauft er nichts.

Wär ich gestürzt ins Bewusstlose, Schwarze? In ein dunkles Reich, von dem alte Bücher und Weissagungen künden? Ich kann's mir nicht ausmalen. Ist dieses Reich, unsichtbar, stets so dicht neben uns, dass in jeglicher Stunde eines Fingers Breite genügt, uns in seine ewige Finsternis zu stürzen? In jeder Minute unwahrnehmbar nah, ohne dass wir es merken? Wie geschieht die Verwandlung? Wie kann ein Geschöpf, Mensch oder Tier, grad noch voll Leben sein und gleich darauf unwiderruflich erloschen und tot? Wo ist das hin, das es lebendig hat sein lassen?

Herrschaft, was denk ich heut für a Zeug z'amm, schimpft er mit sich. Ich bin oft genug am Tode vorbeig'rutscht, und nie haben mich solche Gedanken bedrängt. Damals, wie auf der Pirsch am Setzberg der Steinschlag herunter ist mit Rumpeln und Poltern, wie links und rechts die Brocken eingehaut haben, da hätt mich, um des Fingers Breite, ein Trumm derschlagen können. Oder wie der Blitz neben mir in die Eiche gefahren ist, unter der ich den Augenblick vorher noch Schutz gesucht hab vor dem Gewitter. Wie oft werd ich, ohne es zu spüren, so nah am Tode gewesen sein?

Wenn ich's nie gespannt hab, dass die nächste Minute die letzte sein könnt, warum hämmert's mir heut so im Hirn? Ich bin wiederum unbeschadet davongekommen, mir droht keine Gefahr. Werd ich dappig und feig? Ich muss mich zusammenreißen.

»Dir is doch net gut, Großvater«, sagt das Marei besorgt, »du schaust drein, als wär dir net extra. Sollt ma anhalten, und du rastest dich aus?«

»Nix. Es ist alles, wie es sich g'hört. Wir sind ja gleich droben. Des Ross zieht ja wie der Deifi den Berg 'nauf, Sapristi!«

Ein paar hundert Schritte vom Haus wird der Weg zu steil und zu lehmig, da geht es nicht weiter, der Wagen bleibt stecken. Der Flori wirft die Zügel über den Weidezaun und schirrt so weit ab, dass das dampfende Tier sich beugen und grasen kann. Dann gehen sie das letzte Stück hinauf. Der Söllmann läuft vor ihnen her und kriecht gleich in seine Hütte beim Stall.

Dem Brandner sein Anwesen war früher einmal eine Hube. Heut ist es kein Lehen und nicht einmal mehr ein Halblehen, sondern nur noch eine Sölde, ein Sechzehntel von einem richtigen Hof.

Ihm gehört noch das niedrige Haus mit dem geneigten Schindeldach, der Altane aus Holz im ersten Stockwerk, den kleinen Fenstern, um die herum eine Lüftlmalerei verblasst. Die vielen Geranienkästen, die das Marei liebevoll pflegt, lassen es freundlich genug herschauen. Im Stall stehen drei Schafe, zwei Küh und zwei Ochsen, einer für die Arbeit und einer zur Mast, zum Erwerb. Früher waren da zwei Dutzend Milchvieh und die vier Rösser vom Fuhrgeschäft seines Vaters eingestellt, nun ja. Eine Loas mit vier Fackein liegt drinnen im Koben. Im Verschlag nebenan sind nur mehr zwei Enten und sieben, acht Hühner. Gäns gar keine mehr.

Der Wald hinterm Haus gehört schon lang nicht mehr ihm. Nur noch das Dicket aus Fichten und Buchen den Hang zum Albach hinunter. Der verläuft seit über vier Jahren außerhalb seiner Grenze, seit er, um dem Senftl Schulden zu zahlen, das Land mit dem Bach schweren Herzens dem Pfliegel verkauft hat, dessen stattlicher Hof im Dämmer in der Entfernung zu sehen ist.

Ans Haus grenzten einstmals sechzig Tagwerk bucklige Gründ. Zwölfe davon sind ihm verblieben. Das meiste ist Grasland, ein Acker Kartoffeln und ein Eckerl, wo der Roggen gedeiht, auf dass er sein eigenes Brot hat, das dankbar und fromm mit dem IHS des Brotstempels geweiht wird, und vor dem Anschneiden mit dem Messer bekreuzigt.

Im Stadel, an den das Brennholz sauber geschlichtet ist, stehen der große und der kleinere Wagen und der zum Odeln. Dort sind die alten Gerätschaften aufbewahrt: Strohschneider, Gsootbank, Schäffel, Dengelstock, Sattlerbank und die Hoanzlbank fürs Bearbeiten kleinerer Hölzer. Und natürlich das Heu für das Vieh. Voll wird er nimmer. Im Winter hacheln und kämmen er und das Marei dort das bissei Flachs, das oberhalb wächst, das sie zuvor geriffelt und am heißen Ofen gebrechelt haben, und das Marei ist tüchtig im Spinnen und Weben.

Am Stadel das Backhaus, daneben seine finstere Schlosserwerkstatt mit dem alten – zu alten – Werkzeug. Alles sauber geordnet und ein bissei heruntergekommen, weil es so lang schon am Nötigen fehlt.

Sie gehen durchs Sommergatterl in den Vorgarten mit den Blumen, dem Gmüs und den Krautern. Sie öffnen die Haustür, auf deren Stock das segnende 18 C + M + B 56 mit Kreide geschrieben steht. Hinter der Tür nimmt der Kaspar den Weichbrunn – heut ist ihm danach – und schlägt das Kreuz, dankbar für seine Heimkehr.

»Bring ma dich gleich 'nauf ins Bett?«, fragt das Marei, aber er mag noch nicht liegen, er will in die Stube, zum Lehnstuhl. Es ist bereits dunkel. Das Marei zündet die Petroleumlampe an, hockt sich nieder, zieht ihm die Stiefel aus und bringt die Hauspantoffeln mit den hölzernen Sohlen. Er lässt sich heut die Bedienung gefallen, weil er sich doch recht hart schnauft und keine Kraft in sich spürt.

»Ich mach dir was z' essen.« Das Marei will in die Kuchl, doch er hält sie zurück:

»Dankschön, i mag nix. Ich brachtert nix nunter. Ich brauch bloß a Zeitl mei Ruh zum staad Sitzen und Ausschnaufen.«

Der Flori steht herum wie ein fremder Besuch und schaut ein bissei besorgt drein: »'s Beste is g'wiss, i druck mi und bring den Wagen zurück.«

»Das Marei soll mitfahren!«

»Geh, Großvater, ich lass dich doch jetzt net allein.«

»Und dein Treiberlohn? Wir ham's net grad zum Verschenken, Madl. Du fahrst mit zur Jagdtafel und holst ihn dir ab. Da kann der Senftl nix machen dagegen. Nimm die Kraxen mit, dass d' was heimschleppen kannst, im Fall was von der Strecke an die Treiber verteilt wird.«

Das Marei möchte schon gern zum Gelage, aber sie zögert: »Des wär doch net zum Verantworten, bei dei'm Zustand ...«

Der Alte muss sie hinausstampern zum Umziehen, weil sie im Treibergewand, als Bub, dort nicht gut auftauchen kann. »Schleun di«, sagt er, »net dass die besseren Trümmer alle vergeben san.«

Das Marei lacht und gehorcht nur zu gern.

Während sie in ihrer Kammer sich putzt, mag der Flori in seiner jugendlichen Neugierde noch einmal über die Vorfälle reden:

»Du hast den Schwarzen doch 'kennt und magst es net sagen, aus Schonung für ihn. War's dem Simmerl sein Schuss?«

»Is doch Wurscht. Es ist gut ausganga und damit vergessen. Ich hab niemand kennt und bin mir auch nimmer sicher, ob da wirklich wer war. Der Doktor wird schon Recht haben, es war a Traum, mehra net.«

»I glaub aber schon, dass es der Simmerl gewesen sein könnt.«

»Und wenn – ich wär ihm net gram, es wär net mit Absicht geschehn.«

Der Flori geniert sich ein wenig, ehe er allzu neugierig wissen mag:

»Is 'as Marei immer noch Freund mit dem?«

Der Kaspar schmunzelt, weil sich der junge Dutterer gar so plump über den Rivalen erkundigt:

»Des fragst sie selber. I schaug net dahinter – des is ihra Sach'.«

»Und die Drohung vom Senftl? Die war ja beinah wie a biblischer Fluch. Ich mein', so ein Garneamd, wie ich, der richtet nix aus gegen ihn. Aber traut der sich wirklich an euch?«

»Bei dem weiß ma nie. Er is a tüchtiger Mann, er hat seine Verdienste, auch um die Gemeinde, aber halt a Ruach, a Geizkragen, a Zornniggel und a Gifthaferl dazu.«

»Des kannst aber laut sagen. Seine Knecht sind der Ansicht, sie derleben es noch, dass den der Schlag trifft, vor Giez und vor Geiz. Der werd amal blau im G'sicht und fallt um – auf des warten s'.«

»Man soll neamd nix Böses net wünschen, aber eine Vermahnung kunnt dem g'wisslich net schaden. Es war oft g'nua nah dran, dass s' ihn ins Haberfeld treiben, so harb sein manche auf ihn. Was meinst, hat er's dir gegenüber ernst g'meint?«

»Glaub schon. Ich geh nachert z'ruck auf sein Hof, in mei' Kammer, und wart ab, was er morgen daherred't. Kunnt aa sein, i triff ihn jetzt noch, drunten im Schloss, dass er da scho was sagt …«

»Geh ihm heut aus 'm Weg. Heut is er noch z' gifti.«

»Vorhin, wie sich die Herrschaften um dich bekümmert ham, da war er ganz zahm und hat sogar aufs Marei a ganz a süße Fotzn hing'macht. Ihren Treiberlohn werd er na doch net verhindern, oder was meinst?«

Sie hätten noch mehr hin und her überlegt, wäre nicht das Marei hereingekommen, unternehmungslustig und voll Vorfreude. Im Feiertagsgewand mit dem Schalk sieht sie so zum Abbusseln aus, dass der Brandner ganz stolz auf sein ansehnliches Enkelkind wird.

»I waar 's, Flori! Großvater, im Herd is noch Feuer, kanntst dir die g'schmalzene Brotsuppen aufwärmen, wenn dir danach is. Dann gehst aber ins Bett, des musst mir versprechen. Du schaugst zwar schon wieder ganz frisch her, aber besser is besser. Gib gut auf dich Obacht und mach keine G'schichten. Wenn's dir schlechter gehn sollt, läutest die Glocken oben am Haus. Die hör ich bis drunten und bin glei bei dir.«

»Wenn 's mir letz wurert, hätt i den allerbesten Nothelfer gleich bei der Hand«, sagt der Alte, holt den Kerschgeist des Simmerl aus seiner Tasche und lacht: »Jetzt druckt's euch, ihr zwoa, vor i euch 'nausschmeiß! Hat ma denn niemals a Ruh vor euch Junge?«

Er ist so guter Dinge, wie er da sitzt in dem Lehnstuhl, dass sie fröhlich und sorglos davoneilen können. Er sieht durch das Fenster sie ins letzte Dämmerlicht laufen, hört ihre Stimmen, das Anschirren drunten, das Wenden des Wagens, das Schnauben des Sengerschen Pferdes. Sie rasseln davon, es wird still.

Da ist er allein und allem ausgeliefert, was kommt.

Der Tod

Der Schmerz im Schädel wird ihm wieder bewusst. Er verharrt unbeweglich, er kann sich nicht entschließen, in die Schlafkammer zu gehen, er wartet und weiß nicht, worauf. Er wickelt die Binde ab, die der Medicus um seinen Kopf geschlungen hat, tastet, schaut auf die Finger, ob noch ein Blut zum Sehen ist, aber da ist nichts mehr. Missmutig tatscht er an dem wehen Ohr herum.

Das elende Sirren und Klingen in seinen Ohren will nicht verstummen. Und seine Augen? Wohin er auch schaut, es ist ihm, als blicke er wieder durch Wände aus dickem Glas, die alles verzerren und krumm machen. Deifi noch amal, denkt er, ich hab doch schon ganz andere Sachen derlebt, und mir war net a so. Jeder Wehdam wird mit der Zeit g'ringer, und so damisch kann einem doch net sein von so a bissei am Streifschuss. Sollt ich aufstehn und mir a Essen bereiten? Ich hab seit in der Früh fast nix im Magen. Am End liegt's an dem, dass ich so roglert beinand bin.

Er will sich erheben, aber es geht nicht. Die Mattigkeit presst ihn in den Lehnstuhl zurück. Er ächzt leise und wiegt den Kopf schmerzhaft hin und her, wie er es öfter hat tun müssen seit dem Peitschenschlag des Schusses im Wald.

Es ist still. Er hört nur die alte Uhr an der Wand unermüdlich die Minuten in Stücke hacken. Lauter als sonst, kommt ihm vor. Dass von draußen so gar nichts zu vernehmen ist? Kein Laut von den Viechern im Stall, kein Uhuschrei durch die Nacht?

»Ah was«, sagt er rau, reißt sich empor aus dem Sessel, stellt sich, so fest es gehen will, auf seine Füß und schlurft in die Kuchl hinüber zum Herd. Er vernimmt dabei nicht die eigenen Schritte, über das Sirren und Klingen im Schädel dringt nur das schmerzende Hacken der Uhr, sonst ist alles wie tot und verstorben, als lebe die Welt nicht mehr, als sei er allein geblieben in ihr.

»Und 's Feuer is auch aus? Kein Fünkerl Glut mehr, nur Asche? Wo 's Marei doch g'sagt hat, es brennt noch, und wo 's doch ansonsten immer noch glimmt, auch wenn wir den ganzen Tag fort waren. Was g'schiecht denn bloß heut? Spinn ich? Is alles derquer?«

Eine Wut packt ihn. Er haut mit der Faust auf die laue eiserne Herdplatte. Für die Brotsuppen müsst ich den Herd erst wieder zünden. Ah was, a Stückl a Brot oder a Nudel wird's auch tun, und zur Feier meiner Errettung vergönn ich mir a Trumm vom G'selchten und einen Schluck von dem Kerschgeist dazu. Wo hab ich die Flaschn denn hingetan?

Als er sie sucht und in die Stube zurückkommt, gleitet sein Blick über den Herrgott im Winkel über der Ofenbank. Ein Schein Mondlicht fällt just auf ihn. Still hängt er da, aber es ist ihm, als schaue er her, mit einem wahrhaftigen Blick aus wirklichen Augen, wo die doch nur aufgemalt sind.

»Weh tut's«, sagt er leise zum schmerzhaften Herr-

65

gott hinüber, »und mir is so loami wie niemals zuvor, und schieach zum Verzagen. Ich war noch nie krank, bis zum heutigen Tag. Was hätt mich auf oamal 'packt, und ich kann mich nicht wehren?«

Blicken die gemalten Augen aus dem gesenkten Haupt wahrhaftig forschend herüber, oder macht nur das seltsame Mondlicht, dass es so scheint? Mondlicht? Ist denn nicht Neumond?

Dem Kaspar rieselt es über den Buckel. Des muss wahrhaftig a Krankheit sein, die mich am Schlafittl 'packt hat, und desterhalb fang ich 'as Spinnen an, von einer Stund auf die ander'. Er reißt die Tür auf ins Freie und schaut zum Himmel hinauf. Da ist kein Mond. Es ist rundum stockfinster.

Just in dem Augenblick kommt ein Wind auf. Von fern über die Blauberge rauscht er daher, wie oft, wenn ein Südwetter einfällt und erst einen Sturm vor sich her jagt. Mit jeder Minute kann er das Heulen und Sausen deutlicher hören, aber, g'spassig, kein Blattl regt sich dabei, kein Bröserl Staub wirbelt auf, nur einen eiskalten Hauch verspürt er auf seinem Gesicht.

Ein Sturm nach so einem sonnigen Tag, einem geruhsamen, leuchtenden Abend? Ein Wettersturz, der einen Schub Kälte vorausschickt, zu dieser Jahreszeit? Ist der heilige Petrus närrisch worden? Oder der heilige Michael, von dem man die guten Wetter erflehen muss? Kann der es heulen und sausen lassen, ohne dass die Busch, die Äst und die Bäume sich biegen?

Warum steht alles starr da und still? Die Kerze in seiner Hand flackert nicht einen Deut, als er ums Haus eilt, um zu sehen, was er nicht glauben mag.

Aber es ist so, wahrhaftig: Der Söllmann liegt ruhig in der Hütte, den Kopf auf den Pfoten, und im Stall drinnen rührt es sich nicht, wo die Viecher doch sonst beim Sturm an den Ketten zerren, brüllen, scharren und an die Bretterwand dreschen vor Angst. Sie liegen friedlich und still, und nur etliche heben ein wenig die Köpf, als der Kaspar die Tür auftut und im Kerzenschein nach ihnen schaut.

Eisige Furcht kriecht in sein Ingreisch, und er flüchtet förmlich zurück in die Stube. Der Schnaufer geht schwer, er greift sich ans Herz, auf dem ein Gewicht lastet, und er murmelt: »Des kommt alles vom Magen. Was essen, na bin i glei wieder beinand.«

Sein Blick streift abermals den Herrgott im Winkel. Das seltsame Licht ist erloschen, die Augen schauen nicht mehr. Na alsdann, es werd ja schon wieder, denkt er. Da mischt sich in das nahende Brausen des Sturms der ferne Klang einer Glocke.

»Läuten die drunten im Schloss bei der Festlichkeit? Aber nein, das ist die Totenglocken, drunten, vom See, von Quirin! – Wer is denn da g'storben? Und seit wann läutet man die bei der Nacht?«

Er schlägt das Kreuz, er hockt sich zum Tisch in den Herrgottswinkel, er horcht auf das Wachsen des Sturms und das scheppernde Glöckchen und vermag sich nimmer zu rühren. Etwas zwingt ihn zum Stillsein und Warten, bis geschieht, was nunmehr geschehen muss. Nach einer Weile wird's still. Nur die alte Uhr hackt die unendliche Zeit in die Stube.

Dann klopft es hart an die Tür, drei Mal. Der Brandner hebt seinen Blick und ruft laut:

»Nur eini!«

Die Türe fliegt auf, und draußen vor dem Dunkel der Nacht steht wer, dessen Umriss zu ahnen und dessen Gesicht nicht zu sehen ist. Er tut keinen Schritt und sagt keinen Mucks, bis es dem Brandner zu dumm wird und er ihn anredet, obwohl es ihm widerstrebt:

»Hab mir's glei denkt, dass des a Fremder is. 's Anklopfen is bei mir net der Brauch. Meine Tür is für a jeds offen«, sagt er.

Die Gestalt regt sich nicht. Sie scheint nur feindlich und bös aus dem Dunkel auf ihn zu starren. Der Kaspar spürt einen Ärger und merkt nicht, dass der Schmerz, dass das Klingen und Sirren im Kopf ausgelöscht sind, dass ihm der alte Mut und die gesunde Courage zurückkehren, als er den Fremdling in Ungeduld angeht:

»Alsdann, was geit's? Red halt, was d' willst?«

Keine Antwort.

Der Kaspar rückt ein wenig herzu auf der Bank, um die Gestalt besser erkennen zu können, und spricht dringlicher auf sie ein:

»Grad war i draußd vor der Tür. Da war weit und breit keine Seel net zum Sehen. Bist du eppa herg'flogen?«

Auf einmal krächzt es aus der Gestalt, sanft und seltsam:

»Kunnt scho sein.«

Was ist das für eine Stimm? Sie klingt wie von fern her, rissig und dünn, und ist doch ausfüllend nah in den Ohren, so als raune sie von keinem Ort, als spräche sie in ihm selber. Der Brandner kann sich nur wundern:

»Du bist mir einer«, und winkt: »Geh halt zuawi,

steh net draußen vorm Haus und trag mir die Ruh aussi.«

Langsam, und scheinbar ohne die Füße zu regen, gleitet der Fremde herein in die Stube. Hinter ihm fällt die Türe ins Schloss, ohne dass er sie angerührt hätte, ganz von selber. Nun steht er am Tisch, neben dem Ofen, schwarz und still. Der Schein der Petroleumlampe streift ihn, und der Kaspar kann sich gar nicht genug wundern:

»Du bist mir einer. Zaundürr und klappert, bleich und hohlaugert, zum Derbarmen.«

Die Gestalt scheint zu lächeln.

»Kennst mich net?«, fragt sie so sanft, dass es dem Kaspar ganz anders wird und seine Angst ihn immer mehr ausfüllt. Er schüttelt den Kopf. Freilich, insgeheim kennt er ihn, freilich. Woher nur?

»Derratst mich denn net?«, fragt es lauernd.

Der Kaspar schüttelt erneut seinen Kopf, während es ihm kalt und kälter durchs Hirn und den Leib rieselt, weil er es weiß und es dennoch nicht wissen und wahrhaben mag. Er duckt sich zusammen, er wendet den Blick ab und raunzt feindselig zurück:

»Mir is', als möcht ich dich net derraten.«

»Wir san uns doch heut scho begegnet, auf an winzigen Augenblick – du erinnerst dich doch ganz genau, Kaspar, geh zua!«

Er hebt seinen schwarzen Umhang vors Gesicht, akkrat so, wie der Kerl heut im Wald, als den Brandner der Schuss riss und er wie tot auf dem Boden gelegen ist. Freilich! Das ist er! Aber nein, der hat doch ganz anders ausg'schaut, und den hab ich mir lediglich ein'bildt, hat der Doktor gesagt. Nun steht er da in der

Stube und redet mit einer unbegreiflichen Stimme, wie niemand auf Erden sonst redet.

Der Tod ist es, und er erscheint in jener Gestalt, wie sie in der Kirchen aufgemalt ist, an der Decke. Es ist wahr. Ich hab's nicht gewusst und hab's nicht geahnt. Die Stunde des Scheidens, die Stunde des Sterbens ist da, vor mir steht der Tod!

Der antwortet, ohne dass es gesagt oder gefragt worden wäre:

»Net gar so dramatisch, Kaspar. Sag ›Boanlkramer‹ zu mir, wie alle Leut, wenn s' meinen Namen nicht aussprechen mögen aus begreiflicher Furcht. Schau, ich komm, weil ich dich fragen hab wollen, ob'st net eppa mit mir gehst.«

Mitgehen? Ergeben und ohne Widerred sterben? Der Brandner springt auf und versucht mit ein paar Schritten die Tür zu erreichen.

»Naa!« ruft er dabei. »Und i mag amal net!«

Da zwingt ihn die Stimme zum Stehen.

»Es muss dengerscht sein«, sagt sie ungerührt, unverändert und sanft: »Schau, Kaspar, der Büchsenschuss sollt dich vermahnen ans End von aller Zeitlichkeit.«

Der beginnt zu begreifen: »Ah, so geht des zu?! Du bist es g'wesen, der den Schuss auf mich g'lenkt hat.« Und als die Gestalt zu nicken scheint, setzt er höhnisch hinzu: »Und hast mich net amal 'troffen? Net amal des? An Prellschuss hast z'ammbracht, wie der belgische König, du sauberer Schütz.«

Dem Schwarzen scheint dieser Vorwurf unangenehm, sein Raunen klingt um einen Deut strenger:

»Nach dem Schuss sollten die Leut sagen: Er hat dieses Schrecknis nicht überstanden, weil es zu viel war fürs alte Herz. Es hat's nimmer derpackt und ist stille gestanden in Frieden, in der nämlichen Nacht. Verstehst?«

Freilich versteht das der Kaspar. Ganz gut versteht er's, aber er will's nicht verstehen. Er will leben und nicht ergeben sich fügen, und so vergisst er, welch ein Bote da vor ihm erschienen ist, und raunzt ihn an, als sei es der Loichinger, der schelchaugerte, dumme Gendarm:

»Nix da, nix. Des san Sprüch und san Krampf. Der Schuss, der war net für mich.«

Mit einem Ruck schnellt der Schwarze augenblicks dicht vor ihn hin, als wollt er ihn zwingen:

»Der Tag is für dich! So is es dir aufgesetzt. Es geht aufs End!«

Er hebt den Zeigefinger wie ein strafender Schullehrer. Als der Brandner bemerkt, wie knochig und dürr dieser Finger ist, wird ihm wieder bewusst, mit wem er da redet, und er denkt im nämlichen Augenblick nur noch das eine: dass er sich nun aufs Aushandeln verlegen muss, denn ein Mitgehen, Ergeben, so einfach mitten heraus aus dem Leben …

»Geh, Boanlkramer, sei net a so! Ich bin doch so g'sund wie der Fisch drin im Wasser. Sag selber, schau'n so die grablaufenden Leut aus, die du holst ansonsten?«

Grinst der Schwarze? Der Brandner kann es nicht recht erkennen, denn dieses Gesicht ist wie hinter einem schwarzen Schleier verborgen. Nur dann und wann brennt ein stechender Blick heraus, oder ein

71

amüsierter, wie jetzt grad, als der Besucher kichert: »Naa naa, da hast Recht, die mehrern san siech und lägrig.«

»Und zaundürr und klappert, dass ma d' Verwandtschaft zu dir gleich erkennt«, versucht der Brandner zu scherzen.

Der Bote schüttelt bedeutsam den Kopf: »Manch andere aber, schau, die sind wie du noch voll Leben, und dennoch ist es ihnen unwidersprüchlich ehern aufgesetzet.«

Ich darf ihm nicht zeigen, wie es mir graust, denkt der Brandner. Er mag es, scheint's, wenn man sich nicht vor ihm fürchtet und lustig redet mit ihm, auf dass er noch einen G'spaß draufsetzen kann, und so ruft er und versucht ein Lachen dabei:

»Ja, wenn 's rauschig san und heimzu wackeln, bei der finsteren Nacht!« Und wirklich kräht der Schwarze vergnügt: »Akkrat a so ist es! Wenn s' da singen und hupfen, dann tun sie blindlings den falschen Schritt! Und ich – ich muss ihrer warten!«

Und schon ist sein Lachen wieder aus und vorbei. Todernst starrt er zum Brandner herüber. Der denkt sich, wenn ich ihn anbrüll, ist es vielleicht besser, und fetzt hinterher:

»No, und ich? Hab ich an Rausch? He? Da schau her – die ganze Flaschn Kerschgeist saufert ich aus und stehert danach noch allerweil kerzengrad aufrecht, als wie a alter Baum steht!«

Zum Beweis reißt er den Korken heraus und tut einen tiefen Zug. Der Boanlkramer schaut zu, lächelt milde, und raunt feierlich, seltsam und still:

»Nur zu! – 'leicht ist es dir aufgesetzet, dass da

draus a Schlagerl wurert – und dass sie dir stehen bleibert, die Uhr.«

Die Uhr?

Der Brandner setzt in Verwirrnis die Flasche zurück auf den Tisch und weiß nicht, was tun. War das eine Drohung? Gäb es das wirklich, die Lebensuhr anhalten, wie es heißt in der Redensart? Was hat er vor, der ungebetene Gast?

Der weist mit dem Finger bedeutsam hinüber zur Wanduhr, deren unbeirrbares Hacken nicht mehr alles durchdringt, sondern die unbekümmert wie sonst ihren Gang geht. Will er am End mit dem knochigen Finger den Perpendikel berühren, auf dass sie ihm still steht? Sie, deren Ticken und Schlagen den Kaspar von Kindstagen an durchs Leben geleitet, war sie nicht wie ein Herzschlag der Zeit, wie der Puls des Verrinnens? War sie jemals stehen geblieben? Nein. Nicht in der Todesstunde des Vaters und nicht, als die Mutter verschied. Der Schwarze wendet sich um und scheint hinüber zur Uhr gleiten zu wollen, in seiner seltsam schwebenden Art. Was mach ich? Gegen den hilft mir keine Gewalt, ich kann doch nicht raufen mit ihm, denkt der Kaspar, und schon schreit er, ohne sich lange besonnen zu haben:

»Geh, lass doch den Schmarrn! Überhaupts, g'scheiter als die ganze Rederei da waar's, wenn du mittrinkertst!« – und streckt ihm die Flasche entgegen.

Das reißt den Boanlkramer herum. Es schaut aus, als würde er auf den Schlag ein Stück kleiner. Er rutscht an den Tisch, starrt die Flasche an und sagt, gar nicht mehr feierlich jenseitig, sondern ganz nah und wahr und skurril:

»I? – An Schnaps?«

Oha, schießt es dem Brandner ein, des verfängt! Er hält ihm die Flasche grinsend unter die Nase:

»Elendig und sper, wiest du bist, taat dir a Glasl gwiss gut.«

Der Seltsame scheint sich kaum fassen zu können vor Staunen und Unglauben und gackst nur heraus:

»Du meinst … dass i sollt … dass i derfert?«

»I trink net gern allein. Pass auf, mir mach ma 's uns kommod, wie es sich g'hört für so an besonderen Gast!«

Mit einem Griff holt er aus dem Wandkastl hinter sich zwei Glasln heraus und schenkt sie eilends so voll, dass sie überlaufen: »Alleinig trinken nur solche, die's Leben vergessen möchten – und des könnt keiner mir nachsagen. Da! – Wohl bekomm's!«

Der Boanlkramer glotzt in Sprachlosigkeit auf das Glasl. Dann räuspert er sich und murmelt: »Des hat mir keiner noch 'boten, und viel is mir schon g'schehn«, beugt sich hinab und schnuppert in Vorsicht:

»Des is gwiss ganz a milder, gell?«

»A guater is es, a starker. Probier nur!«

Der Kaspar hebt sein Stamperl und wartet gespannt. Wie sehr sein Gast aus der Fassung ist, kann er gut sehen, denn der rutscht hin und rutscht her, schnauft, hebt und senkt seinen Schädel und schmatzt lüstern. Dann aber, auf einmal, wendet er sich brüsk ab und knautscht, als habe man ihn beleidigt:

»Naa naa, nix, und des geht amal net.«

»Warum net? Traust du di eppa net?«

»Geh – trau'n! Es is net ums Trau'n. Warum sollt ich mich net trau'n?« Er schnauft, und er wackelt erneut. Er schaut, er schnuppert und hüstelt: »Es is bloß an dem: Ich weiß grad net so genau, ob des gern g'sehn wurert«, und schickt einen raschen Blick auf gen Himmel.

Nun ist es am Brandner, sanft und verführend zu säuseln:

»Schau, du musst doch kennen lernen, von was für Seligkeiten du die Leut wegholst. Trau di nur, glaub mir, du wirst 's nicht bereuen!«

Das verfängt nicht. Der Boanlkramer raunzt lediglich barsch zurück: »Geh – ›Seligkeiten‹, du waarst guat. Irdische Freuden san des, allenfalls, vergängliche! Seligkeiten, mein Lieber, Seligkeiten san was ganz was anderes, aber scho ganz. Des san …«

Er unterbricht seine Predigt. Während er sie erteilte, war er mit dem dürren Finger dem Glasl zu nahe gekommen und hatte in die Lackn aus übergeronnenem Schnaps hineingetappt. Er erstarrt und verstummt, führt den Finger zum Mund, leckt zaghaft daran und meint sogleich ehrfurchtsvoll:

»Schmecka taat er, scheint mir, guat!«

Der Brandner grinst: »No, auf was wartest denn dann noch?!«, und macht Miene, mit ihm anzustoßen. Das bricht das lange Sich-Widersetzen, und mit einem scheinheiligen: »No, wennst mich zwingst, und wenn ich dir damit einen Gefallen erweis – «, nimmt er endlich das Glasl zwischen seine dürren Finger und trinkt einen winzigen Schluck.

Im nächsten Augenblick reißt ihn ein Husterer halb von der Bank. Er hat sich verkutzt, schluckt, schnauft, pfaunzt und pfutschert und schielt dabei ängstlich gen Himmel, als erwarte er von dort einen Blitzstrahl und ein schreckliches Donnerwetter.

Der Brandner ruft: »Bravo«, und schenkt augenblicks nach: »Nur zua! Des macht unsern Diskursi glei leichter, wirst es sehn!«

Das tröstet den Boanlkramer offenbar, denn er greift beherzt nach dem wieder gefüllten Stamperl und salbadert dazu: »Dann ist es gut, denn alles, was dir's Ja-Sagen leichter macht, soll gerne geschehn. Weil Ja-Sagen muaßt, es is dir so aufgesetzet – verstehst mich?«, und schüttet den zweiten Kerschgeist in einem Schwapp hinunter.

›Aufgesetzet.‹

Da ist es erneut, das feierliche Wort, das der Herr Pfarrer nicht öfter als zweimal im Jahr ausspricht. Waren dem Menschen sein Schicksal und sein schließliches Ende denn wahrhaftig lediglich aufgesetzet? Konnte er sein Leben nicht selber schmieden, durch die Vernunft und die Mäßigkeit und den Glauben?

Der will mich einschüchtern und durchanand bringen, denkt der Kaspar, ist auf der Hut und trinkt nicht vom Kerschgeist, sondern tut nur, als trinke er mit.

Er schenkt allsogleich nach und überlegt fiebernd, wie er den ungebetensten aller Gäste hinausexpedieren kann. Er muss auf eine Gelegenheit passen, denn für einen solchen Hinausschmiss gibt's kein Rezept und kein Vorbild. Einstweilen hockt er ja friedfertig da und säuft wie ein Loch. Der Kerschgeist verschafft ihm sichtbar ein ruhiges Behagen. Er trinkt aus, und gleich darauf noch einmal. Dann macht es aus ihm:

»Hick!«

76

Und gleich noch einmal: »Hick«. Er glotzt ganz verwundert. »Was is des?«

»Des is stets a so, auf 'n Kerschgeist«, grinst der Brandner und schenkt wiederum nach.

»Bei dir macht's aber net so.«

»Weil ich 'n g'wohnt bin. Trink nur getrost, nach'm nächsten vergeht's, wirst es sehn.«

Der Schwarze greift gierig zu: »Des waar mir fei lieb, weil, des stößt a so schierli her, dass ei'm glei die Boaner klappern.«

Er schlürft, und er schmatzt, setzt das Glas ab und erwartet den nächsten Stesser. Als er ausbleibt, lächelt er glücklich: »Ja, tatsächlich. Weg is 's.«

Doch da reißt es ihn wieder, und zwar gleich so, dass es ihn halb von der Bank haut:

»Hick.«

Er sinkt mutlos zusammen. Der Brandner betrachtet ihn lauernd und ein wenig mitleidig und gießt noch einmal nach:

»Bist halt nix Gutes net g'wohnt, des is zum Merken.«

Nichts Gutes gewohnt – der Boanlkramer fängt zart zu greinen an. Sein Knochengesicht wird trübe im Kummer. Der Brandner kann es gut sehen, denn mit jedem Glas Kerschgeist sind die unheimlichen Züge deutlicher sichtbar, scheint der schwarze Schleier vor ihnen lichter zu werden.

Grad schön ist er ja nicht anzuschauen, mit seinen hohlen Wangen, dem luckerten Gebiss und der kleinen Nasen mit den großen Nasenlöchern. Von seinen dunklen, brennenden Augen aber geht eine Gewalt aus. Jetzt grad sind sie halb verschlossen von schweren, wimpernlosen Lidern, als er, angetrunken, voll Selbstmitleid anhebt:

»Naa, i bin wirkli nix Gutes net gewohnt. Weißt, diese Menschen! – Da jammern s' und greinen s', das Leben is gar so schwer und die Welt nix als wie ein Jammertal!«

»Geh!«

»Doch! Des sagen s' im Ernst! Aber komm ich dann, sie zu erlösen, dann geht des G'schrei erst recht los! Da wollen s' ums Verrecken weiterleben, und auf einmal wär alles so schön hier auf Erden, und grad Angst hams'.«

Er leert zur Bekräftigung sein Glas in einem Zuge.

»Musst es verstehn«, begütigt der Brandner und schenkt ihm das siebente Stamperl ein. Der unheimliche Besucher schüttet es gierig in sich. Man sieht ihm die Wirkung dieser ungewohnten Sauferei bereits an. Er lallt, als er heftig zu widersprechen beginnt:

»Naa, muaß i net. Und ich versteh's auch net! Tu ich sie doch geleiten in zarter Gnade und die Luft erfüllen mit sanfter Musik auf ihrem Wege, auf dass sie sollen getröstet sein.« Er grinst. »Magst es hören? Pass auf – horch!«

Er tut eine große Handbewegung, und augenblicklich erschallt von fern ein Klingen von Harfen und Geigen und einer leisen Orgel dazu. Es dringt von oben herein und erfüllt allen Raum, es zieht den Brandner magisch empor in die Höh, auf die Füß, und er richtet den Blick nach oben. Er geht in der Stube herum und streckt sich, weil er es immer näher zu hören verlangt, und wäre gern aufgeschwebt, diesen Klängen nachfolgend.

Der Boanlkramer hockt auf der Bank, trinkt, und der Rausch macht ihn müde. Die Augendeckel sinken herab. Erst als der Brandner beim Umhergehen an den Tisch stößt, schreckt er auf, entsinnt sich der Pflicht und will sogleich wissen:

»No? Was is? Magst net doch mitgehn? Hm?«

Der Kaspar schüttelt den Kopf und versucht einen Ton der Vernunft:

»Es geht net, schau, siehg 's halt ein, endlich. Ich bin noch vonnöten dahier. 's Enkelkind und auch der Flori, denen muss ich das Gütl erhalten, auf irgend a Weis.«

Er schaut noch immer nach oben, als könne er die Musikanten der Himmelsweisen doch noch erspähen, und merkt kaum, wie der Boanlkramer hinter ihn tritt und ihm leise gebieterisch zuredet:

»Kaspar! Dein Leben währet nun schon zweiundsiebzig Jahre …«

Da fährt er herum:

»Ja, woaßt denn du, wie z' kurz dass des is? Des lauft doch dahin, wie der Bach abi vom Berg, und stürzt mit jedem Jahr schneller talab, wie der Wasserfall! Vierzig Jahr waren 's auf Lichtmess, dass mir mei Traudl g'storben is, und einundzwanzig, dass mir die Tochter wegg'holt worden is aus'm Kindbett. Von dir! Und mir is' noch immer, als wär's grad erst gewesen, grad gestern!«

Er redet sich in einen solchen Zorn hinein, dass der Boanlkramer vor dieser Anklage zurückwankt und kaum weiß, was erwidern, so hart geht der Alte ihn an: »Und jetzo, wo ich mich dreinfind', wo grad alles wieder a bissei ins Lot kommt, da kamertst du mir daher, mitten im Sommer, zur Jagdzeit, wo d' Rehbirsch beginnt, und taatst penzen und mich drangsalieren, dass i mitgeh – freiwillig! I bin doch net narret! Und außerdem is' jetzt aa z' hoaß!«

»So, zu heiß?« Der Boanlkramer zeigt sich beeindruckt und nickt ehrerbietig, als er auf die Ofenbank zurücksinkt und erneut nach dem Schnaps greift. Er wird wieder elegisch und beginnt leise zu jammern:

»Weißt, mir is es niemals z' hoaß. Bloß jetzt grad is' angenehm, bei dir da herin.« Er trinkt, setzt ab und lächelt recht freundlich: »Kaspar, des hast du schön vorgetragen, wirkli. Da will i aa net a so sein. Net, dass es heißert, an seinem Schnapse erlabet er sich, aber derkennt is nix. I sag dir was Schöns: I hol di im Hirgscht. Is des was? No, wie bin i zu dir? Sag selber!«

Der Kaspar gießt ihm abermals nach. Den Kerl würde er doch unter den Tisch saufen können, das wär doch gelacht! Er verzieht das Gesicht:

»Im Hirgscht? Was fallert denn dir ein? Sollt i die Hirschbrunft hint' lassen? Und die Klopfeter?«

»Was is des?«

»'s Treibjagen! Ja, woaßt denn du gar nix?«

»Verzeih …«

»Und 's Oktoberschießen? Und die großen Hofjagden?«

Abermals zeigt sich der Boanlkramer beeindruckt und voll Respekt: »Des is alles im Hirgscht?«

»No freili!«

»Die großen Hofjagden, soso? Net solche wie heut? G'scheide? Mit dem Eurigen Kini? Majestät persönlich?«

»Mit eahm selm. Und grad der möcht mi allweil dabei haben.«

Der Boanlkramer kratzt sich am Kopf und meint kleinlaut:

»Das freilich hab ich nicht bedenket.«

»Also. Was redst dann daher?«

Der Schwarze wackelt, seufzt tief, denkt angestrengt nach und kratzt sich dabei abermals ausgiebig am Kopf und den Schultern, ehe er würdig verkündet:

»Also, von mir aus, guat. Na mach ma 's a so: I hol di im Winter. Punktum!«

Der Kaspar trumpft noch einmal auf:

»Punktum? Ja freili, so redt ma daher, wenn ma von nix was versteht. Und was is mit 'm Fuchspassen und 'm Marderausjagen? Außerdem is' im Winter aa z' kalt. Punktum!«

Ist dem Boanlkramer in seinem Surri das Heulen schon nahe? Er greint jedenfalls: »Ja, z' kalt! Mir is' immer z' kalt! Verstehst, was des heißt, Kaspar? Zu kalt in Ewigkeit«, und legt die Knochenhänd auf den Kachelofen.

»Der Ofen is aa kalt. Da, trink, des wärmt. Was Bessers gibt's net für di.«

Er schenkt abermals ein, er weiß nun schon selber nicht mehr, wie viele Kerschgeist er seinem Bedränger schon eingeflößt hat. Der bringt währenddessen einen letzten Vorschlag daher:

»Guat, Kaspar, wenn's alles so schwierig sein soll, na kimm i im Fruahjahr! Aus Äpfi Amen! Aber des is mei allerletztes Wort!«

Der Kaspar verdreht nur die Augen:

»Im Fruajahr! Woaßt denn du net, dass da d' Hahn-

81

falz is und der Schnepfenstrich und die kloan Vögel am schönsten singen im Wald! Des kannst du im Ernst doch net moana, geh zua!«

Der Boanlkramer weiß keine Antwort mehr. Er klappt den Mund auf und zu, und der Kaspar nutzt das, um endlich zur Handelschaft mit dem Berauschten zu kommen, aber so, wie er sie sich vorstellt:

»Schau, bei mir bist eh an der falschen Adress'. Ich g'hör noch net 'nüber. Des muss ohnedem a Irrtum sein.«

Das hätt er nicht sagen sollen. Der Boanlkramer lässt das Glasl stehen, hebt sich würdig zu drohender Größe und donnert den Erdensohn an, so gut es ihm im Gewackel gelingen will:

»Irrtum?! Mir san die oberste aller Instanzen, du Mensch!«

Was soll der Kaspar da anderes tun, als behutsam einlenken:

»Is ja gut, hock di nur grad wieder hin. I moan bloß, 'leicht gibt's noch an anderen Brandner Kaspar, könnt doch sein. Im Werdenfelser Land eppa …«

Die oberste aller Instanzen aber erweist sich als äußerst gekränkt und donnert unbeirrt weiter:

»Erdenwurm du! Ich komme aus der Allweisheit daher! Ich bin ausgesandt, dich zu geleiten in den ewigen Glanz – öha!«

Da dreht ihn der Kerschgeist, die Knie knicken ein, er plumpst zurück auf die Bank und vermag nur noch nachzumaulen: »Und du Bursch, du kecker, du werfertst mir eine Amtsverwechslung vor – i muss schon sagen –, naa!«

»Is ja guat, es war net a so g'meint.«

»Also! Was redst na! – Weißt was, jetzt trink ma aus, und dann gehn wir zwei miteinand auf die Reise, als guate Freund!«

Auf die Reise – die letzte, die endgültige? Nichts hatte der Kerschgeist genützt, nichts die schönen Worte und guten Wahrheiten allesamt. Der Unheimliche bleibt unerbittlich. Den Brandner packt eine Wut. Die Furcht vor dem Schwarzen hat er verloren, seit er ihn so lallend vor sich sieht, und darum traut er sich blaffen:

»Guate Freund, soso! Des wär mir a saubere Freundschaft, mit dem Kommando: ›Mir gehn mitnand auf die Roas!‹ Des is koa G'hörtsi unter g'standene Leut – und braucht auch nix weiter zum Trinken – Punktum!«

Mit einem ganz raschen Griff nimmt er dem Gast die Flasche gach aus der Hand und stellt sie weit weg, unter sich, unter die Bank auf den Boden. Punktum!

Dem Boanlkramer reißt es die rauschigen Augen weit auf:

»Kasper, ich hab dir a ganzes Jahr 'boten, als Zuwag, aber du, du hast ja für alles a Ausred. Willst denn du noch zehn Jahr leben?«

Er kann einem schier Leid tun, so kläglich schaut er jetzt drein. Der Brandner aber schüttelt nur seinen Kopf:

»Mein Vatern selig hast du schon vor der Zeit g'holt ...«

»Geh, vor der Zeit, woher möchtst du des wissen?«

»Weil mei Großvater und fast alle meine Ahndln Neunz'ge worden san! Jaja, des is so bei uns! Und so alt werd i aa! Nachert kannst kommen, von mir aus, ehnder net.«

Das ist zu viel. Da schnappt der Boanlkramer nach Antwort und bringt keine heraus. Er wiegt sich und stöhnt, wie man es bei einer Handelschaft tut, und zieht seine Finger herauf, zählt an ihnen herum und murmelt dazu:

»Neunz'ge – achtz'ge – siebz'ge – äh – wie viel gaab denn des nachert, so alles mitnander?«

»Akkrat achtzehn Jahr«, sagt der Brandner leise und fest, holt tief Luft, greift zum ersten Male von sich aus nach seinem Stamperl und trinkt es leer auf einen einzigen Zug. Der Boanlkramer achtet nicht darauf. Er spitzt das faltige Maul, siffelt leise, pfeift vor sich hin und denkt nur und denkt. Dann sagt er entschieden:

»Naa – geht net!«

Ehe der Brandner etwas erwidern kann, hört er von draußen, ganz nah vor der Tür, ein Wiehern und Schnauben. Ein Ross? – Wo käm denn da mitternächtlich eines daher, denkt er erschrocken, und fragt:

»Was war des?«

»No, mein Karrenross, was denn sonst.«

Der Schwarze wundert sich nicht, dass der Brandner sich wundert. Er tut auf zwei Fingern einen gellenden Pfiff, und aus ist's und gar mit dem Wiehern und Schnauben.

Dem Brandner ist es wieder eisig ins Herz gefahren, weil er sich vorstellt, wie da draußen die Fuhr auf ihn wartet, nur auf ihn, für die letzte Reise, deren Ziel niemand kennt. Wie oft hat er beim Rosenkranzbeten gedankenlos leiernd den Satz wiederholt: ›– jetzt und in der Stunde unseres Todes – Amen‹, und nun soll sie wirklich gekommen sein, die grausame Stunde der Überfuhr zu dem Ort, den keines Lebenden Aug je gesehen, für den er mit allen anderen um Gnade und Fürbitt gebetet, sein Leben lang. Dort draußen im Dunkel soll es beginnen –

»– auf am Karren?«

»Sowieso. Ich kann meine Passagier ja net gut auf'm Buckel spedieren oder auf meine Arm tragen«, grinst der Fuhrmann grob und ungerührt zu ihm her. Dann gedenkt er und lispelt mitleidig vor sich hin: »Höchstens die klein' blassen Kinder, wenn s' im Eis ein'brochen san – die sind eine leichte Last.« Und, als gereue es ihn, sich dem Lebendigen verraten zu haben, faucht er noch hinterher: »Aber so a Prügel Mannsbild wie du!« Da kann der Brandner auftrumpfen: »Prügel Mannsbild, soso? No also, jetzt b'stehst es ja selber zu, dass i noch lebendig gnua wär für den Neunz'ger. Horch amal zu und pass auf …«

Er kommt nicht dazu, erneut über den Handel zu disputieren. Von draußen ist abermals, näher als vordem, das durchdringende Wiehern zu hören. Es gellt dem Brandner schmerzhaft im Ohr.

»Malefizkrampen! Is jetzt a Ruah!«, schreit der Boanlkramer, pfeift abermals auf den Fingern, fährt hoch, die Türe ins Freie schwingt dienstbar auf vor ihm, ohne dass er sie berührt hätte, er wankt hinaus und schimpft ins Dunkel. Er kommt zurück und lallt die Entschuldigung: »Der wird mir ungeduldig. So lang hat er noch nie warten müssen.«

»Z'wegs meiner braucht er net warten«, faucht der

Brandner und ballt seine Fäuste. Er würde nicht mitgehen, ums Verrecken nicht, das steht für ihn fest.

Nun, da er grad wieder auf Füßen steht, wenn auch recht schwankend, scheinen Pflicht und Auftrag in den jenseitigen Boten zurückzukehren. Der frühere Glanz leuchtet wieder aus seinen seltsamen Augen, als er verheißt:

»Kaspar, sei halt vernünftig. Schau, die Welt dreht sich behaglich ohne dich weiter.«

Der aber blickt fest und finster, schaut nicht auf, und hört nicht auf den Ton der Verlockung:

»Nix! Neunz'ge sag i, und dabei bleibt's!«

»Bedenk, für dich fängt's dann doch erst an …«

»Was nacher?«

»Das wahrhaftige Leben«, haucht es ihm zu.

»Jaja, ich weiß schon. Des sagt der Herr Pfarrer aa. G'sehn hat er's net.«

»Aber ich – ich hab's g'sehn, Kaspar! Du, es is so unendlich wahr und gut dorten. Ich derf ja net 'nein. Im Paradies, da brauchen s' koan Boanlkramer, so schön is' es da, glaub mir's, so schön – ach, bal du wissertst …«

Er seufzt verzückt und verdreht vor Wonne seine Augen gen Himmel. Da der Kaspar sich nicht regt und nicht rührt, nicht antworten will, sondern sich mit den Händen am Tisch einkrallt, greift der Bote listig lockend zum Glas, hebt es und zwinkert versöhnlich:

»Wie waar 's, mir trink ma a letztes Glasl mitnand – als ein Siegel auf unser Verständnis. Gönnst mir net eines zum Abschied? Sei net a so, kumm –«

Der Kaspar brummt und wiegt sich in Missmut, ehe

er grimmig die Flasche unter der Bank herausholt, eingießt und dabei fordernd und grob, dem Gast fest in die Augen schauend, sagt:

»Aber – neunz'ge, gell! Dass i mich vor die Ahndln net genieren müsst!«

»Wuh«, macht der Schwarze verzweifelt und versucht es erneut mit der gütigen Überredung: »Kaspar, hab doch a Einsehen. Schau, die Uhr da …« Er wendet sich hin und macht Miene, hinüberzuwanken.

Da ist aber der Kaspar schon aufgefahren, ihm voraus auf den Platz vor der Uhr in zwei Sätzen und stellt sich schützend davor. Der Boanlkramer gerät aus dem Lot, verhält, schaut auf seine dürren Haxen hinunter, reibt sich die Augen, und deutet erschrocken vor sich:

»Hui, da wackelt fei was. Der Boden hebt sich – da 'nüber! Was is des?«

»In einer Stund is er wieder eben, koa Sorg!«

Sich schüttelnd und vorsichtig tastend, stakt der Unheimliche weiter zur Uhr hin. Der Brandner breitet schützend die Arme und fleht:

»G'lang s' mir net an! Die hat so redlich d' Stunden zeigt, die voller Freud und die voll Kümmernis …«

»Alt is s'«, kommt es in lauernder Güte zurück, und ein förmliches Streicheln schwingt mit in der Stimme: »Schau, am Zifferblatt kannst kaum die Rosen mehr sehen, die aufg'malt g'wesen sind, da im Eck. Und d' Zeiger wackeln, d' G'wichtschnur rutscht …«

»Und dennoch arbeit s' fleißig fort und macht so g'schäftig dipp und dapp.«

»Sie irrt sich freili g'nua dabei –«

»Aber lasst net aus! Ob s' z' fruah geht oder z' spät, Herrschaftszeiten!«

Er schützt die Uhr, er steht und weicht nicht zurück vor dem drängenden Feind, der sie ihm würde anhalten wollen, und alles müsste stille stehen im nämlichen Augenblick und für immer. Das große Fürchten kriecht wieder in ihn.

Der Andere kichert: »Du g'freust dich halt, dass s' überhaupts noch geht, gell. Und siehst ihr all ihre Fehler nach und hoffst dabei, dass dir die kommenden Jahr akkrat so alles nachg'sehen werdert, wenn bei dir die Zeiger wackeln und d' G'wichtschnur rutscht«, und biegt sich vor Lachen über den eigenen Scherz.

»Lass nur mir getrost alle Sorg, wie 's weitergehen soll«, fleht der Alte und streckt ihm mutig die Hand hin:

»Gilt's? Schlag ein!«

Nickend und ob seines Scherzes noch kichernd, will der Rauschige brav gedankenlos in die Hand schlagen, doch im letzten Moment packt es ihn, was er da tut, es reißt ihn und er torkelt zurück:

»Naa naa, nix gilt! Sei doch g'scheit. Schau, ich könnt sie ja anhalten, einfach so, auf Ja und auf Nein!«

Und er hebt seine Hand und streckt sie gegen das hackende Pendel. Ums Haar hätte der Brandner ihm den Arm heruntergeschlagen, wäre sein Entsetzen nicht gar so groß gewesen. So schreit er nur aus seiner höchsten Not:

»Boanlkramer! Weißt du, was du da tust –?!«

»Und du? – Weißt denn du, wohin dass du derfst?«, ist die milde Antwort, sonst nichts. Feierlich hebt er beschwörend die Hand hoch empor, und augenblicklich erklingt wieder die ferne, verlockende Himmelsmusik und erfüllt die Stube. Sie dringt förmlich ein in den Kaspar, tief in sein Herz, kein Widerspruch ist ihm mehr möglich und kein Streit, er kann nur noch flehen:

»Boanlkramer, ich bin zufrieden allhier! Weißt du net, was des heißt: Zufrieden sein? Mit dem, was is, und dem, was man hat! Kennst net das Lied vom Zufriedensein?«

Weil keine Antwort erfolgt, beginnt er mit seiner kratzigen, alten Stimme über das himmlische Klingen hinweg aus der tiefen Verzweiflung heraus dem schwarzen Bedränger sein liebstes Gstanzl vorzusingen, wie eine Beschwörung:

»Nix han i und doch leb i halt
mit Gottes Gnad.
Und 's Leben oft ein' net besser g'fallt,
der ebbes hat –«

Den scheint der Gesang nicht zu bewegen, er macht ihn nur schläfrig. Er plumpst in den Lehnstuhl und murmelt, indem seine Lider klappern:

»Kaspar, du derbarmst mich. Mach mir's doch net gar a so schwer.«

Ich hab ihn beinah so weit, denkt der Brandner. Wie nütz ich den Rausch aus, wie bring ich ihn fort, eh er mir einschläft und beim Erwachen sich als unerbittlich erweist? Ob er mir geht, wenn ich weitersing? Ob ich ihn förmlich hinaussing? Laut und inbrünstig flehend stimmt er die zweite Strophe des Leibliedes an:

»Und dengerscht hat mir Gott ja 'geb'n
a fröhlich's Bluat.
Und fragst, wie steht's mit Leib und Leb'n
Sag allzeit: Guat!«

Schau, er ist eingerusselt, der schreckliche Kerl. Ob ich ihn weck? Der Brandner verhält ratlos den Schnaufer. Da aber schreckt der Rauschige schon wieder hoch, gestört von der lauernden Stille, reißt die Augen weit auf, erhebt sich, gibt sich würdig und kalt, und gebietet:

»Schön hast du g'sungen, aber jetzt g'langt's. Jetzt is es zu End mit dem Widerstreben. Komm, Brandner Kaspar, folge mir nach!«

Er reckt die Hand gegen ihn und schreitet voran, und dem Kaspar ist es, als zöge er ihn an einem unsichtbaren Strick hinter sich her, wie der Metzger das Kalb zur Schlachtbank, unentrinnbar und ganz ohne Gnade. Die Türe fliegt fremdwillig auf, Brandners eigene Tür, die sich zehntausend Mal willig von ihm hat öffnen und schließen lassen. Der unerbittliche Tod überschreitet die Schwelle so aufrecht und gerade es ihm eben noch möglich ist, und der Alte kann nichts dagegen, die Gewalt ist unendlich, er muss folgen, so schwer er im äußersten Widerstreben seine Schritte auch setzt, so inbrünstig jede Faser in ihm sich wehrt gegen den Gang, den letzten auf Erden.

Er steht an der Schwelle. Er weiß, wenn er sie überschreitet, ist sein Ende besiegelt. Da fallt es ihm ein, und er schreit es heraus:

»Halt aus! Wart! I sag dir was Schöns: Wir machen a G'spielei darum!«

Der erhabene Rauschige stockt, dreht sich um und fragt recht entgeistert:

»Was mach ma? Was sagst? Was geit's da scho wieder?«

Der Kälberstrick ist erschlafft, der Alte kann sich

wieder nach eigenem Willen bewegen. Er spürt zwar noch immer die große Gewalt, sie ist da, aber sie ruht, und so entwischt er geschwind in zwei Sätzen zum Kommodkastl hinüber, reißt die oberste Lade heraus, hebt das Packl hoch und hält es dem Peiniger, der draußen im Dunkel verhält, triumphierend entgegen:

»Da – des da mach ma! Wir schau'n, wer gewinnt, du oder ich, 's Leb'n oder 's Sterb'n! Komm nur grad her, geh zua, rühr di – und schaug net a so trapft!«

Dem Gewaltigen klappt der Kiefer herunter:

»Spielkarten?! Ja, siech i denn recht, du Hallodri! Karten möcht er – ums ewige Leben?!«

»Grad um achtzehn Jahr« – und sitzt schon am Tisch, fächert auf, winkt, lockt freundlich den Peiniger her.

Der wankt heran. Er stiert und glotzt den Talon an, die Knie knicken abermals weg, es haut ihn nieder im Stieren, er sitzt auf der Bank und stammelt recht ratlos:

»I kann gar net kartln.«

»Da brauchst net viel können. Da, misch!«

»Kann i aa net.«

Er zeigt es ihm, und mit spillrigen Fingern, steif und tapsig, wirft der finstere Gast die Karten herum, kreuz und quer über den Tisch und darüber hinaus, ein paar auf den Boden.

»Hui, etza san ma oa obag'fallen«, lallt er verwirrt.

»Dann heb's auf, weil ma sie alle benötigen.«

Kichernd beugt sich der Rauschige über die Kante des Tisches, taucht hinab und fischt sich vom Boden auf, was er da findet.

Just das ist der Moment, der große Moment, da ein Irdischer sein Schicksal bewegt …

Es ist nur ein Griff, während der Boanlkramer unterm Tisch auf dem Boden herumkriecht und nicht hersehen kann. Obenauf liegt er, der Grasober, und verschwindet blitzschnell im Ärmel der alten Jacke des Brandner.

Da taucht der ungeschickte Gesandte schon wieder auf, schiebt alle Karten auf einen Haufen zusammen und kichert albern:

»Naa, sowas hab i noch net derlebt! – Und was jetzt?«

»Jetzt hebst auf.«

»Hab i doch grad. Oder was? I versteh net.«

»A Häuferl sollst aufheben, von dene am Tisch. Des ist dann des deine.«

»Und?«

»Wennst da drin den Grasober findest …«

»Wen?«

»Den Grasober!«

»Wie schaugt'n der aus?«

»Den kennst glei an der Farb und am Bildl, und sagen tu i dir's aa.«

»Wenn der in mei'm Häuferl is, was is na?«

»Na geh i mit dir.«

»Ohne Widerred'?«

»Ja.«

»Versprochen?«

»Es gilt!«

Der Brandner schlägt mit dem Knöchel auf die Tischplatte, wie es Handelsleut tun, wenn der Vertrag unverbrüchlich ist. Ja, es gilt!

Der Boanlkramer glotzt noch, es geht ihm nicht ein. Freiwillig mit? Dieser Karten wegen? Welche Bewandtnis sollte es haben mit dem Häuferl? Wie groß war es? Was war mit dem Rest? Kenn einer sich aus mit dem Karten, der nie Karten gespielt hat. Und war er nicht unter den seinen, dieser Grasober, was dann? Gehörte das andere Häuferl auch ihm? Gehört es dem Brandner? Was sollte geschehen, wenn er in dem anderen war? Darum fragt er verlegen:

»Und wenn er in dei'm Häuferl befindlich is – na gehst aa mit. Oder?«

»Naa«, lacht der Brandner ihn aus, »dann darfst mir nimmer daherkommen, bis ich Neunz'ge bin!«

»Ui weh.«

Das also war der Sinn dieses G'spieleis. Da war der Haken.

»No? Gilt's?«, drängt ihn der Brandner.

»Wart!«

Da heißt es erst denken, erwägen, sinnieren. Zwei Häuferl mit Karten. So weit ist es verstehbar. In einem musste er sein, der Grasober, oder wie das Blattl sich nennt. Gleich große Häuferl? Davon war nicht die Rede. Hui – wenn schon ein Schicksal in ein Spiel gesetzt wird, warum nicht die Chance verbessern!

Und schon schreit er und schlägt mit dem Knöchel hart auf den Tisch, wie es der Brandner soeben getan hat:

»Gilt – und versprocha!« Dem würde er's zeigen!

»Gut – na hebst auf.«

Der Boanlkramer kichert sardonisch: »Du bist mir a ganz a dummer Teufel, Kaspar, aber scho a ganz a saudummer, weil, ich nimm mir so viele Karten in mein Häuferl hinein, dass der Grasober dabei sein muaß!«

Warum zuckt der Brandner da nicht zusammen und macht eine Lätschen angesichts solch geistiger Überlegenheit und mit allen Wassern gewaschener List? Warum grinst er dazu auch noch, senkt seinen Blick und sagt nur:

»Des is dei Sach. Es is a ehrliches G'spielei, und a jeder macht's, wie er's kann.«

Dass die Lüge den Brandner hart ankommt, weil Lügen nun einmal nicht seine Gewohnheit ist, bemerkt der Kichernde nicht. Er hebt ab, lässt mit spitzigen Fingern dem anderen noch vier, fünf Karten zurück, tut großmütig noch eine sechste dazu, packt sein Häuferl, lacht und kudert und strahlt, während er die Karten, eine nach der anderen, umdreht, beglotzt und dann auf die Tischplatte drischt.

Da hält er schon inne und schreit: »Ham ma 'n scho! Hurraxdax!«

»Naa, is er net. Des ist der Schellenober«, belehrt der Brandner ihn sanft. Und während der Boanlkramer nach kurzem enttäuschten Verhalten weiter umdreht und drischt, erklärt er ihm halblaut die Werte: »Herzzehner – Eichelsau – des da is der Grasneuner, auf die Farb musst schauen.«

»Schau scho, schau scho«, quietscht der Blätternde und werkelt mit jedem Schlag schneller und hitziger. Dann hat er ihn da, jault auf und strahlt vor Glück und Triumph:

»Daa!«

Der Kaspar schüttelt den Kopf: »Wieder net. Des is der Grasunter.«

Das Strahlen verschwindet: »Ja, gibt's denn den aa?« mault er empört vor sich hin, blättert fort wie ein Wilder, drischt die Nieten, dass der Tisch dröhnt, und fällt in eine immer tiefere Verwirrtheit. Als die letzte Karte gefallen und sein Häuferl am Ende ist, greint er hilflos:

»Ja, wo is er denn bloß, dieser Krüppel? Der muaß doch dabei sein. Is er mir eppa abig'fallen, vorhin?«

Er fährt mit dem Kopf unter den Tisch und sucht auf dem Boden.

Dem Brandner schlägt das Herz wie ein Hammer, als er seinen Betrug vollendet, den Grasober aus dem Ärmel hervorzieht und ihn unter die sechs Karten seines eigenen Häuferls schiebt, als die siebente.

Falsch spielen, das ist eine Niedertracht, und er hat es seit seiner Lausbubenzeit nicht mehr getan. Hier aber geht es nicht anders, ihm bleibt keine Wahl. Er holt Luft, ehe er, so ruhig und gemächlich es ihm eben gelingen will, zu dem Suchenden sagt:

»Schau halt amal nach – in mei'm Häuferl.«

Der fährt auf, dass sein Kopf von unten her gegen die Tischplatte kracht, bekümmert sich nicht, sondern stürzt sich begierig auf die sieben restlichen Karten und schreit voll Begeisterung, weil er noch nicht begreift, dass er verloren hat:

»Ja! Da muss er drin sein!«

Erst als er ihn in den Fingern hält, geht ihm, langsam genug, ein Licht auf, und er stöhnt:

»Verdammti G'schicht! Wo es dir doch aufgesetzet war für den heutigen Tag.« Er wirft ihn weg, den vermaledeiten Grasober, und wischt ratlos mit den Händen herum auf dem Tisch.

Darf er lachen und brüllen vor Glück, der Kaspar? Nein, er hält sich im Zaum und schreit seinen Jubel nicht laut heraus. Seinen Augen indes kann er das Leuchten nicht nehmen und dem Mund nicht den Schatten des Schmunzelns, als er die Flasche aufhebt, beide Gläser auffüllt und schließlich das seinige ruhig und feierlich nimmt und dabei spricht:

»So! – Jetz trink ma zum Abschied no'mal mitanand. Auf den Neunziger!«

»Naa!« kreischt der Andere. »Naa, und i mag'n gar nimmer, den Kerschgeist, den hinterkünftigen. I glaub, da damit hast du mich dran'kriegt!«

Damit nicht, will der Brandner grad sagen, da hat der Ausgeschmierte seinen Schnaps schon wütend in einem Zuge hinuntergegossen und schaut so kummervoll her, als ginge es ihm an den Kragen.

Er erhebt sich mühsam, schlotternd und schwach, dreht sich torkelnd zur Tür hin und versucht noch ein Letztes:

»Aber eppa reut dich dei Glück amal, Kasper, könnt doch sein …«

»Kannt mir's net denken!«

»Doch doch, ganz gewiss! Des weiß ich besser wie du. Der Gewinnst, der bringt dir koan' Nutzen, da hast nix davo'. Der Ewigkeit kimmst du net aus!«

»Is scho recht, tua di net oba, i glaub dir's a so.«

»Kaspar, im bitteren Ernst, wirst es sehn, dei' gewonnene Zeit lauft dir übel dahin und kommt zu einem ganz bösen End'! Wenn's dir vordem schon g'langt, na brauchst mi bloß rufen, gleich bin i da.«

»Hat guate Weg.«

»Naa, ruf mi, und hab koane Schiss. Ich weiß es, du werst di bald nach meiner Wiederkunft sehnen! Ruf! – Ich komm auf der Stell und führ dich ganz sanft und

96

in Gnade, ganz sanft – i versprich's. Versprich du mir's auch, du Hallodri, o je …«

Alle Kraft ist aus ihm, es schmeißt ihn auf dem Weg hinaus noch an den Ofen und hinüber zum Stuhl. Ums Haar wäre er mit knickenden Knien an die Tür hingerannt, die sich auftut vor ihm.

»Jetzt schau, dass d' endlich 'nausfindst beim Tempel«, lacht der Alte ihn aus, als er ihn da so ganz klein und ganz krumm am Türpfosten herumscheuern sieht.

»Und gib mir fei Obacht, dass es dich net auf d' Nasen hinhaut, da draußen. Pfüa Gott, bis in achtzehn Jahr, Bruder, und Glück auf 'n Weg.«

»Ruf mi vordem! I bitt dich gar schön! Versprich's halt! Wenn's amal nimmermehr gilt, dei G'sangl!« Und er beginnt schauerlich falsch und daneben zu krähen: »Nix hast du, und lebst aa!«, und weiß nicht weiter.

Da singt's ihm der Brandner noch einmal vor, laut und stark, und seine alte Stimme klingt jung, übermütig, und dankbar dazu:

> »Nix han i, und do leb' i halt,
> mit Gottes Gnad.
> Und 's Leben oft ein' net besser g'fallt,
> der ebbes hat.«

»Ja, der ebbes hat, und du hast's und kannst es gar net ermessen, was du hast – du –, du Mensch du!«, jault der Betrogene und fallt aus der Tür, ohne zu Boden zu stürzen. Ein Etwas fängt ihn da auf und hebt ihn hinweg, er gleitet hinaus in die Nacht, sein Klagen verklingt.

Der Brandner geht ihm nach bis zur Tür und will zuschaun, wie er verschwindet. Doch da ist nur die Finsternis und kein Schein und kein Schatten. Vom Waldrand klingt nun das Wiehern herüber, dann erhebt sich wieder der Sturm, der keinen Busch, keinen Ast und kein Blattl bewegt, tost davon, das Scheppern der Totenglocke mischt sich darein und verklingt mit dem Sausen.

Es wird still und – fort ist er.

Der Kaspar steht noch lange unter der Tür, späht und lauscht und fühlt, wie sein Herzschlag ruhig und gemächlich wird. Im Stall hört er die Viecher sich regen, aus dem Wald dringt der Schrei eines Uhus herüber, der Söllmann kommt her, reibt sich an den Füßen des Alten und gähnt weit dazu.

Hinter dem Wallberg steigt das erste Glimmen des Sommermorgens herauf. Die Vögel beginnen, eins nach dem anderen, in die Stille zu singen, die Luft ist kühl und ganz frisch, und dem Kaspar wird es so feierlich, als sähe er den ersten Tag der Schöpfung, als seien die Welt und alles Leben in ihr neu geboren, in dieser einen einzigen Nacht.

Er geht bedächtig in seine Stube zurück, schließt fest seine Türe hinter sich zu, seine Tür – und kniet vor dem Herrgottsbild nieder. Er will beten und danken mit Worten – und bringt doch nur ein um das andere Mal das eine hervor:

»Neunz'ge! Neunz'ge!«

Dann lässt er sich in den Lehnsessel fallen, todmüd und hellwach zugleich, und lässt es jagen in seinem Hirn.

Geträumt, denkt er.

Wahr, sagt es.

Wär ja nix g'wesen, so einfach fort auf 'n Schlag. Was hätt denn das für ein Sterben sein sollen, ohne die Letzte Ölung, ohne 's Versehen durch den Herrn Pfarrer. Wer weiß, wie das ihm geschadet hätte, drüben, im Jenseits, dem er so nah war.

Er denkt, wie seine Eltern gestorben sind. Die Mutter im Haus hier, elend und schwer nach dem Kranksein. Stündlich ersehnt hatte sie ihre Erlösung. Da war er eingetreten, der Boanlkramer, sichtbar allein nur für sie, hatte sanft und ein bisserl verlogen in Güte gesprochen zu ihr, und dann hatte es sich aus ihrem Leib gehoben und war mitgegangen, hinaus vor das Haus, auf den Karren, und fort, davon mit dem wiehernden Gaul.

Sterben?

Was hätten die Leut wohl gesagt, wenn er heut Nacht hätte gehen müssen? »Z' früh«, oder »So lebendig, voll Kraft, wie er noch war«, oder »Es trifft allaweil die Verkehrten?« Wer hätte um ihn getrauert? Das Marei gewiss, die hätte ihn arg vermisst. Die mehreren hätten gewiss bloß leichtfertig gesagt: »Jessas, jetz is der aa g'storben.« Ein jeder denkt ja doch bloß an sich und allenfalls noch an die Nächsten, ans Erben, wie es weitergehen soll und wie es wohl weitergehen wird.

Wie aber, und wohin, wird die Seele entrückt in die Erlösung? Wer denkt es und sucht's zu erspüren? Doch keiner so recht, weil keiner es weiß und antworten könnt. Ich aber, ich hab einen Deut davon g'spürt, wie es ist und wie es geschieht. Ich weiß jetzt um was, von dem die ändern nix wissen. Und nie, niemals soll jemand ein Wörtl hören von mir über das!

Achtzehn Jahr noch zu leben in einer Gewissheit! Was wird das bedeuten? Was wird sich erfüllen in dieser Zeit? Werd ich krank sein auf den Tod und nicht absterben können? Nein, ich brauch ja bloß rufen. Dreimal hat er mir das gesagt und förmlich gefleht, dass ich's tu! Mir kann nix geschehn! Ich hab ein Versprechen, grad so, als hätt ich das ewige Leben!

Und ich versprech mir selber in dieser Stund, dass ich es nutzen werd, für jene, die mir anvertraut sind hier auf Erden.

»O mei – Marei!«, lacht er noch vor sich hin. Dann schläft er im Lehnstuhl behaglich ein.

Das Leben

So findet ihn das Marei, als sie bald darauf mit dem Flori heimkehrt, am gleichen Platz, an dem sie ihn am Abend verlassen hatte.

»Hast du da g'schlafen, Großvater, im Sessel, die ganze Nacht?«

Er blinzelt, erhebt, dehnt und reckt sich in aller Kraft und beginnt laut und strahlend zu lachen.

»Was bist denn net 'naufgangen, ins Bett. Du bist aber auch wirklich zu unvernünftig! Wie a bockiger Lausbua!«

Warum lacht der Alte nur? Kann er nicht reden? Das Marei erkundigt sich in Besorgnis:

»Was is jetzt? Wie bist 'n beinand'?«

»Ganz wie a Junger, könnt besser net sein. Alles is nunmehr zum Guten gewendet. Drum red ma nimmer von mir. Verzähl, wie's bei euch 'gangen is. Hast dein' Treiberlohn erhalten?«

»Denk dir nur, ja.« Sie ist erleichtert, weil es dem Großvater offenbar zum Besten geht. »Ich hab dem schelchaugerten Loichinger die ganz' Gaudi eing'standen, da hat er 'n mir geben, wie der Senftl net her-g'schaut hat, grad z' Fleiß!«

»Hat der Senftl noch irgendwas 'pfiffa?«

»Koa Wörtl. Mir hat er wiederum schöne Augen hing'macht, ich weiß net warum, der falsche Falott, und auf 'n Flori hat er springgiftig g'schaut. Den hat er ...«

Sie stockt. Die Jungen sehen so kummervoll drein, dass der Kaspar sie fragen muss, was sie bedrückt. Da erzählt ihm der Florian:

»Ich bin dann 'nüber zum Senftlischen Hof. Wie ich dort in mei' Kammer hab wollen, is der Großknecht 'kommen und hat g'sagt, ich derf mich nimmermehr blicken lassen, auf Befehl von die Senftls. Und mein bissei Glump werert einb'halten, als Pfand für die Schulden ...«

Der Kaspar nickt: »Hat er doch Ernst g'macht, der Feinspinner, hab mir's fast denkt. Fad sowas.«

»Der Flori steht auf der Straß und weiß net, wohin«, sagt das Marei, und ihre Augen bitten um Rat. »Was kannst da machen? Was meinst?«

Nicht viel. Unterm Jahr ist nicht leicht eine neue Arbeit zu finden. Für Dienstboten ist Michaeli, im Januar, der Tag für den Wechsel. Wer da noch nichts hat, dem bleibt nur die Taglöhnerei, da und dort, dieses und jenes, wie es grad kommt, verächtlich für alle gestandenen Leut.

»Wegen sowas werd no net g'woant«, sagt der Kaspar. »Jetza ess ma mitnand unser Morgensuppen, und dann sag i euch was. Ich hab die Idee, dass sich allerhand ändert, bei uns da herobn –!«

Das Marei wüsste gern gleich, warum seine Stimme so hoffnungsvoll klingt, aber sie traut sich nicht fragen.

Wie sie in die Kuchl hinübergeht, entdeckt sie die Flasche am Tisch, hebt sie auf und sieht, dass sie fast leer ist:

»Sag amal – hast du heut Nacht ganz allein den ganzen Kerschgeist da …?«

Der Alte lacht nur wieder unbändig und sagt nichts. Das Marei staunt, weil sie den Großvater so gar nicht kennt, und der Flori meint achtungsvoll:

»Respekt!«

Der Alte aber lacht nur und lacht.

Nachdem sie das Feuer gezündet, weist das Marei noch vor, was sie an Wildpret von der gestrigen Jagd zum Treiberlohn dazu bekommen hat, erzählt, dass fast alles an die Bedürftigen ausgeteilt wurde, und verstaut das Geschenkte. Dann macht sie die Einbrenn aus Mehl, Zwiebel und Schmalz und stellt die Suppe in der irdenen Schüssel auf den Tisch hin. Der Kaspar brockt Brot ein, und nach dem Gebet löffelt er wie ein verhungerter Scheunendrescher, bis nichts mehr da ist, wischt den Mund ab, schaut von einem zum ändern und fängt an: »Passt's auf, ich hab mir's heut Nacht überlegt, so geht's nimmer weiter.«

»Willst verkaufen? Doch net an den Senftl!«, fragt das Marei erschrocken.

»Aber ganz g'wiss net. Ich hab mir im Gegenteil ganz fest vorg'nommen, innert fünf Jahr muss der Hof wieder so sein wie früher. Die Schulden werd'n abg'löst, die Grund z'ruck'kauft, und aus uns notige Krattler müssen wiederum richtige Leut g'worden sein.«

Es hat ihn doch bös am Kopf erwischt, denkt das Marei, aber man darf's ihn nicht merken lassen. Darum fragt sie behutsam:

»Und wie stellst dir vor, sollt des gehn?«

»Mit der Arbeit geht alles.«

»Geh, Großvater, wir arbeiten alle zwei doch schon die ganz' Zeit wie die Narren. Zu Zwoater is es einfach net zum Derpacken!«

Der Kaspar legt seine Hand auf die ihre und strahlt: »Des is' ja, Marei! Sechs Händ vermögen mehra wie viere, und es hat sich gefügt, dass sich ein Dritter uns zugesellt hat, und dem mach ich an Vorschlag. Flori, pass auf: Du trittst ein auf der Stell als a Knechtl. Den Lohn muaßt uns stunden derweil, dafür hast 'as Auskommen und deine Unterkunft. Du machst die Feldarbeit, 's Marei das Haus und den Stall und ich meine Arbeit wie bisher – nur dass ich nebsbei wieder Auftrag als Schlosser annehmen kann. Des bringt was, und es müsst mit dem Teufel zugeh'n, wenn wir uns net innert zwoa Jahr schon die Viehhaltung mehren und a Stalldirn dazu leisten! Und dann geht's gach aufwärts.«

»An mir soll's net fehlen, Brandner, i bin dankbar für 'n Unterschlupf«, zögert der Flori, »aber bist du wirklich der Ansicht, des hebt sich so leicht? Du bist nimmer der Jüngst' …«

»Bua, i bin jünger wie d'Jungen und g'sünder wie die G'sunden.«

»Aber ganz ohne Geld, Großvater?«

Der Brandner fingert die Goldmünze des belgischen Königs aus dem Gilettaschl und schlägt sie mit der flachen Hand auf den Tisch:

»Da is bereits der erste Dukaten, der g'hört schon amal uns! Habt's an Fiduz! Ich weiß es genau: Für mich, da hebt sich jetzo ein Leben an, wie's ohne Beispiel is auf dera Welt!«

Zwei Tage danach, beim Bergfest zum Abschluss des Belgierbesuches, geht es glücklich voran. Als die Herrschaften zu Abend von ihrer Rundfahrt auf dem Dampfboot zurückkehren, bieten ihnen Burschen und Mädel in mit Blumen geschmückten Kähnen ein Seerennen, von Abwinkel herüber zum Schloss. Dort spielt am Ufer die Blasmusik auf, fast alle sechshundert Einwohner von Tegernsee und noch einmal so viele aus anderen Orten am See feuern mit Geschrei und Gejuchz die Wettkämpfer an. Die Ruderer schlagen wild ächzend und verbissen die Riemen ins Wasser, ein paar der Eifrigsten fallen hinein, und schließlich trägt der Rottacher Kahn die Siegespalme davon, was die Leute aus Egern und Tegernsee ärgert.

Das Festprogramm hat der Senftl besorgt und voll Eifer und Umsicht gerichtet. Ehe bei Dunkelheit die Bergbeleuchtung beginnen kann, will er den Gästen noch Sänger und Tänzer der Gegend vorführen, Attraktionen, die sie nicht alle Tage zu sehen und zu hören bekommen. Er hat Holzknechte aus der Falepp überredet, ihre Plattler zu zeigen, denn er weiß, dass die Stadtleut ganz ungläubig staunen, wenn die Kerln wild in die Luft springen und mancher mit einem Salto sich dort überschlägt, ehe er wieder krachend auf seinen Füßen landet. Das gefällt besonders dem zarten Geschlecht, und da der Senftl bedacht ist, recht viele Fremde immer wieder hierher zu locken, weil dann seine Geschäfte aufblühen, bietet er, was sie zu sehen wünschen.

Nicht in seinem Programm steht allerdings, dass der Dr. Senger unter den Zuschauenden die Brandnerleute entdeckt, sie mit Hallo vor die Augen des Prinzen und der Erlauchten schleppt und der Kaspar wieder ein Mittelpunkt ist.

»Der bringt mi ins Grab, der Falott«, sagt der Senftl zu seiner feisten Tochter, der Anni, der auch ein festlicher Aufputz nichts von ihrer Hässlichkeit zu nehmen vermag. »Schau nur, wie s' wieder rumwuseln um ihn. Jetzt führen s' ihn gar noch mit sich in den Park wie an zu ehrenden Gast, Sakrament.«

»Warum hast du den Flori eigentlich ausg'stellt Knall auf Fall?«, fragt sie.

»Aus dem Grund, warum du mi fragst und dabei rote Ohren kriegst, du Amsel«, lächelt ihr Vater und streichelt ihre Wange. »Moanst, i hätt des net g'spannt, wie du dich drahst und schupfst, wenn der in der Näh is? Der is nix für dich, mein Herzi, weil er a Depp is und weil er nix hat. Und ehvor da eppas passiert mit euch zwei, hab ich ihn lieber entfernt, weil ich es gut mit dir mein' und du mein Augapferl bist.«

»Geh, der hat mir ja net amal o'geb'n, wenn i mit eahm g'spracht hab.«

»Noch nicht, Engerl. Noch hat er nicht«, sagt der Erzeuger des wamperten Unglücks im Tone des welterfahrenen Weisen. »Aber so am Fretter fallert 's auf amal ein, dass Schwiegersohn sein in am geldigen Haus net des Schlechteste wär!«

Der Senftl ist so zufrieden mit sich, dass ihm nicht auffällt, wie wütend die Anni das schmale Mündchen zusammenpresst und wie ihr der Widerspruch aus den kleinen Äuglein leuchtet. Wenn er da bloß nicht die Kraft weiblichen Begehrens, verbunden mit Dickschädelei, unterschätzt.

Prinz Carl und die Gäste sind erfreut und erleichtert, den Brandner so springlebendig und frisch wieder zu sehen.

»Wir haben untereinander gefragt, wer der schwarze Schütz g'wesen sein könnt«, sagt der Prinz, »aber auf niemanden hätt Ihre Beschreibung gepasst.«

»Kannt auch net sein, Hoheit. Den hab i mir lediglich ein'bildt, des war a G'spenst, das is unwiderlegbar erwiesen«, lächelt der Brandner. »Es wär mir lieb, wenn man nimmer redert davon.«

»Sie san ganz a Zacher, gell«, sagt die Hoheit. »So a bissei a Schuss bringt Sie net um.«

»Koa Sorg. Ich werd Neunz'ge wie meine Ahndln, des is amal g'wiss.«

Da lachen sie über so viel Zuversicht und bitten ihn mit sich zum Fest.

Der Schlosspark am See ist mit vielen hundert Lampions geziert, Lakaien reichen Getränke, drin ist die Tafel gedeckt, die schneidigsten Musikanten der Gegend spielen unermüdlich auf. Ein Tanzboden ist gelegt für den kräftigen Reigen der Holzer aus der Falepp. Ihre Dirndln drehen sich vor ihnen mit geschlossenen Augen, um nicht schwindlig zu werden, und schauen die Burschen nicht an, die langsam, verhalten, mit machtvollen Schritten um sie herum kreisen, stampfen und springen. Aber sie spüren wie Galten den Platzhirsch, die Kraft, die davon ausgeht.

»Kolossal«, sagt mit runden Augen und spöttischem Lächeln ums dünne Schnurrbärtchen der preußische Gardelieutenant Kai-Uwe von Zieten zum Senftl, der sich, auskunftsbereit und devot, ihm zugesellt hat.

»Die Kerls sind wo' eigens hierfür exerziert. Spezialtruppe, wie?«

»Naa, des is alles Natur, Herr Leutnant, des machen s' von selber.«

»Kolossal – und warum?«

»Weil sie das Leben g'freut und weil so viel Schmalz, will sagen, so viel Kraft, einen Eindruck macht bei die Mädeln.«

»Balztänze? Kuck an. Interessant.« Zieten schüttelt das Haupt. »Doch 'n ziemlicher Unterschied zu unseren Leuten. Primitive Raufbolde, wie?«

»Ja, etliche schon, kann ma sagen.«

»Solche Kerls machten anno achtundvierzig Revolution gegen Lola Montez?«

»Naa, des waren d' Studenten, wie immer. Und direkt eine Revolution war des auch nicht. Ach Gott, uns Landleut hat 's ohnehin wenig bedeut', was Majestät für Bekanntschaften pflegen.«

»Ach, kuck an! Der Skandal war Ihnen, wie Sie hier sagen, ›Wurst‹?«

»Vollkommen. Der König Ludwig war sehr beliebt. Gut, er hat a bissei g'spunna, ich meine geschwärmt, für das Griechische, und lauter so Tempel und Zeugs bauen lassen, was keiner benötigt. Des war uns net recht, da is a bissei g'schimpft worden. Aber dass er z'wegs dem auf amal einschnappt und abdankt, des hätt niemand vermutet. Wir ham alle bläd g'schaut, weil a so war's ja gar net gemeint. No, jetzt reist er halt viel, und ma hört, er is noch immer beleidigt. Mei – was kannst machen, a jeder Herrscher hat irgendwas.«

»Und sein Sohn, euer jetziger Max Zwo? Wie ist der?«

»Der? Der hat's mit'm Geistigen und holt lauter Professa ins Land. Mit Vorliebe von euch abi, von Preußen. Da profitiert unsereins wenig davon. Aber sonst is er guat. Doch, ja, auch beliebt, kann ma sagen.«

»Und wie denkt ihr über das Königreich Preußen?«

»Sie, da bin i jetzt direkt überfragt. Viel Gutes scho auch, bloß a bisserl gar viel Soldaten habt's, was ma so hört.«

»Und Österreich vielleicht nich, mit seinen habsburgischen Ansprüchen?«

»Mei, d' Österreicher, hörn S' mir auf. Erst machen 's in Tirol einen Krieg gegen uns wegen nix und wieder nix. Und jetzt paschen s' ständig über unsere Grenz, hint' bei Glashütten, und wildern dahier wie die Teufeln. Bei dene heißt 's alle Mal Vorsicht!«

»Und die Schleswig-Holstein-Frage?«

»Gibt 's da a Frage? Diesbezüglich is uns gar nix bekannt.«

Da lässt Zieten das Politisieren sein und hält sich ans Platteln.

Weil der Kaspar schon den Vater des Prinzen Carl, den verstorbenen König Max I., auf Jagden begleitet hat, muss er im Laufe des Abends von alten Zeiten erzählen. Der Graf Arco steht mit dem Kobell dabei.

»A b'sonderer Jager is er net g'wesen, was meinen S'?« fragt ihn der Prinz ironisch, und weil es dem Brandner widerstrebt zu sagen, dass der König ein bissel ein Patzer gewesen ist, was die Jagd angeht, redet er sich respektvoll heraus auf dem Umweg über das Poetische:

»Noja, wie ma 's nimmt. Er hat sich begeistert, aber – ja, wie sag i des – oft so, wie im Herrn Kobell sei'm Verserl, wo der Jager g'lusti am Anstand hockt und sich allerhand ausmalt: dass a Gams daherkommt und a Hirsch, a Luchs und a Fuchs und am End gar a Bär und a Wolf, und was für an Ehr er einlegt, dass alle Leut ihn loben, was für a bedeutender Schütz er is.«

»Ah ja«, lacht der Kobell. »Aber am Schluss heißt's – no, wie heißt's denn?« Weil es ihm grad nicht einfällt, sagt der Brandner die letzten vier Zeilen her, er kann sie auswendig, sie haben ihn oft erfreut:

> »So hat der Jager fort studiert
> mit seiner g'spannten Buchs
> Bis 's woltern dunkel worden is –
> Aber 'kommen is ihm nix!«

Der Prinz und die Herren lachen so ungeniert, dass der Brandner sich nunmehr traut und etliche Geschichten erzählt, wie der König sich auf seine alten Tage manchmal recht unbeholfen gezeigt hat. Ein bissel ein Jägerlatein ist auch mit dabei, das gehört sich, wenn Enragierte beinander sind, und der Prinz findet zunehmend Gefallen an ihm. Später am Abend nimmt er ihn gar unter vier Augen beiseite:

»Die Wurzer-Burgl hat mir berichtet – und hat mich recht g'schimpft, weil ich's nicht gewusst hab –, dass es Ihnen mit Ihrem Hof net zum Besten ergeht. Sie hat mich drauf'bracht, dass Sie Schlosserei g'lernt ham und schon für meinen Vater gearbeitet, wie er Schloss Tegernsee ausgebaut hat. Ist des a so?«

»Ja, aber des is lang her, Hoheit. Seit dem Tod von

110

meine Leut bin i kaum mehr dazu 'kommen, und ob ich noch a feinere Arbeit zustand brächt? Büchsen richten, des ja, und eiserne Grabkreuz verfertigen …«

»In Kreuth gibt's demnächst allerhand zu tun. Reden S' amal mit meinem Verwalter, ich sag ihm Bescheid.«

Was für ein Tag, denkt der Brandner, und was für ein Glück! Er lacht, ganz allein, ganz laut vor sich hin und kümmert sich nicht um die Leute, die glauben, dass ihm der Schuss doch das Hirn durcheinander gebracht haben muss.

Von Prinz Carl gemocht und gefordert zu sein, war mehr als Verheißung. Im Vorjahr hatte das Tal seinen sechzigsten Geburtstag in dankbarer Liebe gefeiert. Man wusste, wenn es hier stetig aufwärts ging, war das vornehmlich sein Werk. Man sprach vom ›reichen Prinzen‹ und vom ›armen König‹, denn als die Wittelsbacher vor 350 Jahren ihr Hausgesetz erließen, nach dem nur der Älteste regieren durfte, wurde gleichzeitig ein Fonds für den Zweitgeborenen eingerichtet. In dem war meistens mehr Geld als in den Kassen des Herrschers.

Prinz Carl, Bruder König Ludwig des Ersten, war wohlhabend, vor allem, weil er das Schloss und die großen Königsgüter modern und ertragreich zu bewirtschaften verstand. Er wurde oft angewuiselt um Almosen, die Leute genierten sich nicht. Wenn es gebrannt hatte, Vieh eingegangen war, Waisen nicht aus noch ein wussten, Gauner nach dem Kriminal keine Arbeit bekamen, ging man den Prinzen an. Der gab seine ganze Apanage für Hilfeleistungen. Drei Beam-

111

te erledigten jährlich 20 000 Gesuche, und kaum eines wurde abschlägig beschieden.

Im prächtigen Kurbad Kreuth, zwischen Fürsten, Adel und protzigen Fremden, kurierten stets fünfzig Arme ihre Leiden auf seine Rechnung. Er pflegte die Wälder, ließ Spazierwege anlegen, kaufte Baumgruppen auf, um das Landschaftsbild zu bewahren, und Grundstücke, damit keine Hässlichkeit hingebaut wurde.

Der ›beau prince de Bavière‹, wie ihn der Wiener Kongress nannte, hatte jung eine Bürgerliche geheiratet, die Tochter des Hauptmanns Petit. Sie war nach wenigen Jahren gestorben, der Witwer blieb einsam, und erst nach Jahrzehnten, in letzter Zeit, sah man ihn mit der Schauspielerin Henriette Schöller und munkelte, ob da nicht – morganatisch …? Man gönnte ihm herzlich ein neues Glück.

Er mochte das höfische Leben nicht sehr. Nach München hinein fuhr er nur, wenn es sich gar nicht vermeiden ließ. Sein ureigenes Reich war das Tegernseer Tal, es verlangte ihn nach keinem anderen. Er lebte, sprach, saß und aß mit den einfachen Leuten und mit seinen Bediensteten, denen er ein sorgloses Auskommen gewährte, gar wenn sie krank wurden und alt. Bei ihm hatte man 's gut.

»Haderlump, mistiger!«, knirscht der Senftl.

Für ihn war vorerst nichts mehr zu wollen. Den schönen Plan, das Brandnersche Anwesen in die Hand zu bekommen, konnte er getrost ad acta legen, solange die Sonne der Gunst über dem Alten leuchtete.

Missmutig wendet er sich ab, gibt seinen Unterläufeln zum letzten Male ein Zeichen, sie geben es weiter mit geschwenkten Laternen, und bald darauf flammen, als Höhepunkt des festlichen Abends, die Bergfeuer auf.

Seit Tagen hat man am Hirschberg, am Wallberg und am Setzberg hoch droben auf Lichtungen riesige Holzhaufen geschlichtet. Sie bilden nun leuchtende Buchstaben. L für Leopold den Ersten von Belgien, M für den Bayernkönig Max Zwo und ein riesiges C für Prinz Carl, den ungekrönten Regenten.

Kanonen schießen am Ufer Salut, auf dem Wasser ziehen beleuchtete Schiffe, und von allen Gipfeln rundum lodern Feuer ihr rotgelbes Licht in die seidige Nacht, sichtbar bis München. Die Musikanten intonieren die Hymnen der Länder, danach Melodien, die jeder kennt, und die Leut rund um den See singen sie mit.

Auf dem späten Heimweg, nach Bier und nach Schnäpsen, kichert der Brandner vergnügt vor sich hin.

»Lasst si alles gut an. Ihr werdet's erleben, die magere Zeit is vorbei, die fetten Jahre beginnen. Das Glück steht vor'm Türl, wir brauchen's bloß noch am Schopf packen! Und des tean ma, wir drei!«

Nach ein paar Tagen schon kommt eine Zuwendung. Ein Bote des Prinzen tritt ein und legt auf den Tisch eine Börse mit Gulden, einen namhaften Betrag, als Geschenk, und bestellt für tags drauf den Kaspar in die Hofverwaltung. Dort eröffnet man ihm, der Kleine Parapluie stünde zur Erneuerung an. Ob er die Arbeit ausführen könne und wolle, ließe der Prinz anfragen.

Das ist freilich etwas, und eine Ehre dazu. Der ›Kleine Parapluie‹, ein Sonnendach, eine offene Pagode, steht zwischen Wiesen und Getreidefeldern an einem der schönsten Plätze des Sees, ›auf dem Point‹ am Ufer, grad gegenüber von Rottach. Unter ihm warten Gäste, die vom Fährkahn hinüber geschafft werden wollen, geschützt vor der Sonne und, was wichtiger ist, weil es oft vorkommt, vor dem Regen. Daneben sind die Sommerhäuser von Arco, Reichenbach und dem ersten Ansiedler am Platz, dem Hofmaler Stieler. Der malt so lebensecht, dass da einmal etwas passiert ist.

Er hat ein Porträt des Prinzen Carl ins Fenster zum Trocknen gestellt. Der schelchaugerte Loichinger ist vorbeigekommen, hat den gemalten Prinzen höflich gegrüßt und sich gewundert, warum der nicht zurückgrüßt. Beim Erzählen hat er gemeint: »Er wird halt grad net gut aufgelegt g'wesen sein, der alte Hirsch.«

Es gibt auch einen ›Großen Parapluie‹, einen Lieblingsplatz des verstorbenen Königs. Wenn man hinter dem Schloss durch ein schattiges Lärchengehölz hinaufsteigt, kann man sich unter ihm an Tischen auf Bänken ausruhen und die Aussicht genießen, wenn's nicht grad regnet, ehe man sich auf den Weg zum Pfliegelhof macht, dort eine Brotzeit einnimmt und dann weiter hinauf, am Albach entlang, die Neureuth erklimmt. Dabei käme man am Brandnerschen Hofe vorbei, wenn dorthin ein ordentlicher Weg führen würde. So aber lassen die Sommergäste ihn stets links liegen.

Nun, der Kaspar ist voller Freude, der erste Auftrag ist da. Vom prinzlichen Guldengeschenk kann er Werkzeug, Eisen, Kupfer und Messing einkaufen. Er stiefelt ins Tal, ins Senftlsche Kaufhaus, und verlangt stolz den Prinzipal zu sprechen. Erst einmal legt er ihm einen Teil der Gulden hin als Tilgung von Zinsen und Schulden, damit das ewige Mahnen ein End hat. Der Senftl quittiert sie ihm lächelnd und lobend und spricht auf einmal recht honigsüß mit ihm wie ein alter verlässlicher Freund:

»I hab's ja immer g'sagt, a tüchtiger Mensch so wie du, der rappelt si hoch aus am jeden Verdruss. Wenn'st schön sparsam bleibst und bescheiden, und dich net z' lästig hinwandelst an den Prinz Carl, kann 's dir net fehlen.«

»I werd's scho recht machen, koa Sorg«, sagt der Brandner und schaut ihn ein bisserl vernichtend an.

Weil sie sich eilig herumgeratscht hat, die G'schicht vom Streifschuss, dem hilfreichen Prinzen und der wieder begonnenen Schlosserei, sind die Leut auf den Kaspar neugierig. Sie bringen ihm Stutzen und Büchsen zum Richten, bei denen Kimme und Korn nicht stimmen oder die Züge im Lauf, und fratscheln ihn dabei neugierig aus nach dem Schuss, dem Schwarzen, was die hohen Herrschaften gesagt haben und wie alles war. Er mag's nicht erzählen, er legt sich eine Fabel zurecht und bindet ihnen allesamt einen Bären auf.

Um ihre Aufträge kann er sich getrost kümmern, weil es sich erweist, dass der Flori die Bauernarbeit versteht. Der krempelt um auf dem Hof, was in der alten Gewohnheit umständlich erstarrt ist, und nimmt gleich ein paar von den Buckelwiesen unter den Pflug für die Wintersaat, damit übers Jahr ein Getreide, Kartoffeln und Rüben da sind, zum Verkaufen und Verdienen.

Beim Pflügen kommt einmal ein Spaziergänger vorbei, ein Auswärtiger mit Schmissen und dünnem Bärtchen, schaut ihm zu und klagt: »Och wie schade, guter Mann, muss das sein? So ne Wiesen machen doch grade die Schönheit der Landschaft aus.«

Der Flori knurrt: »A Schönheit der Landschaft kann der Bauer net essen«, denkt sich Weiteres, und der Herr von Zieten wandert beleidigt davon, empört ob der groben Antwort.

Woher soll er wissen, wie viel schwerer die Bauern es hier haben als draußen im ebenen Land. Dass im Tal nur ein paar große Höfe an der Rottach und Weißach florieren, dass Bergbauern seit Jahrhunderten sich fretten auf steilen Feldern, nassen Mooswiesen und schlüpfrigen, lehmigen Steigen. Dass sie, arm oder reich, dem Ackerzehend verpflichtet, jeden zehnten Sack von der Ernte dem Kloster zu geben haben. Dass der Blutzehend sie zwingt, jedes zehnte Stück Vieh oder Geflügel abzuliefern. Dass sie in Fronpflicht, wenn es der Prior befiehlt, für das Kloster ohne Entgelt tage- und wochenlang Holzarbeit, Bauhandwerk, Feld- und Gartenbestellung scharwerken müssen, und daheim bleibt alles stehen und liegen, und alles bleibt hinten.

Man kann sich loskaufen davon, aber täte das einer, er hätte nichts mehr zu lachen im Ort, wenn er der heiligen Kirche die Dienste versagte. Kein Wunder, dass viele Bergbauern aufgeben mussten, ihr Hab und

Gut versteigert wurde und sie froh waren, auf den Königsgütern ihr Auslangen zu finden.

Dem Flori sein Vater ist einer von denen. Dem war das Rackern von jung auf zuwider, er hockte lieber grüabig im Wirtshaus. Da hat er sich auf allerhand Halunkinationen eingelassen, zweimal hat man ihn beim Wildern erwischt, und, um die Wahrheit einzugestehen, zurzeit sitzt er wieder im Zuchthaus zu Laufen und kommt erst in zwei Jahren heraus.

Sein Anwesen ist auf die Gant gekommen, der Notar Silbermann hat es zertrümmert, und der Flori ist auf drei Jahre zu den Soldaten verschwunden, als Schwerer Reiter, nach Eichstätt. Wie er heimgekommen ist, hat es für ihn kein Daheim mehr gegeben. Er hat Unterschlupf gefunden beim Senftl, als Niedrigster von allen am Hof, als ein Futterknecht. Man hat ihn, den einstigen Hoferben, herumkujoniert, weil sein Vater ein Zuchthäusler ist.

Um sich zu befreien vom Makel, arbeitet er mit dem trotzigen Mut der Jugend. Seine kräftigen Arme können am Tag zweimal so viel schaffen wie die vom Kaspar. Er bringt die alten Gerätschaften in Ordnung und teilt sich alles gut ein. Hart arbeiten verdrießt ihn nicht. Er ist es gewöhnt, und am Abend ist er immer so steinmüd, dass er schon unterm Essen fast einschläft. Das Marei und er sind sich einig, sie passen zueinander, eins braucht das andere, und gemeinsam werden sie das Sach wieder hinauf bringen.

Der Kaspar hat den Kleinen Parapluie bald wieder dicht, bekommt Lohn und Kosten, und die Hofverwaltung eröffnet ihm, dass der Kaiser von Österreich mit seiner jungen Gemahlin, der Kaiserin Elisabeth, auf Besuch kommt. Die Fürstenzimmer im Kurhaus in Kreuth werden hergerichtet, und er ist ausersehen, die Tür- und Fensterbeschläge zu erneuern.

Die Kaiserin kennt der Kaspar noch als ein Kind, als Tochter des Herzogs in Bayern, des ›Zithermaxl‹, der mit seinem Musikus Petzmaier auch den einfachen Leuten aufspielt. Sie sind oft aus Possenhofen herüber-gekommen, alle haben sie ›Sissy‹ genannt, ihren Bruder Karl Theodor ›Gackel‹ und die jüngere Schwester ›Spatz‹, nicht Mathilde Ludovica. Der Brandner freut sich darauf, sie wieder zu sehen, und vielleicht von ihr noch gekannt zu sein.

Weiterhin, heißt es, komme das russische Zaren-paar. Eile sei nötig, man wisse ja nie, wann es Herr-schern beliebt, anzureisen. Maler und Tapezierer sind schon bestimmt, nur der Schlosser fehlt noch. Ob er bereit sei? Der Kaspar verschweigt seine Befürchtung, nicht in der Übung zu sein für so feine Sachen, und sagt beherzt zu.

Zur ›Molken- und Bad-Anstalt Kreuth‹ ist es eine Stunde zu fahren, und zweieinhalb gutding zu laufen, vom See weg gen Süden, ins Gebirge hinein, vorbei an Scharling, der Schussermühle und dem Jagdhaus des Prinzen, über die schaumende Weißach, den Berg halb hinauf in ein verwunschenes Hochtal. Der Bau hat vor der Säkularisierung dem Kloster und danach Bau-ern gehört. Vor 35 Jahren hat ihn König Max der Ers-te für Gicht-, Rheuma- und Leberkranke zur weitläu-figen Anlage ausgebaut. Auch die mit der Bleichsucht und den hysterischen Leiden finden dort Linderung oder gar Heilung. Die es nicht überleben, begräbt man still auf dem Dorffriedhof zu Kreuth.

Für 18 Kreuzer am Tag bekommt der Gast eine heilsame Molke aus Ziegenmilch oder ein Schwefelbad, für nur 3 Kreuzer ein Solbad, dessen Ingrediens bis aus Reichenhall herbeigeschafft wird. Fürs Bettmachen zahlt er einen Gulden pro Woche, wer sein eigenes mitbringt und nur Lade und Strohsack benötigt, kommt mit 24 Kreuzern davon. Die Remise für die eigene Kutsche gibt es für 30 Kreuzer pro Woche, das Stallgeld für Pferde macht 12 Kreuzer am Tag, und die Diener haben für die nämliche Summe eine eigene Kammer. Gespeist wird gemeinsam an der Table d'hôte, fünf Gänge für 48 Kreuzer, Placement nach Eintreffen, keine Kinder. Musikanten aus Kreuth spielen für 12 Kreuzer zur Tafel und auch zum Tanz, Karten und Spiele gibt es zu mieten. Geraucht werden darf nur im Billardsaal, weshalb die Damen sich meist im Konversationssaal versammeln und unter sich bleiben. Die Öfen in den geräumigen Zimmern heizt man für 12 Kreuzer pro Tag, die Kerzen oder Petroleumlampen kosten fast nichts.

Viele Gäste bleiben mehr als drei Wochen, erkunden wandernd die Schrunde, Schluchten, Gumpen, Bergseen und Wasserfälle der wildromantischen Gegend. Zarte Damen mieten für 2 Gulden pro Tag einen Tragesel, ganz Zarte reiten bei kürzeren Ausflügen für 24 Kreuzer pro Stunde die steilsten Steigungen sicher hinauf.

Man erwandert die Gais-, Königs- und Gernbergalm und ist oft enttäuscht, eine alte dicke Sennerin vorzufinden statt eines holden, verführerisch-naiven Jägerliebchens. Derweil sie den Kletterern Milch, Käs und Schmarren kredenzt, bewundert man die blitzsaubere Sennhütte und den Gegensatz: ihre stets schmutzigen Haxen. Man durchquert verbissen die Letten, den Baaz, den Morast, den die Herde rund um die Alm tritt, und revidiert sein gar romantisches Bild, das aus Senngeschichten und Alpengemälden stammt.

Viele Gäste lieben den Herbst. Bei der Hirschbrunft fühlt sich ein jeder schaudernd in die Urwelt versetzt, wenn nachts durch sein offenes Fenster von fern oder ganz nah das Röhren der Riesen hereintönt. Man kann die Holztrift in der Falepp miterleben, bei der die Stämme im Stau des Spitzingsees zu Tal donnern, und sich wohlig fürchten angesichts solch entfesselter Gewalten. Am Kirchweihtag gerät man in der Kaiserklause, nach dem Gottesdienst, in das große Tanzfest im Freien, wo die Einheimischen sich wie Füllen und Faune betragen, darf ungeniert Platz nehmen bei ihnen, mit den Dirndln herumtanzen, so man Schnaufer genug hat, und staunen über die ungebärdige Lebensart dieses Stammes.

In diese Welt der Feinen und Fremden, die an einem einzigen Tag so viel berappen, dass er mit dem Marei lang davon leben könnte, gerät nun der Kaspar. Er hält sich bescheiden fern von den Noblen mit ihren Wehwehchen, er arbeitet still vor sich hin, bis ihn Gäste, die bei der Belgierjagd mit von der Partie waren, wieder erkennen. Weil man beim Kuren die Ablenkung sucht, wird er bald zum gefragten und bestaunten Exoten. Man bittet ihn um Gefälligkeiten, lässt ihm reichliches Trinkgeld zukommen, plaudert mit ihm und genießt seine spaßige Art zu erzählen und zu urteilen. Er gilt als ein uriges Original, und dass er ihnen dabei auch gewaltige Bären aufbindet, merken nur wenige. Sie glauben, was er erzählt, und sei es noch so asiatisch.

So sehr das die Unterhaltlichkeit fördert, die Arbeit leidet darunter. Der Kaspar mag keinen Gehilfen – aus Sparsamkeit, auch wenn ihm alles nur langsam und zäh von der Hand geht. Einmal kommt die Wurzer-Burgl vorbei, schaut ihm zu und tadelt: »Sei doch net blöd und schind dich. Du bist z' alt, mach's dir kommoder«, aber er mag nicht. Er bleibt viele Wochen in Kreuth und bekommt und erspart sich mehr Geld, als er seit längster Zeit auf der Hand gehabt hat.

Ein paar Mal holt man ihn zu einer Jagd, und auch das bringt was ein. Allerdings kommt nicht der Simmerl, der vordem alle Naslang aufgetaucht ist, der lässt nichts von sich hören. Mit Arco und Kobell aber geht er, und einmal sogar auf den Napoleon, den alten, gerissenen Hirschen, der von Revier zu Revier wechselt und immer wieder entkommt.

»Der is wie Sie, Brandner«, meint der Kobell, »zach und schlau in der Weisheit des Alters. Der legt uns alle aufs Kreuz!«

Der Kaspar schmunzelt.

Heim geht er selten. Er weiß, dort steht es zum Besten, das Marei und der Flori wirtschaften als tüchtiges, junges Bauernpaar. Dass sich die Ratschn im Dorf die Mäuler zerreißen und der Pfarrer zu mampsen beginnt ob der zwei Unverheirateten unter einem Dach, kümmert ihn wenig. Die Heiraterei holt man nach bei Gelegenheit, erst muss es aufwärtsgehen, und das tut es in guter Art.

Nicht ganz zurecht kommt er beim Kirchgang. Seit der Schwarze da war, scheut er sich, so zu beten wie früher, und seine Bitten ehrlichen Herzens gen Himmel zu richten. Weil er gläubig ist und durch den Besuch des Boanlkramer erfahren hat, wie wahr und wie nah stets das Jenseits ist, mag er nicht durch Gebete vielleicht jemanden aufmerksam machen auf sich. Er nimmt nur teil an der heiligen Messe, das Beichten lässt er ganz aus. Er findet es selber manches Mal kindisch, denn gewiss wird der Herrgott nicht Protokoll führen über ein jegliches Wort und nicht nachschauen, warum er noch auf Erden verweilt, aber, denkt er, nix G'wiss' woaß ma net, haltst lieber dei Mäu.

An sein Leben in achtzehn Jahren Gewissheit denkt er selten. Er wagt nichts, was so gefährlich wäre, dass er dabei hätte sterben können, falls es anders wär, als es ist. Bei einem Jagdgang am Kühzaggel steht er am Rand einer Schlucht und überlegt: Wenn ich da jetzt hinunterspring, dürfte mir nichts passieren, aber wer weiß – und lässt es bleiben. Nur so viel hat er heraus, dass Wunden, wenn er sich auf den Daumen haut oder in die Hand schneidet, geschwinder heilen als vordem, als solle vermieden sein, dass daraus Schlimmes entsteht.

Nachts in der Kammer denkt er oft, was der Boanlkramer gesagt hat beim Abschied, spricht in Gedanken mit ihm und höhnt ihn verstohlen:

»No, wenn'st irgendwo zuhorchst, was meinst jetzt? Läuft die gewonnene Zeit so übel dahin, dass sie mich reuen sollt, wie du's prophezeist? Da, unterm Strohsack sind die Dukaten, der Gewinnst, von dem du behauptest, er bringt keinen Nutzen! Was is jetzt mit deiner Allweisheit? Hähä.«

Da greift er gern nach dem Geld, spürt es behaglich in seiner Hand und lächelt, während er einschläft.

Die drei finden allseits Respekt und Staunen über die neu erwachte Lebenskraft. Weil es vorangeht, als habe ein gütiger Heiliger den Brandnerhof mit einem Segensspruch zu neuem Leben erweckt, können sie im Frühjahr ein Stück Vieh dazukaufen, eine trächtige Kuh. Der Kaspar stiefelt zum Senftl und schwatzt ihm eine Wiese oberhalb vom Gehöft ab, pachtet sein früheres Eigentum, und eine Stalldirn wird auch aufgenommen. Das Marei kann nun mitunter im nahen Schloss des Dr. Senger beim Stöbern und Putzen helfen, Botengänge erledigen und einholen und verdient sich auf die Art ein Nadelgeld, ohne dass die Hofarbeit zu kurz kommt.

Der Flori legt einen Weg an, der am Anwesen vorbei bergauf führt. Er hat gesehen, dass Spaziergänger am Pfliegelhof einkehren und für eine Milch, einen Kaffee und eine Rohrnudel viel bezahlen. Nun können sie auch hierher kommen, vor dem Haus oder in der Stube hocken, einen rechten Schmarrn fragen, und sie kriegen sogar einen besonderen Schnaps, den der Flori von der Wurzer-Burgl bezieht, weil nicht ein jeder Preuß bloß eine Milch mag, sondern viele von ihnen rechtschaffen aufs Saufen aus sind.

Der trinkfesteste unter den Gästen ist der Leutnant von Zieten, der nie müde wird zu betonen, dieser Fleck Erde sei für ihn das Paradies, hier müsse man wohnen, und am liebsten würde er den Hof auf der Stelle erwerben und gänzlich hierher ziehen. Na, wie waar's, was würde das kosten?

Der Alte und die Jungen lächeln, als verstünden sie ihn nicht, und berechnen ein paar Kreuzer mehr für die Brotzeit. Wie sollten sie ihm denn erklären, dass man eine Heimat nicht aufgibt ohne Not, und dass er sich wundern würde, wie beschwerlich das Leben am halben Berg droben ist, wenn er im strengen Winter jeden Laib Brot heraufschleppen muss, weil er sich selbst nicht am Leben erhalten kann. Da sagt man am besten gar nichts. Was sie nicht wissen ist, dass der Zieten auch dem Senftl erklärt, nur auf diesem Fleck Erde wünsche er fürder zu leben, er fühle es wie einen Zwang. Weil er davon gar nicht herunterkräult und kein anderes Haus möchte, verspricht ihm der Senftl, das Mögliche zu versuchen. Der Kaspar lebe gewiss nicht mehr lange, gar wenn er so fortwerkle, das hielte kein Jüngerer aus. Dann werde alles ganz anders, denn die Sippe sei ihm verschuldet. »Wenn er so jesund ist, wie er auskuckt, lebt er noch zehn Jahre«, seufzt der Zieten.

»Auch für den Fall gibt's Wege. Im Moment kann ma nix unternehmen, weil er gar so beliebt ist. Wenn si des legert, kunnt ma eahm gäh a Flieagn 'nei'toa.«

Der Zieten begreift nicht, was die Fliege da soll, fragt in norddeutscher Wissbegier nach und erfährt, sie sei von symbolischer Art: Man müsse dem Brandner quasi eine Fliege ins Bier fallen lassen, was den Leutnant auch nicht viel schlauer macht. Er verlässt sich auf Senftls Versprechen und schwärmt in Briefen nach Hause von dem paradiesischen Ort.

Der Senftl aber denkt angestrengt nach, wie er die Brandnerleut zum Aufgeben bringen könnte. Alles, was ihm dazu einfällt, ist nicht grad fein und nicht redlich. Was er sich aber einmal in den Kopf gesetzt hat, davon weicht er kein Jota, bis es ausgeführt ist. Kannst nix machen, das ist halt seine Natur.

Das Altern

Das Gedächtnis der Menschen ist kurz. Nach einem Jahr ist die Fama des Brandner allbekannt, seine Armut gelindert, der schwarze Schütz weiterhin unentdeckt, und es wird langweilig, sich mit ihm zu befassen.

Die Arbeit in Kreuth hat er getan, langsam genug ohne Gehilfen und nicht gar so exquisit, dass die Hofverwaltung sich veranlasst sähe, ihm neue Aufträge zuzuschanzen. Er ist aus der Not, und da sind Bedürftigere, denen man sich zuwenden muss.

So stehen die Dinge, als ein böser Verdacht auf die Brandnerleut fällt. Erst will niemand ihn glauben, weil sie als redlich gelten und fleißig. Dann empören sich ein paar Weiberleut, voran die, denen das sündige Leben der Marei ein Dorn in der christlichen Seele ist, und schließlich reden Mannsbilder im Wirtshaus von der Undankbarkeit und dass die drei in ihrer Geldgier sich offenbar nicht genug zammruachen können, wo doch alle Welt so hilfreich und gut ist, ihnen gegenüber.

Wie es so geht bei Gerüchten: Die Betroffenen erfahren als Letzte davon. Sie wundern sich nur über das kühle Betragen und wissen keine Erklärung dafür. Vor ein paar Wochen ist die hässliche Anni, die Tochter vom Senftl, in all ihrer Fetten neugierig den Berg herauf gestapft, um zu sehen, wie es zugeht. Die Stallmagd war grad beim Vieh draußen und das Marei im Ort auf Besorgungen. Der Flori war allein, und sie hat ihm gesagt, wie sehr er ihr fehlt auf dem Hof ihrer Eltern, wie sie ihn bewundert, wie tüchtig er ist, und gelobt, was er geschaffen hat. Er hat sie herumgeführt und ihr alles gezeigt. Dabei ist sie, weil sie so dick ist, im Stall an einem Nagel hängen geblieben, hat sich ihr Gewand eingerissen und schmutzig gemacht. Sie hat aber gleich gesagt, das macht nichts, ist nach einer Stunde wieder gegangen und hat noch drüben beim Pfliegel, dem Nachbarn, hineingeschaut. Das war das eine.

Das zweite war, dass ein jeder hat sehen können, wie freundlich der Senftl neuerdings zu den Brandnerleuten ist, vor allem zum Marei. An Kirchweih hat er mit ihr getanzt und sich nicht gekümmert, wie hinter seinem Rücken gelacht wurde, der alte Esel, was buid si der ein? Fehlt noch, dass er Kammerfensterln gehert, aber da werd eahm der Flori sauber hoamscheiteln!

Einmal hat er in Geschäften in die Stadt fahren müssen und hat wahrhaftig den Kaspar und das Marei zum Mitfahren eingeladen. Sie ist noch nie in der Stadt drin gewesen und war halt recht neugierig. Der Kaspar hat nicht weg können, weil der Senftl ihn grad beauftragt gehabt hat, dass er die Büchsen vom Schützenverein richtet und auf dem Schießplatz, am Fuße der Neureuth, einschießt. Das hat keinen Aufschub geduldet.

»Schad«, hat das Marei gesagt und eine Latschen gezogen.

»Fahr halt allein mit ihm. Was meinst, Flori?«

»Von mir aus. Wenn er zuatatig wird, schmierst eahm eine.«

Also ist sie mit dem Senftl nach Holzkirchen kutschiert und dort in die Eisenbahn eingestiegen, weil die noch nicht bis nach Tegernsee geht. Auf der Fahrt hat er ihr viel erzählt, wie sich München verändert, seit es auch dort Fabriken und Industrie gibt, und wie gut man es auf dem Land hat.

München mit seinen weit über hunderttausend Einwohnern hat sich von der Cholera anno 54 erholt gehabt und schmückt sich für seine 700-Jahr-Feier im September 1858. Beim Bahnhof schon haben sie einen Wagen vom Festzug der Künstler gesehen – ohne Teilnehmer darauf, aber schön dekoriert. Überhaupt ist es zugegangen, dass das Marei gestaunt hat über den Lärm, die vielen Leut und die hohen, prunkvollen Häuser. Der Senftl hat sie wegen seiner Geschäfte den Tag über verlassen müssen. Sie ist allein herumgelaufen, bis sie die Füß vom Pflastertreten geschmerzt haben, aber da war es schon Abend.

Sie hat alles angeschaut, wovon sie bisher nur gehört hat. Den Schrannenplatz, der jetzt Marienplatz heißt, die Residenz und das Operntheater, stadtauswärts die Baustellen des Maximilianeums und der neuen Maximilianstraße, hat die neue Ludwigstraße bewundert und ist in der Frauenkirche gewesen.

Deren hochstrebende Feierlichkeit hat sie ein bissel bedrückt. Sie ist weitergewandert, hat die kleine Asamkirche in der Sendlinger Gasse entdeckt und ist von ihrem dämmrigen Zauber so gefangen gewesen, dass sie dort ein Gebet gesprochen hat. Sie hat Gott innig gedankt, dass es ihnen nunmehr so gut geht, dass er sie den Flori hat finden lassen, dass der Großvater am Leben ist und dass sie zu dritt auf dem guten Wege sein dürfen, gesund und voll Hoffnung. Sie war so überwältigt vom Glück, dass sie hat weinen müssen, während sie gelächelt hat.

Danach hat sie aber doch etwas zum Essen gebraucht und ist im Dallmayrgarten an der Schwanthalerstraße eingekehrt auf einen Kaffee und ein Wurstbrot. Von da aus war es ein Katzensprung zur größten Statue der Welt, der Bavaria auf der Theresienwiese, wo man grad die Zelte fürs Oktoberfest aufgestellt hat.

Voll vom Schauen hat sie dann am Bahnhof gewartet und war verzweifelt, weil der Senftl so spät gekommen ist, dass der letzte Zug nach Holzkirchen schon weg war. Er hat aber leichthin und erfahren gesagt, das macht nichts, wir fahren ganz in der Früh mit dem ersten, und ist mit ihr in ein Hotel am Bahnhof gegangen zum Übernachten. Das Marei hat sich schon was gedacht, aber es war nichts. Er hat sie zum Essen eingeladen wie ein geldiger Kavalier, dann ist jeder in sein Zimmer gegangen und aus. Am Mittag waren sie wieder daheim.

Nach dieser Reise zu zweiter haben sich die Leut erst recht die Mäuler zerrissen, was für ein liederliches Frauenzimmer das Marei ist. Fährt mit einem verheirateten Mann in die Stadt, der ihr Vater sein könnte, und bleibt über Nacht aus. Das war das zweite.

Das dritte hat dann den Ausschlag gegeben, dass der Respekt vor den Brandnerleuten ins Gegenteil umgeschlagen ist. Aus dem Wald oberhalb von ihrem Hof, der seit Jahren dem Senftl gehört, ist ein Holzstoß gestohlen worden, und ein alter B'suff, der Greidinger von Quirin, ratscht herum, das Holz hat der Brandner in seinen Stadel geschleppt und versteckt. Alle erfahren das, nur die Brandnerleut nicht. Der Senftl als der Geschädigte hat überall ausposaunt, selbst wenn es so wär, er zeigt es nicht an, weil er großzügig ist, und die Armen haben's so schwer und sind so fleißig, dass er ihnen nichts antun mag. Man hat sich ob dieser Milde verwundert, denn ein Holzdiebstahl gilt als eine Hundsgemeinheit. Er regt die Leut auf, weil er nur selten von den Behörden verfolgt und bestraft wird, denn er ist schwer nachzuweisen und der Schaden für amtliche Augen geringfügig. Desto mehr fällt einer der Verachtung anheim, der in so einen Verdacht kommt.

Schließlich steckt die Wurzer-Burgl dem Brandner, was geratscht wird, ohne den Greidinger beim Namen zu nennen. Sie nennt überhaupt keine Namen, sie will den Kaspar nur warnen. Der fallt aus allen Wolken und hält so eine Gemeinheit nicht für möglich.

»Mir hamma Holz g'nua, was hätt des für an Sinn? Du traust mir doch sowas net zu, Burgl?«

»I net, aber die ändern neiden's, dass der Prinz zu dir hilft. Du kennst doch die Leut! Und überdies wird, scheint's …«, sie zögert, eh sie es sagt, »noch mehra vorgebracht gegen dich. Was, weiß i net, aber da is was …«

Der Kaspar ist ratlos. Am Abend schickt er die Stallmagd frühzeitig in ihre Kammer, weil die nichts hören braucht, und fragt das Marei und den Flori. Die haben das Verhalten der Leute auch schon bemerkt und können sich's ebensowenig erklären. Und gar den Verdacht, sie hätten gestohlen …

»Wo du mit'm Senftl in München warst«, berichtet der Flori, »und der Kaspar war drunten am Schießplatz, is die Anni wieder daherg'rumpelt. Was sie möcht, hat s' net g'sagt, sie hat bloß g'flennt, warum, weiß i net. Dann war's auf amal wieder ganz liebreich, und ob sie oder ihr Vater uns net behilflich sein könnten, hat s' a paar Mal gefragt. Die hat damals entweder noch nix g'wisst von der G'schicht, oder …«

»Gar nix. Die is bloß hinter dir her«, sagt das Marei entschieden und ärgerlich. »Das is bekannt und hat nix zu tun mit dem. Des muss ganz was anders sein – aber was?«

Sie rätseln und kommen nicht drauf. Im Kaspar steigt ein Verdacht auf, aber er behält ihn für sich.

Bis in die Falepp hinter scheint das Gerede nicht gedrungen zu sein. Jedenfalls fragen sie dort den Kaspar um Rat, wie man die Verankerung der Schleuse an der Kaiserklause sichern könne. Kurz vor der kommenden Holztrift, der letzten des Jahres, haben die eisernen Riegel dem Druck des gestauten Wassers nicht standgehalten und sind aufgesprungen. Ums Haar wär ein Unglück passiert. Ein Holzer hat sich grad noch erretten können, aber jetzt hängt die Schleuse halb offen da, die riegelnden Balken sind teilweise verschoben, und das Wasser rinnt über. Der Kaspar schaut es sich an und macht einen Vorschlag, der einleuchtend ist.

Nur einem gefällt er nicht; dem jungen Lickleder Hans, der sich seit einem Jahr in Enterrottach niedergelassen hat als Schmied, Spengler und Schlosser. Von dem heißt es, der is a ganz a Schlauer, der glaubt, er weiß alles besser, er is förmlich a Inschinör, bloß weil er drei Jahr in der Stadt drin in der Erzgießerei Miller gelernt hat, wo man die Bavaria und andere Denkmäler herstellt. Er prahlt damit, wie er am Tor des Kongresses und einem Denkmal eines gewissen Lincoln für die Ortschaft Washington im Amerika hinten mitgewirkt hat, aber den Leuten ist das Wurscht. Man gibt aber zu, er versteht was, arbeitet gut, und manche beauftragen lieber ihn als den Brandner, weil der Lickleder alles vorher genau ausrechnet, und der Kaspar verlässt sich nur auf Augenmaß und Erfahrung.

Die Holzer in der Falepp glauben dem Kaspar, und so schmiedet und schafft er eine Woche lang an mächtigen neuen Beschlägen, Klammereisen, Schrauben und Ankern, die eine neue hölzerne Stauwand, dicht vor der geborstenen, unverrückbar fest halten sollen. Es ist eine Viechsarbeit, und der Kaspar kommt kaum aus den Kleidern, aber die Zeit drängt, der Frost steht bevor.

Auf Trageseln schaffen sie alles hinauf. An die sechzig Mann haben inzwischen die Stämme geschnitten für die vorzusetzende Schleuse. Sie errichten in Eile das neue Bollwerk, es schneit schon, es ist saukalt, der Tag ist kurz, und nachts, beim Fackelschein, kommen sie nur langsam voran. Nach zwei Wochen sind sie endlich so weit: Die neue Mauer aus Rundhölzern steht. Im Stausee schwimmen die Stämme, die zu Tal gehen sollen. Ehe man mit dem Klausenschlag die Holztrift beginnt, müssen erst noch die geborstenen Stämme der alten Sperre herausgehebelt werden. Die würden sich spießen und in die neue Wand verkeilen, und alles wäre vergeblich gewesen.

Die schwierigste, härteste Arbeit beginnt. Mit Ketten und Flaschenzügen holen sie einen Stamm nach dem anderen herauf. Jedesmal folgt eine Sturzflut vom Stausee in die Lücke zur neuen Stauwand. Noch sind fünf Stämme zu hieven. An denen ist vorher, schon ehe das Wasser hereinschwappen konnte, eine Kette verankert, die sie, mit dem Flaschenzug verbunden, in die Höhe holen kann.

Da passt einer nicht auf, lässt eine der Ketten los, und sie verschwindet mit einem zischenden Plumpsen im Wasser. Alle schreien empört, aber während sie einander kopflos die Schuld zumessen, besinnt sich der Kaspar nicht lang, sondern springt hinein und taucht unter.

Der neben ihm brüllt noch: »Hö – bist du narrisch!« Dann wird es still, und sie glotzen lange Sekunden, die ihnen wie Minuten verrinnen, in den gurgelnden Strudel, und nichts ist zu sehen. In das eisige Wasser springen heißt ja nicht viel weniger als sich selber umbringen. Außerdem wird der Alte im dunklen Strudel dort unten die Kette nicht finden und fassen können.

Da taucht aber eine Hand auf und hält die Kette empor, und prustend und spuckend erscheint er, den Hut noch wie hingenagelt am Schädel. Sie brüllen, sie schlagen sich auf die Schultern, schwenken den Flaschenzug ein und ziehen ihn aufs Trockene heraus. Zum Glück brennt noch das Feuer, auf dem sie die Suppe sich wärmen, sie wickeln Mäntel um ihn, sie legen ihn fast in die Glut, um ihn nicht einfrieren zu lassen, reiben und kneten und trocknen ihn ab, ihren Helden des Tages.

»Wenn 's di jetzt friert, na holst dir den Tod! – Du spinnst, sowas riskiert ma doch net«, besorgt man sich und versteht nicht, warum der Alte nur grinst, während er schnattert und klappert vor Kälte.

Bis zum Einbruch der Nacht sind zwei der restlichen Stämme heraußen. Die drei letzten stecken verkeilt zwischen dem nachgeschwommenen Langholz des Sees. Es ist nicht zu machen, sie bringen sie nicht mehr in die Höh. Der junge Meier aus Glashütten, ein tollkühner Bursch, ist Wortführer, als beschlossen wird, dass diese Untersten den Flutschlag nicht stören, die reißt es mit. Der Kaspar warnt zwar, die müssen noch aussi, das ist zu gefährlich, aber der Meier mag nicht hören auf ihn, und die anderen auch nicht. Der Herr Inschinör Lickleder kommt daher, schaut sich im Fackelschein die neue Wand an, starrt in die schwarze, gurgelnde Tiefe, wo die drei Stämme verborgen ruhen, und stellt murmelnd seine Berechnungen an.

»Des is überhaupts alles viel z' g'fährlich«, sagt er. »Die neue Wand is zu schwach. Ihr dürft's den Klausenschlag so net riskieren, gar wenns ihr die alten Stämme net draußd habt's, weil die neue Verankerung hält dem net stand.«

Er bekommt nicht einmal eine Antwort. Ein paar Holzer lachen, wenden sich ab, und einer sagt bloß: »Jaja, der Neid ...«

Während der Arbeit in der Falepp kommt der Kaspar wiederum drei lange Wochen lang nicht heim, dabei wäre er dort vonnöten, denn es begeben sich üble Dinge. Wie der Flori grad im Stadel dabei ist, neue

Zinken für die Heurechen zu drechseln, kommt der Senftl daher, mit finsterem Gesicht, und fängt gleich ganz grob an:

»Des hat ma davo, und des is na der Dank für die Guatheit!«

»Was moanst?«

»Taat er no frag'n! Ma hilft enk dazua, dass ihr auf d' Füaß kommts, vermittelt euch Auftrag, stundet die Schulden und die rückständige Pacht – ma lasst si 's no g'fallen, dass ös Holz stehlts aa no dazua, ungeniert in der Frechheit, und verzichtet aus lauter Menschenliebe auf 's Anzeigen – und na gehert er her und taat mir 'as Madl verziehn! Guate Lust hätt i und schlagert di z'amm auf der Stell, du Sakramenter!«

Er ist ganz rot im Gesicht. Der Flori hat keine Idee, was er will und eigentlich meint, und sagt es ihm auch. »Hast du mir net mei Anni verzupft«, plärrt der Senftl, »wie s' dich b'sucht hat, selbigs Mal, da herob'n? Wie- 'st allein warst mit ihr, und neamd war im Haus, hast di du da net herg'macht über sie mit Gewalt?«

Der Flori schaut ganz entgeistert. Er soll die dicke, schierliche Anni angelangt haben und sich an ihr delektiert? Das ist so hirnrissig, dass er am liebsten gelacht hätte, würde der Senftl nicht gar so grimmig dreinschauen.

»Senftl, da bist du im Irrtum, des is a Schmarrn. Die Anni hat si den Hof o'g'schaugt, weil s' wissen hat wollen, wie dass' uns geht.«

»Freili!« brüllt der Senftl, dass ihm die Stimme schnappt. »Und da hast du dem Kind gleich allesamt zoagt – und wie dass 's geht! Oder mögst du des leugna, was die Zeugen g'sehn ham?«

»Was für Zeugen? Wer hätt was g'sehn, was net a jeder sehn könnt?«

»Hast du ihr net 's G'wand zerrissen, du Saustier, wie sa si g'wehrt hat? Taat'n die Leut vom Pfliegelhof lügen, die wo die Fetzen g'sehn ham und des beeiden?«

Da reißt dem Flori der Geduldsfaden ab, nun läuft auch sein Kopf rot an, und er plärrt genauso zurück: »An am Nagel hat sa si 's zerrissen, dei wamperte Loas, weil s' z' fett is, dass 's durch die Stalltür durchikummt, und na hat's as no hing'haut in' Baaz, weil s' ausg'rutscht is mit ihre zwoa Zentner – so oane g'langert i net amal an, bal i so b'suffa waar, dass i weiße Mäus siech, Sakrazement!«

Warum haut ihm der empörte Vater da nicht eine hinein? Warum fährt er ihm nicht an die Gurgel, wenn sein Spross also beleidigt wird? Der Senftl ist und bleibt unberechenbar. Obwohl seine Augen schon wieder gefährlich aufglühen über der riesigen Nase, spricht er ganz leise und sticht dem Flori dabei mit dem Zeigefinger in die Brust, wie es so seine Gewohnheit ist:

»So, die g'langst du net o? Warum hockt na 's Madl rotaugert dahoam und trenzt und flennt den halberten Tag und schamt si' und gibt uns koa Auskunft? Du, des sag i dir glei: Wenn si rausstellt, sie is in die Umstand von dir, na hast di verrechnet, dass du der Schwiegersohn werst von mei'm Geld.«

»Auf dei lausiges Geld is …«

Der Senftl lässt ihn nicht sagen, was darauf ist. Er packt ihn am Pfoad und schreit wieder: »Wenn si des rausstellt, na g'hörst du 'm Gericht von zwegs der Gewalttat! Na kimmst du auf Laufen und kannst dei'm sauberen Vätern Gesellschaft leisten bei Wasser und Brot!«

Da kann der Flori nichts anderes tun, als höhnisch lachen, aber der Senftl lässt noch nicht luck:

»Des Lachen vergeht dir, wenn i die Zeugen aufmarschieren lass in der Reih', weil da is oaner drunter, der hat alles ganz genau g'sehn und ganz genau gehört! Da werst spitzen! Und da räuchert i euch aus, alle mitnander, wie's da seid's. Na werd präsentiert: die Schulden, des Stehlen, die Unzucht. Passt's nur auf!«

Das Marei hat drüben im Haus den Senftl nicht kommen gesehen, aber das Schreien hat sie gehört. Sie läuft besorgt herein in den Stadel und sieht die Kampfhähne dicht voreinander mit rot geschwollenen Köpfen.

»Marei!«, schreit ihr der Flori entgegen. »Guat, dass du kommst, mit uns zwoa is' aus. Grad sagt mir der Senftl, i hätt seiner Anni a Kind ang'hängt und müssert sei lieber Schwiegersohn wer'n.«

Das Marei ist derart verblüfft, dass sie erst gar nicht weiß, was sie sagen soll. Dann kann auch sie einfach nicht anders und beginnt herzlich zu lachen. Der Flori stimmt ein, und unter dem Hohngelächter der beiden zieht der Senftl schließlich, Drohungen und Verwünschungen ausstoßend, von dannen.

Am Abend sitzen sie dann aber doch wortkarg beim Nachtessen. Das Lachen ist ihnen vergangen. Als sich die Stallmagd geschlichen hat, überlegen sie, dass es gewiss Leut gibt, die dem Senftl seine Anschuldigungen nicht lächerlich finden. Er kann ihnen allerhand antun: die Schulden einfordern, als mächtiger

Kaufmann verhindern, dass sie ihre Erträgnisse loswerden, und sie so wiederum in die Not treiben.

Das Marei seufzt vor der Erkenntnis, dass es anscheinend im Leben immer wen geben muss, der einen nicht in Frieden und in die Höh kommen lässt, auf dass einem nicht zu wohl werde auf Erden. Was bringt den Senftl so gegen uns auf, was hat er davon, wenn er uns schädigt, fragen sie einander und wissen sich keine Antwort. Dabei liegt sie doch auf der Hand. Um Hinterlist erkennen zu können, sind die beiden zu redlich.

In dieser Nacht hat es den Kaspar bald nach dem Einduseln wieder ins Wachsein geschreckt. Ihm hat geträumt, dass der Boanlkramer an der Sperrmauer erscheint und ihn angrinst. Das hat ihm, obwohl es gewiss nur ein Traum war, das Weiterschlafen verleidet. Er hat ins Dunkel geschaut und stumm geredet mit ihm: »Gibst koa Ruh? Fuhrwerkst unsichtbar umanander in meiner Näh? Bist du 's imstand und schickst Träume? Was hätt na der zum Bedeuten? Freili, dass du mir Angst machst. Des braucht's net, des woaß i selber, dass es morgen net ohne Gefahr geht, da brauch i dich net dazu und dei grinserts Gfries! Lass ma mei Ruh! Mir gerät alles zum Glück. Was ich mir wünsch, des wird wahr, mit jedem Tag mehr. Neidiger Gischpi! Und jetzt pass auf, morgen stell i dich auf die Prob, dich und dei Versprechen, dass du mir nix tust, ganz gleich, was mir passiert!«

Weil er das will, ist sein Sprung nach der versunkenen Kette ein Kinderspiel gegen das, was er an diesem Tag wagen wird.

In aller Früh kommt er als Erster daher, so frisch und gesund, als habe er gestern nicht leichtfertig sein Leben riskiert, lacht, und man sieht ihm nichts an von der Anstrengung gestern.

Sie stellen sich auf in Abständen, das Bachbett entlang, in dem die Trift zu Tal gehen wird, dem Weg der stürzenden Hölzer, und erwarten das Zeichen zum Anfangen.

Aus der Sperrwand droben schießt überlaufendes eiskaltes Wasser hervor und läuft als Rinnsal hinab. Der Kaspar klettert herum und prüft seine Riegel und Bolzen. Über ihm, am Rande der Schlucht, steht mit dem Meier aus Glashütten der Herr Inschinör Lickleder und schaut wortlos hinab auf sein Tun. Man sieht ihm an, was er sagen möchte, aber er schweigt aus beleidigtem Trotz darüber, dass die blöden Leut seiner Kenntnis nicht trauen mögen.

Nur das obere Drittel des neuen Sperrkeils darf aufgehen, wenn die Klause geschlagen wird. Nur ein Drittel des Sees, nicht der ganze, darf sich auf einen Schlag entleeren, nur grad so weit, dass der Schwall mächtig genug wächst, um die schwimmenden Stämme zu Tal zu reißen. Der Kaspar befindet alles in Ordnung und winkt mit der Hand: Es kann losgehen.

Signalhörner tönen hinunter ins Tal, wie bei den Sprengungen drüben am Marmorbruch. Der Kaspar nickt, drei Mann stehen mit Hämmern bereit, holen aus und schlagen die Bolzen aus den Verriegelungen.

Die Sperre reißt auf, die hemmenden Balken drückt es beiseite, das Wasser rollt gischtend über die Wand, das schwimmende Holz auf dem See rückt voran über die nasse Schwelle, ragt hinaus, kippt langsam ab und stürzt im schäumenden Bachbett zu Tal. An seinem Weg, an den Ufern stehen sie mit langen Stangen, an deren Spitze eiserne Haken befestigt sind, lenken die Trift, reißen los, was seitaus fährt, sich spießt und verkeilt, halten die Furt frei für die abwärts rasende Menge des Holzes, das schwarz aus den weißen Wassern aufleuchtet und im Nu wieder verschwindet. Ein betäubendes Rollen und Brausen hallt durchs Tal und von allen Wänden zurück.

Da sieht der Kaspar, der oberhalb von der Sperre steht, wie sich urplötzlich zwischen dem neuen Wall und dem alten ein Strudel bildet, wie die Wasser sich drehen und saugend herumkreisen, ehe sie über die Schwelle stürzen, das Holz mit sich reißend. Das darf nicht so sein, der Sog des Strudels ist todgefährlich.

Im nächsten Augenblick schon fahren aus diesem Strudel, wie die Teufel aus der Höll, jene drei Stämme empor in die Luft, die von der alten Sperre, die sie gestern nicht mehr herausgebracht haben. Wie Geschosse donnern sie gegen die Stützwand, reißen die neue Halterung aus, die Mitte des Dammes zerbirst, eine riesige Woge wölbt sich heraus und bricht abwärts davon, Stämme schießen aus ihr empor, und wo vordem trockener Boden war, ist nun Flut, Gischt und Strudel.

Einen Stamm hebt es hoch wie eine gewaltige Lanze, er fährt geradewegs auf den Lickleder zu, der mit dem jungen Meier aus Glashütten und noch einem gebannt und starr das Unglück betrachtet. Sie springen beiseite. Dem Stamm kommen sie aus, nicht aber der nachfolgenden Woge. Die packt sie, reißt ihnen die Füße vom Boden und schwemmt sie hinein in die eiskalte, schäumende Hölle. Ihr Aufschrei geht unter im Brüllen der strudelnden Wasser.

Da unternimmt der Kaspar tollkühn ein Wagnis, mit dem er den Boanlkramer auf die Probe zu stellen sich vorgenommen hat. Ohne Besinnen springt er herzu, als die Woge sie packt, hält zwei von den Männern mit seinen Fäusten, rutscht, gleitet aus, wird fortgespült, findet Halt, stemmt sich in einen Felsspalt und wirft sie mit Bärenkräften halb ans Ufer hinaus. Holzer springen ihm bei, packen den Lickleder und den zweiten und zerren sie hoch.

Grad wollen sie dem Kaspar die Hand reichen und auch ihn herausziehen, da gleitet er aus, stürzt rücklings zwischen die jagenden Stämme, wird fortgeschwemmt und ist verschwunden im Nu. Es treibt ihn hinunter, er fährt zu Tal, keine Rettung ist zu erhoffen, der Kaspar ist tot. Er hat sich geopfert, hat zweien das Leben gerettet und ist selber geblieben. Zwei Opfer des Tages: er und der junge Meier aus Glashütten, den die Woge erfasst hat.

Der Lickleder und ein paar von den Holzern laufen und springen dennoch das Bachbett hinunter, weil sie hoffen, ihn vielleicht noch als einen Verletzten bergen zu können. Sie achten nicht der hochschießenden Stämme, sie spähen nach einem Bündel Mensch aus, einem Gewand – und hätten den Kaspar fast übersehen, denn der liegt nach hundert Schritten am Ufer, ausgespieen vom reißenden Tod, und ist schon wieder dabei, sich zu erheben und die nassen Kleider zu schütteln.

Ein Wunder, brüllt einer, und alle, die den Alten umringen, sagen das Gleiche: ein Wunder! Nur der

141

Kaspar, der ein paar Schrammen und blutige Kratzer erwischt hat, geht und redet herum, als wäre es keines. Dabei kann es nicht sein, dass einer das übersteht. Es ist ein wahres göttliches Wunder, das kann jeder erkennen. Die sonst erwischt wurden von der Flutwelle nach dem Bersten des Dammes, die tragen Wunden genug. Nach jeder Trift müssen ohnehin immer ein paar zum Bader und manche, auch wenn sie nicht wollen, zum Doktor. Und er …?

Nun, ganz so einfach geht es nicht ab. Nach einer Stunde sackt er zusammen und ringt bös nach Atem. Man schleppt ihn zu Tal, bettet ihn in die Kammer vom Gasthaus und lässt dem Marei Bescheid zukommen. Die ruft nur der Stallmagd zu, dass sie Acht geben soll, und macht sich auf der Stelle samt dem Flori auf den weiten Weg herüber, weil es heißt, der Kaspar muss sterben. Der hat aber zwölf Stunden wie ein Toter geschlafen, rasch etwas gegessen, ist schon wieder droben am Stauwehr, untersucht Ursachen und wie der Schaden ausschaut. Der Lickleder ist nicht mit dabei. Der liegt mit gebrochenen Rippen und anderen Wunden, die er erst gar nicht bemerkt hat, drunten im Gasthof.

Den Kaspar quält es unsäglich, dass er ein Menschenleben auf dem Gewissen hat. Der Meier, den es weggespült hatte, ist inzwischen gefunden, tot, zerschlagen, entstellt. Der Kaspar verlangt ihn zu sehen und kniet lange bei ihm. Betet er stumm? Nein, er hadert mit dem Boanlkramer und seiner harten Gewalt:

»Is das deine Rache? Den da statt meiner?«

Als er vom Totenbett kommt, treffen grad Marei

und Flori ein. Sie sind überrascht und glücklich, den Großvater gesund und aufrecht zu finden, und wollen gleich alles erzählt haben. Er aber mag nicht viel reden, er hat etwas Unaufschiebbares im Sinn. Er heißt sie warten und geht allein nach Glashütten hinüber, zum Haus des Wegemachers Meier und seinem Weib.

Die nennt man die Büchl-Babett. Manche nennen sie auch eine Hex, weil sie um Kräutln und Trankln weiß, und es wird auch behauptet, sie hat das zweite Gesicht, sie kann in die Zukunft schauen. Viele machen einen Bogen um sie, schon weil sie auf alles eine Antwort weiß und meist eine recht überraschende.

Er trifft sie allein an, wie erwartet. Ihr Mann ist zumeist auf der Strecke, Wege ausbessern und neue anlegen. In der Stube liegen und stehen viele alte Bücher und Folianten herum. Die meisten hat sie während der Säkularisation, wo die Klöster geplündert und Bücher zum Feuermachen verwendet wurden, hierher gerettet, und es heißt, sie hat sie alle gelesen, das hat sie anders werden lassen.

Sie heult nicht, sie ist hart und geschäftig. Sieben Kinder hat sie gehabt, drei sind schon gestorben – und nun das vierte. Sie fuhrwerkt in der Küch und der Stube herum, während der Kaspar sich vor ihr ausreden möchte und ihr sagen, welche Schuld er sich zumisst am Tod ihres Sohnes.

»Kann sein, dass die Leut dir des vorwerfen. I tu's net. Dass er net lang lebt, des war dem Buam ins G'sicht g'schrieben, wenn ma sich aufs Lesen versteht.«

»Dass aber so a junger Mensch …«

»Jung – alt, was is der Unterschied. Nur der Narr

hängt am Leben und traut si nix, vor lauter Vorsicht, dass er bloß ewig lang dableiben kann. Der Boanlkramer holt di, wenn's an der Zeit is für di. Wennst eahm auskommen willst, laufst eahm desto g'schwinder und sicherer zu. Der Bua hat sich nie vor was g'forchten, und jetz war's halt so weit, jetzt liegt er im Schlaf …«

»Im Schlaf?«

»– Was denn sonst? Is des net was Schön's für an jeden, an jeglichem Tag, wenn er einschlafen darf? Und is' net oft grauslich, wenn ma erwacht und alle Sorgen und Kümmernisse fahren ei'm wieder ins Hirn? Wünscht ma sich da net, dass ma weiterschlafen dürft und brauchert nimmer erwachen? Jetzt schlaft er – aus und vorbei.« »Babett, der Tod is mehr wie der Schlaf. Der is der Beginn einer Reise …«

»So? Wohin?« fährt sie ihn an.

»No ja …«

Er traut sich nicht, ihr von der Seligkeit und der Verheißung des Jenseits zu sprechen. Er hat schon gehört, dass die Bücher ihr den Glauben geraubt und den Zweifel beschert haben. Sie hat grad die Asche aus dem Ofen gekehrt und streckt ihm die Schaufel entgegen: »Da, schau. Des war grad noch a schönes, g'sundes Trumm Holz. Und jetzt? Aus und vorbei, aus dem werd nimmer nix mehr. Der Bua, der war a g'sundes Trumm Mensch, und jetzt wird er zu Staub. Aus und vorbei. Wenn'st die Bücher da g'lesen hättst, Brandner, kunnt dir aa koa Pfarrer mehr was verheißen von einer Reise in die ewige Seligkeit!«

Der Kaspar ist nahe daran, ihr anzudeuten, was ihm widerfahren ist und warum er mehr weiß. Sie aber nimmt ihm das Wort, noch ehe er es ergreifen kann.

»Wenn'st beim Fenster nausschaust und siehst, wie alles sei Zeit hat, wie's umfallt, wenn's ihm bestimmt is, wie's modert und wie es vergeht und wie aber daraus was Neues aufwachst, immerzu und verlässlich – Brandner, na ergibst di. Da nimmst es, wie's kommt, und benötigst net Trost und Verheißung.«

»Sollt's aber doch sein, dass mehra erwartet wer'n darf ...«

»Des is a G'schmatz für die Kinder. Mir brauchst nix verheißen. Wenn's aus is, is's aus. Mir is's recht so. Ich bin mir im Lot mit'm Werden und dem Vergehen.«

Dann geht der Kaspar ins Gasthaus zurück. Wie sich die drei auf den Heimweg machen, ist von den Holzern und Wirtsleuten niemand zu sehen. Die Gaststube ist leer. Vor dem Haus stehen ein paar Gestalten herum, erwidern knapp seinen Gruß und drücken sich rasch beiseite, als seien sie einem Verfemten begegnet.

Auf dem schweigenden Gang heimzu kommt ihnen die Wurzer-Burgl entgegen, mit Hacke und Korb. Die wenigstens spricht mit dem Kaspar und erkundigt sich nach dem Hergang des Unglücks.

»Wirst es schwer haben, nach dem, mit die Leut«, sagt sie. »Kaspar, siech 's ein, du bist z' alt, du derpackst sowas nimmer. Du hättst auf'n Lickleder hören sollen, der weiß mehra wie du.«

Dieser Vorwurf bricht die Erstarrung des Alten. Das Aufgestaute braucht Luft, muss heraus, und er schreit: »Für nix bin i z' alt! I hab's Leben wie a alter Baum, der net umfallen kann und net umfallen braucht! Sag des die Leut, die bläden, die allein mir die Schuld geben wollen an dem!«

145

Das Marei erschrickt. So hat sie den stillen, gutmütigen, lustigen Großvater noch nie sehen müssen.

Als sie daheim in die Stube treten, hockt da nicht der Senftl mit dem Greidinger neben der Stallmagd, die vor Verlegenheit schwitzt, und seitab steht der schelchaugerte Loichinger, der Ortsgendarm, hat seine Uniform an und macht ein bekümmertes Gesicht her.

»Hö, was geit 's da?«, fährt der Kaspar auf.

Der Senftl erhebt sich und erklärt, dass im Wald abermals ein Holz gestohlen worden ist, der Greidinger ist Zeuge, er hat gesehen, wer 's war, und dass er, der Senftl, nun keine Veranlassung hat, fürder noch Rücksicht zu üben, sondern den Loichinger mitgebracht hat zu einem Augenschein.

»Ihr stöberts mei Haus durch, in meiner Abwesenheit? Ja, wo samma denn? Bei die Türken?«, schreit der Kaspar ihn an.

Der Senftl zieht die Augenbrauen ganz streng in die Höhe und verbittet sich scharf und schneidend eine jegliche Plärrerei, denn sie sind fündig geworden, das gestohlene Holz ist hinten im Stadel. Lediglich ein Heu sei flüchtig darübergeworfen gewesen, das sei der Tatbestand.

»Und dass des dei Holz is, des kennt ma, weil auf am jeden Scheit Senftl drauf steht mit goldene Buchstaben!« höhnt der Flori.

Ein Geschrei von allen Seiten hebt an und findet kein Ende. Der Flori ballt seine Fäuste, haut auf den Tisch und stellt fest, dass natürlich der Senftl das Holz in der Abwesenheit selber in den Stadel verbringen hat lassen, um ihnen zu schaden. Sowas kennt man. Er sei lang genug auf dem Senftischen Hof gewesen, um von solchen Machinationen zu wissen.

Da röhrt wieder der Senftl, dass er sich das verbittet und dass der Gendarm jetzt der Zeuge sein muss, was man sich hier alles bieten lassen soll.

»Red, Loichinger, walte des Amtes«, schreit er.

Dem ist das Scharmützel mehr als unangenehm. Er möchte vermitteln, eine Ruh hereinbringen und wird folglich augenblicks niedergeschrien. Das Marei gebärdet sich förmlich als Furie, reißt die Türen auf und will alle hinausschmeißen: »Wenn 's ihr net in oaner Minuten vom Hof seids, alle mitnander, na lass i den Hund los auf euch.«

»Wird all's notiert, kommt all's ins Protokoll«, schreit der Senftl. »Und rauslügen könnt's ihr euch nia, weil a Zeugin am Hof is, die kann jedes Wörtl beschwören!« Er packt die Stallmagd am Arm. »Red, erzähl, was du woaßt!«

Das Mädchen blickt muffig zu Boden und mault erst nach dem dritten aufmunternden Stesser des Senftl verlegen und unwillig:

»No ja, des konn i scho schwören, dass vordem koa Holz im Stadel net war.«

»Und was der Lump mit meiner Anni g'macht hat, des hast aa g'neißt!«

»No ja, wier er ihra schö toa hat, und sie umananander g'führt, und na san s' in der Stub'n verschwunden, des han i scho g'sehn, weil i no denkt hab, des is scho g'spaßig, dass der ihra so o'gibt.«

»Und wie d' Anni um Hilf g'schrie'n hat, des hast aa g'hört!«

»Ja, g'schrian hat s' scho, aber was s' g'schrian hat,

han i it versteh' kinna – grad dass sie halt plärrt hat und quietscht.«

»Es werd net des Oanzige sein, was du bezeug'n kannst, wenn di erst 's G'richt a bissei dringlicher ausfragt. Da kimmt no mehra ans Licht!«

Die Bilanz dieses Auftritts ist mehr als elend, als sich die drei bis in die Nacht hinein beraten. Kein Zweifel, der Senftl hat Oberwasser, und er hat sie nun in der Zange. Wenn er die Schuldscheine einklagt, ist der Hof nicht zu halten. Wenn die Anni schwört, ist der Flori verloren. Wenn der Greidinger und die Stallmagd die drei Finger erheben, wird der Diebstahl als erwiesen gelten.

Dazu der Unfall, den man dem Kaspar anlasten wird, für den er sich selber die Schuld gibt und nicht weiß, wie er sie tragen soll.

Wer wird ihnen glauben?

Dass einer, der verachtet und mittellos ist, sich die Zuneigung eines hässlichen geldigen Mädchens zunutz macht, hat es das nicht schon oft gegeben? Und stehlen nicht Krattler wie Raben, wo es ihnen nicht auslangt? »Des ham ma davon, dass ma uns mühen«, sagt der Kaspar voll Grimm und zieht an der Pfeife. »Die müssen ja glauben, für 's Geld mach ma alles!«

Das Marei möchte die Stallmagd hinausjagen, am liebsten gleich auf der Stelle. Sie mag mit der Person nicht mehr unter einem Dach hausen. Der Großvater widerspricht ihr, denn das sähe nach einem Schuldeingeständnis aus, so, als wolle man die lästige Zeugin vom Hof haben. Zudem würde sie sich gewiss rächen und justament schwören, was der Senftl verlangt. Die dumme Person würde am Schluss selber glauben, was sie gehört und gesehen haben soll.

»Warum macht des der Senftl?«, fragt das Marei zum so und so vielten Male matt und ohne Hoffnung auf eine Erklärung.

»Weil's den Hundling g'freut, wenn er Leut schikaniert. Weil er's net aushalt', wenn ihm einer net schön tut. Weil er sei' Macht zeigen möcht – die Sorte kennt ma doch«, meint der Flori.

»Naa, da muss mehra dahinter stecken, dass er's grad auf uns abg'sehen hat. Andere san eahm aa net botmäßig, und dene tut er sowas net an.«

»Er kann aa den Streich net vergessen, den i sei'm Vatern g'spielt hab, vor bald fuchz'g Jahr«, sinniert der Kaspar. »Aber in dem hast du scho Recht, Marei, da muss no mehra dahinter sein, von dem wir nix wissen.«

»Ob er mit dir ebbs im Sinn hat, Marei?«, fragt der Flori. »Er war doch so anlassig zu dir, und dass er di glei mitg'zogen hat, auf München – ?«

»Naa, des is' net«, sagt sie. »Des hätt i g'spannt, da hätt er mehra probiert. Der hat bloß aufweisen wollen, wie dass er uns schätzt, ehvor er losgeht auf uns. Des war Lug und Verstellung, sonst nix.«

Der Schaden ist groß. Beim Kirchgang drückt man sich um sie herum, erwidert grad noch den Gruß und geht ihnen rasch aus dem Wege. Der Pfarrer fragt alle drei bei der Beichte, ob sie nichts Spezielles sich von der Seele zu reden hätten, und scheint nicht glauben zu wollen, dass weiter nichts ist.

Der Kaspar hockt sich, um wieder Vertrauen zu erlangen, öfter des Abends zum Postwirt und redet mit den ehemaligen Freunden, aber mehr als eine gleichgültige Duldung schaut nicht heraus. Dass er einmal beliebt war, scheint versunken zu sein und vergessen. Man nimmt seine Gegenwart hin, mehr ist nicht zu bewirken. Seltsam, wie schwankend die Meinung der Menschen sein kann, wie gering ihre Beständigkeit.

Im Winter ist nirgends recht viel Geschäft, aber in den vergangenen Jahren hatte der Kaspar stets Arbeit bekommen. Diesmal gibt ihm nur der Lord Ponsby einen kleineren Auftrag. Der ist zu selten in seinem Ferienhaus anwesend und spricht die Sprache des Landes nicht flüssig genug, als dass er Bescheid wüsste und ihm die Ratscherei und der Boykott bekannt geworden sein könnten.

Bald darauf werden alle wegen dem Holzdiebstahl einvernommen. Die Stallmagd tut erst recht großspurig, aber es stellt sich heraus, dass sie nichts weiß. Sie heult schließlich, sie kann überhaupt nichts beschwören, vielleicht hat sie sich bloß was eingebildet, auch das mit der fetten Anni. Bleibt noch der Zeuge Greidinger, aber auch dessen Kenntnis ist dubios. Er will zwei Gestalten im Walde bemerkt haben mit einem Handkarren voll Holz. So ein Karren findet sich nicht am Brandnerhof, und auch sonst reicht es nicht zum Beweis, denn das gefundene Holz, das weiß ein Gericht, kann auf allerlei Arten dort hinpraktiziert worden sein. Dass nichts zu beweisen ist, macht die Leut wütend. Ein Glück, dass der Kaspar nicht hört, wie man im Wirtshaus und im Laden des Senftl über ihn und die Jungen daherredet. Er weiß auch nicht, dass bereits in geheimer Sitzung beraten wird, ob man ihn nicht ins Haberfeld treiben soll.

Dieser geheime Brauch hat sich zäh in der Gegend gehalten. Wo die Justiz versagt, wo sie sich nicht an Großkopferte traut, wo Beweise mangeln, obwohl jeder weiß, was für Lumpereien im Spiel sind, da treten die Haberfeldtreiber auf.

Geschwärzt und vermummt schleppen sie den Sünder nachts aus dem Bett auf ein Feld hinaus und halten im gräulichen Fackelschein unter Grewoi von Trommeln, Rasseln, Trompeten und Schüssen in gereimter Anklage ihm seine Untaten vor, um der Gerechtigkeit willen.

Sie müssen dabei auf der Hut sein, denn die Obrigkeit ahndet diese Feme des Volkes mit Strenge und Härte. Sie müssen erst ausspionieren, dass diese Nacht kein Gendarm, kein Soldat um die Wege ist. Der Boden muss hart sein und keine Spuren aufnehmen. Sie vernageln den Glockenturm, damit niemand Sturm läuten kann. Und schnell muss es gehen. Wie die wilde Jagd fallen sie ein, und dann im Trab hinaus mit dem Sünder! Bauer, Lehrer, Pfarrer, Wittib, Magd, gleichviel, im Knien vernimmt der Delinquent, wie der Haberfeldmeister vortritt und mit schaurig hohler Stimme anhebt:

»Im Namen vom Kaiser Karl im Untersberg!«

Sie tun dem Lumpen kein Leid an, sie quälen und schlagen ihn nicht. Er soll nur erfahren, dass seine Untaten bekannt und verachtet sind. Für den Brandner und auch für den Florian hat man schon Verse gezimmert:

»Der Brandner is diam a ganz schlechter Mo.
Beim Hoizstehl'n kommert dem bald koaner mehr o.
Mit dem g'stohlena Haffa
mögt er bis auf Holzkircha umi laffa
und dort allsammt verkaffa.

Weil mit der Ruacherei is bei dem Kerle koa Ruah.
Auf den derft's schaung, der hat no net boid g'nua!
Und sei Flori hat d' Anni o'packt, 's is a Schand,
der werd no der größt Hurnstingl im ganzen Land!
Is's wahr oder net?«

Dann werden alle schreien: »Ja, 's is wahr«, der Haberfeldmeister erwidert: »Nacher treibt's zua.« Abermals wird das grausige Lärmen, Toben und Schießen
erschallen, und weitere Schmähverse werden folgen,
ehe man ihn und den Florian wieder heimjagt. So
würde die allgemeine Empörung sich Luft machen.
    Freilich hat der Kaspar auch Freunde, und sie raten
zur Mäßigung, bis es unbezweifelbar ist, dass die
Brandnerleut Übles tun. Sie können und wollen nicht
glauben, dass der Kaspar sich so sehr geändert hat,
nach einem langen, redlichen Leben.

Es dauert eine Weile, bis eine Kommission aus der
Stadt kommt, den Unfall in der Klause untersucht
und dekretiert, dass den Kaspar dabei keine Schuld
trifft. Seine Arbeit war nicht grad nach dem Lehr-
buch, aber sauber, ungefährlich und richtig. Das Ver-
säumnis, die drei Stämme herauszuholen, und eine
Kette daraus folgender Ursachen hat zum Tod des
Holzers Meier geführt. Der hat mit den anderen sel-

ber dafür geredet, sie drin zu belassen, und damit seinen eigenen Tod verursacht.

Der Freispruch bewirkt nichts, man gibt nach wie vor dem Kaspar die Schuld. Man glaubt auch dem Lickleder nicht, der den Hergang studiert hat und alles erklärt. Dass er den Kaspar aufsucht, um ihm für seine todesmutige Errettung zu danken, rechnen die Leut ihm als Guttat an. Sein Geschäft floriert, der junge Lickleder bekommt all die Arbeit, die vordem dem Alten gegeben wurde.

Von den hohen Herrschaften reicht nach dem Freispruch einzig der Herr Reichenbach seine helfende Hand. Er stellt den Kaspar in seiner Schussermühle ein. Dort gibt es stets Schlosserarbeit genug. Das ist für die drei die Rettung, weil es sonst in den leeren, grauen Wintermonaten kaum was zum Verdienen gibt.

Es wird für den Kaspar kein Honiglecken, denn auch dort wissen alle von den Beschuldigungen und wollen ihn nicht bei sich dulden. Niemand geht ihm zur Hand, niemand erzeigt sich freundschaftlich. Sein Werkzeug verschwindet und taucht demoliert wieder auf, man legt ihm nur minderwertiges Material vor für die Arbeit, und wenn er was repariert, ist es am nächsten Tag wieder hin. Deshalb wird er nach vier Wochen wieder entlassen und an seiner statt der Lickleder geholt.

Auf Michaeli ist die Stallmagd vom Hof gegangen. Sie hat eine bessere Stelle gefunden, beim Senftl. Eine neue trauen sie sich nicht aufnehmen, es ist auch keine Bewerberin gekommen. Nun ist es halt so, dass sie den Rest des Winters grantig daheim bleiben. Dort

153

gibt es genügend zu tun, aber von der Hoffnung, den Hof wieder reich und angesehen zu machen, kann keine Rede mehr sein. Es geht grad so dahin.

Kaum hat das Frühjahr begonnen, und der Schnee rinnt davon, kommt unerwartet ein rettender Engel daher. Der Preuß mit den Schmissen, der Herr von Zieten, ist wieder da und rennt in der Landschaft spazieren wie ein Gesengter. Weil er dabei mit allen Einheimischen redet, die ihm nicht rechtzeitig auskommen, erfahrt er, dass mit den Brandnerleuten etwas nicht stimmt, und er gibt keine Ruh, bis er es herausgefratschelt hat. Holzdiebstahl? In dieser Sache weiß er etwas.

Er kommt auf den Hof, kriegt seinen Kaffee und vom Wurzer-Burgel'schen Schnaps. Er erzählt im funkelnden Stolz des wissenden Retters eine Beobachtung, die er im vergangenen Herbst beim Spazierengehen gemacht hat, just an dem Tag, da in der Klause der Unfall geschah.

Seine Worte erfüllen die drei mit neuem Leben. Da erklingt der Glockenton einer Hoffnung!

Der Kaspar bittet ihn, und er geht, wie er mehrmals betont, um der Gerechtigkeit willen, mit ihm hinunter aufs Amt. Dort sagt er vor dem staunenden Loichinger aus, dass er den inkriminierenden Diebstahl selber gesehen hat, ganz deutlich und nah, beim Spaziergang. Ein einzelner Mann hat geschnittene Prügel auf einem Handkarren in die Scheune des Brandnerhofes gezerrt und dort abgeladen. Er, Zieten, wanderte eben vorbei, wollte einkehren, die Magd war allein auf dem Hof und sagte, die beiden Jungen sind zum verunglückten

Kaspar geeilt. Er hat mit ihr und auch mit dem Manne gesprochen, der das Holz hergebracht hat.

Wer das war?

Er weiß nicht den Namen, aber er beschreibt so genau den Greidinger, dass kein Zweifel mehr möglich ist. Der Brandner läuft augenblicklich nach Quirin und holt den Greidinger her, damit der noch einmal aussagt. Der Flori eilt an die Tuftn zum Senftlhof und greift sich die Magd. Eine Stund später ist die Corona versammelt. Der Loichinger hat seine große Stunde und leitet ein strenges Verhör, in dem aus Zeugen Angeklagte werden. Sich wütend rechtfertigend geben sie zu, vom Senftl angestiftet und für den Diebstahl samt falscher Aussage bezahlt worden zu sein.

»G'sagt hat er, dass der Brandner a Gauner is, dem endlich amal was nachg'wiesen wer'n müassert, und weil ma den niea net derwischt, den Halunken, sollt i dazuahelfa, indem ich an Beweis fabrizier.«

»Und mir hat er g'sagt, dass der Florian bloß hinterm Geld von der Anni her is, und an sellern mag er net, sagt er, und i brauch bloß bekunden, dass d' Anni recht g'schrian hat, mehra net, und vom Hoiz brauchert i gar nixn wissen.«

Herr von Zieten diktiert zum Beschluss ein unanfechtbares Protokoll, das sofort auf den Dienstweg gebracht wird. Dann lässt er sich vom Brandner noch in den Gasthof zur Post hinüber bitten und legt dort dem Abendstammtisch der G'wappelten, Geldigen, die öffentliche Meinung Bestimmenden, haarklein die ganze Geschichte dar.

In der folgenden Nacht wird dem Senftl ein Wagen

voll Mist aufs Dach seines Kaufhauses gesetzt, als allseits und weithin erkennbares Zeichen. Die Leut, die es immer genießen, wenn einer blamiert und angeprangert ist, bewundern die Kraft vom Kaspar und Flori, zu zweiter das schwere Gefährt hinaufgewuchtet zu haben. Der Senftl rennt zeternd zum Loichinger aufs Amt, Anzeige erstatten, aber es wird nichts daraus. Statt zu protokollieren, kündigt der ihm ein Gerichtsverfahren an wegen nachgewiesener Anstiftung zur Falschaussage, und noch mehr.

Der schelchaugerte Loichinger geht zwinkernd im Ort herum und sagt, er kann es sich einfach nicht denken, wer das mit dem Mistwagen gewesen sein könnt, und den wird wohl niemand jemals entdecken.

»So ein Rindviech, der Zieten!«, tobt der Senftl daheim vor seiner Frau. »I fädelt die ganze G'schicht ein, bloß dass i den Brandner vom Zeug bring, und dass der Sommerfrischler, der bläde, das Anwesen von mir erwerben kann. Und was macht er? Geht hin und sagt aus gega mi. Aber jetzt kann er schaung, wie er zu sei'm ersehnten Sommerhaus kimmt. I hilf eahm nimmer dazu, dem Hanswurschtn! Des hat ma davon, wenn ma sie mit die Breißen was o'fangt. Soldaten spielen, des könna s', aber fürs G'schäftermacha san s' z' bläd, de Hirschn, de g'selchten!« – und derlei noch mehr.

Acht Tage danach holen die Haberfeldtreiber den Senftl des Nachts aus dem Bett, und was er zu hören bekommt, reicht ihm fürs Erste. Diesmal wagt er es nicht, Anzeige zu erstatten, obwohl er seine Femerichter ganz genau an der Stimme erkannt hat.

Wie der Kaspar wieder einmal wach liegt, weil ein alter Mensch nicht mehr viel Schlaf braucht, und eine Arbeit, die ihn steinmüd macht, hat er auch nicht, denkt er zum Boanlkramer hinüber und hadert:

»Bist du des, der mir die Stoaner in' Weg schmeißt? Mehra davon innert die letzten zwei Jahr wie vordem im ganzen Leben? Bewirkst du es, dass i bloß noch von Feigheit, Gemeinheit und Niedertracht umgeben bin? Möchtst du mir zeigen, dass si 's Leben net lohnt unter solchene Leut? Willst du erkunden, wer's länger aushalt von uns zwoa? Willst mir's weitere Dasein verleiden, weil'st anderst net hi'glanga kannst an mi? Du – des hab i inzwischen erprobt, dass i unverwundbar bin wie der Lindwurm. Bal mir a Kugel durchs Herz fahrert, kamert a bissei Blut aussi, mehra net, und bal i in a Schlucht hundert Klafter tief abistürz, standert i auf und gangert aufrecht davo.

Naa, du kannst mir wahrhaftig nix anhab'n! Da stinkt a da, gell! Brauchst net hoffen, dass i schwach werd und nach dir plärr, wenn du die Leut aufbringst gega mich! Wenn du's bewirkst, dass mir alles missrät, und die Prüfungen diam kaum zum Durchleben san! I woaß des genau, es werd wieder besser, es geht weiter aufwärts, weil du bald müad werst, dass d' mi fürderhin schikanierst. Dei Wort hab i, des is mir Gewissheit grad g'nua – hab a Einsehen, schwarzer Bruader, lass ma mei Ruah!«

Die Schuld

Da lebt einer über seine Zeit hinaus und erfährt, wie wenig und zugleich alles sich ändert. Dass kaum etwas besser, kaum etwas vernünftiger wird, sondern nur anders. Was wertvoll gewesen, verliert seinen Wert. Was bedeutungslos war, gewinnt an Bedeutung. Wer erreicht, wovon er geträumt hat, kann sich des Erreichten selten erfreuen. Beim Kaspar ist es aufwärts gegangen und dann wieder abwärts. Hat die Müh sich gelohnt?

Gut, der Senftl muss endlich Ruh geben, seit er das Schandmal trägt, ins Haberfeld getrieben worden zu sein. Sein Bürgermeistertraum ist in weite Ferne gerückt. Er verkriecht sich auf seinem Hof. Im Kaufhaus lässt er sich vor der Kundschaft nicht blicken. Statt seiner schaltet dort seine resolute Frau, und die sagt jedem: »I kann nix dafür, wenn er Dummheiten macht, lässt's es doch mich net entgelten.« Sie wird von manchen bedauert, an so einen hinterlistigen Lackl gebunden zu sein.

Sein Profit geht zurück, aber nicht lange. Man braucht, was sein Kaufladen feilbietet. Kein anderer ist in erreichbarer Nähe. Man handelt bald wieder und macht Geschäfte mit ihm. Es wäre allen zum Schaden, wenn er Vieh, Getreide, Holz und was sonst noch an entfernte Orte vermittelte. Jedem beteuert er wortreich seine völlige Unschuld:

»Es war all's ganz anders, i schwör's. Die ham allesamt g'logen. Wer glaubt der Aussag' von so einem Breißen, was weiß der, was könnt denn der wissen, der versteht net amal d' Sprach!«

Die Kunden sagen jaja und denken nur ans Geschäft. Mit Grundstücken und Häusern will der Senftl nichts mehr zu tun haben? Auch recht. Hauptsach, für alles andere ist er bereit. Man braucht ihn.

Die Brandnerleute braucht niemand. Wer meint, dass sie, nachdem ihnen die Ehre wiedergegeben war, wie früher mit Hilfe und Gunst unterstützt werden, der kennt nicht die Menschen, der weiß nicht, wie's zugeht auf Erden. Es bleibt immer was hängen, da kann noch so bewiesen sein, dass wer unschuldig ist. Man nickt und man lächelt ihn an und wendet sich dennoch achselzuckend von ihm. Es ist peinlich, unter denen gewesen zu sein, die misstrauten. Daran will keiner erinnert sein.

Der Kaspar ist alt und erfahren. Ihn wundert es wenig, wenn die Hofverwaltung für ihn keine Arbeit hat. Wenn einer, dem er ein Bier spendiert, es austrinkt und sich verdrückt, wenn man sich noch immer nicht zu ihm an den Tisch setzen mag, so grausam das ist.

Der Flori ist jung, er lehnt sich auf:

»Wenn i schon für an Lumpen ang'schaugt werd, na möcht i aa profitieren davon! Möcht lüg'n und stehl'n und betrügen und mir oan Vorteil nach 'm ändern verschaffen!« schreit er, wenn man ihnen die Milch nicht mehr abkauft und die anderen sauer erarbeiteten Erträgnisse. Oder wenn ein Rammel ihm nachplärrt:

»Wann heiratst na endlich dei' Anni? Höchste Zeit

wererts, bei ihra is' bald der Fall! Na kannst Kindl-
wieag'n, du Hurnstingl. Des is ja bekannt, dass dir vor
nix graust!«

Die Anni ist tatsächlich in der Hoffnung und sagt
nicht, von wem. Da wird freilich höhnisch gelacht
und auf den Flori gedeutet, obwohl keiner im Ernst
glaubt, dass er es gewesen sein könnte. Der Spott ist
bloß zwegs der Gaudi, aber grad das macht den Flori
wehrlos, wütend und verzweifelt.

Wenn er denkt, dass der Kaspar gemeint hat, in diesem Jahr kann er dem Prinzen Carl die Unterstützung
zurückzahlen, damit der sie an Bedürftigere weiter-
reicht, wie himmelweit ist er davon entfernt. Zwar hat
der Senftl noch nichts eingefordert – noch traut er sich
nicht –, aber lang kann's nicht währen, und eines Tages kommt er daher. Wenn dann nicht einmal ein Geld
für eine Abschlagszahlung da ist, kündigt er Pacht
und Lehen, und dann ist es aus. Es herrscht eine quä-
lende Unsicherheit.

Alle paar Tage kommt der Zieten daher, zum Kaffee, und lässt durchblicken, dass er als Dank für die
Hilfe die Zusage möchte, schriftlich am liebsten, den
Hof erwerben zu können, wenn der Kaspar aufgeben
muss:

»Was wollen Se sich plagen? Ich zahl Ihnen Ihren
Austrag, wie das hier heißt, Ihre Pangsion. Nennen Se
doch mal ne Summe.«

Es ist lätschert, wenn einer am Tisch sitzt, ganz ungeniert über den Verlust der Heimat daherredet und
Pläne macht, wie er sich einrichten wird.

Darum fasst der Flori einen Entschluss, und der ist
nicht redlich und gewiss nicht zum Besten.

Der Herr Hofjäger, der Haller Simon, ist nie mehr auf die Neureuth hinaufgekommen, seit der Flori dort haust mit dem Marei. Er hat gleich die ganze Gegend gemieden, nur um ihr nicht nah sein zu müssen, und nichts hat es ihm geholfen. Sie ist und bleibt der einzige Mensch, für den er in seiner hölzernen Art etwas zu empfinden imstand ist. Seit sie ihm unerreichbar ist, gräbt sie sich ihm mit jedem Tag tiefer ins Herz, und seine Wut auf sie und den Flori wird bitterer. Wie die G'schicht mit der Anni ruchbar war, hatte er zu hoffen begonnen, dass sie den Flori zum Teufel haut, und war desto enttäuschter, als das Lügengewebe zerriss.

Es versteht sich, dass er den Kaspar nicht mehr zur Jagdhilfe beigeholt hat. Auch nicht zur Hege im Winter, wo er früher oft eine Woche lang mit ihm unterwegs war. Für seinen Dienstherrn, den Prinzen, hat er Ausreden parat, warum der Alte nicht mehr kommt. Er ist krank, er hat eine andere Arbeit, er mag nicht, und lauter fadenscheiniges Zeug. Dabei hätte der Kaspar nicht nur das Geld bitter nötig, er vermisst auch schmerzlich das Jagen. Aber der Simmerl hat seinen Hass auf ihn ausdehnen müssen, anders hat er sich nicht zu helfen gewusst.

Der Graf Arco und der Kobell holen den Alten noch manchmal zu einem Pirschgang, aber da ist schon zu merken, dass er nicht mehr ganz auf der Höh ist. Er ist langsam und schwerfällig und nicht mehr so vif. Das sucht er durch Unbedacht und Tollkühnheit auszugleichen.

Einmal ist ein Stück nach dem Schuss in eine Schlucht gestürzt. Da ist er hinunter, hat Sprünge über

Abhänge, und Wege durch Schrunde riskiert, bei denen er sich den Hals hätte brechen können.

»Was machen S' denn, Brandner, passen S' doch auf!«

»Mir kann nix g'schehng. Ich hab 's ewige Leben!«

Das verstehe wer will.

Im Frühsommer, noch in der Schonzeit, merkt der Simmerl, dass wieder Lumpen am Werk sind. Es war lang Ruh mit der Wilderei, von wenigen Fällen abgesehen, wo Tiroler über die Grenze gekommen sind. Die haben drüben kaum mehr ein Wild, weil die Kaiserin Maria Theresia seinerzeit den Bergbauern das Schießen erlaubt hat, und jetzt sind die Wälder fast leer. Darum hausen sie herüben rücksichtslos mit Schlingen und Schüssen, und wenn man ihnen auf den Pelz rückt, verziehen sie sich geschwind übers Gebirg in ihr Ausland.

Diesmal stehen die Zeichen anders. Es müssen Leut aus der Gegend sein. Bislang fehlen ein Bock und zwei Geißen. Das ist noch nicht schlimm, aber bald vergeht keine Woche, wo nicht fremde Schüsse vernehmbar sind.

Der Simmerl denkt die Verdächtigen durch. Ein paar notorische Wildschützen sitzen noch im Gefängnis. Einer vom Oberhof ist bei den Soldaten. Die zwei Schlimmsten aus Rottach hält neuerdings ihre redliche Mutter eisern im Zaum. Es ist ja nicht so, dass ein Jäger nicht wüsste, wer im Gäu verwegen genug ist, in friedlicher Zeit unter den Augen der Obrigkeit die Gesetze zu brechen. In Hungerzeiten kann man's verstehen, dass die Bauern und Burschen nicht einsehen mögen, warum ihnen in Ergebenheit der Magen krachen soll, während die Braten in Wald und in Feld ihnen vor der Nase herumlaufen. Wieso überhaupt soll ein Bock jemand Bestimmtem gehören, und wenn er über eine Reviergrenze wechselt, jemand anderem? Das ist doch ein Schmarrn.

»Sollt' ma mir zuaschaug'n, wie des Viechzeug uns die Felder kahl frisst und Pflanzen verbeißt?« sagen sie. »Mäus und Maulwürf und selchterne Schädling derfst packen – warum na net Hasen? Tean die net Flurschaden g'nua?« Und: »Unser Viech aus'm Stall müass ma verkaufen wega 'm Verdienst. Aber a Fleisch möcht unsereins diam scho aa, dass ma net von der Kraft kimmt mit der ewigen Schmalzkost. Mir taaten 's Wild ja gern im Stall züchten, bal 's gangert«, sagen sie.

Dem Simmerl ist alles andere als wohl. Die Halunken sind immer im Vorteil, und die Zeit ist vorbei, wo sie dem Henker die Hand zum Abhacken hinstrecken mussten, wo man sie auf Hirsche gebunden und losgejagt hat, bis sie und das Tier elend zugrund gingen. Heut muss man den Bazi auf frischer Tat fangen und Beweise beibringen. Das verlangen der Prinz und die Richter.

Wo bleibt überhaupt die Gerechtigkeit? Einen Jäger von Schliersee haben vor zwei Jahren Wildererlackln an einen Baum hingefesselt und verbluten lassen. Ein anderer wurde mit Holzpflöcken an einem Scheunentor gekreuzigt. Darüber war die Empörung im Volke gering. Wenn aber ein Jäger einen Wilderer derschießt, da geht vielleicht ein Geschrei los! Lässt er's aber gehen, wie's geht, wird er verspottet, verachtet und schließlich entlassen wegen Unfähigkeit.

Kein Wunder, dass dem Simmerl nicht wohl ist in seiner Haut.

Die Brandnerleut haben sich nie viel vergönnt und auch in den Jahren, wo ein Geld hereingekommen ist, gelebt, wie's der Brauch ist. Am Montag hat es Semmelknödel gegeben mit Kraut. Am Dienstag Rohrnudel oder Küchl mit Apfel- oder Zwetschgendauch. Den Mittwoch die roggenen Schmalznudeln, am Donnerstag wiederum Knödel, am Freitag die Stegnudeln mit einem Vierteldauch aus getrockneten Äpfeln, am Samstag Schmalznudeln und Kraut und bloß am Sonntag ein Ochsenfleisch zu die Knödel und dazu die Rindssuppe, die vom Fleischkochen stammt. Da kann man nicht sagen, das ist üppig gelebt.

Sie haben dabei nichts vermisst, sie kennen's nicht anders. Alles Trachten ist auf die Mehrung gegangen. Der Hof ist das Bleibende, für den ist der Bauer nur der Verwalter. Sein Name vergeht, der des Hofes besteht, und die tiefste Schande ist es, wenn einer verwirtschaftet aus Torheit oder aus Faulheit. Dem setzt ein rechter Mensch sich nicht aus.

Wie nun der Flori zum ersten Mal mit einem erlegten Reh heimkommt, ist der Kaspar ganz außer sich vor Empörung, dass die Redlichkeit aus seinem Hause gegangen sein soll.

»Red doch net, als wie wenn du noch nie hint'rum was g'schossen hättst«, hält der Flori ihm vor im trotzigen Ton dessen, der sich im Unrecht weiß und dennoch bestehen möchte.

»Ja, als a Junger, wie i no bläd war und g'meint hab,

i muss mi auflehnen gegen alles und jedes. I hab's lernen müssen, Bua, dass in der Welt nix vorangeht ohne a Ordnung und ohne die Ordentlichkeit! Des Wild g'hört net uns, und wir möchterten's aa net, dass wir bestohlen wer'n!«

»I siech des net ein!«

»Ob du es einsiechst, ob net, des is Wurscht. Kommt's auf, bist du der Depp, und derfst sinnieren bei Wasser und Brot a paar Jahr lang, ob's net doch a so is. Auf dera Welt sticht der Ober den Unter, des weiß ma vom Kartenspieln her! Da bist alle Mal du der Lackierte!«

»Soll ma all's wieder einbüßen, was mir g'arbeit' ham, wenn's dem Senftl grad passt, und er haut uns die Schuldschein am Tisch? Derfa mir uns net wehren? Des Reh da bring i auf Scharling dem Wirt. Der hat mir a guats Geld versprocha dafür, und des brauch ma mir nötig wie's Brot!«

»Flori, sei g'scheid! Der hängt di hin, saukalt, wenn wer nachforscht, woher dass er's hat! Gib di nur dem brav in d' Händ, na werst es scho sehn!«

»Der hängt selber mit drin! Der hält's Mäu, auf den is Verlass. Und der bringt mir noch mehra Kundschaft zua, und alle zahl'n guat! Des ist der Ausweg für uns, an andern gibt's nimmer!«

Der Kaspar weiß, dass etwas Wahres daran ist. Er kämpft gegen Alter und Müdigkeit, schüttelt verbissen den Kopf und haut mit den Knöcheln grob auf den Tisch: »G'wildert is so gut als wie g'stohlen, und des leid i amal net auf mei'm Hof!«

»G'stohlen?«, fährt der Flori hasserfüllt auf. »Von

wem denn? Von die feinen Herrschaften! Die ham allesamt g'nua im Besitz!«

»Die ham uns g'holfen vor zwei Jahr – vergiss net!«

»Und hernach? Was is jetza? Nix mehr. Für die war ma a Zeitl die Schoßhund zum Spielen. Jetzt san ma fad und vergessen. Hör mir doch auf. Auf die brauchst net denka. Die nehmen koa Rücksicht auf uns, was sollten wir Rücksicht nehmen auf die?«

Der Kaspar will etwas Vernünftiges entgegnen, aber es hat keinen Sinn. Der funkelnde Hass der Verzweiflung beim Flori ist eine Wand, durch die er nicht dringen kann. Der ist unwidersprechbar entschlossen:

»Pass auf, Kaspar! Haltst du's, wie'st magst. I lass mi net hinmachen von dene. Bal s' moana, sie derfen Lug'n verbreiten, dich an Spitzbuam heißen, der 's Holz stiehlt, und mich an Saustier, der wo Madln mit G'walt packt – guat. Na sollen s' mich kennen lerna und derleb'n, zu was i wirklich imstand bin. Ich wehr mi. I tu eahna an, was mir einfallt!«

»Des machert bloß alles no' irger, Flori, sei g'scheid!«

Der aber steht auf, geht an die Tür, packt die Klinke: »Naa naa! I schieß und schmuggelt und gaunert des nötige Geld z'amm. I lehr dene 's Fürchten, grad so, wie's sie auf ihre Art macha mit uns! Des han i verstanden, dass d' mit der Bravheit allweil der Kaschperl bist, über den sie zahna und lacha! Wenn du koan Stolz hast in dem, weil'st z'alt bist und z' brav, guat, des is dei Sach. I bin net dabei!«

»Herrschaftszeiten, Flori!«

Der schüttelt den Kopf. »Naa naa, mir g'langt's. Um mi brauchst di du net bekümmern. I ziag aa vom

Hof, wenn'st moanst, du kannst koan Lumpen dulden bei dir, 's Marei ist draußen im Stall. I frag s' glei, ob sie bei dir bleibt, oder ob s' mit mir geht.« Damit macht er die Türe fest hinter sich zu.

Erst kann es der Simmerl vertuschen, aber dann hat man Schüsse gehört und fragt ihn peinlich, wer da unterwegs sei. Wie der Prinz aus der Stadt kommt, weil die Jagdsaison aufgeht, muss er ihm beim Rapport eingestehen, dass die Wilderer offenbar so gut Bescheid wissen, dass sie nur ausziehen, wenn er nicht draußen ist. Der Prinz Carl ist unwirsch und ordnet schleuniges Abstellen an.

Rund um den See und darüber hinaus wird getuschelt, aber niemand weiß einen verdächtigen Namen. Freilich, dem Volk ist es eigentlich Wurscht, wenn die Herrschaft der Jagdbeute verlustig geht, aber ein paar G'schaftlhuber sind immer darunter, die ihre Lust im Spionieren und Anzeigen finden. Diesmal ist's wie verhext, keiner weiß was.

Oder doch?

Plötzlich gibt es ein Gerücht, der Senftl habe Tiroler beauftragt, ihm für den Handel immer wieder was zu besorgen. Man sagt zwar, so dumm und verwegen kann er nicht sein. Aber wo sein Renommee ramponiert ist und ihm die Einnahmen schwinden, könnte der geldgierige Hund schon auf sowas gekommen sein.

Wieder ist ein Bock abgangig, und im Wirtshaus zu Scharling und im Wirtshaus zu Kreuth steht Hirsch auf der Speiskarte. Nach höhnischen Hinweisen aus der Bevölkerung fragt der Simmerl dort nach, aber beweis du einmal einem Wirt etwas. Der zeigt dir bereitwillig die Quittung vom Metzger, wo ganz genau draufsteht, wann das Fleisch gekauft worden ist.

Damit kommt der Simmerl nicht weiter. Zu seinem Onkel, dem Senftl, traut er sich nicht. Der würde ihn hochkant hinausschmeißen. Er versucht zu erfahren, woher das Gerücht stammt, wer es zuerst erzählt hat. Die Kette reicht bis zum Brandner. Der soll einmal, ganz nebenbei, etwas von Tirolern gesagt haben. Den aber fragen, woher er es weiß, widerstrebt ihm aus den bekannten Gründen. So bleibt die Quelle des Gerüchts unentdeckt. Dabei hat es der Kaspar selber erfunden, um den Senftl zu ärgern.

Die anderen Jäger im Gäu sind nicht grad eifrig beim Helfen, weil aus ihren Revieren nichts wegkommt, sondern stets nur beim Simmerl. Auch die Förster lassen es an Unterstützung mangeln. Er sieht schon, er muss mit dem Fall allein fertig werden. Ihm bleibt nur, seine Gänge zu ändern und viel Zeit versteckt im Revier zuzubringen, in der Hoffnung, Tiroler zu sehen oder sonst was Verdächtiges.

Einmal steckt er im Dicket am Wallberg, von wo aus er den guten Überblick hat, da kommt von fern eine Gestalt auf ihn zu. Ihm wird gleich ganz abenteuerlich, das Herz hämmert, er ist froh, dass es nur ein Einziger ist. Er macht sich bereit, ihn zu stellen, sei es wer's sei, und gleichgültig, ob er bewaffnet ist. Der Mann kommt nur grad so daher, er schleicht nicht verdächtig, sein Gesicht ist auch nicht geschwärzt, aber das heißt nichts, grad das kann die Tarnung sein.

Der Simmerl richtet sich auf und will ihm schon in den Weg treten, als er ihn plötzlich erkennt und es ihm wie ein glühendes Schwert durch den Leib fährt: Da geht der Florian Högg, sein glücklicher Todfeind, der Lump. Aufrecht und unverdächtig kommt er daher, und doch ist es dem Simmerl wie eine Erleuchtung:

Der Flori muss dieser Teufel von einem Wildschützen sein!

Dass er an den nicht früher gedacht hat! Der kennt keine Skrupel. Hat er ihm nicht das Marei genommen, siegesgewiss und ohne sich zu bekümmern? Hat er sich nicht brettlbreit auf den Hof gesetzt, der Fretter, als wär er dort rechtens zu Haus? Der wird sich jetzt, wo ihm das Wasser am Hals steht, den Teufel um die Anständigkeit scheren. Gewiss ist er der Anführer für die Tiroler, denn er allein kann gar nicht so viel schwere Beute derschleppen.

Er lässt ihn ungeschoren vorbei, überschläft sich seinen Verdacht und ist sich dessen am nächsten Tag noch gewisser. Der Gedanke, den Nebenbuhler zur Strecke zu bringen, macht ihn vor sich ein Stück größer. Wie aber stellt er es an, Beweise zu liefern? Er muss unauffällig und gewitzt zu Werk gehen, und ist darin nicht sehr erfahren. Ob der Onkel ihm hilft? Der kennt Listen und Schlingen und wird sich, wenn es gegen die Brandnerleut geht, gewiss ihm verbünden. Gar, wenn er sich dadurch aus dem Gerede bringen kann.

Der Simmerl findet ihn auf seinem Hof an der Tuften in übler Laune. Kaum aber hat er von der Vermutung erzählt, ist der Senftl ein ganz anderer Mensch.

»Simmerl, du bist ja a Zuckerbutzi, du bist ja pfeigrad 'as Christkindl für mich. Dass i da selber net draufkommen bin! Des Brandnerg'sindel, voran der Kaspar, macht si da g'sund am herrschaftlichen Eigentum. No, dene werd i die Suppen versalzen! Die müssen vom Zeug, und dann verkauf i ihr Glump an den Zieten, den Deppen, zum doppelten Preis!«

Das ist gar nicht einfach. Zum Ertappen auf frischer Tat braucht es Leute zur ungesehenen Bewachung. Den Brandner, wenn er im Komplott ist, fängt man nicht ohne Mühen, der ist schlau und erfahren. Den jungen Lumpen, den Flori, hält er gewiss so gründlich im Zaum, dass der keinen Leichtsinn begeht. Da ist eine ganze Kompanie Helfer vonnöten.

»… und so viel Leut hab ich net in der Verfügung. Der Prinz lacht mich aus, wenn ich ihm damit komm, und fragt, ob i so bläd bin, dass i net amal oan fangen kann, den i gut kenn.«

»An dem soll's net fehlen, wenn's am Geld hängt, dass du Leut z'ammatreibst«, grinst der Onkel. »Für den besondern Fall is mir net leicht was zu teuer. Jetzt heißt's bloß überlegen, wie ma die Bagasch überführt.«

Der Senftl selber kann nichts ausrichten seit dem Haberfeldtreiben. Er muss im Hintergrund wirken, der Simmerl muss an die Front. Sie bereden den Plan, und dazu gehört es, dass der Senftl persönlich die fällige Rate Schuldzins einfordert. Er begibt sich also zum Brandner und sagt:

»Also, dass'z es glei wisst's, wenn's net zahlen könnt's, bin i net bös. Es gibt Käufer grad g'nua für's Anwesen, und am End schaugt no a Abschlag für euch raus. Wär doch net des Schlechteste, oder?«

Da legt ihm der Flori wortlos das Geld auf den Tisch. »Aha –«, sagt der Senftl, schiebt es ein und denkt: Is scho erwiesen, hurra! Stammt vom Verkauf ihrer Beute, woher hätten sie's sonst! Er klopft auf den Busch:

»Na alsdann, alles zum Besten, schau schau. Wo d' Leut doch behaupten, bei euch wär bald Matthäi am Letzten.«

»D' Leut reden viel, wenn der Tag lang is.«

»Woher stammt na der Segen, wenn die Frage erlaubt is?«

»Nix is erlaubt«, knurrt der Brandner. »Aber weil'st du so a ganz a guter, wohl meinender Freund bist zu uns, verrat ich dir's dennoch! Wir ham 's Geld g'funden, ham's g'spart und extrig bewahrt für dein' lieben Besuch.«

»Lustig«, sagt der Senftl ganz matt. »Äußerst lustig. Und wo habt's es g'funden, wenn die weitere Frage erlaubt ist?«

»Auf am Tisch.«

»Am Tisch?«

»Beim Lohnauszahl'n, nach der Arbeit. Weißt, Senftl, die mehreren Leut heutzutag, die ruach'n des ihrige z'amm mit allerhand G'schäfter, aber es gibt dengerscht no welche, die's mit der Arbeit verdienen. Und andre, wo des schätzen und den Fleißigen beistehn, gibt's aa no. Man sollt's net für möglich halten. G'spaßig, gell.«

»Jaja, äußerst g'spaßig«, säuert der Senftl. »Da hätt ich ja Hoffnung, dass die nächste Rate aa kimmt.«

»Pünktlich, brauchst dir nix denken.«

»Und im Fall 's dich vordem vom Stangerl haut?«

»… kommt's vom Marei. Aber koa Angst und koa Hoffen, so g'schwind steh i net um. Ich leb noch so lang, dass i dir alles z'ruckzahl. Wirst sehn, innert drei Jahr ist der letzte Heller bei dir – im Fall du des noch derlebst.«

Der Senftl lächelt, beißt die Zähne zusammen, tut betrübt und zieht ab. Draußen lacht er.

Erst hat der Kaspar Ernst machen und den Flori vom Hof gehen lassen wollen, aber dann war es ihm doch zu arg. Er hat getan, als wär nichts, die Wilderei hingenommen und nichts dafür oder dagegen gesagt. Es hat ihn gewurmt, dass er selber sich nicht entscheiden mag zwischen der Redlichkeit und dem Leben zu dritt, und hat gemeint, es sieht ihm bald jedermann an, dass er nun auch zu denen gehört, die der Schlechtigkeit Duldung und Vorschub gewähren. Dann aber musste er etwas erfahren, was seine Ansicht verändert hat.

Die Wurzer-Burgl war da, hat den Schnaps hergebracht für die Bewirtung der Gäste, und ihm berichtet, dass das Gerede um ihn nicht verstummt, ganz im Gegenteil. Nun wird gesagt und geglaubt, er sei mit dem Teufel im Bund, gradheraus.

»Mit'm Deifi? I?«

Das sagen wörtlich nur alte Weiber. Tabernakelwanzen, die alle Tag in der Kirch herumrutschen. Aber misstrauen tun viele. Denen ist es nicht anders erklärlich, wie er sich bei dem Unglück hat retten können aus der stürzenden Flut, wo doch der Meier in ihr den Tod hat finden müssen, und wie er ohne Gefahr all die Tollkühnheiten wagen darf, und arbeiten kann wie zwei Junge, in seinem Alter.

»Mit 'm Deifi? I?«

Die Burgl redet von magischen Sprüchen und Weih-Amuletten, von Lostagen, Wetterkerzen, Runen am Feld und dem genau zu beachtenden Lauf der Gestirne. No, und daran glauben die Leut, auch wenn sie's nicht zugeben, wenn man sie fragt. Sollen Abergläubische sich das seltsame neue Leben des Brandner denn anders zu deuten imstand sein, als dass geheime Mächte im Spiel sind?

»Wenn dich des druckt, dass s' dich scheuch'n und fürchten, erklär's ihnen halt, was dich umtreibt, warum du es machst …«

Leicht gesagt. Wie?

Seit er das weiß, ist dem Kaspar die Heimat vergällt. Das blühende Tal scheint ihm nicht mehr von Menschen bevölkert, die er von Jugend auf kennt, sondern in seiner Kulisse hausen Würmer, Spinnen, Schlangen und Giftgetier. Mag denn keiner für ihn sprechen? Stellt sich niemand zu ihm? Sie leben doch neben ihm! Was sind das für Kreaturen?

Er beginnt in Ohmacht zu hassen, und es ist nur ein Schritt, bis er denkt wie der Flori, bis er gleich ihm alle Untaten wirklich begehen mag, die man ihm nachsagt.

Erst schwärzt er sich nur das Gesicht und hilft beim Auskundschaften und beim Schleppen. Bald aber greift er selber zum Stutzen. Es geht alles leicht. Kommt wer in die Nähe, trennen sie sich, einer lenkt ab, der andere verschwindet mit den Gewehren. Ein bisserl Müh und waches Vergnügen, und schon geht

173

die Beute in alle Winde davon. Er staunt nur so, er hat nicht gewusst, wie viele ehrbar scheinende Existenzen von der Gaunerei leben.

Die aus Tirol schmuggeln Tabak und Schnaps zu ihnen herüber, und der Verkauf bringt hohen Gewinn. Die Gulden beginnen sich wieder zu häufen.

Wie zum Hohn kommen auch wieder Aufträg zum Schlossern herein. Will man wissen, ob der Teufelsbruder mit höllischem Feuer schmiedet? Will man prüfen, ob das Wildern und Paschen aufhört, während er schlossert, weil er da keine Zeit hat? Also schlossert er tags und geht des Nachts dem anderen, besseren Erwerb nach, ganz einfach, was denn sonst.

Gelegentlich, wenn er in der Finstern im Wald hockt oder am Berg droben lauert auf die Tiroler oder ein Wild, den Flori nicht weit von sich weg, denkt er zum Boanlkramer hinüber.

»So weit hast mi, dass i oa Schlechtigkeit auf die andere aufhäuf. Bist zufrieden, was du aus mir g'macht hast in zweiahalb Jahr? Mach dir koa Hoffnung, so hageldick kannst es du gar net daherkommen lassen, dass ich dich ruf! Je mehr du mir aufhalst, desto mehr g'freut mi 's Leben! D' Lumperei ist mir was Neu's, und für was Neu's bin i allzeit zum Haben! Hanswurscht, schwarzer«, traut er sich denken und wartet, ob etwas geschieht.

Aber es geschieht nichts.

So sehr es den Simmerl auch juckt, die Bande endlich zu überführen, er kommt nicht dazu. Hohe Besuche hindern ihn. Dauernd kommt wer daher, und der Prinz weist ihm andere Aufgaben zu. Das russische

Zarenpaar erscheint mit großem Gefolge. Kaum sind die fort, reisen der Kaiser von Österreich und die Sissy aus Wien daher, um sich in Kreuth zu erholen und die bayerische Verwandtschaft zu treffen.

Diese Besuche sind Magnete für Fremde. Die Kunde lockt sie in großer Zahl an, die Gegend ist fashionable geworden. Weil die Welt nicht nur aus Reichen besteht, die für das Reisen eine eigene elegante Equipage besitzen, weil auch der behäbige Mittelstand nach Abwechslung verlangt, lösen die meisten sich ein Billett für 1 Fl. 30 und pfropfen sich um 6.15 Uhr in der Früh in die Coupés der kgl. bayer. Eisenbahn, wo die III. Klasse keine Haken und Netze hat und man die Mäntel und das Gepäck unter die Sitze werfen muss. In Holzkirchen wird umgestiegen in Omnibusse und Stellwagen, die alt, zernarbt und geflickt, in den Riemen quietschend durch die Idylle holpern, gelenkt von rauen Kutschern, die ob des Andrangs kaum aus den Kleidern kommen, und deren Pferde die Saison über elendiglich magern.

An der Endstation, mittags in Gmund, die Reise hat drei Florin gekostet, verkaufen Tirolerinnen in Tracht Aprikosen, und die Fremden verzehren sie lustvoll, während sie sich von Schifferinnen über den See rudern lassen, ehe die Suche nach einem Quartier beginnt. »Alles schon überfüllt? Geben Sie uns eine Dachkammer, egal. Was, das Bodenloch ist auch schon belegt? O Gott!« Da schwärmen sie hektisch aus, gehen bei Bauern, nah oder fern, auf Herbergssuche und müssen resignierend oft mit dem Primitivsten zufrieden sein, im Stall, wie Ochs und Esel.

Derweilen sitzen im ›Gasthof zur Post‹ und im

›Guggemoos‹ seit Punkt zwölf Uhr die früher Ge-
kommenen in Pariser Toiletten an den Tables d'hôte
beim Mahl und schweigen sich an, weil jeder den anderen zum Teufel wünscht oder nach Helgoland, denn
man gedachte in Stille, allein und umhegt, die Köst-
lichkeit unberührter Natur genießen zu können. Man
ist indigniert, und überhaupt, welche Zustände …

»Diese Wirte, nein – ständig verteuern sie alles! Fo-
rellen kosten nun schon 1 Florin 30 das bayerische
Pfund. Auch Wild aller Art ist nur zu gesalzenen Preisen zu haben. – Heda, woll'n Se uns ausbeuten?«

»Wild ist halt rar, wissen S', gnä Herr. Woher sollt
ma denn so viel bekommen, wie verlangt wird? Aber
schaun S' nur des herrliche Wetter und die Natur alle
Tag, die ganz' Zeit –«

Nun ja.

Der Kaspar und der Flori begegnen im Wald und am
Berg an den unerwartetsten Plätzen den Fremden, die
stolpernd, schwitzend, zerschunden alles und jedes
lauthals genießen. Manche hocken schwankend auf
Trageseln und stoßen gelegentlich juchzende Lust-
schreie aus. Andere haben hirschlederne Hosen und
Trachtenhüte erworben und staken herum, sich auf
das stützend, was sie Alpenstangen zu nennen be-
lieben.

»Da ham s' uns was Sauberes einbrockt mit dera Eisenbahn«, sinniert der Kaspar. »Wer da jetzt alles daherkommt zu uns, ohne Grund, bloß damit g'reist is.«

»Sie lassen a Geld da«, grinst der Flori, »sie mögen
a Wild – und san uns aa sonst net zum Schaden.«

»Na, i woaß net …« zweifelt der Kaspar.

Freilich, die Karawanen sind hilfreich. Ihr Mundlärm verschreckt zwar manchmal das Wild, ihre Anwesenheit aber verhindert, dass Jäger in Formation Wildschützen nachsetzen. So hat alles sein Gutes. Wenn man die Stutzen oben versteckt, braucht man sich nicht einmal unkenntlich zu machen durch ein schwarzes Gesicht. Man spaziert harmlos einher, trägt Säge und Axt und gilt als sittsamer Holzer.

Die ertragreichste Zeit ist während der Staatsbesuche, weil da alle um die Erlauchten herumwuseln und niemand die Zeit hat, sich zu kümmern, was droben geschieht. Der Kaspar verzichtet darauf, sich zu den Leuten zu gesellen, die in Bad Kreuth die Sissy erwarten, und darauf, von ihr vielleicht noch gekannt zu sein. Ihm ist ungestört Schießen und Paschen das Wichtigere. Das weiß aber der Simmerl und plant einen Schlag.

Für den letzten Tag des Kaiser-Besuches hat er sich in aller Heimlichkeit eine kleine Armee aus Burschen bestellt, zahlt sie mit Gulden vom Senftl – das wird eine teuere Nacht – und postiert sie am Nachmittag schon droben am Halserspitz. Er glaubt, dass die Frechlinge dort auf einen Zwölfender gehen, der dem Prinzen für die nächste hochherrschaftliche Jagd angesagt ist. Bei dem brächte nicht nur das Fleisch gutes Geld ein, auch die Stangen, das Kronengeweih, fänden Liebhaber. Mindere Schützen hängen sie sich an die Wand und schreiben säuberlich drunter, wo und wann sie das Prachtexemplar erlegt haben wollen.

Die Armada des Simmerl verbirgt sich und passt, aber der Abend vergeht, das Licht sinkt hinunter, der

Zwölfender äst ungestört inmitten des Harems, verrollt sich, und nichts geschieht. Rundum wird es still, nachtgrau und leer. Der Simmerl geht seine Posten ab im Kontrollgang und ordnet flüsternd an, dass sie am Platz bleiben sollen.

»Werd's sehn, die kommen ganz in der Früh!«

Aber auch bei Morgengrauen geht nichts vor sich. Die Sonne steigt hinter Frühnebeln auf, alles erwacht, alles regt sich, die Jäger luren und lauern, und nirgends ein Schatten, ein Schritt. Sie sind müd, schwer und steif von der Kühle der Nacht und sind nicht mehr gespannt. Das Abenteuer wird ihnen fad.

Da bricht in die Stille ein einzelner Schuss, ein gutes Stück weiter weg, drüben beim Saugraben, Sakrament! Mit übernächtigten, roten Augen springt der Simmerl auf und schreit unbekümmert um alle Heimlichkeit Befehle heraus. Aus Büschen erheben sie sich, hinter Bäumen kommen sie vor, aus Gräben tauchen sie auf und galoppieren dem Schall des rollenden Echos nach, hastend und keuchend.

Nah der Anhöhe beim Saugraben, in den Schleiern und Schwaden des fließenden Nebels leuchtet die entgegenscheinende Sonne zwei schwarze Gestalten als große Schattenrisse heraus.

Da sind sie!

»Hö! Halt! Steh' blei'm, sonst werd g'schossen!« brüllt es von allen Seiten, und sie rennen hinein in die Nebelbank. Der Simmerl hat deutlich erkannt – es ist der Kaspar samt seinem windigen Flori! Ihm schlägt das Herz bis zum Hals.

Die zwei Schatten laufen, fliehen und rennen, was die Lungen hergeben. Es wird ihnen nichts nützen, sie können nicht aus. Vor ihnen liegt die tiefe Schlucht des Saugrabens, da kann keiner hinunter. Da kreist man sie ein, und man hat sie, kann von oben her auf sie schreien, sie auffordern, sich zu ergeben, und wenn das nichts nützt, zielen und schießen. Was für ein Glück!

Die Vordersten sind schon am Rande der Schlucht und schnüren den Kreis enger zusammen. Der Nebel ist dicht, er rinnt aus der Schlucht herauf, aufwärts, aber er kann nichts verbergen, es macht nichts mehr aus. Sie schließen den Ring, Schritt für Schritt, der Simmerl schreit, dass man aufpassen muss, dass sich keiner versteckt zwischen den Brocken.

Sie bilden einen Kordon, der unausweichlich voranrückt, bis aus den Nebeln endlich wieder ein Schatten auftaucht, ein Umriss, und vor ihnen, am Abbruch zur Schlucht, ein angstvoll blickender Mensch deutlich wird.

Nicht zwei! Nur einer, der Flori, und er stottert:

»Mei, habt's ihr mich derschreckt. I hätt schier g'moant, d' Raubritter sein auferstanden, d' Wegelagerer san hinter mir her! Was wollt's ihr von mir?«

Er hält keinen Stutzen in Händen, er hat keine Waffe bei sich, alle können es sehen. Der Simmerl kommt ganz langsam heran, mit bedeutenden Schritten, starrt ihn feindselig an und spricht amtlich zu ihm:

»Was macha denn Sie da herob'n, um die Zeit?«

»Was werd i macha – arbeiten geh i, des seht's ja.« Der Flori weist einen hölzernen Werkzeugkasten vor, den er an einem Gurt auf der Schulter trägt.

»Arbeiten, so? Was waar na des für a Arbeit, wo ma mitten bei der Nacht über'n Berg gehen muss? Antwort!«

»Auf der Gfällalm is as Dach ei'brocha, und weil i mi gut aufs Schreinern versteh, ham s' mir erlaubt, dass i des richt. Da muss i frühzeitig hin, dass i am Abend wieder dahoam bin.«

Der Simmerl befiehlt ihm, den Kasten zu öffnen. Werkzeug zur Holzarbeit ist darin, weiter nichts.

»Und wo ist der Zweite, der grad da war?«

»Was für a Zweiter? I geh doch alloa!«

»Lüg net! Wir ham 's alle g'sehen! Ihr wart's zu zwoater.«

»Geh, wer soll denn des g'wesen sein?«

»No, der Brandner, wer sonst!« brüllt der Simmerl voll Ungeduld und voll Wut, weil er nicht weiß, was von der Lage zu halten ist.

Wo ist der Kaspar? Es gibt keinen ungesehenen Ausweg. Und der Flori? Wie kann man nur so unschuldig dreinschauen wie dieser Gauner, als er antwortet:

»Der Kaspar? Der is dahoam in sei'm Bett. Der war gestern net ganz guat beianand, der werd länger schlafen, moan i. Er hat si den Mag'n verdorben –«

»Soso, am g'wilderten Fleisch eppa?«, höhnt der Simmerl und ist starr vor Erstaunen, als der Florian ganz ernsthaft nickt:

»Wär scho möglich.«

»Sie geben des zu?«, bringt er bellend heraus.

»Was gib i zu?«

»Dass ihr Wildschützen seid's, Sakrament!«

So viel Treuherzigkeit muss man suchen, wie im

Gesicht und im Tonfall des Flori sich dartun, als er abwehrend ausruft:

»Aber wir doch net, naa, g'wiss wahr, Gott bewahre. I mein grad, wenn ma a Fleisch kauft beim Metzger, weiß ma doch nie, wo der's her hat. Am End erwirbt's der bei solche Halunken und bekümmert si net um die Redlichkeit.«

So gründlich sie auch suchen, kein Stutzen ist zu entdecken und keine Beute. Sie suchen in Spalten, drehen Brocken um, ob etwas dahinter versteckt liegt, schauen nach Tritten und Spuren von Wild und von Menschen, spähen hinab in die Schlucht, wo die Nebel immer noch fließen – nichts. Der Simmerl, in Wut und Verwirrung, ordnet kopflos an:

»Sie kommen jetzt mit, zum Verhör.«

»Gang des net morgen, Herr Hofjäger?«, fleht der Flori im jaulenden Ton eines Bettelweibes, und darin liegt blanker Hohn. »Sonst verlier i mei Arbeit auf der Gfällalm und bleib ohne Lohn, wo's bei uns doch um an jeden Heller geht. Ich kimm morgen vorbei, ganz bestimmt. Ich sag all's, was ich weiß. Um welche Zeit derf 's denn sein?«

Es hören zu viele zu, es bleibt nichts übrig, als ihn ziehen zu lassen. Den Hofjäger quälen die spöttischen Blicke, als er seine Armee unverrichteter Dinge heimschicken muss. Natürlich wird geknurrt und gerätselt:

»I hab scho zwoa g'sehn, ganz deutlich aa no.«

»I aa. A jeder von uns.«

»Im Nebel gibt 's diam so Spiegelungen wie bei der Fata Morgana.«

»Naa, Kaas, des war echt!«

»Wo waar er na hi'kemma? In d' Schlucht kann er na do net g'sprunga sein – da waar er tot.«

»Der Brandner is a ganz a wuider Hund, und was d' Leut so verzähl'n – waar eppa was dran, was ma redt'?«

Beim Abstieg vibrieren Wut und Blamage so mächtig in ihm, dass der Simmerl bedenkenlos geradewegs auf den Brandnerhof stapft, um sich zu überzeugen, ob der Alte dort ist. Gewiss hat der Flori gelogen, und er ist irgendwo droben versteckt. Wie hätte er durch die Schlucht entkommen sollen!

Es reißt den Simmerl, als er beim Näherkommen das Marei aus dem Stall treten sieht. Es ist die erste Begegnung seit damals. Es tut weh, sie leibhaftig zu sehen, die biegsame Gestalt, die ruhigen, runden Bewegungen, die zarten, energischen Schritte und das feine Gesicht mit den großen Augen.

Es tut so weh –

»Du kimmst zu uns? Grüaß di Gott, Simmerl, mich freut's, dass i di wieder amal siech. Geit's was?«, fragt sie erstaunt und freundlich.

»I müssert was reden mit'm Kaspar.«

»Der is noch net auf. Er ist drob'n in der Kammer, dem geht 's net recht extra, er hat was Unrechts derwischt.«

Er kommt fast um vor Verlangen, sie in die Arme zu schließen und an sich zu pressen. Aber der Schmerz, dass ein anderer das darf, schneidet dieses Verlangen hässlich in Stücke und macht einem unbändigen Zorn Platz, weil sie ihm ins Gesicht lügt, genau wie der Kerl vorhin an der Schlucht.

182

»So krank is er, aha, da schau her. – Na wer' ma 'n gäh aussi stampern aus seine Federn.«

Er geht ohne weiteres ins Haus und wundert sich, dass ihn das Marei nicht aufhält. Sie muss doch befürchten, dass alles aufkommt, wenn der Alte nicht da ist und sein Bett leer, nicht benutzt in der Nacht. Er rennt die Stiege hinauf, er kennt sich ja aus, reißt grob die Tür auf, und da liegt der Kaspar im Bett mit wirrem Haar, im Nachthemd, schnarcht, schreckt hoch, schnappt und reibt sich die Augen:

»Oha! – I glaub, i traam, tat der Senftl da sagen. Was tust denn du da herinna bei uns, zur nachtschlafenden Zeit?«

»Schaun, wie's dir geht, weil ma einer verzählt hat, du bist arg marod. Hast am End gut g'schlafen heut Nacht?«

»Naa, net so guat, woaßt scho, der Magen …«

»Und 's G'wissen net?«

»Was moanst?«

»Kannst dir's net denken?«

»Naa. I bin in der Fruh a bissei eing'ruaßelt, und grad hat mir träumt, dass i an Zwölfender im Schussfeld hab. I leg an – mit allerhöchster Erlaubnis, versteht sich, unter den Augen des Hofes – ziag durch – pumpsti – der Hirsch stürzt, i bin stolz wie a Spanier, und grad wunderschön is alles rundum – da weckst mi du auf! Hättst net a wengerl spater daherrumpeln könna, bis i die Belobigungen einkassiert hätt von alle Seiten?«

Er gähnt und schaut freundlich herüber.

Da haut der Simmerl wütend die Tür zu und rennt fort. Das kann nicht mit rechten Dingen zugegangen sein. Der Alte muss wahrhaft mit dem Teufel im Bund sein, wie man überall munkelt.

Bei der nächsten Beichte schüttet der Simmerl dem Pfarrer sein Herz aus und erhält Absolution für seine wirren Gedanken von Neid, von Haß und von Rachsucht. Über das unerklärliche Verschwinden vom Rande der Schlucht muss der Pfarrer eine Notiz anfertigen. Das – und nicht nur das – ist bedenklich, und es ist nicht das einzig Seltsame, was er in dieser Sache zu hören bekommt.

Kaum ist der Simmerl davon, zieht der Kaspar sein Nachthemd aus. Darunter hat er noch die Kleider an, in denen er vom Berg heruntergestürmt ist. Das Marei erscheint vorwurfsvoll in der Tür. Er grinst ihr entgegen:

»Schau net so g'schmerzt, is alles gut ab'ganga, g'spannt hat er nix, g'stunka hat er eahm, und des net wia –«

Er muss dem Marei berichten, und er tut es mit fröhlichem Eifer, wie sie durch den Schuss auf die Geiß in die Falle getappt sind, wie der Haufen der Häscher aufgetaucht ist, wie kein Ausweg mehr blieb und er beide Stutzen packen und in die Tiefe der Schlucht hat springen müssen.

»Und der Flori, wo is er, um Gott's willen?«

»Tua di net oba, der kommt bald nach. Die Geiß finden s' nie, die is gleichfalls drunt in der Tiefe, die hol i am Abend. Was sollten s' ihm nachweisen können? Nix, Marei, nix!«

Wie der Flori dann kommt, lachen die beiden wie Schulbuben, die den Lehrer hereingelegt haben. Der Kaspar hat eine Laune wie lang nicht, dehnt sich behaglich und ruft:

»Die Schlacht ham ma g'wunna! Jetzto san ma gefeit, wir ham den Kugelsegen erlangt! Die Bewährungsprob is glänzend bestanden, die wagt der Simmerl koa zweit's Mal!«

Das Marei kann sich nicht freuen:

»Dei' Leiblied, gilt des nix mehr? ›Nix han i und do leb i halt, mit Gottes Gnad. Und 's Leben oft ei'm net besser g'fallt, der ebbes hat.‹«

»Geh zu, fade Nocken, weißt doch, dass es net anders geht.« Der Kaspar lacht nicht mehr, er ärgert sich, aber nur, weil er kein gutes Gewissen hat.

»Ihr seid's net gefeit, ös zwoa närrischen Mannsbilder! A paar Mal geht's gut, aber wer 's gar zu arg treibt, des Z'ammaruachen mit Gewalt, der bleibt auf der Strecke. Denkt's an den Senftl. Sogar den Bazi hat's oamal derbröselt, sogar den! Versprecht's mir, dass a Ruh is, sobald die Schulden und all's andere zahlt san! –Versprecht's es, ös Teufeln!«

Sie sagen ja, sie versprechen 's, weil es dem Marei so ernst ist, dass ihr Tränen in die Augen kommen. Aber sie schauen ihr bei dem Versprechen nicht ins Gesicht.

Das Fest

Es ist hierzulande nicht der Brauch, einen Geburtstag zu feiern. Dafür hat der Christenmensch seinen Namenstag, nach seinem Heiligen im Kalender. Den vielen Josefs der ihre ist ein Feiertag, und grad so gut haben's die Kaspar, Melchior und Balthasar zu Heilig Drei König. Der Brandner ist Kaspar getauft nach dem Großvater, aber geboren ist er im Juli. Als er die Fünfundsiebzig erreicht, nimmt man es zum Anlass für die Ausnahme. Unerwartet viele wollen dabei sein beim Fest. Was klein gedacht war, platzt aus den Nähten. Sie kommen aus Neugier, ob man ihm vielleicht etwas ankennt, oder um zu beweisen, wie erhaben sie sind über jeglichen Aberglauben und wie aufgeklärt, oder weil sie sich allmählich genieren.

In der Früh beim Erwachen blasen die Schützen den Tag an vor dem Haus, für ihn, der ihnen seit Jahren getreulich die Büchsen richtet und pflegt. Nach dem Ständchen werden sie in die Stube gebeten zu Schmalznudeln und Kirschgeist, kriegen davon bald einen Durst und ziehen mit dem Jubilar fröhlich hinter zum Postwirt, wo der Mittag im Fluge vergeht.

Das Fest ist beim Angermaier bestellt, dem Gasthof in Enterrottach, nah der Tuften, am Fuße des Wallbergs. Da soll ein jeder willkommen sein, der seinen Gulden als Mahlgeld bezahlt. Das Marei kennt sich dort aus, sie hilft seit geraumer Zeit an Feiertagen als Kellnerin aus, während der Kaspar mit dem Flori derweil auf dem Hof die Wirtschaft versieht.

In der letzten Zeit geht wieder alles, wie sie es wünschen. Es geht ihnen um. Die Schulden sind so gut wie bezahlt, die Sorgen gemindert. Der Verdacht der Unredlichkeit ist nicht zum Schaden, er hebt im Gegenteil ihre Reputation.

Der Senftl hat nichts mehr gegen sie gewagt. Seine Anni hat endlich ihr Kind. Es war schon nicht mehr anzusehen, wie dick die Dicke geworden war. Sie hat ein Mädchen und schweigt eisern, von wem. Der Opa Senftl beißt jeden zusammen, der ihm gratuliert, und nennt den Spross seines Herziboppi einen ›elenden Bankert‹. Dass er vom Florian sei, sagt niemand mehr. Sind die Leute zur Einsicht gekommen? Nein, sie haben was anderes zum Ratschen und finden Schmuggeln und Wildern viel bäriger als eine Dirndlaffäre. Hauptsache, es gibt überhaupt was, worüber man sich die Mäuler zerreißen kann.

Der Kaspar bekommt wieder Aufträge, nachdem sich herausstellt, dass die Schleuse in der Falepp, die er gebaut hat, bombenfest steht und noch lang halten wird. Er ist rehabilitiert, seine Kundschaften sind wieder zufrieden. Er traut sich mehr zu und arbeitet nicht mehr so lapp und so mühsam wie vordem in der Schussermühle, wo man ihn ausstellen musste.

»Er hat sich derfangt«, heißt es. »Kunststück, wenn einem der Sparifankerl zur Hand geht – haha!«

Halten die beiden Mannsbilder nun, da nicht mehr Not ist, ihr Wort und meiden die Unredlichkeit? Zumeist schon. Nur manchmal juckt es sie noch. Sie gehen vor Morgengrauen fort, kommen mit etwas heim und mögen darüber nicht reden. Wenn das Marei dann sagt: »Ös zwei Lumpen«, grinsen sie bloß und schupfen die Achseln. Kannst nichts machen, es steckt halt in ihnen. Wenigstens ist es seit dem Fiasko des Simmerl nicht mehr gar so gefährlich.

Beim Angermaier gibt es gottlob reichlich Platz vor dem Gasthaus, an langen Tischen, auf hölzernen Bänken. Ein Tanzboden ist auch da und ein Podest für die Musi. Zudem ist es gut, draußen zu sitzen an einem so schwülen Tag, im Schatten der großen Kastanien, und mit den Füßen im Kies scharren zu können.

Als Allererste der Gäste humpelt am Mittag die Schindler Theres daher, das prustende, dicke Frauenzimmer, dem Kaspar sein Basl. Ihre Mutter und die seinige waren Geschwister.

Sie hat jung zum Schliersee hinüber geheiratet auf einen mittleren Hof, hat fleißig gewirtschaftet und dazu unablässig geredet. Ihr Mann und die Söhne haben schon gar keine Antwort mehr gegeben, wenn sie vor sich hin geschmatzt hat. Inzwischen ist sie eine Wittib im Austrag, ein Sohn hat den Hof, und sie redete alles, was ihr grad einfallt, an die armen Enkelkinder hin.

»Pfuch!« schnauft sie und plumpst auf die Bank, dass die Bretter sich biegen unter ihrem Gewicht. »Dee Lauferei, naa! Über vier Stund – ah, meine Füaß!«

»Bist net kommod g'stiegen?«, fragt das Marei in

gelassener Besorgnis. »Der beste Weg is über'n Sattel bei der Gindelalm.«

»Naa, ich Rindviech hätt g'meint, es gang sich besser von Neuhaus aus beim Kühzaggel umi«, jammert die Alte und reibt sich die wassergefüllten Knöchel. »I han nimmer g'wisst, dass' da so steil geht. Und dazu noch die Hitz, und wie die Sonn sticht – naa! Pfuch, was steh i aus!«

Sie trocknet sich, bekommt gleich ihr Bier und wuiselt noch eine Zeit lang.

Sie ist ein grundgutes Leut, aber an der Erfindung des Pulvers recht unbeteiligt. Den weiten Weg heut hätte sie gewiss nicht auf sich genommen, fräße in ihr nicht die brennende Neugier, Genaues erfahren zu können über den Kaspar. Sie redet nicht um den Brei, sie zwingt das Marei neben sich auf die Bank und flüstert gierig:

»Sag, was is da dran? Der Kaspar soll sich verändert haben, tollkühn und wild und zum Fürchten, wie in an Jungbrunnen g'fallen. Es steckt a Weiberts dahinter, wird g'sagt, für die wagt er alles.«

»Ja freilich«, nickt das Marei ganz ernsthaft.

Die Theres schlägt die Hände zusammen und birst vor Verachtung: »Naa, sag gescheid, a Weiberts?! – tz tz – diese Mannsbilder! Je älter dass s' san, desto bläder. Wer is denn die Hex, die so an alten Ofen noch ankeanden kann?«

»Wenn'st es niemand verrätst, nacher sag i 's.«

»Du kennst mi, ich bin verschwiegen wie 's Grab. Red scho!«

»No, ich! Wer denn sonst?«, lacht das Marei sie aus, und die Theres ärgert sich weidlich. Sie wackelt den

Kopf und zischt, indem sie das Marei am Arm packt und ganz fest hält:

»Tu du nur dei' alte Tante derblecken! Mach du nur G'spaß, wo des so ernst is'! Sag selber: Bei der Trift die Errettung, und a anderer muss dran glauben. Des Verschwinden am Halserspitz, dass ihn niemand derwischt – des alles geht doch net zu mit rechten Dingen!«

»Geh, Theres, des ist doch zum Lachen!«

Die Theres lacht nicht. Sie rückt noch dichter heran und spricht noch leiser und dringlicher:

»Naa, zum Lachen is' nimmer. I bin g'wiss die Letzte, wo auf Ratschereien vertraut, aber wenn's erst amal so weit is, dass g'sagt werden kann, er springt in Höllenschluchten hinab, und der Teufel hat ihm schon derart viel Geld herg'schafft, dass er net nur auf 'n Schlag alle Schulden bezahlt, sondern bald der reichste Mann in der Gegend sein wird …«

»Um Gottes willen, hör auf!«

Das Marei will sich die Ohren zuhalten. Aber die Theres krallt sich in ihren Arm und hört keineswegs auf:

»Vorhin, am Weg, hab i die alt' Sixtin von Finsterwald 'troffen, und die hat gesagt: ›Des traust di du, dass du dem gratulierst? Schau dir den schweflichten Himmel heut an und frag dich, ob des nix bedeut'!‹, hat sie g'sagt. »Marei, es is Anzeig erstattet beim Bischof. Euer Pfarrer is schon zitiert zum Auskunfterteilen. Es ist nimmer zum Lachen. Sag mir du ehrlich, was is die Wahrheit? I vertrag 's, i derf 's wissen, i g'hör zur Famili.«

Das Marei springt auf und reißt ihren Arm aus dem gierigen Griff. Wär so ein Geschwätz das Einzige, was ihr widerfährt seit einiger Zeit, es brächte sie nicht aus der Fassung. Dass ihr aber heimlich nachgeschaut wird, wenn sie durchs Dorf geht, dass es still wird, wenn sie einen Laden betritt, dass alle glotzen, ihren Gruß nur mit verlegenem Feixen erwidern und viele ihr aus dem Weg gehen, das hat sie mürbe gemacht. Darum schreit sie die Theres mit einer Heftigkeit an, die sie nicht an sich kennt:

»D' Wahrheit willst wissen? Schau ihm ins G'sicht, da steht s' drin, die Wahrheit – und scham di, elende Ratschkathl!«

Die Theres kann sich nicht schämen, sie weiß gar nicht, wie man das macht. Sie maunzt weiter: »D' Leut reden einen schier damisch! Sag mir's halt! Du weißt es am besten, du bist jeden Tag beinander mit ihm – was is da dran?«

Das Marei dreht ihr wortlos den Rücken und geht an die Arbeit. Sie hat auf einmal das Gefühl, dass die Gäste allesamt in böser Absicht gekommen sind, und nicht um zu ehren. Dass alle drauf warten, dass etwas geschieht am heutigen Tage, dass der Großvater sich unter Donner und Blitz in einen bleckenden Teufel verwandelt oder sonst was. Auf einmal packt sie die Angst. Sie hat sich nicht eingestehen wollen, dass er anders geworden ist, nicht wahrhaben wollen, dass Dinge geschehen, die auch ihr unerklärlich sind. Dass auch sie sich in Augenblicken fürchtet vor ihm.

Was heute geschehen soll, das ist verabredet zwischen dem Senftl und dem Hofjäger Simmerl, seinem Neffen.

Sie begegnen einander am Weg zu der Feier. Der Senftl grantelt den Burschen gleich zur Begrüßung an und sticht ihm dabei den Zeigefinger in die Brust:

»Dass i nur dich da wieder siech, herunten beim Freibier, statt dass du dich droben kümmerst, dass nix scheps geht wie's letzte Mal!«

Der Simmerl winkt ab: »Heut gehn s' in die Falle. Der Flori hat an'bissen beim ersten Versuch.«

»Hoff ma 's, dass dich du net wieder blamierst für mein Geld, du Lalli! Acht Tage Gnadenfrist hat dir der Prinz noch zub'standen, wie'st ihn extrig aus der Stadt zurückgeholt hast, dass er endlich den Vierzehnender schießt, auf den er so lang 'passt hat – und in der Nacht davor patschen s' 'n dir vor der Nasen weg, du Kampel.«

»Es ist net erwiesen, dass der g'wildert worden is!«, wehrt sich der Simmerl, mürrisch und nicht überzeugend.

Das gibt dem Senftl die erwünschte Gelegenheit zu bitterem Hohn: »Naa, gell, Flügerl san eahm g'wachsen, und aufg'schwebt is er in' Hirschhimmel. Pass auf, da kommst du auch amal hin, und zwar zu die allergrößten Hirschen!«

Der Simmerl trumpft auf: »Und wenn er 's Revier g'wechselt hätt?«

»Des hätt ma vernommen. Naa, den ham die zween Teufeln g'schossen, die vor deiner Nasen machen, was eahna grad passt, und du schaugst brav zu und lasst d' Latschen hängen!«

Der Simmerl beschwört ihn, sich auf den strategischen Plan zu besinnen: »Es geht alles am Schnürl, sobald wir den Florian g'fasst ham. Halt mir den Alten auf, da herunten, dann geht's heut net fehl. Der darf mir bloß net wieder dazwischenmankeln mit seine Zauberkunststückln! und sich auflösen in Luft.«

»Mir is es wichtiger, dass wir den Alten derwischen.«

Beim Simmerl ist es grad umgekehrt. Ihn verlangt es, den verhassten Rivalen zu fangen. Er scheut sich, dem Mentor früherer Tage ein Leid anzutun im Namen des Gesetzes. Insgeheim hofft er sogar, dass der Brandner entkommt, als er sagt:

»Der fällt uns anheim, sobald er dem Florian folgt. Geht all's in ei'm Aufwasch. Für den is der Junge der Köder, verstehst net? Denk doch g'scheit nach!«

Das Marei hat alle Händ voll zu tun. Immer mehr Gäste kommen daher, es wurlt und es wogt, und jeder bringt bei dieser Schwüle beträchtlichen Durst mit. Der Flori ist da, und er hilft ihr. Auf dem Hof versieht derweil die Genovefa vom Angermanngütl das Vieh und passt aufs Hauswesen auf. Es ist halt nun einmal so, einer muss immer daheim bleiben und bekommt vom Festmahl nur einen Bescheid mitgebracht, im Tüchl, damit er weiß, was den anderen geschmeckt hat in Fülle.

»Ach, Flori, ich sollt fröhlich sein heut, aber, ich weiß net wieso, mir is gradnaus bang«, sagt das Marei im Getümmel am Schanktisch zum Flori hinüber: »I bin bloß froh, dass du da bist und hilfst, heut hätt i net Händ g'nua. Darfst dir nachher auch was Schön's kaufen, als Dank, von mei'm heutigen Lohn.«

»Brauchts net, des wär net gerechtfertigt«, sagt der Flori ein bissei verlegen, »weil, i muss nachher weg.«

Das Marei lässt die zehn vollen Krüge stehen vor Überraschung:

»Weg musst du? Heut? Vom Kaspar sei' 'm Fest?«

»Es geht net anders.«

»Was wär so wichtig, dass du an dem Tag – mach keine Krampf!«

Noch hält sie es für einen Scherz. Er will sie tratzen, wie so oft. Aber der Flori bleibt ernst. Er schaut sich erst um, ob gewiss niemand zuhorcht, und sagt ihr den Grund:

»Mich hat einer ang'redet.«

»Wer?«

»Von der Stadt einer, a G'wappelter. Auf Kur is er in Kreuth. Ich hab ihn net kennt. Der zahlt mir bare fünfazw'anz'g Gulden, wenn i ihm a g'schossene Gams bring!«

»Du spinnst – oder der spinnt!«

»Naa, ganz g'wiss! Es is einer von denen, die gar zu gern jagen und nie was derwischen, und er möcht si recht protzen mit dem, dass er persönlich a Gamsei g'schossen hätt, verstehst. I hab schon a ganz' Rudel ausg'macht, am Setzberg, oberhalb von der Wolfsschlucht.«

Das Marei erschrickt: »Da is vor zwei Täg bei dem G'witter a Steinlawine runter – und schau dir den Himmel heut an!«

»Wenn's drunt' is, kann s' nix mehr schaden. Und zudem geh ich den anderen Weg, außen rum, bei der alten Köhlerhüttn vorbei, kennst 'n ja. Der is ohne Gefahr.«

194

»Da is am Grat vor zwei Jahr der Falter Toni ab-
g'stürzt, im Finstern. Des is a Wahnsinn, gar bei der
Nacht!«

»Wenn 's dumm geht, weiß ich an Platz für a
Nachtquartier, koa Besorgnis.«

Das Marei quält sich und begreift nicht:

»Und des muss heut sein, akkrat an dem Festtag?«

»Der Mann hat mir g'sagt, wenn i 's ihm morgen in
der Früh bring, zahlt er noch mehra – dreiß'g Gulden!
Marei, schau net so zwider. Dreiß'g Gulden is alles,
was noch fehlt an der Schuld. Dann san ma aus 'm
Schneider. Des is doch Grund g'nua!«

Das Marei packt ihn und fleht: »Lass den Leichtsinn! Der Simmerl hat dich schon amal beinah derwischt! Wenn du heut fehlst, weiß er Bescheid und
braucht dir bloß nach und hat di scho –!«

Der Flori legt den Arm fest um sie und begütigt sie,
als sei sie ein ängstliches Kind.

»Sei gescheid. Andersrum werd a Schuh draus. Die
Jäger und Burschen verlustieren sich da herunten
beim Bier, und i hab droben mei Ruh. Nach der Feier
kommt der Kaspar mir nach, wenn's Not tut, zum
Helfen. Der Stutzen is droben versteckt, es gibt wiederum keinen Beweis, im Fall mich wer sieht.«

Da schreit sie ihn an in ihrer Not:

»Gebt's ihr denn niemals a Ruh! Muss all's auf
die unredliche Weis sein? Ihr seid's ja besessen! Was
wollt's ihr denn noch all's riskiern? Was muss denn
passieren, bis 's endlich amal gar ist mit dera Lumperei?«

Sie weint, weil sie ihm ansieht, dass sie nichts dawider vermag.

Die Ankunft des Kaspar ist von fern schon zu hören, denn ihn begleitet mit schmetternden Klängen die Musi der Schützen und das lärmende Gefolge derer, die den Mittag über mit ihm beim Postwirt gehockt haben. Er zieht ein wie ein siegreicher Feldherr, die Leut plärren und winken:

»Hoch – hoch – hoch!«

So sehr die Begrüßung ihn freut und bewegt, er merkt, dass sie von vielen nicht herzlich gemeint ist. Man derbleckt ihn durch den übertriebenen Jubel, der einem Häusler wie ihm gar nicht zukommt. Versteh einer die Menschen. Er muss Hände schütteln, dankbare Worte sagen, und ihm wird auf die Schulter geklopft, dass es kracht.

Manche führen sich seltsam auf. Als er sich freut: »Ja, die Theres vo Schliersee is aa da …«, fängt sie zu heulen an. »Geh, Theres, was gäb 's da zum Heana?« will er sie trösten und bei der Hand fassen. Sie aber weicht aus und lamentiert: »Mich bekümmert 's, dass mir zwei scho so alt san. Des macht mi ganz hin«, weil sie nicht zugeben mag, dass sie die Berührung des Teufelsbruders fürchtet.

Der Kaspar ahnt es und denkt sich sein Teil.

Das Marei führt ihn schließlich zum Ehrenplatz an der Ehrentafel. Dort begrüßt er ein wenig verlegen die hohen Gäste. Der Herr von Kobell ist da und der Hofadvokat Dr. Senger und natürlich der Pfarrer von Tegernsee.

Sie sagen, wie gut dass er ausschaut, und weiter so g'sund, der Kobell wünscht Waidmannsheil und dass sie noch oft auf die Pirsch gehen mitnander.

Zum Schluss schlapft mit breitem verlogenen Grinsen der Senftl daher und breitet die Arme weit aus:

»Lieber Brandner!«

»Oha, da g'spenstert 's«, empfängt ihn der Kaspar.

»Dass i irr 'gangen waar, moanst?«

»Nix anders – was denn sonst.«

»I komm aus dem wahren Bedürfnis, dass i dir gratulier, und dass wir zwoa endlich Versöhnung feiern, vor den Augen der G'moa. Kaspar, i wünsch dir all's Guate.«

Der Brandner kann's nicht verhindern, schon hat er ihn heftig umarmt und drückt ihn ans Herz. Er kann ihm dabei nur ins Ohr flüstern:

»Dass a Mensch a so lüg'n darf – und der Himmel bleibt still!«

Der Senftl lacht herzlich, als sei das ein ganz guter Witz, und verspricht:

»Wenn 's pressiert, halt i dir sogar a Lobred, da werst spitzen. Du hast mi zwar oft geärgert …«

»Du mi net?«

»Das ist das Geheimnis des Lebens: alles auf Gegenseitigkeit. Ärgerst du mi, ärgert i di. Tust du was für mi, tu i aa was für di. Nur so funktioniert's!«

»Des werd da so a Scheißhäuslphilosophie sein, mein Liaber!«

Und abermals biegt sich der Senftl vor Lachen.

»Kaspar, wennst magst, herrscht fürder zwischen uns Frieden und Freundschaft. I bin bereit, sei du 's auch! Gib deinem grantigen Herzen an Stoß! Hock di hin. Schmeckt's Pfeiferl?«

»Guat aa no. Bloß der Tabak, den i desmal derwischt hab, is a weng stark. Bal i fest o'ziag, na draht's mi.«

Da lächelt der Senftl so fein er es eben vermag:

»Werst halt nimmer den rechten Zug ham, moan i, haha.«

»No, dich schnauf i allweil noch auf und lauf damit bis auf Minka.«

Das Gelächter darob ärgert den Senftl, aber er kommt nicht zum Antworten. Ein Tusch ertönt, es wird still, und alle wenden sich um.

Auf dem Podium steht das Marei und zwei ihrige Freundinnen. Sie haben sich untergefasst und singen mit zarten, geraden Stimmen dem Kaspar sein Lied vor:

>   »Nix han i und doch leb i halt
>   Mit Gottes Gnad
>   Und 's Leben oft ein' nit besser g'fallt.
>   Der ebbes hat.
>
>   Viel Hab'n, viel Sorg, es is schon g'wiss.
>   Wie leicht hab 's i –
>   Grad dass mein Nix oft z' wenig is.
>   Des irgert mi.
>
>   Und dengerscht, 's hat mir Gott ja geb'n
>   A fröhlichs Bluat.
>   Und fragst, wie steht 's mit Leib und Leb'n
>   Sag allzeit: Guat!«

Der Alte muss ein bissel gerührt trenzen ob der Zartsinnigkeit, doch das vergeht schnell, weil sogleich der Senftl sich tatsächlich traut, aufs Podium hinaufsteigt, sich in Positur wirft, die Stirne in Falten wellt und eine würdige Ansprache anhebt:

»Ähem! Hohe Herrschaften, liebe Gemeinde, geschätzte Befreundete! Unser ehrengeachteter Mitbürger, der Herr Kaspar Brandner, ist heutigentags fünfasiebzg Jahr alt – und des is a Wort. Ist es doch für uns alle ein Anlass zum Bedenken, wie ganz anderster die Welt vor fünfasiebzg Jahr ausg'schaugt hat, was alles an diesem wackeren Manne vorübergezogen is. Regentschaften san erschienen und wieder gegangen, unserm Land ist die napoleonische Prüfung auferlegt worden, der grimmige Kaiser hat uns geführt gen Moskau, Tirol und anderwärts, und hat es probiert, dass er uns in sein Verderben hineinreißt, aber wir san daraus wiederum auferstanden wie der Phönix aus der Aschn …«

»Halt'st du a G'schichtsstund?« ruft der Brandner zum Senftl hinauf und bringt ihn damit aus der Fassung.

»Des soll heißen, alles is anders worden, bloß unser Kaspar is immer der Gleiche geblieben …«

»Der gleiche Bazi, moanst!« schreit der Kaspar erneut, weil ihm die salbadernde Feierlichkeit gegen den Strich geht. Die Gemeinde kichert bereits, und als das Marei hinterherruft: »Meinen tät er's gewiss, aber sagen darf er's heut net!«, bricht sie in Lachen aus.

Der Senftl klappt den Mund auf und zu, muss erst einmal schlucken und seine großen löchrigen Nasenflügel in gemessener Würde blähen, ehe er fortsetzen kann:

»Ungeachtet der Heimsuchungen und aller Plagen, die uns auferlegt waren, hat dieser allzeit getreue

Mann in stiller Gottesfurcht, voll Tugend und Mannesmut immer und stets zum Wohl seiner Mitmenschen ...«

»Jetzt wird's a Predigt, Herr Pfarrer Senftl!« schreit die Wurzer-Burgl mit ihrem scharfen Mundwerk, und alle Würde zerplatzt im Gelächter. Der Senftl verliert sein Gesicht und schimpft wie eine beleidigte Krähe herab:

»Ihr seid's da hagelbucherne Rammeln, alle mitnand! Habts ihr koan Sinn für a feierliche Festred?«

Der Brandner tritt näher und gibt sich gütig:

»Doch, Senftl, die guat' Absicht is durchaus derkennt. Nur braucht's es net gar a so g'schmerzt. Für des is koa Anlass bei mir. Tu weiter, lass di net drausbringen.«

Der Senftl mag sich nicht auslachen lassen und dem Brandner den Kasperl abgeben. Er mag nicht weiterhin feierlich sein, er mag schimpfen:

»Du bist ganz staad – dich kennt ma! Du warst scho von jung auf so a Hallodri, der wo d' Leut tratzt, ganz ohne Respekt.«

»Was du net sagst, des war mir gar net bekannt«, säuselt der Alte, und wieder kichert die Runde. Das macht den Senftl ganz fuchtig, und er geht ins Detail: »Von dem, was du mei'm Vätern angetan hast, red i gar net!«

»Meinst du die selle allerneueste G'schicht von vor fuchz'g Jahr?«

»Jawohl! Unvergessen! Weil des war hinterfotzig! Genau wie deine anderen Untaten alle! Hast mir du net in mei'm Revier umananderg'jagert? Hast den

Prozess net verloren, damals, und dich dennoch lustig g'macht über mich vor'm G'richt?«

»Armer Senftl. I hab bloß bewundert, wie schön du alles beschwören kannst, wo'st hint' und vorn koa Ahnung g'habt hast, davon.«

»Hast du Bazi net unverdrossen weiter g'wildert, bei mir, hast des net?«

»Ah, geh! Des is' Erste, was i hör …«

Weil im Gelächter Applaus aufklingt, merkt der Senftl, dass er sich aufs Glatteis begibt, und zählt unverfänglichere Fälle auf:

»Und wie du beim Dangl heimlich den Kamin zug'mauert hast, und die san halbert derstickt von dem Rauch in der Kuchl!«

»Noja, wenn der mir a derfeit's G'räucherts verkauft, hab i mir denkt, räucherst 's eahm nach!«

Der Senftl, der eben noch lobreden wollte, belfert im Zorn neue Anklagen heraus: »Und die ehrsame Jungfrau Waldburga aus Egern, hä? Die hat sich seinerzeit bitter beschwert über dich!«

Der Kaspar heuchelt ein demütiges Schuldbewusstsein:

»Ja, des war bös von mir. Die hätt schließlich bloß dem halberten Dorf d' Unsittlichkeit vorg'worfen, bis ich sie selber derwischt hab im Wald draußd, mit am Jager.«

Das Gelächter der Gäste wird zum Jauchzen, weil es immer beglückend ist, alter Blamagen zu gedenken.

Dann trifft den Senftl ein Blattschuss, als der Brandner gemütlich hinaufruft:

»Und weil ma grad redt von Blamasch – Senftl, gell, des hast leider allweil no net in Erfahrung gebracht, welcher unehrerbietige Mensch dir vorigs Jahr den Mistwagen aufs Hausdach g'setzt hat?«

Hurra und Juhu!

Von einer Rede kann keine Rede mehr sein. Da gehen zwei Kontrahenten im Duell los aufeinander. Der eine ist voller Zorn, und der andere hat voll Behagen die Lacher auf seiner Seite. Er obsiegt und lenkt großmütig ein:

»Sei net bös, Senftl, i hab di net drausbringen wollen, i bin scho wieder staad. Red weiter. Es g'fallt uns ja alle so guat.«

»Aber tu ihn schön loben«, ruft die Wurzer-Burgl voll Bosheit. »Des gelingt dir doch immer so überzeugend!«

»Naa, net zu viel loben, des kost eahm z' viel Müh, und ich werert am End noch rot wie a Jungfrau.«

Weil man sich weiterhin Spaß verspricht, schaut man voll Erwartung zum Redner hinauf. Der Brandner faltet brav seine Hände, blickt ihm ins Gesicht und legt wie ein Lausbub den Kopf schief:

»No, fang an – wir warten gespannt.«

»Also, von mir aus, wenn net dazwischen'plärrt werd«, grollt der Senftl, sucht erneut Positur und fährt fort:

»Wennst du auch niemals im Leben was so seriös g'nommen hast, wie sa sie g'hörert und lieber zwoa G'spaß g'macht wie eine Ernsthaftigkeit, wenn ma bei dir auch nie genau g'wisst hat, an was man is, und demzufolge dir auch wenig Reputation beschieden war, die letzten paar Jahr hast du gelebt, man kann es net anders sagen, vorbildlich – Respekt. A jeder hat g'sagt, der

202

fleißigste Mann in der G'moa ist der Kaspar. No ja, mancher gelangt halt erst spät zu der Einsicht.«

Er lurt, ob wieder ein Zwischenruf kommt, aber der Kaspar schaut ihn nur treuherzig an und sagt nichts, und das ist auch eine Gemeinheit.

»Wie dem auch sei – auf dass du dereinst deinem Enkelkind, der tugendsamen Marei, allseits geschätzt, ein schuldenfreies Heiratsgut hinterlassen kannst, gehet unser Wunsch dahin, dass es dir bald gelingen möge, und dass du die wohlverdiente Ruhe des Alters genießen kannst in zugemessener Behaglichkeit, in unser aller Namen … äh …« Er findet aus dem langen Satz nicht mehr heraus. Der Kaspar erlöst ihn mit einem lauten, langgezogenen:

»Amen!«

Und wieder ertönt brüllendes Gelächter.

Nachdem der verspottete Festredner verärgert heruntergeklettert ist, begibt sich der Brandner aufs Podium. Er schaut gerührt auf die Leut herab, die erwartungsvoll zu ihm blicken. Er sieht die bekannten Gesichter und gedenkt derer, die nicht mehr darunter sind. Die meisten san tot, nicht nur mei' Famili'. Da bin ich der Letzte. Das Marei wird einen anderen Namen tragen. Auch die Freund' aus vergangenen Tagen san fort, dabei ist des alles gar net lang her. Da stehen lauter jüngere Leut. Zu kaum einem könnte ich sagen: Weißt d' es noch –?

Die drunten meinen, jetzt kommt's, jetzt wird er was sagen, was die Gerüchte betrifft, er wird die Gelegenheit nutzen. Der Kaspar aber will nur danken in Heiterkeit und ein paar G'spaß hineinflechten, doch es kommt anders. Ohne sein Zutun wird eine gänzlich andere Rede daraus.

Er beginnt:

»Senftl, dei' Red war sehr schön und hat mich, auch wenn'st es net glaubst, recht ang'rührt. An so einem Tag wird so a alter Depp wie ich ganz loami vor lauter Sinnieren. Da treibt's einen rum, ob ma mag oder net. Heut bei der Nacht bin i aussi vom Bett und …«

Er stockt. Seine Stimme klingt anders. Was er nun sagt, will er nicht sagen. Ihm laufen die Worte davon, einen eigenen Weg. Er spricht sie aus und hört gleichzeitig zu, als spräche ein anderer mit seiner Zunge:

» … habt's ihr des auch schon gehabt, dass ihr zum Himmel 'naufschaut's und denkt's: Wie wird 's da droben wohl sein? Wie's der Herr Pfarrer verspricht, eine Herrlichkeit, wie's keine gibt auf der Erden, so schön, so ewig? Aha? Warum pressiert's dann keinem, dass er hinkommt? Einem jeden kommt's Fortgehn aus'm Leben so hart an, wie wenn's dahier was ganz Besonders wär. Und dengerscht, es hilft nix, a jeder von euch muss fort, auf immer, oft auf oan Schlag, ganz g'schwind, da wird er net g'fragt. Wenn i euch alle so anschau – wer weiß, wie viele von euch ich noch gehen seh mit Bedauern. Oft wundert's mich, dass i lustig bin.«

Der Ton seiner Stimme macht derart betroffen, dass sich die Leute nicht auflehnen gegen das, was er sagt. Ist es der Brauch, an einem Festtag vom Sterben zu sprechen? Daran zu erinnern, dass alles von Staub ist und zu Staub werden muss? Das Marei zupft ihn und mahnt:

»Aber Großvater, grad deine Lustigkeit is doch dein Bestes!«

»Ja freilich«, ruft er, und es klingt gar nicht lustig. »Wie's im Spruch heißt: Wer an guten Hanswurschten machen kann, der kann was Besseres auch! Die Lustigkeit schadt' niemand, und des is das Nötigste, dass du deine Nachbarn niemals zum Schaden bist. Weil, allein bist du nix. Mit die andern erst wird alles was wert! Wer von euch denkt dran? Wer lebt a so? Wie geht's ihr um mit die Menschen?«

Der Senftl fühlt sich betroffen und bricht als Erster murrend den Bann:

»Ah, du g'fallst mir. Jetzt hörst aber auf! Wir erwarten uns, dass du Spaßettl machst, und du halt'st uns die irger Predigt über's Absterben dahier!«

Der Kaspar schüttelt den Kopf.

»Vor der Mess' gestern Abend war i am Freithof. Der Stein is schon ganz verwittert und verfallen in Staub, der über meiner Traudl, meiner Tochter und meine Eltern steht. Nur ich allein weiß noch, wie s' ausg'schaugt ham.

In mir allein sind s' noch lebendig. Ich hätt ihrer noch viele Jahre bedurft, aber wisst 's scho, der ›unerforschliche Ratschluss‹, wo's koa Aufbegehren net gibt. Bloß i alter, ausg'latschter Stiefel, ich bin allweil noch da – für was, frag i?«

In die betroffene Stille hinein sagt das Marei laut und entschieden:

»Du bist uns allen vonnöten, Großvater, und gar is'! Gib endlich a Ruh mit solche Gedanken!«

Der Alte schaut zu ihr hin und beginnt verschmitzt und dankbar zu lächeln:

»Vonnöten – soso? Ja, wenn's a so is, dann is all's gut.«

Er tut einen tiefen Atemzug und ruft über die Köpfe hin, ganz laut und wieder der Alte:

»No, hat's enk g'fallen, wie ich euch jetzt an wolternen Pfarrer vorg'spielt hab?«

Vorgespielt?

In das erstaunte Raunen hinein kreischt die Theres:

»Was? Du hast uns bloß wieder derbleckt?« Der Kaspar ruft: »Du g'spannst aber auch alles, und wie g'schwind!«, breitet die Arme aus und schreit wie erlöst über die Köpfe der Gäste hin:

»Ich mach allseits mein' Dank für Ehrung. Glückwünsch wer'n ang'nomma. San ma fidel jetzt, alle mitnand, und ganz lebendig! Musikanten, auf, lässt's enk vernehma!«

Die Musik intoniert, die Fröhlichkeit bricht wieder auf. Als das Marei den Kaspar zum Ehrentanz holt, muss sie ihn zerren, denn die Wurzer-Burgl hält ihn noch auf und lobt seine Worte:

»Des hat's braucht, dass des amal wer anderer sagt wie der Herr Pfarrer. Warum können d' Leut net verstehen, dass sie auf Erden grad a B'such san?«

»Weil jeder insgeheim glaubt, es geht noch lang.«

»Du aa? Sei amal ehrlich!«

»Freili. Bloß bei mir is es so, dass i 's weiß, dass es noch ewig lang geht«, lacht der Alte, läuft mit dem Marei davon und dreht sie im Kreis wie ein Junger. Der Tanz ist eröffnet, ein neues Fassl wird angestochen, die Küche schickt das Essen heraus.

Die erste Portion am Ehrentisch kriegt der Herr Pfarrer. Er darf nicht tanzen, sich nicht vergnügen, da soll er getröstet sein. Neben ihm hockt aber der Senftl und vermiest ihm das Mahl:

»No, was sagt die Kirche zur Rede vom Brandner und wie sich der lustig macht übers Jenseits? Bedenklich, gell? Ich hab Stimmen vernommen von gläubige Gäst, die wo g'meint ham, früher wär so einer exorziert worden für des.«

»Geh, Schmarrn«, mampft der Pfarrer. »Da wird ma bedrängt von alle möglichen Seiten, da muten s' einem zu, dass ma Gerüchten nachspürt. Alles will man dem armen alten Mann in die Schuh schieben – jedes Gewitter, jeden Hagelschlag, jedes Hochwasser. Wenn a Kuh verwirft, wenn ein hässliches Mädel kein' Mann findt – alles soll sein Hexenblendwerk sein! Es is zum Aus-der-Haut-fahren, so ein Aberglaube in unserm Jahrhundert!«

»Gell ja«, schwenkt der Senftl sogleich um und lächelt recht mitleidig. »So saudumm san d' Leut. – Aber sie wissen halt net so genau, was da vorgeht, und sind drum voll frommer Besorgnis.«

Eine Weile geht es behaglich dahin. Es wird getanzt, geratscht, gegessen, getrunken, gelacht. Die Mittagshitze ist vorüber, der Himmel bedeckt sich, es geht auf den Abend zu, und manche denken ans Heimgehen. Die jungen Mädel sind enttäuscht, weil so wenige junge Burschen gekommen sind. Die schneidigsten fehlen. Wohin sie auch schauen, sie sehen nur Greise, nach ihrem Begriff.

Der Simmerl hat großen Ankratz. Sonst reißt man

sich nicht so um ihn, weil er langweilig ist und keine G'spaß weiß. Heut ist er anders, ist aufgedreht und läuft zwischen den Gästen herum. Es hält ihn nicht lang an einem Platz. Alle Naslang zieht er ein Mädel am Arm auf den Tanzboden und hupft umeinander.

Vor gut einer Stunde sind im Gedränge der Flori und er dicht voreinander geraten und haben sich lauernd betrachtet, mit ganz schmalen Augen.

»So, auch da?«, hat der Flori schließlich gesagt. »Gell, heut hat a jeder Zeit, is' net a so?«

»Freilich«, grinst der Simmerl zurück. »Heut is Ruh im Revier, heut san alle Wilderer da herunt' bei der Gaudi.«

»Da gratulier i«, hat der Flori gemeint, »und wünsch recht guate Unterhaltung«, ist davongegangen und hat sich nicht umgeschaut.

Bald drauf hat der Simmerl beobachten können, wie sich der Florian Högg unauffällig davonstiehlt, ums Haus und dann zwischen Bäumen hindurch, in Richtung zum Setzberg.

Das hat dem Simmerl seine Tanzlust gesteigert, er war Hahn im Korb und nie ohne Begleitung. Als er sich nach einer weiteren Stunde traut und das Marei zum Tanz holt, hat er schon allerhand intus vom Bier und auch etliche Schnäpse gehabt. Er fühlt sich voll Mut und fasst sie besitzergreifend am Arm:

»Es fällt auf, Marei, dass dei' Flori auf amal fort is …«

»Der holt bloß was, der is gleich wieder z'ruck.«

»Da könnten wir zwei amal wieder tanzen, oder bin i dir z'wider?«

»Du bist mir net z'wider, bild dir nix ein«, sagt sie und tanzt mit ihm.

Für ihn ist es fast so wie früher, als er noch meinte, sie gehöre zu ihm. Er sieht sie vor sich, er fühlt ihren Leib in den Händen, er will reden und etwas erklären und bringt nichts heraus, weil der Schmerz über ihren Verlust und der unbändige Hass auf den Anderen ihm die Worte erwürgen.

Er grinst sie nur viel sagend an und sagt nach langem Bedenken:

»Unbesorgt. Wenn dei Flori z'ruckkommt, verschwind i sogleich. Net dass er eifert.«

»Der is net so bläd«, sagt sie schnippisch.

»Na, bläd is der net. Dem geht alles 'naus. Der derf macha und treiben, was er grad mag, dem werd alles verziehen«, kommt es ihm schwer von der Zunge, weil es nicht seine Sache ist, höhnisch zu reden, auch wenn es ihn drängt, den Nebenbuhler zu schmähen.

»Tu ihm net unrecht. Der Flori is brav.«

»So, brav is der? Des han i net g'wisst, tut ma leid. I müssert sei Bravheit direkt amal studieren, dass i 's auch inne werd, wie brav dass der is – es wär an der Zeit.«

»Lass ihn in Ruh. Für des is es Zeit. Allerhöchste!«

»Man müsst ihn vielleicht auf die Prob stellen. Wenn er s' besteht, wenn ihm sei Bravheit wichtiger wär wie fünfazwanz'g Gulden …«

Das rutscht ihm heraus. Das war dumm, er hat sich verraten. Ach was, der Feind ist ja schon auf dem Wege hinauf zu den Gämsen und geht ganz gewiss in die

Falle. Er überlegt, ob er dem Marei alles gestehen soll, wo sie doch schon eine Ahnung hat.

Sie hält inne, sie tanzt nicht mehr weiter, sie fragt ihn misstrauisch:

»Was meinst du mit fünfazwanz'g Gulden?«

Er winkt ab: »Oder dreiß'g Silberlinge, ganz wurscht. Ich mein bloß, dass er so aus is auf's Geld. Aber wenn er so brav is, wie du sagst, is ja nix zum Befürchten.«

Er zerrt, er versucht sie weiterzudrehen im Tanz. Sie widerstrebt und schaut ihm gerad in die Augen. Er fühlt sich ertappt und kann nun nicht anders, er sagt ihr im innigen Ton des Verliebten, Verlorenen:

»Was auch g'schiecht, Marei, dir trag ich nix nach. Für dich bin i allweil noch da.«

»Wenn'st den Flori gehetzt und zur Strecke 'bracht hast, meinst!«

»... wartet allweil noch a anständiger Mann auf dich. Des musst du wissen, und auf des sollt'st du denken.«

»Ja, pfui Deifi«, schreit das Marei so laut, dass alle es hören, und weicht zwei Schritte zurück: »Des traust du mir ins G'sicht sagen, du – du Pharisäer!!«, lässt ihn stehen und rennt fort.

Die lastende Schwüle hat die Leut trinken lassen, erste Räusche gezeitigt, und das drohende Wetter hat sie roglert gemacht wie die Wepsen. Seit der Gaudi mit den zwei Reden war keine Unterhaltlichkeit mehr, und so nimmt man dankbar den Aufschrei des Marei zum Anlass, eine Vergnüglichkeit zu beginnen, die zu Festen füglich dazugehört.

Der Simmerl steht noch mit verkniffenem Lächeln

am Tanzboden. Er wird das Opfer sein. Dies ist die Stunde des Kiem Peter, der als Gstanzlmeister weithin berühmt ist. Ihm eignet die Fähigkeit, blitzschnell Spottverse zu finden, wenn es ans Aussingen geht.

»Auf geht's, Peter«, ruft man ihm zu. Man braucht ihn nicht lange zu stessen. Er gibt den Musikanten des Zeichen zur G'stanzlmusi, bekommt eine Klampfn, auf der er sein G'sangl begleiten kann, und fängt an:

>»Manch am Jager, der koane Wuiderer fangt
Ergeht 's nindersch schee
Hiatz lasst 'n neuerdings beim Tanzen
'as Deandl gäh steh'!«

Gelächter, fröhlich gefetzte acht Takte Zwischenspiel der Blasmusikanten aus dick geblähten Backen. Der Simmerl steigt, verächtlich abwinkend, vom Tanzboden herunter. Noch kann er so tun, als träfe ihn dieser Spott nicht, aber er muss fieberhaft denken, weil der Brauch es will, dass er bald antwortet. Der Kiem schießt die zweite Salve auf ihn:

>»Woaßt, so a Deandl is wie a Zither
Wo drüber nix geht
Grad nur dem machts' d' schönst' Musi',
Der 's Spielen versteht.«

Abermals Beifall und höhnisches Zwischenspiel, in dem absichtlich falsch geblasene Töne den Spott noch verstärken. Nun hilft dem Simmerl nichts mehr, er muss respondieren, und er tut es mit grimmigem Zagen:

211

»So a G'schnippige, G'schnappige, Dalkerte, Dappige,
Naa, da is 's aus, musst es haben im Haus.
Aber a Willige, Billige, Rührige, G'führige
Da is 's a Leb'n, kann koa schöners net geb'n!«

Er bekommt keinen Beifall, denn das ist zwiefach eine
Gemeinheit. Einmal beleidigt er damit das Marei, indem er behauptet, sie sei diese G'schnappige. Zum anderen sind die Verse nicht auf seinem Mist gewachsen.
Er hat keine eigenen Reime zustand gebracht, er hat
sich ein G'stanzl vom Kobell zu leihen genommen,
das er aus dem Schullesebuch kennt. Er bekommt
gleich die Quittung zu hören.

»Selber fallt dir nix ein, du Lapp?« schreit einer.
»Hoch Kobell!« ein paar andere, und der Kiem hat
schon wieder einen neuen Reim bei der Hand:

»Möcht so a Jager sich beklag'n
Er hätt bei G'schnappige koa Glück –
Bal er g'schnappi in sein' Wald 'nei'ruaft
Hallt 's akkrat so zurück!«

So, jetzt hat er's, und das ist die Wahrheit. Er hatte
schließlich das Marei durch spitzige Reden herausge-
fordert, und nicht sie ihn. Kann er sich endlich mit eigenen Reimen rechtfertigen? Die Musik beendet das
Zwischenspiel, der Kiem zupft auf der Klampfn schon
das begleitende Hm-ta-ta, alle schauen auf den Simmerl, aber von dem kommt nichts. Er weiß keine Antwort zu singen, der Sakramenter. Wohl aber ein Holzer aus Kreuth, von dem jeder weiß, dass er ein
begnadeter Wildschütz war, bevor man ihn drei Jahre

dieserhalb eingelocht hat. Der springt auf statt des Simmerl und treibt den Hohn höher:

> »Jetzt werst allbot oa'schichti'
> Da draußd in dei'm Revier.
> Grad Schmetterling und Käfer findst noch
> Aber an Rehbock gar niea!«

Das trifft. Die Menge johlt vor Vergnügen, der Holzer strahlt und verneigt sich nach allen Seiten. Der Simmerl kiefelt auf seiner Lippe herum und sucht eine beleidigende, verteidigende Erwiderung, aber ihm fällt ums Verrecken keine ein. Er käme auch schon zu spät, denn nach dem fröhlichen Zwischenspiel ist schon der Kiem wieder da:

> »Bal'st jetz aussigehst in dein' Wald
> Findst koa Viecherl no so kloa,
> Drum suchst a Deandl als Begleitung
> Dass d' di net fürchtst, so alloa!«

Auch dieser Schuss sitzt. Man sieht den Herrn Hofjäger waidwund sich winden in Ohnmacht und Ärger. Er lacht krampfhaft, winkt ab mit der Hand und tut so, als berühre ihn dieser Spott nicht.

Er versucht zu entkommen, er drängt durch die Menge zwischen den Tischen, aber überall schallen ihm Rufe entgegen:

»Armer Hund, gell, ganz laar g'schossen ham s' dir dein' Wald!«

»Den letzten Kuckuck soll ma auf Michaeli g'hört haben.«

»Der Prinz hat schon g'sagt, aus lauter Verzweiflung wirft er sich künftig auf d' Fischerei!«

»A paar Mäus könnt ma dir schenken – zur Aufzucht!«

Auf seinem Rückzug muss er sich am Ehrentisch vorbeiwuzeln. Dorthin, zum Kaspar, ist das Marei vorhin gelaufen. Der wäre nicht er, hätte er nicht Tränen des Lachens in den Augen, weil ihm die Derbleckerei so behagt. Er steht auf, stellt sich dem Simmerl in den Weg, ruft: »Jetzt muaß i eahm auch eine 'naufschießen«, und stimmt mit seiner alten, kratzigen Stimme in die Weise ein:

> »Woaßt, so Jager siecht guat,
> Aber in der Lieab is er blind,
> Und i han die Befürchtung,
> Dass er auf die Art koane mehr findt'!«

Das soll der Simmerl sich bieten lassen, vor dem Marei? Unter dem weithin hallenden Hohngelächter reißt ihm seine Geduld. Er nimmt abermals Anleihe bei Kobells G'stanzln und singt ihr gradaus ins Gesicht:

> »So a Grantige, Hantige, Hitzige, Stützige,
> Da dank i schön, Bua, da kunnt 's ein' vergeh'n«

Er schaut sich prüfend um unter den Mädchen, findet keine Würdige und wendet den Blick auf die alte, dicke Theres, das Basl vom Schliersee. Der singt er zu:

> »Aber a Schneidige, Freudige, Tüchtige, Richtige
> Die wird mei Wei', ja, da bin i dabei!«

Er zerrt sie hoch und tanzt einen wilden Dreher mit ihr, zu den Klängen des Nachspiels. Die Theres stößt vor Entsetzen und auch vor Freude, in den Mittelpunkt der Aufmerksamkeit geraten zu sein, wild kreischende Schreie hervor. Das Volk ist zufrieden, es klatscht, und es grölt, weil der Simmerl sich, wenn ihm schon keine Reime einfallen, auf diese Art mit einer Gaudi gerächt hat. Dass er dabei eine Alte gepackt hat und keine Junge, rechnen die alten Weiber ihm hoch an, und die sind, wie überall, in der Mehrzahl, auf sie kommt es an, sie entscheiden, was gut ist.

Das Intermezzo ist aus. Der Kiem fragt zwar noch den Brandner: »Sollt ma ihn net no weiterhin tratzen?«, aber der bescheidet ihn weise: »Naa naa, sonst fangt er a Rauferei an, und für des is' noch zu früh.«

Das war belebend, das steigert die Tanzlust und den Durst. Keiner gibt Acht, wie sich der Himmel verfinstert, kein Lüftl sich regt in die Schwüle, dass es nach einem Gewitter herschaut. Kein Wunder, schon an den vergangen Abenden hatte es gestürmt und gegossen nach einem drückenden Tag. Es macht nichts, wenn es losgeht, man zieht einfach hinein in die Gaststube. Es wird eng werden bei so vielen Gästen, aber was tut's. Die Theres sitzt ächzend wiederum brettlbreit da und kann gar nicht aufhören, von dem wilden Tanz mit dem Simmerl zu reden.

»Packt mi der einfach«, sagt sie strahlend empört zum Marei, »mich alte Kuh, wo so viel junges Gemüs am Platz is.«

»Der hat mir halt aufweisen wollen, wie sei' künftige Frau ausschaun muss«, versucht das Marei zu scherzen, obwohl ihr der Sinn nicht nach Lustigem steht. Die Drohung des Jägers, vorhin beim Tanz, weiß sie sich nicht recht zu deuten. Sie spürt nur in allen Fasern, dass Gefahr droht.

Während sie grübelt, hat die Theres unaufhörlich geredet. Grad sagt sie:

»Kenn einer sich aus mit die jungen Kampi'n. Heut am Weg, ganz droben am Kühzaggel, bin ich am Dutzend von dene begegnet. Alles Burschen von euch. Ich hab s' g'fragt, was sie vorham, weil s' Gwahrer dabei g'habt ham wie zu ara Treibjagd. Gehts ihr auf Mankei'n, sag i, oder zum Edelweißbrocka, seids ihr narrisch, wo auf dem Fest so viel junge Mädeln beinand sind und warten auf Tänzer. Des lassts ihr aus, ihr Hanskaschperl, hab i g'sagt.«

Das Marei horcht auf. Das bedeutet etwas! Sie fragt hastig:

»Was ham s' na g'sagt, dass sie machen, da droben?«

»Nix! Des is' ja! Nix ham s' verraten. Bloß einer hat g'moant, es is eahna wichtiger, dass a jedes an Gulden verdient, statt dass er a Tanzgaudi hat. Des lauft eahna net weg, hat er g'moant. Aber an Gulden vom Hofjäger Simmerl, den hat ma net alle Täg, hat er g'sagt.«

Dem Marei wird kalt und heiß. Eine Falle! Der Simmerl hat hinterlistig wiederum seine Armee rekrutiert, dem Flori den Stadterer aus Kreuth geschickt, er soll ihn verleiten, und der fällt darauf rein.

»Was is dir denn, Marei, du bist ja ganz blass«, fragt die Theres.

»Mir is grad net gut, ich hab z' schnell 'trunken«, redet die sich heraus, springt auf und drängt sich

216

durch den Trubel der lachenden, singenden, ratschenden Leut auf der Suche nach dem Kaspar. Sie entdeckt ihn, wie er grad mit der Wurzer-Burgl den Landler tanzt wie der Lump am Stecken.

Sie zerrt ihn heraus.

»Hö, was is denn? Gönnst du mir koa Vergnügen? Moanst leicht, i waar scho zu alt für die Gaudi? Da bist fei im Irrtum!«

»Großvater!« keucht sie, weil es ihr die Kehle zuschnürt. »Der Simmerl hat dem Flori an Lockspitzel g'schickt und Burschen am Berg droben postiert! Diesmal fangen 's ihn! Wir müssen ihn z'ruckholen, eh es zu spät is –!«

Der Kaspar schaut um, ob wer zuhört, und begegnet dem lächelnden, lauernden Blick des ewigen Widersachers, des Senftl.

»Wir können net weg, du und ich«, raunt er ratlos. »Des schauert ja her wie a Schuldeinb'ständnis.«

»Was frag i danach, wenn's um alles geht!«

Im Tirolischen drüben rollen die ersten, ganz fernen Donner. Von dort her kommen oft die bösesten Wetter herüber ins Tal.

»Auweh«, ruft der Senftl in die Runde und lässt den Kaspar dabei nicht aus den Augen. »Leut – wir ham scho a Pech. Des gibt so a G'witter wie gestern und vorgestern. Jetzt geht's dahin – wenn oaner heim möcht, sollt er si schleunen!«

»In einer Viertelstund is die Gaudi da z'End«, flüstert der Kaspar und bewegt sich nicht von der Stelle. »Dann setz ma eahm nach, alle zwei!«

»So lang kann i net warten«, ächzt das Marei, rafft

ihren festlichen langen Rock auf, wendet sich und rennt davon.

»Oha!« schreit der Senftl, »mir scheint, da hat eine mehra Angst vorm Gewitter wie Vaterlandsliebe, hähä. Marei, lass dir Derweil! Hö, hörst du net! Gar so pressiert's net, des halt noch a Zeitl!«

Das Marei läuft weiter, und der Kaspar steht da wie angenagelt. Dann scheint er in plötzlichem Entschluss ihr nacheilen zu wollen. Da ist aber der Senftl schon neben ihm und hält ihn am Arm:

»Geh, Brandner, du kannst doch net aa weg! Du, die Hauptperson des heutigen Tages, unscr Festsau, hähä, sei doch vernünftig!«

»Ich kann nimmer bleiben«, stammelt der Alte und weiß nicht, was tun. So lack, so letz hat er sich nie gefühlt. Das ist das Alter, denkt er, es hat mich erwischt, ich kann nimmer aus, es nimmt alle Kraft. Alt und lahm und dasig bin ich.

»Dich brauch ma noch, wenn's drinnen weitergeht, deine Feier. Zudem hab ich was läuten hören, dass der Prinz Carl noch persönlich erscheint. Ganz im Vertrauen, i derfert's dir gar net verraten, er will dir sein' Ehrentaler überreichen, und wenn'st du da net anwesend wärst …«

»Der Prinz?«

»Jawohl, unser edler Herr, der dir den Aufstieg ermöglicht hat. Dem müssertst du wahrlich a Dankbarkeit bezeigen, also bleib nur schön da!«

Von der anderen Seite kommt der Simmerl mit langsamen Schritten heran. Auch er lächelt, genau wie der Senftl, und muntert ihn auf:

»No, Kaspar?«

Der faucht aus seiner Qual heraus, der er nicht Herr werden kann:

»Habt's jetzt euern Triumph, dass i mir koan Rat nimmer weiß?«

»Versteh gar net, von was du redst. Es is doch dein Triumph heut. So viel verdiente Ehr von alle Seiten!« lächelt krampfhaft der Simmerl.

Sie stehen bei ihm und kerkern ihn ein, ohne ihn zu berühren, einer rechts, einer links. Er findet nicht zum Entschluss, ihm fehlt der Mut, sie beiseite zu stoßen und dem Marei hinterherzulaufen. Er murmelt nur immer wieder:

»I kann net dableiben … i kann net … i muss fort …«

»Geh, Schmarrn«, sagt der Senftl, »du bist grad bloß net recht bei der Kraft. Es war a bissei gar viel für an Alten, die Ehrung, die Gaudi, die Musi, die Tanzerei, und g'suffa werst aa net z'weni ham. Ruh dich aus, komm ins Haus, hock di hin, na geht's dir gleich wieder besser.« Er fasst ihn behutsam und eisern zugleich und will ihn führen und zwingen. Er sagt in Sanftheit:

»Schau, wir zwei müssen heut noch unsere Versöhnung öffentlich kundtun. Ich halt dir noch eine Red, mit der wer'st zufrieden sein, a herzliche Red, die die Freundschaft besiegelt. Komm, geh zua!«

Das Donnern rückt näher, es wird finster. Vom Marei ist längst nichts mehr zu sehen. In der Tür zum Gasthof erscheint die Theres und ruft:

»Kaspar, komm doch ins Haus! Es fangt gleich zum Regnen an. Was stehst denn da draußd umanander.

Herinnen is 's grüabig. Die Musi spielt aa scho wieder. So komm halt!«

Wie ein gehorsames Lamm lässt der Kaspar sich führen, wohin er um alles nicht will, und hat nicht die Kraft sich zu wehren, bis er nach ein paar Schritten verhält, wie angewurzelt steht und horcht:

»Da, die Totenglocken! Hört ihr's?«

»Des is bloß des Wetterläuten von drüben, vom See …«

»Naa, die Totenglocken is' es, ich kenn s' doch«, flüstert der Alte und stiert vor sich hin. »Ihr wisst's es bloß net!«

Die Finsternis wächst, das Land versinkt in ein Bleigrau, es ist still, nichts wagt sich zu regen, jedes Viech erwartet den Sturm und das Wetter. Der Kaspar hört auf das ferne Läuten der Glocke und kann nicht vom Fleck. In ihn frisst sich beißende Angst. Während die beiden Wächter ihn zerren, stammelt er lautlos, ein hilfloser Greis, vor sich hin.

Der Senftl nicht und auch nicht der Simmerl können verstehen, was von den fahlen, blutleeren Lippen kommt:

»I muss helfen … was steh i denn da und kann mi net rühren … mir kann nix'n g'schehn, i hab doch die Kraft … und das ewige Leben!«

Es krampft sich in ihm, es lehnt sich auf gegen die elende Schwäche des Alters, bis auf einmal der Damm seiner Furcht birst. Der böse Bann ist gelöst, er wendet sich um und läuft wie ein gejagter Has querfeldein.

Der Simmerl macht einen Satz, aber der Senftl hält ihn zurück:

»Lass 'n laufen. Der holt den Flori im Leb'n nimmer ein, der alte Depp, bei dem Wetter, mit seine knickerten Haxen.«

Die Jäger sehen dem gejagten Wild nach, das in der aufziehenden Finsternis untertaucht. Sie sehen einander in die Augen, und der Senftl grinst.

In der Tür steht noch immer die Theres. Sie fürchtet das Wetter, sie hasst das Blitzen und Donnern von Kind auf, und schielt zum Himmel hinauf, als sei dort zu lesen, wie arg dass es wird und wie lange es dauert.

»Dass des herrliche Fest so a End finden muss!«, sagt sie, als der Senftl und der Simmerl sich an ihr vorbei ins Haus drücken.

»Was hat denn der Kaspar g'sagt? Was rennt er davon? Wohin will er?«

»Nix hat er g'sagt. Er wird schon an Grund ha'm.«

»Er war so g'spaßig. Er hat net o'geb'n, bal ma mit eahm g'spracht hat. So kenn i den gar net.«

»Er wird alt«, sagt der Senftl. »Jetzt geht's dahin.«

Die Sühne

Das Marei rennt hastig bergauf. Oberhalb von der Wolfsschlucht, hat der Flori gesagt, steht das Rudel. Den Weg dorthin kennt sie. Findet sie ihn aber auch in der halben Dunkelheit, die so rasch wächst, als sich die Wolken vom Süden her vors Licht schieben? Sie rasen heran, von einem Sturm hoch dort oben gejagt, und es leuchtet in ihnen von Blitzen. Noch ist es lastend und still, schwer und schwül. Wenn es nur hält, bis ich den Flori eingeholt hab, eh er den Stutzen aus dem Versteck nimmt, mit dem in der Hand sie ihn mir überführen.

Da fegt schon der erste kalte Windstoß daher, dass die Bäume sich biegen und winden, Staub vom Weg wirbelt auf, kreiselt und weht den Steilhang hinunter, tal-zu. Ein Blitz schießt, gar nicht weit weg, in eine alte Fichte herab, spaltet krachend den Wipfel, und der Donnerknall hallt vielfach und lange zurück von den Wänden. Gleich darauf fängt es zum Regnen an, und im Regen sind Hagelschlossen. Sie springen vom Boden zurück, es werden ihrer mehr und mehr, und im Nu ist der Weg weiß und nicht mehr zum Sehen.

Das Marei rennt weiter bergauf, so gut es gelingt. Der Vorhang aus Regen und Hagel nimmt ihr die Sicht. Er ist eine Wolke, die Weg und Gegend einhüllt und die Schloßen tun weh, die sie treffen. Die Feuer der Blitze blenden und schwimmen farbig vor Augen in der jäh folgenden Dunkelheit weiter. Sie sollte sich dort unter den Felsen stellen, vielleicht, aber sie darf nicht. Flüchtig kommt ihr in den Sinn, dass auch die Burschen droben gewiss sich verkriechen und dass ihnen sogar der versprochene Gulden ganz Wurscht wird. Aber die Angst ist zu groß und ist stärker. Sie läuft und achtet nicht auf den Hagel und will es nicht wahrhaben, dass um sie ein höllisches Wetter tobt, so machtvoll, wie es die Gegend nicht so oft heimsucht.

Sie stolpert, sie fällt, rafft sich auf und eilt weiter. Nur in den Blitzen kann sie erkennen, was dicht vor ihr ist. Sie streckt die Hände voran, um den Bäumen und dem Unterholz auszuweichen, und versucht, sich am Hang entlangzutasten, an den Felsen, in die der Weg geschlagen ist.

Dann sieht sie in einer Folge von Blitzen vor sich die alte, verlassene Köhlerhütte, die dem Trinishof am Fuße des Setzbergs gehört. Dahinter steigt der Pfad an, der Anstieg hinauf in die Wolfsschlucht, zum Klettern zwischen Felstrümmern durch. Das Regenwasser schießt schon herunter vom Berg, es rinnt in die Schuhe und schlägt um die Knöchel. Wie in einem Bachbett, beinah, tappt sie den eben noch trockenen Weg voran. Die Schloßen knirschen unter den Füßen.

Sie lehnt sich an die Wand der Hütte und keucht erst einmal ihren Atem aus. Unter dem Schindeldach trifft sie der Hagel nicht. Da bleib ich derweil, sagt sie sich, ist doch ein Schmarrn, jetzt da so rennen. Ich findert ja auch den Einstieg gar nicht, solang ich nix seh. Lang dauern die Abendgewitter nie, dann ist ausgetobt, und ich kann weiter.

Das Schütten lässt nach, es nieselt und tröpfelt, der Wolkenhimmel wird dünner, das Mondlicht breitet einen schwachen Schein über alles, nachtgrau und fahl, das Regenwasser schießt gurgelnd zu Tal. Ich wart noch, denkt sie. Am End reißt's noch weiter auf und wird heller. Sauwetter, mistigs. Trotzdem ist sie froh und voller Gewissheit, den Flori zu finden, auch wenn es Nacht ist. Wer weiß, vielleicht war das Wetter sogar für was gut, als Schutz zum Gelingen. Sie späht in die Wolfsschlucht hinauf.

Da sieht sie ein schwaches, blinzelndes Licht, das bewegt sich voran.

Das ist der Flori! Der sucht, so ein Leichtsinn, mit der Latern seinen Weg, gutding hundert Klafter ober mir, am End von der Wolfsschlucht. Den kann ich erreichen, da komm ich hinauf, wenn ich dem Lichtl da folg. Ich ruf lieber nicht. Wer weiß, wer es mithört, trotz dem rauschenden Wasser.

Dann aber erschrickt sie zu Tode. Ein zweites schwaches, flimmerndes Licht, eine andere Funzel, bewegt sich, matt blinkend, kaum sichtbar, geradewegs auf das erste zu, noch weiter droben, verschwindet hinter Bäumen und Felsen und taucht wieder auf.

Da sind die Jäger!

Und schon springt sie unter dem schützenden Dach hervor, läuft und ertastet den Einstieg. Wasser strömt ihr entgegen. Sie klettert in Hast. Zuerst kommt sie rasch voran in die Höhe, obwohl sie kaum den Platz für den nächsten Schritt sieht. Bald geht es langsam und langsamer. Ein elender rutschiger Steig ist das, vermurt von der Nässe, voll Baaz und glitschiger Lettn. Sie krallt sich und hält sich an Sträuchern und Stämmen, zieht einen Fuß hoch, ertappt einen Halt, rutscht oft genug ab und muss ihn aufs Neue ertasten, ehe sie mit dem zweiten den nächsten Schritt wagen kann.

Von den Funzeln oben ist nichts mehr zu sehen.

Neue Wolken jagen daher und fressen das restliche Licht. Wieder zucken in ihnen die Blitze, und der Regen nimmt zu, wird zum Schütten, zum Guss. Sie kämpft sich immer höher hinauf. Fünfzig Klafter über der Hütte, das weiß sie, ist ein Plateau, das muss sie erreichen. Sie bietet sich auf. Sie schreit laut an wider das Wüten. Sie tritt oft ins Leere, rutscht ab, fasst irgendwas und kann sich doch wieder halten. Sie kommt hinan, Schritt um Schritt, aber sie spürt, lang geht es nicht mehr, die Kräfte erlahmen.

Sie ist schon fast oben und könnte dort auf dem Plateau liegen, bis wieder Kraft in sie kommt. Als sie nach einer Wurzel angelt und sich hochziehen will, da fährt neben ihr ein Blitz in den Boden, reißt durch die Glieder, es riecht kühl und schweflig, die Hand fasst ziellos ins Nichts, der Fuß gleitet aus, sie rutscht ein Stück und kann sich nicht fangen, kollert und überschlägt sich, stürzt kopfüber hinein in die leere Luft, kracht auf und spürt einen Schmerz, fällt weiter wie ein lebendiger Stein und schlägt abermals auf.

Der Kaspar hat nicht weit kommen können. Als das Wetter losbricht, hat er noch nicht einmal bei Oberach den Anstieg zum Setzberg erreicht. Er keucht und traut sich nicht weiter voran in die triefende Dunkelheit. Er stellt sich unter die große Buche und überlegt, wie er zu einer Latern kommen könnt. Drüben am Trinishof, ein paar hundert Schritte von hier, bekommt er gewiss eine, aus der Kammer oder dem Stall. Aber bis dorthin muss er erst finden in diesem nassen Schwarz. Er flucht auf die Umstand und wartet, triefnass, bis der erste Schwall Regen sich ausgetobt hat. Dann, als der Guss nachlässt, tappt er langsam voran in die Richtung, wo er den Trinishof vermutet, und geht dabei in die Irre. Er tappt im Kreis, und nirgends schimmert ein Licht.

In der Gaststube vom Angermaier hocken die Gratulanten im Trockenen dicht aufeinander. Es ist elendiglich heiß und dampfig herinnen. Die Musik spielt noch auf, aber wenn einer Lust hätte zum Tanzen, er fände keinen Platz. Ein paar Leut stehen draußen im Flez und schauen durch die offene Haustür in den Regen hinaus. Sie gingen gern heim, aber so lang es so wäscht, mag keiner ins Freie.

In der drangvollen Fülle im Extrazimmer hockt der Senftl beim Simmerl und murrt: »So a Pech! Bei dem Wetter verkriechen sich alle, und er geht uns abermals durch die Lappen, wirst sehn. Du mit dei'm Plan, hol's der Teifi!«

»Des hört bald wieder auf«, gibt der Simmerl zurück. »Sie san amal droben, und des is die Hauptsach, 'runter können s' im Finstern heut nimmer, die Bur-

226

schen net und aa net der Flori, und morgn in der Früh, da wett ich, probiert er den Schuss auf a Gamsei, und na ham ma'n. Koa Sorg.«

»Deine Plän'! Dich wenn der Napolium seinerzeit g'habt hätt als Feldherr, hätt er nie aussig'funden aus sei'm Frankreich. Schad, damals hätt ma dich braucht zur Verschonung des Landes, aber net heut und net ich und net dader!«

Er geht weg und lässt den Herrn Hofjäger sitzen. Dem ist gar nicht so wohl in der Haut, wie er tut. Er muss fortwährend denken, wie das Marei hinausgerannt ist in die Dämmerung, und er hätt sie so gern zurückgehalten, ums Leben gern, und hat es nicht dürfen, damit niemand was spannt von der Falle. Wo sie jetzt ist? Wo sie sich untergestellt hat? Vor dem Frühlicht kann sie ja doch nicht hinauf zu dem Gauner und ihn nicht warnen.

Er malt sich schon aus, wie man den Flori gebunden vorführen wird. Wie's da kein Ausreden gibt, kein Herauslügen, weil die Beweise handgreiflich sein werden und unwiderleglich. Wie soll ich mich geben, denkt der Simmerl. Soll ich verächtlich erscheinen, oder großmütig? Die ändern alle hinausschicken und dem Flori allein, unter vier Augen, endlich sieghaft ins Gewissen reden? Hör auf mit dem Wildern! Ich mag dich net auf Laufen schicken, ins Zuchthaus, des is net meine Absicht. Es muss nur endlich vorbei sein damit, dass i ständig blamiert bin, verstehst denn des net? Ich hab das Marei viel z'gern, als dass ich dir und dem Kaspar was antu. Ich bitt mir nur aus, dass ihr zwei die nämliche Anständigkeit mir gegenüber zeigt's.

Seid's vernünftig, sonst zieh ich andere Saiten auf, ihr Halunken!

Das gefiele ihm gut, und so wird er's wohl machen, wenn es endlich so weit ist. Und was sagt er dem Marei?

Wohl nichts. Sie ist ihm verloren. Vielleicht wird sie dann vor ihm mehr Respekt haben, das wär doch schon was. Und wenn der Gauner, der Flori, rückfällig wird und nach Laufen verschwindet, ob sie den dann derwarten mag, jahrelang? Ob sie dann nicht doch endlich einsieht, wie gut es ihr gehen könnte bei ihm, geliebt und umsorgt, geehrt als Hofjägersgattin?

Wie die Liebe zu so einem Wesen nur so stark sein kann, dass man sich ewig grämt über ihren Verlust, denkt der Simmerl.

Als der Kaspar den Trinishof endlich erreicht, ist es dort dunkel und still. Er pumpert und schreit, und nichts rührt sich. Freilich, die Leut sind ja Gratulieren gekommen, die hocken noch drüben beim Angermaier und warten, dass der Kaspar zurückkehrt, und dass es zum Regnen aufhört. Aber es muss jemand im Haus sein. Man lässt ein Anwesen niemals allein, bei keiner noch so verlockenden Gaudi.

Er rüttelt, er schlägt an die Fensterläden und schreit, bis endlich oben aus der Gesindekammer der alte Großknecht herausschreit. Der Kaspar bekommt von ihm eine Latern und hastet davon.

Weit kommt er nicht. Die Fünfundsiebzig lassen ihn ein übers andere Mal stolpern. Das Aufrappeln ist mühsam, und manchmal kennt er sich plötzlich nicht aus, kennt die vertraute Gegend nicht wieder, weiß minutenlang nicht, wo er ist, auf dem Weg, den er hunderte Male gegangen ist. Die Fünfundsiebzig machen das Herz unmäßig pumpern und nehmen ihm den Schnaufer so sehr, dass er nach kurzem Anstieg schon stehen und ächzen muss.

Er schleppt sich bis zu der Köhlerhütte. Da ist es aus. Es haut ihn nieder, er hockt an der Wand, an der sich das Marei kurz zuvor untergestellt hatte. Die Fünfundsiebzig sind stark. Er kann sich nicht aufheben und die Füße voranbringen. Sie drücken ihn auf den Boden, bleischwer, so sehr sich sein Wille auch bäumt.

Mein Gott und Herr, des kann doch net sein. Ich hab 's ewig Leben, ich hab doch die Kraft. Die kann mir doch nicht von der einen Stund auf die andere abhanden kommen. Aber es hilft nichts, er kommt nicht in die Höh, und endlich schmeißt es ihn förmlich hinein in einen kurzen, tiefen, quälenden Schlaf.

Am anderen Tag in der Früh bringen die Burschen den Flori, mit Stricken gefesselt, herunter vom Berg. Man hat ihn gestellt, wie er grad den Schuss hat lösen wollen auf einen mächtigen Gamsbock, einen der letzten, die man in der Gegend noch findet in solcher Pracht. Sie liefern den Wildschützen ab und bekommen vom Simmerl ein jeder den Gulden. Aber keiner ist froh darum, auch der Simmerl nicht.

Der Kaspar bleibt den Tag über verschwunden und kommt erst spät am Abend zurück, matt und verwirrt, zerschunden und mutlos. Er kann nicht mehr sagen, als dass er die ganze Zeit vergeblich das Marei gesucht hat. Es war keine Spur zu entdecken, weil der Regen alles verwaschen hat.

Daraufhin machen sich noch in der Nacht an die zwanzig Leut auf mit Fackeln. Jeder befürchtet das Schlimmste. Darum ruft man auch nicht ihren Namen, sondern hält nur Ausschau nach einer Spur.

Erst spät am Nachmittag findet der zweite Sohn vom Lechner im Unterholz einen Fetzen von ihrem Gewand, noch unterhalb vom Einstieg zur Wolfsschlucht. Er drischt mit den Händen das Gestrüpp auseinander, und da liegt sie.

Sie muss mehr als hundert Klafter gestürzt sein, immer wieder aufgeschlagen dabei und immer weiter gefallen. Und sie war gewiss schon tot während des Sturzes.

Es war aber so:

Nach dem letzten schmerzvollen Aufschlag fühlte das Marei sich in seltsamer Weise aufgefangen. Sie stürzte nicht mehr, sie wurde ein wenig gehoben und sanft zur Erde gebettet. Der wütende Schmerz in ihr erlosch.

Na alsdann, dachte sie, is ja noch amal gut 'gangen, und nix is mir g'schehn. Ich hab mich derfangt, mitten im schrecklichsten Fall. Glück muss ma haben. War alles net a so schlimm. Grad dieser eine, der letzte, der heftige Blitz hat mich so elend erschreckt, dass ich loslassen hab und eine Zeit ohne Halt war. Jetz is' wieder gut, es ist ausg'standen.

Das Unwetter schien weitergezogen zu sein. Kein Hagel, kein Regen, kein Blitz und kein Donner, nichts als eine sanfte Stille war um sie, und von oben her strömte ein Licht, hellweiß und mild, und ergoss sich schmal über den Platz, auf dem sie lag.

Na also, dachte sie, da kann ich bald weiter. Der Mond scheint wieder mit Macht und ganz licht, die Höllengaudi ist gottlob aus. Jaja, man soll den Mut nie verlieren, einmal geht alles zu End.

Sie lag so behaglich und weich, dass sie, ein wenig verwundert darob, nicht die mindeste Lust spürte, allsogleich aufzuspringen und weiterzueilen. Ein bissel rasten tut gut nach der Hetz. Ich war ja blöd, in die Froasen verfallen vor Angst und kraxeln wie nimmer gescheit. Des hat keinen Zwunz, so kopflos vorangehn. Ich find meinen Flori schon noch. Muss ja net gleich sein, net auf der Stell.

»Marei –«

– redet nach einer Weile eine seltsam raunende Stimme aus dem Schatten sie an. Das Marei kann nicht sehen, wer ihr im Dunkel zu Häupten steht, sie ist nur seltsam beglückt, dass jemand so freundlich ist.

»Habt's mich g'funden? Hat mich tatsächlich wer g'sucht, um zu helfen, des is nett. Braucht's euch keine Sorgen machen, mir geht's gut. Ich bin zwar gestürzt, aber es is glücklich gegangen. Ich fühl mich so wohl wie noch nie. Bin ich lang da gelegen und hab's nicht gewusst?«

»Net gar lang«, kommt es zurück, und seufzt tief. »Wir sollten uns jetzt net verratschen. Es ist an der Zeit, ich muss dich geleiten. Kumm, steh auf, bittschön sei so gut, wenn's gehert vielleicht.«

Das Marei versucht's, aber es geht nicht. So leicht und zufrieden ihr ist, sie vermag beim besten Willen sich nicht im Geringsten zu regen. Als sie das zu der Stimme im Finstern sagt, kommt ein neuer Seufzer zurück.

»Des is halt jetz so, aber der Weg is gegeben. Wir wer'n ihn schon bewältigen, mitsammen, wir zwei.«

»Welchen Weg?«, will sie wissen, »wo bringst mich denn hin? Ins Spital, zu die Dökter? Des is net vonnöten. Bei mir feit si nix, ich bin nur grad matt von der Hatz, und wennst a bissei noch wartest, steh ich auf und spring wie ein Wiesel, wirst sehen.«

»Des wird net bezweifelt. Nur jetzt grad benötigst du Hilfe und Fürsicht. Es is net zum Schaden. Ich geleite dich in sanfter Gnade, und von nun an, wirst sehen, sollst du eilends genesen. Ich bitt grad um ein's, mach keine Umständ', wenn ich dich heb, und derschrick bittschön net, tu mir den G'fallen. I kann aa nix dafür.«

Er tritt aus dem Dunkel, und das Marei erschrickt bis ins Herz. Ein schwarzer Kerl, zaundürr und klappert, beugt sich über sie und verdeckt ihr das milde Licht, das so sänftigend von ganz oben her leuchtet. Er greift mit knochigen Händen ihr unter den todstarren Leib und hebt sie auf. In Angst ohnegleichen schließt sie die Augen und beginnt leise zu wimmern. Das verdrießt ihn. Er maunzt: »Geh, tu mir die Lieb, und mach mir's net schwer. Es muss dengerscht sein, was soll i denn machen.«

»Warum muss es sein -- warum?«, schreit das Marei und bekommt keine Antwort. Sie wird behutsam gebettet. Sie liegt zwischen Schragenbrettern geschützt auf dem Wagen, der Schwarze hatscht eilig herum, springt auf den Kutschbock hinauf und packt fest die Zügel:

»Los geht's, gib Obacht!«

»Warum muss es sein? Sag's halt!«, schreit das Marei noch einmal und will sich regen, will springen und fliehen und vermag es doch nicht.

»Das sagen s' dir alles«, greint es zurück. »Du wirst alles erfahren. Jetzt sei bloß so guat und gib Ruh auf der Fahrt. Sie dauert net lang, dann wird alles gut sein für dich, wie niemals zuvor, ich versprich's. – Hüah, Häuter, ziag o!« Und auf geht die Fahrt.

Das Jenseits

Drei sitzen beim Tisch in der Kanzlei und dreschen den Haferltarock, was das Zeug hält, mit finsteren Mienen. Als der Prächtigste, der Schönste von ihnen den letzten Stich einstreicht, schweigend die Karten zusammenrafft, um neu zu mischen, huscht ein schwaches Triumphlächeln über seine gar so gestrenge Miene, mehr nicht. Die Verlierer blicken einer den anderen verachtungsvoll an, heben die Krüge und trinken voll Grimm, ohne auszusprechen, was jedem auf dem Gesicht steht, nämlich:

›Kanntst du net freundlicherweise a bissei besser aufpassen, du Hirsch? Des Spiel hätt' ma gewinnen müssen, mit Gloria! Wir, verstehst, und net der da, wenn'st du net g'schlafen hättst! Aber du bist halt und bleibst ein Patzer auf ewig. Manch einer lernt's nie!‹

Gemächlich und stumm wird gegeben, ein jeglicher schaut in sein Blatt. Johannes, der eine Verlierer, ist mit dem seinen zufrieden und lurt zu dem anderen Patzer hinüber, dem Nantwein, der sich den Fächer zurechtsteckt. Er sucht ihm Zeichen zu geben mit Zwinkern und Mundspitzen, den Signalen für den Besitz von Soacher und Belli, und wie die schönen Namen der Karten alle lauten.

Der grimmige Michael vereitelt die stumme Verständigung. Er schaut mit blitzenden Augen von einem zum ändern, spielt kraftvoll den Eichelzehner aus, und blickt verächtlich. Der Nantwein schmeißt mit stoischer Miene den Neuner hinein, was den Johannes Turmair zu verzweifeltem Augenrollen veranlasst, ehe er mit dem Grasneuner schmiert. Während der wunderschöne Michael den Stich einstreicht, signalisiert der Turmair noch einmal mit spitzigem Mund zum Nantwein hinüber.

Vergebens. In dramatischer Schlacht obsiegt auch diesmal der Grimmige und holt sich die ganzen Herz auch noch dazu, weil der Nantwein ums Verrecken nicht zu kapieren scheint, dass Herz Trumpf gewesen war.

Gegen Schluss wird er noch dazu unaufmerksam. Er lauscht und er rutscht und sagt schließlich in edlem Latein mahnend zum Michael:

»Appropinquat quidam, Michele, audi!«

Der Wunderschöne tut seinen Mund auf! »So? Kimmt wieder oaner daher? Na huift nix, na muaß i aussi«, und erhebt sich in Würde.

»Schad«, meint der Turmair traurig. »Beim nächsten Spiel hätt ma mir g'wunna, da hätt' ma dir's zoagt! Aber a so ...«

»Summa summarum«, meint der Nantwein, »male parta male dilabuntur.«

»Wie gewonnen, so zerronnnen, jaja. Der seile Spruch hilft da aa nix. Weiterspieln sollt ma, weil, desmal hätt ma eahm packt, des sagt mir die innere Stimme!«

»Ohe, iam satis«, meint der Nantwein verächtlich.

Das reizt den Turmair immer noch mehr: »Ja, dir

g'langt's vielleicht, weilst du a Stoa hast und dir alles Wurscht is in Abgeklärtheit. Ich aber spiel gern und g'winn halt auch gern, und des werd ma ja dengerscht noch dürfen!«

»Hinc illae lacrimae«, spottet der Nantwein, weil der Turmair gar so quengelt ob des entgangenen Vergnügens. Der entgegnet ihm nichts, weil er den Michael feierlich erhaben zur Pforte hin schreiten sieht, ohne die Hauptsache in den Händen! Darum schreit der Turmair ihm nach:

»'s Flammenschwert, Michael, pass halt auf, wart!«

»Herrschaft, jedsmal vergiss i's.«

Er kehrt um und holt die erhabene Waffe, die er beim Spiel an den Tisch gelehnt hat, die niemand außer ihm zu berühren wagt, die dereinst Adam und Eva aus dem Paradiese gescheucht hat.

Er hebt sie und schreitet von dannen, der Wunderschöne, der Michael, Erzengel mit goldenen Flügeln und goldener Brünne, dessen ewige Würde erschauern macht. Im hochgereckten Schwerte lodert die Flamme, das ewige Licht der Gerechtigkeit, der Gebote ewige Hut. Er durchschreitet die Pforte zur Welt, die Seele zu empfangen, die von dorten herauffuhr.

Turmair und Nantwein prüfen derweil die Stiche des Spiels. Der Nantwein mault: »Cor! Cur cor?«, und der Turmair seufzt: »Herz war halt Trumpf, dass du des nie lernst. Den pack i dant, desmal, hab i denkt – aber jetz is es zu spät. Pass auf, tu ma die Karten weg, wenn die neue Seele hereinkommt. Net dass sie sich wundert, weil, drunten auf Erden gilt's Kartenspiel noch immer als Sünde. Wer des aufbracht hat, tät i gern wissen.«

»Errare humanum est.«

»Freilich san Irrtümer menschlich, und es haben sich viele eing'schlichen in die wahre Lehre, im Lauf der Jahrhunderte.«

»Non solum in terris, sed etiam in coelis«, meint der Nantwein ironisch und grinst.

Der Turmair pflichtet ihm bei: »Freilich net bloß auf Erden, auch da bei uns. Dass der Michael sich überhaupts noch Karten spielen traut, is a Wunder, weil ein Codex besagt, dass das die ewige Seligkeit stört! – Wie kommt dir dies für?«

»Stupidum. Lupus in fabula«, antwortet der Edle verächtlich und fügt weise hinzu: »Duo cum faciunt idem, non est idem.«

Der Turmair freut sich:

»Meinst, wenn der Michael kartelt mit uns, is es net wie bei gewöhnliche Seelen. Quod licet Jovi, non licet bovi?«

»Jovi?«, schüttelt der Nantwein tadelnd das Haupt, weil es unschicklich ist, im christlichen Himmel den heidnischen Göttervater Jupiter auch nur zu erwähnen.

Da kommt der Michael auch schon zurück. Mit weit entfalteten goldenen Flügeln, wie ein Pfau mit geschlagenem Rad, schreitet er vor dem kleinen Geschöpf her, das sich voll Staunen und Schüchternheit umsieht in der himmlischen Pracht.

Auf Wolken setzt sie die zaghaften Schritte, seit sie sich heben durfte aus der stocksteifen Lage zwischen den Brettern des Schragens, seit sie die Glieder wieder zu regen vermag, seit der Boanlkramer ihr seufzend die goldene Pforte gewiesen, vor der die riesige Engelsgestalt mit dem flammendem Schwert erschien, ihr winkte zu folgen und voranschritt durch das hohe, prunkvolle Tor mit den gewundenen Säulen aus spiegelndem Marmor. Nun steht sie in dem unendlichen Saal, dessen Wände, so weit man nur schauen kann, und das ist weit, aus Regalen voll mit Folianten sich bilden. Dazwischen ragen gewaltige Säulen und Bögen empor, Portale führen nach allen Seiten ins Unbekannte, nie Geahnte. Balsamische Luft umfächelt sie, und großer Glanz fällt auf die junge Gestalt. Sie schämt sich inmitten der Schönheit des armseligen Kleides, das sie trug als sie stürzte, und das dennoch wundersam unversehrt ist.

»Nur zu, Marei, kimm eini«, sagt jemand in altmodischer Tracht, und ein gutes, schmunzelndes, weises Gesicht schaut ihr entgegen. Das Marei fällt auf die Knie und stammelt:

»Mit Verlaub, Euer Heiligkeit.«

Der alte Mann hebt sie auf.

»Tua di net abi, ich bin koa Heiligkeit. Ich bin grad der selige Johannes Turmair, auf Erden auch Aventinus genannt, weil, ich war gebürtig vo' Abensberg, weißt, drum.«

Er deutet auf die zweite Gestalt, die sich nähert mit gefalteten Händen. Die schaut spaßig aus mit dem Barett über den langen Locken, dem feschen Bart und dem uralt wallenden, weiten Gewand, wie man's nur kennt aus Heiligenbüchln.

»Des is der Nantwein«, stellt der Turmair vor, und

der Sanfte verbessert ihn gütig: »Nantovinus eram.«
Er neigt zum Gruße das Haupt, das Marei macht einen Knicks, und der Aventinus winkt freundlich:

»Brauchst net schüchtern sein, komm nur, tritt näher.«

»Vergelt's Gott«, stammelt das Marei und erschrickt ob des Wortes:

»Darf ma des da heroben überhaupts sagen?«

Ist es nicht vermessen, den Namen des Schöpfers hier genauso gedankenlos auszusprechen wie drunten auf Erden? ›Vergelt 's Gott!‹ Soll ER wie ein Schuldner für alle Guttaten zahlen?

Der Turmair lächelt:

»Wie sollt ma denn sonst sagen? Hier, wo ER daheim ist, und mit IHM doch wir alle, dankt man in keines anderen Namen, weil alles, was ist, von IHM stammt. Außerdem g'freut's IHN, wenn man seiner erwähnt. Trau di nur, komm.«

»Vergelt's Gott«, sagt das Marei noch einmal und schaut um nach dem Michael, der noch immer nah dem Portal in würdiger Pose verharrt, wie eine Statue, von Ignaz Günther geschnitzt. Sie fasst sich den Mut, sie tritt näher und fragt dabei leise den Aventinus:

»Bittschön, wieso hab ich jetzt schon hierher kommen müssen – ich mein, dürfen? Wenn ich des vielleicht gesagt kriegen könnt, wenn's nicht zu unbescheiden ist.«

»Des sagt dir der Portner, der die Seelen aufnimmt und weiset.«

Das jagt dem Marei einen gehörigen Schreck ein: »Der heilige Petrus?« Den soll sie sehen, mit dem soll sie reden? Das kann sie nicht glauben.

Doch der Turmair nickt: »Der Portner in Ewigkeit und allerorten. Er kommt jeden Moment, wart a bissel.«

Sauber, denkt sich das Marei, des hätt i net denkt, dass sich die oberste Heiligkeit um eine vom Albach bekümmert. Weil sie aber voll Ungeduld ist, was mit dem Flori geschieht, fragt sie vorlaut und rasch:

»Wo is er na, bittschön, der heilige Portner?«

Die Frage scheint peinlich. Die Verklärten werfen einander fragende Blicke zu, als wüssten sie nicht, ob man es sagen soll. Dann aber säuselt der Nantwein erklärend, mit spitzigem Mund:

»Ad sausicios albos.«

Das sagt dem Marei nun gar nichts. Sie nickt zwar recht höflich, fragt aber dann noch einmal nach:

»Wo, bittschön?«

Der Nantwein flüstert verschämt, und kann auf einmal nicht nur edles Latein, sondern redet wie d' Leut:

»No, bei de Weißwürscht!«

Der Turmair lächelt genüsslich: »Ihm war grad danach, a bissei früher als sonst. Die unsrigen wer'n grad warm g'macht. Wir ham zwar koa direktes Zwölfeläuten da heroben, weil's ja koa Zeit gibt, hier, in der Ewigkeit. Aber man hat 's im Gefühl, wann sie recht san, die Wurscht. Mögertst aa oa? Brauchst es bloß sagen.«

»Dankschön, vergelt's Gott, naa naa.« Das Marei fühlt keinen Hunger, sie will nur endlich Gewissheit, sonst nichts:

»Könnten net Sie mir näher erklären, was geschehn is? Ich bin durch das Gewitter g'rennt, bin gestiegen, dann war da der Blitz neben meiner, von da an weiß i nix mehr – und ich muss doch dem Flori die Warnung zukommen lassen …«

»Hat denn der Boanlkramer dir gar nix verraten?«

»Koa Sterbenswörtl hat er mir g'sagt, und ich hab ihn so sehr gebeten. Er hat mich in sein' Schragen gelegt und is auffig'fahren. Wie narrisch is er kutschiert und gehetzt und hat immer bloß g'seufzt, dass er grad mich zum Passagier haben muss, des war alles.«

Die zwei Seligen blicken einander in schmunzelndem Mitleid viel sagend an, ehe der Turmair sie fragt:

»Hast du noch so viel Angst um dein' Flori?«

»Ja«, sagt das Marei aus Herzensgrund, »schreckliche Angst. Helft's ihr mir doch, bittschön!«

Weil sie gar so verzweifelt dreinschaut, wie es sich in himmlischen Gefilden nun einmal nicht ziemt, ruft der Turmair hinüber zum Michael:

»Lass' ma sie ausnahmsweise durch'n Fraunhofer schauen?«

Der wendet sich ab ohne Antwort und begibt sich von dannen, was wohl einer Erlaubnis gleichkommt, denn der würdige Nantwein zupft das Marei am Ärmel und führt sie eifrig zu einem Gerät, einem Rohr, einem Tubus, richtet's nach unten und schwenkt suchend herum.

»Das hat uns der Fraunhofer Josef eing'rieht', dass man net allweil erst d' Fenster aufreißen muss zum Abischauen«, erklärt der Turmair. »Der is a' findiger Kopf, der hat uns schon vieles viel praktischer g'macht da heroben.«

»So, jetza schau.«

241

Der Nantwein schiebt ihr das Okular vor die Augen, und sie sieht in Verblüffung nahe vor sich, wie ein Vogel es sieht, von oben herab auf die Blauberg, die Halserspitz und den Setzberg. Als sie sich insgeheim wünscht, alles noch näher zu sehen, rückt es heran, während sie's wünscht, und nun erkennt sie ganz deutlich und klar die nächtliche Wolfsschlucht, und darüber tobt ein Gewitter. Abermals eines? Oder ist es am Ende immer noch jenes, in dem sie sich quälte? Sie wünscht sich's noch dichter, und schon gleitet ihr Blick nah an der Erde über die Schlucht hin.

Da!

»Um alles!«, schreit sie voll Angst. »Da liegt a Gestalt! Ist das er oder net?«

Just in diesem Moment ruft der Nantwein ganz aufgeregt:

»Appropinquat Dominus Petrus! – Der heilige Portner naht! Marei, schaug um, er kommt extra z'weg's deiner!«

Das Mädchen in seiner Angst hört nicht hin. Es starrt nur und wimmert: »Ich kann das Gesicht net erkennen. Is es der Flori? Helft's mir, ich bitt …«

Der Turmair hilft. Er schaut durch den Tubus und tröstet sie mit der seltsamen Auskunft:

»Des is net der Flori, das bist du, die da liegt, Marei.«

»Ich lieg da drunten?« Sie kann es nicht glauben. Doppelt sein, irdisch – und hier?

»Und wo ist der Flori? Koa Mensch rundum zum Sehen. Die Burschen net und auch net der Großvater.«

Da spricht eine tiefe Stimme zu ihr: »Hängst du noch so sehr am Leben?« Und als sie herumfährt, steht sie vor dem heiligen Portner.

Hatte sie insgeheim gedacht, Musik würde klingen von überall her, geleitet von Engelscharen käme die große Gestalt aus dem Licht auf sie zu und spräche geheimnisvoll, lateinisch am End wie der Pfarrer oder der Nantwein soeben?

Nein, er steht ganz einfach neben ihr, gemütlich, mit schneeweißem Bart, das Haar gelichtet zu einer Tonsur – er ist, mit Respekt gesagt, ein bissel plattert am Kopf droben. Gehüllt ist er in jenen weiten blauen Mantel, den das Marei von Kirchenbildern her kennt. Er zuzelt den letzten Zipfel einer Weißwurst aus, wischt die Finger an einem Tüchl ab, das er dem Nantwein zur Beseitigung reicht, und meint freundlich:

»Schau net so g'schreckt. Ich hab doch bloß g'fragt, ob'st noch am Leben hängst.«

Das Marei fällt auf die Knie vor Angst und Respekt, faltet anbetend die Hände zu ihm hinauf und haspelt heraus:

»Euer Heiligkeit, er ist in Gefahr! Die schießen ihn tot – und –«

»So? Moanst?« Der Portner lächelt gemütlich: »No, was is dann? Dann kommt er hierher – zu dir. Was gab's da zum Ängstigen?«

»Ja, kommt er hierher – ?«

Er nimmt ihre Hand, er hebt sie empor und begütigt:

»Marei, du bist hier im ewigen Frieden. Und wie lang 's nach Erdenzeiten auch dauern mag, bis dein Flori dir folgt: Für dich wird es nur eine ganz kleine Weile sein.«

Der Klang seiner Stimme senkt eine große Ruhe in

sie, und sie tarockt nur ein wenig und zaghaft noch nach:

»Schon. Aber noch hab ich Angst.«

Da deutet der Portner zu dem größten der Tore hinüber, das aussieht wie ein prunkvoller Hochaltar, in den statt eines Gemäldes goldene Türen eingefügt sind, und erklärt ihr:

»Angst hat man doch bloß vor Gefahren, oder dass man etwas verlieren muss, net wahr? Jetzt schau – wir schreiten mitsammen durch dieses Tor da, und sie fällt von dir ab, mit dem Irdischen. Hier gibt's keine Angst, weil alles Bestand hat und gut ist von Anbeginn und in Ewigkeit. Möchtest das nicht auch deinem Flori vergönnen?«

Da lächelt das Marei: »Freilich. Ich bin ja scho staad.«

Auf seinen Wink hat sich der Nantwein genähert, schleppt einen großen Folianten herbei, schlägt ihn auf und weist dem Portner die Stelle.

Das Marei ahnt, was nun kommt, sinkt abermals auf die Knie nieder, und der Portner verliest feierlich, würdig, zufrieden:

»Danzl Maria Katharina, aus Albach gebürtig, hat redlich gelebt und niemals Schaden getan an Menschen und Seelen. Heimzurufen durch Gnade im zweiundvierzigsten Lebensjahr …«

Er hält inne und schielt über das Buch hinweg auf das Marei hinunter. Er mag es nicht glauben:

»Zwoaravierzig?«

»Vierazwanz'ge!«, schüttelt sie verwundert den Kopf.

Der Portner ist aus dem Konzept. »Jetzt des is g'spaßig«, murmelt er. »Ham sich die da verschrieben?«

Das Marei springt auf: »G'hör ich am End noch net 'rauf?«

»Doch doch«, sagt der Portner, fast ein wenig zu streng, bedeutet ihr durch einen Blick, wieder zu knien, und bewirkt heimlich im Eintrag dieses Folianten etwas, was das Marei nicht sehen kann: Eine kleine Drehung der Hand, und schon tauschen zwei Ziffern, der Vierer und der Zweier, die Plätze. Nun steht deutlich, ganz ohne Radieren da: ›24‹ – und alles scheint wieder in Ordnung.

Der Portner setzt die Verlesung fort:

»… im vierundzwanzigsten Lebensjahre, auf dass ihr erspart werde viel Leiden und Qual, so anders den ferneren Lebensweg hätten gekreuzt.«

Leid bleibt mir erspart? denkt das Marei. Wär ich krank geworden, in Kriegsnöte geraten, wären mir Kinder gestorben oder der Flori? Zum ersten Male fühlt sie sich froh und gänzlich geborgen hier oben, und sagt innig: »Dankschön in Demut für die Gnad' des Ersparens.«

Der Portner liest weiter:

»Wird erwartet in Sehnsucht von ihren Eltern, dem Danzl Josef von Hausham, der ihre Mutter, die Brandner Magdalena, gefreit, und denen dies Kind geboren ward vor … äh … vierazwanz'g Jahr.«

Meine Mutter, denkt das Marei, die gestorben ist bei meiner Geburt, die ich nicht kenn, von der ich nur weiß, was der Großvater erzählt. – Die erwartet mich hier? Die werd ich sehen, leibhaftig? Und den Vater, den wir vor zwölf Jahr begraben haben?

»Wird ferner erwartet von ihren Großeltern Traudl und Kaspar ...«

Da reißt es das Marei. Sie springt wieder auf und sagt viel zu laut und viel zu verzweifelt für himmlische Gefilde:

»Was? Der Großvater is aa tot?«

Der Portner schüttelt tadelnd das heilige Haupt: »Scho lang doch.«

»Naa, der müsst nach mir eingelangt sein, wenn auch er g'stürzt is bei der verzweifelten Suche in der vorigen Nacht. Er hat doch net wegkönnen von seinem Fest, und wenn er dann später, nach mir ...«

Der Portner versteht nicht recht, was sie meint, obwohl er doch alles versteht, was sich im Himmel und auch auf Erden begibt, blättert in dem Folianten zurück, findet die Stelle und verkündet kopfschüttelnd: »Seit drei Jahr is er da!«

Das Marei tut einen Hupfer, so reißt sie die Nachricht. Lauthals widersprechen traut sie sich nicht, sie druckst, und sie schluckt, und dann traut sie sich doch, und sie lispelt:

»Ich will mi ja net versündigen gegen die heilige Allwissenheit, aber grad war er noch drunt'.«

»Drunt'? Geh!«

Der Portner schaut ihr in die Augen und sie in die seinen, forschend, wer Recht haben könnte. Dann fällt dem Marei auf den Schlag etwas ein, und sie deutet mit einem verlegenen: »Wenn Euer Heiligkeit vielleicht abischau'n möcherten«, zum Fraunhofer hinüber.

Der Portner grummelt in seinen Bart, stapft nach einigem Zögern brav hinüber zu dem blinkenden Rohr, wirft dem Marei noch einen strafenden Blick zu, dass sie ihm so etwas zumutet, und setzt das Auge widerstrebend ans Okular.

Das Marei hält den Schnaufer an vor Erwartung. Sie sieht, wie sich die Schultern des Heiligen spannen, wie er lurt und sich näher herandrückt, wie er hochfährt, sie anstarrt, und dann wieder das Auge ans Rohr presst. Entsetzen steigt auf, der Kopf läuft rot an, er schießt in die Höhe, und aus seiner Kehle röhrt unheilig laut ein ersticktes und fassungsloses:

»Ja verreck!«

Das Marei tät sich am liebsten verkriechen vor dem heiligen Unmut. Der Portner fuhrwerkt durch die riesige Kanzlei, reißt an Klingelzügen und schreit ein über das andere Mal:

»Heda! Her da! Wo seid's ihr? Wo bleibt's ihr?«

Glocken läuten von nah und von fern, Stimmengewisper kommt näher, Portale öffnen sich, Verklärte strömen herein, Engel schweben daher durch die Lüfte, große und kleine, kreisen und landen.

»Turmair! Nantwein!«, donnert der Portner. »Wo seid's ihr, wenn ma euch braucht. Sonst wuselt's ei'm allaweil zwischen die Füß umanander, aber wenn's amal brennt …«

Die Gerufenen fegen daher, erschrocken und ratlos, Weißwürste kauend, Brezeln umklammernd. Was stört ihre Brotzeit? Was schreit er und rebellt den halben Himmel zusammen? Hat man den Portner jemals so brüllen gehört in all den Jahrhunderten?

»Den Boanlkramer her, aber sofort!«, donnert es ihnen entgegen.

Den Boanlkramer? Der kommt doch von selber, wenn er eine Seele herauffährt, bleibt draußen vorm Tor, empfängt die Liste mit den neuen, den nächsten Namen als Auftrag aus Michaels Hand, oder wer halt grad da ist, und fährt wieder hinab. Den ruft sonst doch niemand. Der kommt, und der geht und bleibt immer draußen.

»Grad war er noch da«, sagt der Turmair kauend. »Is er nimmer vorm Tor? Der müassert noch da sein.«

»Hat ihn von euch wer gesehen?«, will der Nantwein erfragen bei den Neugierigen.

»Ja, i!«, piepst aus Pausbacken ein Wicht, ein Putto, ein winziger Engel im Hemd. »Er war ganz verschreckt und is schleunig auf und davon wie der Wind.«

»Dann holt's ihn mir ein, gefälligst, ihr Engel. Die jungen von euch, die g'schwinden, rührt's euch! Eahm nach!«

Gedränge, Geraune, Geschiebe, Geflüster. Das Marei sieht sie aufschweben wie einen Schwärm Fleimuadan, wie der Großvater Schmetterlinge mit dem alten Wort immer noch nennt. Ein Gewusel herrscht in der großen Kanzlei, ein harmonisches Summen von tausenden Stimmen, das einem Bang machen könnte, wenn einem hier jemals bang würde.

»Die finden den nie! Der verschlieft sich, wenn er net mag, dass ma was von ihm will. I kenn eahm, den

Bruder«, ruft der edle Nantwein dem wütenden Portner nach, der zu den Folianten des unendlichen Archivs stapft.

Der dreht sich um und blafft ihn nur an: »Ja, dann such halt du mit, gefälligst, wie's g'hört zu deine Pflichten, und mamps ma da net bläd umanand!«

»I bin auf der Stell furt, sobald i mei Wurscht da …«

»Dei Wurscht kannst zuzeln, wennst z'ruck bist! Du g'fallterst mir ja. Soll i dir Füaß machen und Flügel …«

»Naa naa, i surr scho dahin«, gibt der Nantwein klein bei, würgt den Rest seiner Weißwurst hinunter und schimpft im Wegfliegen noch:

»Und sowas nennt si dann ›ewige Ruhe‹, mei Liaber!«

Mitten ins Tohuwabohu hinein schwebt, dem mächtigen Adler gleich, auf goldenen Flügeln der Erzengel Michael und schwingt sein gewaltiges Schwert:

»Ja, wie hätt' ma's denn da? Wer hat euch erlaubt, die Kanzlei zu betreten? Verschwindt's gefälligst, aber hoppauf und marsch! Seid's selig, aber da, wo's ihr hing'hört's, neugierige Bagasch! Wird's? Oder muss ich deutlicher werden?«

Er muss nicht. Im Nu zerstieben die Tausende, zurück durch Portale, nach oben, nach unten, und Stille herrscht wieder, wie vor diesem Aufruhr.

Der Schmerz

Der Portner hatte den Brandner just in der schlimmen Stunde erblickt, da man den alten Mann zu der Leiche vom Marei hinführte. Zögernd ging er die letzten Schritte, bis hin zu der Stelle, wo sie im Unterholz lag, leblos, verkrümmt, und kniete nieder neben der armen, zerschlagenen Gestalt. Über sein steinstarres Gesicht rannen Tränen. Er sprach nicht, er strich ihr nur liebkosend über das blutverkrustete Haar, ehe er sich an der Arbeit beteiligte, aus Ästen die Bahre zu zimmern, auf die man die Tote betten konnte.

Er bestand darauf, er selbst trug sie zu ihren Häupten, den anderen voran, hinunter ins eigene Haus. Der Söllmann kam winselnd herzu und wich nicht von ihr, als man sie in ihrer Kammer aufs Bett legte. Der Kaspar dankte den Trägern und schickte sie fort. Er wusch das Blut von ihr ab, wand ihr den Rosenkranz in die gefalteten Hände, zündete die Sterbekerze an und hockte die Nacht und den folgenden Tag stumm neben ihr.

Als sie dem Flori sagten, dass sie tot sei, war er starr dagestanden und hatte kein Wort herausbringen können. Erst als man ihn wieder allein ließ, schlug er dröhnend mit Fäusten an die Wände des Kellers, in den er gesperrt war. Die oben hörten ihn schreien wie ein gefangenes Tier, die halbe Nacht lang, und hatten Mitleid mit ihm.

Der Senftl sagte seiner Frau: »Sie war wirklich zu blöd, sie trifft selber die Schuld ganz allein. Was muss sie 'naufrennen bei der Nacht, was hätt des genützt, wer hätt davon was gehabt? Es is nur die Strafe für alle die Lumpereien von dieser Brut.«

»Die Marei hat keine mitg'macht, die war brav«, traute die Frau sich ihm widersprechen.

»Des weiß i selber!«, schrie der Senftl sie an. »Aber sie hat es gewusst und hat es geduldet und nix unternommen dagegen. Zug'schaut hat sie, und mitprofitiert. Des rächt sich! Freilich, dass es so ausgeht, des hat bestimmt niemand wollen. Am wenigsten ich.«

Seine Frau sagte nichts mehr. Sie sah, wie das Gewissen ihn plagte, ihn schreien machte und anderen die Schuld zumessen, der armen Toten voran. Nur nicht sich selber.

Hart traf es auch den Simmerl. Der klobige Kerl schloss sich ein in der Kammer und heulte. Nun war alles verloren. Wie wurscht war es auf einmal, ob man in seinem Revier wildert. Wie gering das Gewicht all des Spotts, der über ihn kam. Alles hätte er gegeben, um sie wieder lebendig zu machen. Grad hatte er noch gesprochen mit ihr und sie beim Tanz in den Armen gespürt. Und nun …?

Dass dieser Tod so grausam sein musste, so ganz ohne Sinn, wandelte seine Verzweiflung in schreiende Wut.

Am nächstfolgenden Tag kommt der Ortsgendarm Loichinger herauf und ersucht dienstlich den Brandner, mitzukommen ins Dorf.

»Mir müss ma 'as Protokoll macha und den Totenschein, woaßt es ja selm. Es is a Verhör ang'schafft worden, tut mir Leid.«

Ein Verhör?

Der Alte macht wortlos die Tür auf und geht voraus, zum Spießrutenlauf die Straße hinunter, an den Blicken aus Fenstern vorbei. Ein paar Leut, die beim Haus arbeiten, grüßen verlegen oder kommen herzu und wollen ein Beileid aussprechen, aber der Kaspar schaut nicht links und nicht rechts. Das Rundum ist nicht vorhanden für ihn, er ist im Gehäus wie der Hieronymus. Es kümmert ihn nicht, dass sie ratschen, jetzt ham s' auch den Kaspar geholt, wie den Flori zuvor. Jetzt sind s' alle zwei im Kriminal gelandet.

Wird der Senftl die Frechheit besitzen, ihn amtlich verhören zu wollen als der zweite Bürgermeister? Wird er ihn nach dem Hergang befragen, und in Verlogenheit auch noch ein Beileid heucheln?

Zum Erstaunen des Loichinger ist der Senftl gar nicht da, er hat sich gedrückt. Niemand ist da, er allein muss amtieren. Das ist ihm peinlich genug, dazu hätte er den Brandner nicht einholen müssen. Er protokolliert die vorgeschriebenen Fragen und begnügt sich gern mit den kurzen Auskünften, die der Brandner sich abringt.

Am Schluss druckst er herum:

»Die vom Gericht ham gefragt, ob du verwickelt bist in die Sach mit dem Flori. Wir ham Auskunft erteilt, wir wissen von nix. Du bleibst unbehelligt, wenn net a ganz a G'scheiter von der Justiz moant, er müsst dich noch einschlägig vernehmen, damit dass ma spannt, wie tüchtig er is. Da müsserst du dann erscheinen, da können wir auch nix mehr machen. Für uns is die Sache amtlich erledigt, und – der Herr Pfarrer lasst dir bestellen, das Begräbnis soll sein morgen um zehn in der Früh. Unterschreib noch da, bittschön, nacher kannst wieder hoam – und entschuldigst scho.«

Am Nachmittag kommt der Schreiner herauf mit dem Sarg und legt mit dem Brandner den starren Leichnam ins letzte Ruhebett.

Er redet unaufhörlich dabei, dass man dem Flori verweigert, geführt vom Loichinger noch einmal heraufzukommen ins Haus, um von der Toten gebührend Abschied zu nehmen. Der Senftl soll es verboten haben, aber er redet sich feige heraus, das Gericht war's gewesen, weil der Flori ein gefährlich rabiater Häftling sein soll, der keine Milde verdient, und er behauptet schon überall, wenn der mit drei Jahr Laufen davonkommt, hat er ein Massl gehabt.

Der ratschende Schreiner fühlt keinen Respekt mehr vor Toten. Er ist es gewohnt, weil er alle paar Wochen einen einsargen muss. Er glaubt, er tut etwas Gutes, wenn er dem Alten erzählt, dass alle im Dorf nunmehr wissen, was der Senftl für einer ist.

»Der wird die längste Zeit den Bürgermeister ab'geben haben, das ist einmütig, und das hat er schließlich davon, der hinterfotzig verlogene Kerl, dass ein jedes genau weiß, dass er schuld ist an allem. Herr vergib ihm du, die Menschen werden ihm niemals vergeben. Und dem Simmerl, der die Hatz ja veranlasst hat, haben ein paar von den Burschen, die mit droben waren am Berg, ihre Gulden an die Fenster geschmissen und gerufen: Judas! – und geschworen, dass sie die Tote und die Einsperrung des Kameraden bitterlich rächen.«

Da reicht es dem Brandner. Er fertigt ihn ab:

»Halt endlich dein Maul vor der da! Es is g'schehn, und es geht nur mich an, sonst niemand! Ich leid 's nicht, dass Ratschweiber und Lausbuben Gericht halten über unsere und anderer Taten. Verschwind endlich und lass mich allein mit ihr!«

Es berührt ihn nicht, dass der Schreiner maulend, vom Söllmann verbellt, abzieht und gewiss im ganzen Dorf schimpfen wird über ihn, wie es so seine Art ist. Er zündet die Kerzen an und schaut lange auf das wachsgelbe Totengesicht.

Mein Gott, was da liegt, ist nur mehr die Hülle von etwas, das fort ist für immer. Dieser junge, kräftige Leib, dieses Köpferl, eine verlassene Wohnung. Das geht über den Verstand. Ich kann sie nicht rütteln und wecken, sie ist fort für immer, und doch liegt sie vor mir wie in allen lebendigen Jahren. So sind sie alle gelegen, die Mutter, mei' Traudl, mein Töchterl, die Leni, der Josef, ihr Mann – still, leibhaftig, und doch nicht mehr sie selber. Er senkt seinen Kopf tief hinunter und spürt sie alle um sich. Sie sind ihm so nah, als stünden sie unsichtbar in der Stube und schauten ihm zu, wie er stumm vor dem reglosen Marei sitzt, dem letzten Spross der Familie. Denn jetzt ist er ganz allein übrig, er ganz allein.

›Und fragst, wie steht's mit Leib und Leben, sag allzeit: guat‹, hat er immer gesagt, denn wenn es schwer war, gab es immer noch Hoffnung.

Der Leni ihr Mann, der Danzl Josef, war so einer gewesen. Er war Hauer im Bergwerk in Hausham, wie sie geheiratet haben, und der Kaspar hat ihm den Hof übergeben wollen. Er war ihm willkommen. Wie die Leni das Jahr drauf im Sarg lag, hat in der Küch nebenan das winzige Marei in Windeln gelegen, und eine Amme war da aus Quirin, die hat sie genährt.

Man hat nicht gewusst, wie es weitergehen soll, aber es ist weitergegangen. Er und der Josef haben alles bewältigt, bis nach zwölf Jahren und langem Siechtum der Danzl Josef seiner Lungenkrankheit vom Bergwerk erlegen ist. Mein Gott, da hat er das Marei halt allein aufbringen müssen, und es war möglich. Nun liegt auch sie da und war noch so jung, und die letzte Hoffnung ist mit ihr geschwunden. Es ist ein Schmerz, denkt der Kaspar, ich hab nicht gedacht, dass man so was erträgt.

Meine zwei Brüder hab ich nicht sehen können als Tote. Sie sind am Berg Isel bei Innsbruck gefallen, wie Tirol sich gewehrt hat gegen die Franzosen und die ihnen verbündeten Bayern. Sie haben uns bitter gehasst, damals, und heut kommen sie über die Grenze zum Handeln, zum Wildern, oder paschen allerhand Güter hinüber und herüber. Sie sprechen fast so wie wir – warum haben wir Feinde sein müssen?

Siebzehn und achtzehn Jahr alt sind die Brüder gewesen, der Franz und der Girgl, und gestorben für was? Für einen kurzen, hitzigen Hass, den das Haus Österreich in seinen Tirolern entfacht hat, und der am End gar nicht uns, sondern dem Franzosenkaiser gegolten hat.

Der Andreas Hofer hat sie geführt, den sie später derschossen haben, zu Mantua. War ein narrischer

Kerl, ich hab mit ihm g'sprochen, wie ich in seinem Gasthaus eingekehrt bin, damals, auf Wanderschaft ins Italienische hinunter, als ein Schlossergesell. Er hat mir a Suppen spendiert und a Stückl an Speck. Hitzig und lustig ist er mir vor'kommen, und kein' Augenblick hätt ich gedacht, dass der einmal ein Feind sein soll und mit schuld am Tod von den Brüdern.

Ob der Boanlkramer auch die Brüder geleitet hat aus dem Pulverdampf am Berg Isel? Muss ein gewaltiger Tag gewesen sein für ihn, all die jungen Passagiere spedieren in die ewige Seligkeit, von der er so schwärmt, auf dass er die Leut sich gefügig macht. Ob er es auch ist, der die Schlechten hinunter geleitet zur ewigen Strafe? Hätt ich ihn fragen sollen? Ich will's gar nicht wissen! Dem Land hat der Tod vom Franz und vom Girgl nichts genützt, aber mir haben sie gefehlt mein Leben lang, weil ich mein Handwerk aufgeben und allein mit der Mutter der Bauer hab sein müssen, wie der Vater ums Leben gekommen war, kurz darauf.

Der ist nicht hier gelegen im Sarg, den haben sie gleich drunten aufgebahrt in der Kirch.

Die Mutter hat vom Verlust ihrer Söhne net oft was gesagt, aber von da an ist es bergab gegangen mit ihr. Wie ich Hochzeit gehalten hab mit der Traudl, war ihr die Junge im Haus schon ein Trost, aber die Buben ersetzen hat sie nicht können. Sie ist mager geworden, und am End is sie verlöscht wie a Kerzn, denkt der Brandner, und stellt es sich wiederum vor, wie der Boanlkramer in die Stube getreten ist zu der müden, der bleichen Frau, die das Leben längst verloren gegeben hatte. Mit ihr hat er es leicht gehabt, sie hat nicht widerstrebt, mit ihm zu gehen.

Wie war's wohl beim Vater, beim Dominikus Brandner, diesem Prügel von einem Mannsbild, mit seinem Fuhrgeschäft neben der Bauernarbeit? Den hab ich nicht so gut 'kennt wie die Mutter, der war viel außer Haus, und, was ma so hört, hat er brav g'soffen mit seine Kunden, unterwegs bei der Fuhr. Der Vater, ja – dem sind die G'spaß und die Gaudi net aus'gangen, und ein jeds hat ihn mögen z'wegs seiner bärigen Lustigkeit.

Dem ist der Boanlkramer erschienen, wie die zentnerschwere Holzfuhr, vom Berg runter am Schlitten, durch ist, mit ihm obendrauf, abwärts gesaust, nicht zum Derbremsen, mit Händ nicht und Füß, vom Weg abgekommen, sich überschlagen hat und den Dominik unter den Stämmen begrub. Da hat der schwarze Hallodri seiner gewartet, und da hätt auch kein Kerschgeist was genützt.

Ein unendlicher Grimm erfasst ihn, wenn er denkt, wie der Schwarze zum Marei getreten sein muss, in der vorigen Nacht, wo er doch ganz genau gewusst hat, wen er da holt und wem er sie fortnimmt! Am liebern tät ich ihn herrufen und sagen, was ich davon denk! Aber wer weiß, ob ich ihn dann wieder losbring, den elenden Kerl. Er betet für sie und blickt dabei immer wieder ins Antlitz der Toten, und weil er allein ist, gänzlich allein, lässt er den Tränen den Lauf und krampft sich schluchzend zusammen.

Die Seligen

Das wahrhafte, das unzerstörbare Marei steht an eine Säule gedrückt und schaut ängstlich dem Portner zu, der aufgeregt suchend die endlosen Regale entlang hastet und vor sich hin schimpft:

»Des Journal von vor drei Jahr müsst doch da stehen! Ich begreif des net. Sowas is die letzten tausendachthundert Jahr nimmer fürkemma, seit wir aus'm Orient um'zogen sind. Schön, i gib's zu, damals sind noch hie und da Schlampereien passiert mit gewisse Sekten, bei dene man nie genau g'wusst hat, san s' christlich oder g'stelln sie sich bloß so – aber heutzutag … naa!«

Er gibt auf, heißt den Turmair weitersuchen und lässt sich in seinen großen weiß und purpurnen Sessel sinken. Der Turmair geht still die Regale ab, das Marei schaut stumm dem Portner beim schweren Schnaufen zu, bis dem plötzlich wieder der Giez einfährt, der Zorn, er die Faust ballt und knirscht:

»No, der Boanlkramer kann was derleben von mir!«

»Ob aber der schuld is?« Das Marei wagt sich hin zum Portner, der sich in Missmutskrämpfen windet und nur verächtlich herausbringt:

»Wer denn sonst?«

Was weiß denn dieses Kind, das reing'schmeckte,

von der gewaltigen, unfehlbaren himmlischen Ordnung? Glaubt sie vielleicht, hier herrsche die nämliche sinn- und ausweglose Behördenlapperei wie auf Erden, bei den Unfähigen, Überflüssigen, Hinterkünftigen, den Deppen?

»Euer Heiligkeit, wenn die Bemerkung verstattet ist, der Großvater hat amal angedeutet, dass vor eppa drei Jahr er hätt sterben sollen, aber er hat net mög'n.«

»Geh, Mädi, aufs Mögen kommt's doch net an. Mögen tut keiner, auch wenn er noch so gläubig is und sich Wunder erhofft bei uns. Was wir da schon alles erleben ham müssen an Widerständen und an Einreden …«

»Euer Heiligkeit, des mag sein, nur – der Großvater is a eiserner Dickkopf – glauben S' ma s'!«

»Des san s' alle, die Bayern. Du hast ja koa Idee, was die oft für an Grant mit aufferbringen.«

Das Marei muss lachen. »Der wird sich da heroben schon legen. Ich bitt Sie – grantig im Paradies? Naa!«

»Der Grant gehört zur Seligkeit unverzichtbar dazu! Den müssen wir am jeden lassen! Sonst gang der auf die Barrikaden und machert womöglich eine Reformation!«

Dem Marei fallen allerhand Leut von daheim ein: Der Schmied, der Lechner, zum Beispiel, der nur vergnügt war, wenn er im Grant jemanden derart beleidigen konnte, dass der Getroffene wütend davonstürmte. Dann erst war er glücklich.

Um solche Eigenarten wissend, lächelt sie den Portner verständnisinnig an:

»Jaja, so wird's scho sein.«

»No freilich. Was, Aventinus? Was' bei uns scho alles 'geben hat ...«

Der Turmair hat die Suche nach dem Journal aufgegeben und kommt zurück aus den Weiten:

»Mein wildester Grantler bisher war der ›Blaue Kurfürst‹, der Max Emanuel. Der geht jetzt noch in d' Luft, dass alle Welt den französischen Giftzwerg, den Prinzen Eugen, als Türkensieger feiert, und von eahm, der mit seine Bayern die Kartoffeln aus'm Feuer g'holt hat, redet nemads. Dieserhalb stinkt er ihm in aeternas aeternitatis.«

Der Portner hat den eigenen Grant vergessen.

Er lacht herzlich und weiß ein noch treffenderes Beispiel:

»Der is nix gegen den Tassilo. Den kennst du net so, Aventinus, damals warst du noch net da, ah was, du warst noch net geboren! Lass dir sagen, wie der anno achthundertdrei 'raufkommen is, nach seinem argen Martyrium – no!«

»Des ist der Herzog, dem sein leiblicher Vetter, der Kaiser Karl der Große, so übel mitg'spielt hat?«

»Der selbige. Den hat der Karl samt der Familie auf'n Ingelheimer Reichstag g'lockt, alle in Haft g'nommen und eing'sperrt auf Lebenszeit, der Saukopf. Unter dem Vorwand, der Tassilo hätt seine Lehenspflicht nicht erfüllt!«

»Alles net wahr!«, eifert der Turmair.

»Freili net! Der Karl hat's tassilonische Land kassieren wollen. Und wie er g'spannt hat, dass das Volk den Tassilo liebt und eahm net, hat er ihn blenden lassen, auf dass er nie mehr der Herzog sein kann!«

»Des is ja schrecklich«, sagt Marei leise.

Turmair klärt sie auf: »So Sachen hat der oft gemacht, bloß dass er ganz allein in ganz Europa herrscht, der Großkopf, der Raubkäfer. Den hab i fei dick!«

»Ja, pass auf und lass da sag'n«, lacht der Portner. »Wie dann der Tassilo Nummer drei zu mir raufkommen is, gleich schreit er nach'm Vetter Karl, weil, sagt er, den möcht er erst amal gehörig aufdünsten!« Er vollführt unter Tränen des Lachens die Gesten des Prügelns.

»Aber nix war 's! Der war noch drunt auf Erden und hat erst ins Fegfeuer müssen wegen die Sachsen.«

»Ah ah, net bloß z'wegs dera Schlächterei an der Aller. Für des, was er mit Bayern aufg'führt hat, scho aa.«

»No freili! Und net z'wenig! Der Tassilo hat seinen Grant schier nimmer packt. Den ham keine Engerl erheitert, keine Sphärenmusik, koa Manna hat er aa net mög'n – der ist allaweil bloß an der Pfortn g'sessen und hat 'passt, ob er net doch kommt, der Vetter. Den lass ich a so umanander, hat er g'schrien, dass er an der Ewigkeit auf ewig verzagt!«

Weil die Ehrwürdigen sich biegen vor Lachen über die Gschicht, kann das Marei nicht anders, sie lacht mit und fragt neugierig:

»Ja, und wie er dann 'kommen is, der Kaiser?«

»Der is bis heut noch net da! Haha! Der brat' immer noch!«

Da wird das Marei ernsthaft, denkt nach und verwundert sich sehr:

»Des versteh' i net ganz. Der is doch längst heilig g'sprochen …«

Was ist das? Die Erlauchten lachen nicht mehr, sie blicken verwundert aufs Marei, so, als habe sie etwas ganz Dummes gesagt, und der Turmair fragt überrascht:

»Des gibt's net. Heilig g'sprochen is der?«

»Ja, von Rom«, sagt Portner verächtlich. »Des gilt doch bei uns nix. Der is noch beim Teifi. Und bis der arnal kommt, falls er je kommt, bleibt uns der Tassilo aber scho a so grantig – da is dei Blauer Kurfürst a Lachtaub'n dagegen! Allerdings – ob wir den Karl überhaupts reinlassen, Turmair – was?«

Wieder hebt großes Gelächter an, und das Marei lacht mit: »Gibt's des im Ernst, dass ihr jemand net 'reinlasst's?«

»Oft g'nua«, erklärt ihr der Turmair. »Mir pass ma scho auf, dass es grüabig hergeht bei uns, was glaubst denn. Schau, der greisliche Kurfürst Karl Theodor – wie das Land 1799 von dem endlich erlöst worden is, wie ihn endlich der Schlag 'troffen hat, da is es bei uns auf Spitz und Knopf g'standen, ob wir ihn nehmen, wenn er's Fegfeuer hinter sich hat. Da hamma wuid disputiert.«

»Und wie is' aus'gangen?«

»Glück hat er g'habt«, sagt der Portner. »Es haben sich Stimmen erhoben zur Gnade, in Anbetracht, dass er in München den Englischen Garten hat anlegen lassen. Des war seine Rettung.«

»Jaja, bei uns geht's diam auch streng zu. Mir schauen scho drauf, dass jede Guttat belohnt sei«, setzt der Turmair stolz hinzu. »Des g'hört sich, sonst wären ja die Braven wiederum die Deppen, wie vordem schon in der Welt.«

Bald darauf schwirrt der Nantwein daher und ruft schon im Nahen:

»Wir ham eahm! Ich hab den windigen Boanlkramer entdeckt!«

»No, wo war er, der Bursch?«

»Bei die Passionsspiele zu Erl hat er sich verkrochen g'habt. Er hätt g'wiss gemeint, wir wären so blöd und sucherten ihn net im Tirolischen. Aber ich durchschau alles. Nihil mihi alienum est, humanum coeliterque.«

»In Passionen kennt er sich besonders gut aus«, erklärt der Portner dem Marei. »Ihm haben sie nämlich einen Märtyrertod bereitet, damals, in Wolfratshausen, anno – wann war's?«

»Zwölfhundertachtasech'zge«, sagen Nantwein und Turmair wie aus einem Munde. Der Aventin kennt alle Geschichtszahlen und sagt sie voll Wonne, auch wenn der Nantwein ihm einen strafenden Blick zuwirft, weil er so vorlaut ist:

»Ham 's mich verbrennt oder dich!?«

»Verbrennt?«, fragt das Marei. Es gruselt ihr. »Wie hat's denn zu sowas gottlos Schrecklichem kommen können? Aus Unglauben und Heidentum?«

»Woher denn«, grinst der Nantwein. »Weil s' an Heiligen 'braucht ham.«

»Was is des? Wie?«

»Ja! Glaub's nur. Damals hat schon a jede Gegend sein heiligen Mann g'habt, bloß die Wolfratshauser noch net. Da bin ich als Pilger aus Rom auf der Durchreise daher'kommen, und der Wirt hat gleich g'spannt, dass ich a Geld mit mir führ'. Da ham s' a Mordsg'schiss g'macht um mich und ham mich gebeten hinauf auf die Burg zu die gräflichen Herrschaften und mich dort ehrenvoll einquartiert.«

»Des war aber doch nett?«

»Nett? Mei, du bist jung und vom Land, du kennst net viel von der Welt, Marei, des merkt ma. Dir ist das wahre Wesen der Menschheit net aufgangen. Die ham auf mein Geld spekuliert! Drum ham s' mir auch gleich das gräfliche Herrschaftstöchterl auf d' Nacht in meine Schlafkammer g'schickt, die Halunken, auf dass sie mich in Versuchung führe. Aber ich war stark und gottesfürchtig.«

Weil ihn bei diesem stolzen Wort ein skeptischer Blick des Portners streift, raunzt er aus dem Mundwinkel hinüber: »Für Wolfratshausen hat's g'langt! Außerdem war sie schiach wie d' Nacht, ein grauslicher Hafen.«

Er lächelt das Marei an und fährt fort, sanft und glücklich sein Leiden zu schildern: »Also, dass i weiter verzähl: Ich blieb tugendsam, aber es hat mir nix g'nutzt. Am ändern Tag ham s' behauptet, ich hätt mich mit teuflischem Blendwerk der Jungfrau bemächtigt, bis dass sie keine mehr war – dabei war s' scho längst keine mehr –, ham einen Prozess auf der Stelle veranstaltet und mich am nächsten Tag stante pede auf einem Rost in die Isarauen verbrennt. Mein Geld ham s' kassiert, und grad g'freut ham sa sich.«

»Des is ja elend!« Das Marei ist tief beeindruckt und äußerst empört:

»Sowas könnt fei heut nimmer vorkommen.«

»Jaja«, meint der Portner ein wenig elegisch. »Die Bayern sind auch nimmer das, was sie amal waren. – No, wir haben dann eingegriffen …«

»Der Himmel?«

»Ja freili. So Sachen san unsere Domäne«, erzählt der Nantwein voll Stolz. »Acht Tag drauf is der Burgherr über die Stelle geritten, wo meine Asche noch lag, und mit einmal ist ihm sein Pferd erblindet. Da hat er vielleicht dumm g'schaut. Er hat's net glauben wollen und sich g'forchten und es niemand verzählt. Aber sein Knecht hat es gesehen, und so hat schon am nächsten Tag ganz Wolfratshausen gewusst von dem Wunder. Dann is' erst richtig dahin'gangen. Mundus vult decipi – herbeig'strömt san s' und grad gebetet ham s', und an der Brandstelle sind Wunder über Wunder geschehen. Lahme wurden gehend, Blöde wurden g'scheit, G'scheite blöd, Sieche g'sund. Grad eini'pfeffert ham ma von hier aus mit die Mirakel, bis die Hammeln was g'spannt ham, haha!«

»Wir ham einen Heiligen verbrennt, ham s' gejammert, Gott wird uns strafen! Der Burgherr, der das Urteil gesprochen, ist zum Büßer geworden, wie wir es beabsichtigt«, nickt der Portner zufrieden, aber der Nantwein begehrt auf:

»Ja schon – aber des hat hier niemand bedacht, dass die Wolfratshauser aus dem Jammer a G'schäft machen und am End profitieren!«

»Das ergeht allen Heiligen so«, seufzt der Turmair. »Kaum lässt ma ein Wunder geschehen, scho san s' da, die Schacherer alle, die Händler und Wechsler, die Devotionalisten, und hauen die Gläubigen übers Ohr.«

»Mit mir sind s' aber ausg'rutscht, die Wolfratshauser. Soviel sie auch umanand'trommelt ham von den Wundern des heiligen Platzes, wir ham ihnen weitere Wunder versagt. Das Ross vom Burgherrn ham wir noch sehend gemacht, dann war a Ruah. Dabei wär'n s' so froh g'wesen, in ihrer Provinz, um einen geistlichen Ruhm. Alles ham s' versucht, dass' auch einen richtigen Heiligen aufweisen können. Auf eigene Faust ham s'mich heilig gesprochen, aber net amal Rom hat mich anerkannt, hähä! Den Ortsteil um die Brandstätte ham s' nach mir benannt und a Kirche erbaut, und g'holfen hat's ihnen nix. Des g'freut mich, so oft i dran denk'!«

»A bissei mehr an Vergeben und Mildherzigkeit könnt fei dir auch net zum Schaden geraten, Nantovinus«, sagt der Portner recht streng, und erklärend zum Marei: »Siehgst, der Nantwein is aa so einer mit am ewigen Grant, wie ich dir's g'sagt hab.«

Der Boanlkramer ist noch nicht da.

»Des werd fei scho fad«, meint der Portner. »Wir können doch net gut 's Marei da warten lassen, bis sich der Lalli bequemt, dass er uns Rede steht. Es ist längst an der Zeit, dass sie eingeht in den ewigen Glanz.«

»Sie könnt uns inzwischen immerhin sagen, wen dass sie sich wünscht, der sie geleitet«, schlägt der Turmair vor.

»Ja, des is wahr«, freut sich der Portner. »Also Marei, wen möchtst? Einen Gelehrten vielleicht, der dir alles erklärt? Die wissen Bescheid, weil denen offenbart sich hierorts jedes Geheimnis der Schöpfung. Und wenn s' alles, aber wirklich alles ganz genau wissen, dürfen s' alles wieder vergessen und von neuem beginnen. Da strahlen s'!«

Weil das Marei so unentschlossen dreinschaut und

es höflich vermeidet zu sagen, nein, lieber net, ich hab einen Spundus vor die gar so Gescheiten, schlägt der selige Nantwein was anderes vor:

»Wär dir lieber ein Künstler? Wohl getan, ja! Die sind hier voll Glück, weil sie endlich befreit sind von aller Beschwernis, von Missgunst und Neid von Kollegen, vom Unverständnis des Publikums und der bläden Kritik in die Gazetten.«

»Sie ham ihr Ruh«, setzt der Turmair fort. »Wenn s' grad recht genial sind und schaffen, kommt net die Frau 'rein und penzt: 's Essen werd kalt'!«

Weil das Marei lacht und sich scheinbar interessiert, mengt der Portner sich ein, der weiß, was Frauenseelen sich wünschen:

»Wie war's mit am bayerischen Dichter? Der Wolfram von Eschenbach wird oftmals verlangt als Begleiter, und kommt auch recht gern, besonders bei Mäderln. Darin hat er sich nicht geändert.«

»Oder wär dir ein Musikus lieber?«

Der Turmair redet so eifrig ein auf das Marei wie ein vazierender Bauchladenhausierer. »Der Christoph Willibald Ritter von Gluck aus der Oberpfalz, ein imponierender Herr. Oder lieber der Orlando di Lasso? Der stammt zwar net direkt von da, hat aber sein Leben dort glücklich verbracht, und manchmal führt ein genießender Fremder einen kundiger ein wie a grantiger Einheimischer. Wenn dir der zu speziell ist, wär da auch der Mozart aus'm zeitweise bayerischen Salzburg. Der is mehra bei uns, weil die drüben san ihm zu ungewiss – wenn'st verstehst, was gemeint ist. Außerdem is sei Vater a Augsburger, des g'hört ohnehin uns, und die Mutter stammt von auch net weit weg, vom

Wolfgangsee nämlich. Der versteht sich aufs zarte Geschlecht, no, du kennst ja die Musi – und akkrat a so is er im Umgang. Bal er g'scheerte Witz macht, und des tut er halt gern, brauchst ja net hinhörn. Alsdann, wie wär's?«

Als das Marei schüchtern den Kopf schüttelt, ein wenig nur, um ja niemand zu kränken, meint der Portner gemütlich:

»Du bist a bissl zach, gell, und g'schmackig, des sich i scho. Sei beruhigt, wir finden schon wen. Ham ma allweil wen g'funden. Sag halt an Wunsch. Willst an König? An Kaiser? Den Ludwig den Bayern?«

»Geh, an Kaiser! Für mich …«

Da wird der Turmair ernst und verheißt ihr, indem er sie bei der Hand fasst:

»Marei – keine Schüchternheit is net vonnöten, denn die großen Namen sind hier deinesgleichen, und du wirst sein wie sie.«

Das sinkt dem Marei ins Herz. Kaiser, Künstler, Gelehrte – und sie wird wie die sein? Kein Draußenbleiben mehr, wenn die Reichen und Klugen unter sich sind und das dumme Volk keinen Zugang erhält? Nicht mehr buckeln müssen, um etwas Notwendiges zu erlangen? Einen Augenblick überlegt sie, soll ich mich trauen, erbitt ich mir den Herrn Mozart, oder wag ich's, gar um den Kaiser zu fragen? Aber dann sagt sie:

»Gang net für 'n Anfang ganz einfach von mir daheim wer?«

Die drei Bedeutenden schmunzeln. Freut sie eine solche Bescheidenheit? Wissen sie, dass in einer kleinen Weile sie all ihre Schüchternheit verlieren und gänzlich so sein wird, wie ER sie erschuf, wie ER seit Anbeginn jedes seiner Geschöpfe gedacht hat, ehe Satanas hineinpfuschte und das Allzumenschliche über sie brachte?

Der Portner zieht einen himmelhohen brokatenen Glockenzug, ein feines Klingeln ertönt, ein winziger Engel schwebt von irgendwo her, bekommt einen Auftrag zugeraunt, und dann lächelt der Portner:

»Gleich is wer da, wie gewünscht.«

Dann tönt Musik, eines der hohen Tore öffnet sich weit, aus einem Leuchten tritt eine Frauengestalt und geht auf sie zu. Das Kleid, das sie trägt, ist so, wie man es beim Marei daheim an Festtagen anlegt. Ist das nicht …? Ja, das ist sie – die Theres!

Aber nein. Die Theres ist dicker, und älter dazu. Und doch sieht sie aus wie die Theres. Die kann doch nicht auch gestorben sein, inzwischen. Das Marei kennt sich nicht aus.

»Theres? Aber nein … du bist …«

»Gell, erkennst mich doch net«, sagt die Gestalt und tritt vor sie hin. »Ich bin der Theres ihr Mutter, die Afra.«

»Die Schindler Afra vo Schwarzenbach?«, schreit das Marei. »Wie kann denn das sein? Du warst doch ganz alt, an die achtzig, und bist so elendiglich g'storben. Der Großvater hat sich gekümmert um dich, wie du siech warst.«

»Ja, der war mir a Hilf, wie's mir so schlecht 'gangen is. Ich bin dankbar dafür in Ewigkeit«, lacht die Afra, und das Marei tät einen Eid schwören, dass sie keinen Tag älter ist als dreißig, wie sie da steht, und sie sagt ihr:

»Du schaust fei jünger aus wie dei' Tochter auf Erden.«

»Des liegt an dem, Marei«, erklärt der Portner, »dass hier ein jedes das Alter annimmt, das ihm am besten behagt, und dabei bleibt, so lang als er es mag. Schau dich um! Was meinst, warum gar so viele Engel kleine Kinder sind? Des hat doch alles sein' Grund.«

Das Marei kann es kaum glauben. Um sie haben sich neugierig winzige Engel versammelt, solche, wie sie daheim stumm Altäre umschweben. Hier sind sie lebendig und lachen sie an.

»Glaub's halt«, sagt einer von ihnen, ein Dreikäsehoch mit rundem Gesicht und listigen Augen. »Ich war immerhin siebzig nach irdischer Zeit, wie ich heimkehren hab dürfen. Ich heiß Bartholomäus Holzhauser und war ein Pfarrer, ein Reformator. Ich hab die Bartholomäer gegründet unterm Kurfürsten Maximilian dem Ersten. Wir ham für die Geistlichkeit eine gemeinsame Lebensführung erprobt. Gell, da schaugst.«

»Ein würdiger und ein bedeutender Herr war er auf Erden«, sagt der Turmair, und das Marei blickt verwirrt auf den winzigen Buben hinab.

Der erklärt ihr: »Weißt, ich war am glücklichsten als Bua aufm Hof von mei'm Vattern in Viechtach, und drum hab ich mir hier dieses Alter gewählt. Jetzt fragst amal sie nach der Welt.«

Er deutet, und ein weiblicher Putto, der keine drei Jahr alt sein mag, lächelt das Marei an:

»Ich bin die Karmeliterin Anna Maria Lindmayr.«

Der Turmair weiß wieder Bescheid: »Sie ist eine große Barockmystikerin gewesen, viel bewundert ob der Gewalt ihres poetischen Worts. In Sturmjahren war sie die Sprecherin des ganzen geschundenen Landes, wie Österreich den Max Emanuel und die Franzosen bei Höchstädt an der Donau gemeinsam mit dem Bluatsengländer Marlborough besiegt hatte und eine Schreckensherrschaft errichtete. Da hat sie gekämpft und gestritten für Gnade und Menschlichkeit.«

»Und jetzt is sie …«

Das lächelnde kluge Kindergesicht antwortet: »… wiederum das, was sie am liebsten gewesen ist: die kleine Tochter des braven, redlichen Hoffouriers aus München, die sich ausruht vom Kämpfen und Streiten in der Gnade, belohnt für den Glauben durch unendliche Güte.«

Dem Marei rieselt es durch und durch. Wer da aller um sie ist! Die Welt, und alles, was jemals in ihr war! Sie möchte mehr wissen, möchte erfahren, und fragt voll Ungeduld gleich den nächsten Putto:

»Und Sie, wer sind Sie g'wesen? Auch ein geistlicher Herr?«

»Nein, gewiss net. Ich war e Maler aus der bayerischen Kurp'alz. Wenn ich mich vorstellen darf: Ferdinand Kobell mein Name.«

Das Marei schlägt vor Überraschung die Hände zusammen: »San Sie am End der Vater von unserm Jagdherrn daheim?«

»Der Großvater. Hofmaler beim weiland Ka'l Theodor. Der hat mich von meinem geliebten

Mann'em nach München mitgenomme', wie er den bayerischen Thron geerbt hat. Gege mein' Willen, ich war da net glücklich. Für mich war auch die Bube'zeit die allerschönst', wie für die meisten Mannsbilder. Ganz unner uns: Männer werden sowieso nie erwachsen, die bleibe Bube', so alt se auch werde'. Bloß ihr Mädcher, ihr kommt schon erwachse' zur Welt – und so fühl ich mich in dieser Gestalt am behaglichsten. Aber dass ich Ihne erzähl …«

Dazu kommt er nicht. Ein fernes Geräusch, ein seltsamer Klang nähert sich, lässt sich erkennen als ein Trommeln und hohes Gepfeif von zu kleinen Flöten, schrill und durchdringend. Alles lauscht wie gebannt, bis der Nantwein zu stöhnen beginnt:

»Auweh – a Marsch!«

Der Portner erbleicht:

»Kommt wieder a Preuß!«

Fort ist die Ruh. Wuselnd stieben die winzigen Engel davon.

»San die hier auch?«, ruft das Marei.

»Wo san die net!«, ruft der edle Nantwein verzweifelt zurück. »Aber wir lassen s' net rein, sonst wär's ja koa Paradies nimmer.« Der Turmair rennt hinüber zum Fraunhofer und späht aus.

»Hoffentlich ist es net wieder der Große Kurfürst oder der Soldatenkönig, da wird's immer so laut, weil die ham ja des G'schroamaulerte erfunden«, seufzt der Portner und fragt den Turmair:

»Wer is' denn, kannst' es erkennen?«

»Der General Zieten, der Husar aus'm Busch. Ham ma Pech g'habt, der hat net an Fetzen Humor.«

»Wer hat den scho, von dene«, jammert der Nant-wein.

»Witze machen s' und Scherze grad g'nua und la-chen recht schepprig und rau selber drüber – aber bloß sie. Uns biegt's die Zehennägel auf. Mit'm wahren Humor, mit'm gütigen, menschlichen, san s' noch Jahrhunderte z'ruck!«

Das Getrommel und Quergepfeif kommt immer näher. Es ist die ›Locke‹, nach der sie marschieren, so lange die Marschkapelle pausiert. Sie fiepen die schöne Weise: ›Lott' is dot, Lott' is dot, Jule liecht im Sterben. Wenn se det noch weiter treibt, kann ick ihr beerben‹.

Der Turmair beratschlagt mit dem Portner: »Der Zieten is ihr Gesandter. Den müss ma empfangen, ob ma mög'n oder net.«

»I mag aber net«, quengelt der Heilige. »Ich hab so viel zum tun. Das Marei muss geleitet sein – und außerdem hab i ganz einfach koa Lust auf dem sei' G'schmatz.«

»Der kommt spionieren, da wett ich doch glei«, klagt der Nantwein, »oder er hat a unangenehme Botschaft.«

»Wo kommt der eigentlich her?« fragt das Marei leise die Afra, und die flüstert zurück:

»Aus 'm Preußenhimmel.«

»Ham die an eigenen? Ich hätt immer g'meint, im Paradies wär die ganze Menschheit vereint.«

Die Afra wiegt zögernd den Kopf. »Vereint schon«, bringt sie bedächtig heraus, »aber doch diam a bissel separat. Es hat sich net so extrig bewährt, wenn sich alles durchnander mischt. Weißt, die einen trinken an Tee und mögen an Reis – andere möchten as Bier nach'm Reinheitsgebot und an Radi dazu, aber akkrat des schmeckt wieder net denen, die in ihre Art Bier einen Himbeersaft schütten und an Schnaps dazu brauchen, dass' selig san. Da tratzt dann einer den andern z'weg's seiner Gebräuche, oa Wort gibt as andere – verstehst scho.«

»Net so ganz«, meint das Marei. »Im Himmel kann's doch keine Streitereien net geben.«

»Ja, du bist gut – warum nacher net? Des g'hört doch zum großen Behagen, dass ma wild disputiert, sich aus Gaudi derbleckt, dann wieder gern unter sich ist und sich's so einrichtet, wie ma's mag. Aber vor ich des lang erklär –«

Sie nimmt das Marei beim Arm und zieht es zum größten der Fenster:

»Da, schau amal 'naus.«

Bei den Sternen, im Meer der Unendlichkeit erblickt sie unzählige Inseln, spiralige, riesige Welten, neblig schimmernde Gebilde aus Wolken und Glanz, schwimmend im leuchtenden Blau, bis ins Tiefschwarz hinaus, das ohne ein Ende sein muss. Dazwischen gleiten leuchtende Funken, erreichen ein Ziel, verschmelzen mit ihm, und andere gleitende Boten entfernen sich wieder von dort. Dem Marei verschlägt es den Atem bei diesem ersten Blick in die Ewigkeit.

»Von dene Inseln«, erklärt ihr die Afra, »die diam ausschau'n wie unsere Nebel daheim, wenn s' aufsteigen vom See und sich drehen und fließen – von denen hat sich a jede Rass', die beianand bleiben mag, eine

ausg'sucht und so eingerichtet durch bloßes Wünschen, wie's ihrem Wesen behagt. Dahin zieh'n sie sich
zurück, wenn s' ihr Ruh' möchten. Schau – dort drüben hausen die sellen hochg'wachsenen Neger. Die
kleineren Schwarzen hingegen, die sie net so aus-
drücklich gern ham, die hausen a Inserl weiter in dem
ihrigen Gäu. Ganz dort hinten, ganz weit weg von die
ändern, san die Gelben beinander. Von denen kommt
selten einer zu uns auf Besuch, weil die ham's schwer,
dass sie jemand versteht, und umgekehrt auch –«

»Dann is im Himmel a jeder für sich?«

»… wenn 's zum Behagen gehört. Sie sind ja doch
eh gleichermaßen alle vereint und zugleich allerorten.«

Weil das Marei das durchaus nicht versteht und gar
so leer schaut, tröstet die Afra: »Des is a bissei schwierig, aber des lernst, wenn's dir erst amal selbst widerfährt, dass alles zugleich überall sein kann, niemals gebunden an nur einen Ort und schon gar net an die
nämliche Stund.«

Das Marei ahnt, dass sie nun losgelöst ist vom Lauf
der Vergänglichkeit, dass keine Uhr mehr von einer
Stunde zur nächsten vermahnt, dass hinter allem ein
Ende wartet. Aber sie kann's nicht begreifen:

»Afra, da kimm i net mit. Du redest wie a Professor
und a Bischof in einem.«

Das junge, alte Basl lacht nur:

»Wart's ab. Alles begreifen, g'hört hier dazu. Da ist
es vorbei, dass man sei' Dummheit und seine Vorur-
teile zum Dogma erhebt, weil man im Grunde von nix
was versteht. Koa Sorg, Marei, du wirst es noch inne,

dass alles, was jemals gewesen, sich vereinigt zur Gegenwärtigkeit, sobald du erkennst, dass auch du ein Stückl von dem bist, was sich seit Uranfängen begeben und was künftig geschieht. Dass die winzige Welt drunten, in der du a Zeitl gelebt hast, nur eine Seifenblasen gewesen ist in der Ewigkeit, in die du nun heimkehrst als ein Gedanke von IHM.«

»Ich, ein Gedanke von IHM? Mich Nix hätt' ER denkt? – Geh doch zu!«

Da schaut ihr die Afra vergnügt in die Augen und mahnt sie in lächelndem Ernst:

»Marei, denk nach! Kein zweites Geschöpf war je oder wird jemals akkrat sein wie du. Kein zweites Menschenkind schaut a so aus, denkt und handelt a so. Kein Wesen gab's je und wird es je geben, das dir gleicht. Soll das Zufall sein?«

Das Marei schlägt die Hände vors Gesicht. Noch ohne recht zu verstehen, fällt etwas Bedrückendes von ihr ab, und wahres Glück senkt sich in sie. Die Afra nimmt sie um die Schultern und begütigt:

»Jetzt tua di net abi, des kommt alles vom selm. Für des bin ich da, dass ich dir helf und erklär. Schau noch amal 'naus in die Unendlichkeit, eh wir mitsammen durchs Tor schreiten und du heimkehrst, von wo du ausgegangen, für immer zu uns. Und frag! Hier gibt's Antwort auf alles, glaub mir, und alles ist immer die Wahrheit.«

Das Marei schaut und mochte dann wissen: »Was san des für Dipferl, die da gleiten von einer der Welten zur andern?«

»No, Engel, Seelen, Gedanken, auf Reise zu einem

Besuch. A jedes kann überall sein, immerzu und ohne Beschwer. Schau, dort! Siehst die eckerte Insel da drunt? Die is 's Elysium von die Preußischen. Und des sell Fünkerl, das schnurgrad zuroast auf uns, des is der Zieten mit seiner Eskorte auf dem Wege hierher.«

»Gell, da schaugst«, sagt der Nantwein, der zu ihnen getreten war, voll von so hohem Stolz, als habe er die Schöpfung dort draußen selber vollbracht.

»Der Anblick haut an jeden beim ersten Mal um. Eigentlich g'wöhnt man sich nie recht an diese Erhabenheit. Es tut einem jedes Mal gut, wenn ma 'nausschaut. Jaja, sic itur ad astra! No, wart's ab, bis d' unser Paradies siehst. Da werst erst spitzen!«

Der Portner späht gleichfalls hinaus und fragt halblaut den Nantwein: »Wie weit is er?«

»Guatding den halberten Weg hat er schon. Der wird gäh einirumpeln beim Tor und Einlass heischen in die innere Seligkeit.«

»Da bleibt ihm der Schnabel sauber. Da kimmt mir koa Preuß 'rein! Sonst war's ja koa Paradies mehr.«

Das Marei, das sich nicht satt sehen kann an der gleißenden Pracht, deutet auf die eckige Insel im All und möchte wissen:

»Wie schaut's eigentlich aus in denen ihr'm Himmel?«

Die seligen Heiligen blicken einander verlegen an, ehe der Portner gesteht:

»Tut mir Leid, des wiss' ma net so genau, weil noch nie einer freiwillig hin is' zu dene.« Turmair und Nantwein tadelnd fügt er hinzu: »Eigentlich is' a Schand. Einen Höflichkeitsbesuch könnterts ihr schon amal abstatten hie und da. Wo s' uns doch gar so gern mögen.«

»Freiwillig?«, entgegnet der Nantwein bekümmert. »Herr Portner, das widerspräche dem ehernen Gesetz von der garantierten ewigen Seligkeit in allen Stücken, für einen jeglichen, von Grund auf. Proximus sum egomet mihi, et suum cuique, oder eppa nimmer?«

»Visitare non olet, miles gloriosus!« Der Portner wird streng. »Tu si hic sis, aliter sentias – aber scho ganz und gar aliter tatst du da denken!«

»Cui bono?«, lupft der Nantwein die Brauen, und der Portner ärgert sich: »Dass ma endlich amal wüsst, wie's ausschaut, wenn man schon dauernd gefragt wird!«

»Alle Naslang ganz anders und ungrüabig bis in die Boana«, kann der Turmair berichten. »Und des liegt an dem: die san stets rerum novarum cupidi, die finden immer all's ›hümmlisch‹, was grad anderswo Mode is. Lange Zeit hat ihnen Sparta so imponiert, dass s' es gar net g'nua nachahmen ham können. Dann hätt ihnen wieder das Französische so g'fallen, dass ihnen ihr Zweiter Fritz bloß no welsch g'redt hat – und jetzt ham wir das Pech, ihr Gefallen erregt zu haben. Die alpenländische Sepplwelt is bei ihnen in Mode. Aus-'tipfelt uns gilt ihr alles erdrückendes Interesse, genau wie auf Erden. Drum kommt der sell Zieten ja her zum Spionieren!«

»Solang er net dableibt, kann's uns doch Wurscht sein. Lass ma 'n halt amal einispitzen für an Moment – unus multorum«, lächelt der Nantwein voll Güte.

Doch der Portner schüttelt das Haupt: »Nix! Semper aliquid haeret!«

Der Nantwein bleibt sanft. »Geh, unum pro multis dabitur caput – er kapiert ja doch nix. Was die uns nachmacha an G'wand und an Sach, des schaugt doch alles zum Woana aus. Crede experto!«

Der Portner glaubt nicht dem Fachmann, sondern schnauft grantig:

»Und i mag's amal net. Des geht die nix an, halleluja! Denen ihre Nachahmung is ja net sine ira et studio, net lernbegierig, dass s' ihr Eigenes verbessern. Die is höhnisch, is Maschkra und somit schlechterdings unkeusch. Des brauch i doch net unterstützen!«

Der Turmair, der Nantwein und auch die Afra nicken, während der Portner dem Marei erklärt:

»Weißt, unser Himmel is nämlich ein siebter. Und denen ihrer, no ja, a Vorstuf zum erstn …«

Da donnert auf einmal die Stimme des Erzengels Michael:

»Wie lang sollt i da noch umananderstehen, und mir euern Schmarrn anhören, den politischen? Wie lang wollt's ihr der jungen Seele die Heimkehr noch vorenthalten?«

Niemand hatte ihn kommen gehört. Er steht auf einmal da, in eindrucksmächtiger Pose beim großen Portal, schwingt das flammende Schwert und stößt die gewaltigen Torflügel auf.

Der Portner lacht: »Er hat Recht. Musst scho entschuldigen, Marei. Sonst geht's bei uns staad zu, du bist grad in a bissei a Unruhe einikommen. Ich führe dich jetzt, und stell dich drinnen vor, und die Afra bleibt treu an deiner Seite und weist dich so lang, bis du ihrer nicht mehr bedarfst. Komm, folge mir nach!«

Er wendet sich und schreitet einher vor dem Marei. Musik und jauchzende Chöre ertönen aus dem weit geöffneten Tor, Glanz strahlt herein und Engel schweben herzu, die Angekommene freundlich zu grüßen.

Der Turmair hoppelt mit kummervoller Miene dem würdigen Portner nach und fragt: »Was um alles mach ma mit'm Zieten?«

»Den empfängst du höflich und diplomatisch und unterhältst ihn, bis ich zurückkomm«, zischt der Portner, ehe er weit die Arme ausbreitet und, voranschreitend, die Maria Katharina Danzl in die Ewigkeit führt.

Die Beschwerde

In die jubelnden Chöre des siebten Himmels mengt sich alsbald jene Trommel- und Pfeifmusik zu wunderlich ohrenreibendem Durcheinander. Auf Schimmeln und Rappen sprengt die Ehreneskorte herein, ganz in Schwarzweiß, ihren Farben und ihrer Art der Lebensbetrachtung. Den silbergeschnürten Husaren mit den gebundenen Schärpen blinkt gemütvoll der Totenkopf von den Mützen. Sie schwenken Fahnen und heben Standarten, während sie, in der hohen Kunst erfahrener Reiter, jagend und jauchzend durch den Raum galoppieren.

Sie formieren sich zu einem Kreis um den geliebten Herrn General, lassen die Pferde in Schritt fallen und salutieren ihm, als er, jung und alert, in der exakten Kreismitte vom Gaul springt, sich umsieht und gut gelaunt ruft:

»Keener da! Ei, det schon wieder! Traun fürwahr – undenkbar wäre dererlei in unseren Comptoiren, wa?«

Da dröhnt das Lachen der munt'ren Gesellen und hallt von den Wänden zurück. Hatte der herrliche General nicht schon auf dem Ritt hierher prophezeit, dass Schlamperei und ein Komm-ick-heut-nich-komm-ick-morjen sie erwartet? Er kannte die Pappenheimer und jene von noch weiter südlich, potzblitz!

Um den Mannen Spaß zu vergönnen, legt er die

Hände rund um den Mund und ruft: »He – Pochtner!« unter Vermeidung des ›r‹, das auszusprechen ihm ebenso schwer fällt wie den Chinesen, aus jenem Land, das die Zietens ›Schina‹ nennen. Nur Engelszungen hatten erreicht, dass sie nicht auch, dieser phonetischen Logik folgend, ›Schristus‹ sangen, in ihren Schorkonzerten.

Nochmal: »He – Pochtna!«

Zwinkernd, als nichts sich rührt, und ein schalkhaft viel sagendes Erklären: »Auf dass die Extrawurst gebraten sei in südlicher Manier, heißt's ›Pochtner‹, nich ›Portje‹ in jenem kröpfgen Idiom, das selbst im Paradiese einem wack'ren Brandenburger unverständlich bleibt.«

Dem brüllenden Gelächter, das darob ertönt, geziemend Einhalt bietend, kommandiert er: »Nu lasst ihr mir aber allein, bei meine heikle Mission. Sie is geheim und nur für Pochtners Ohr bestimmt. Ab mit Euch! Eskadron – maaarsch!«

Da bäumen die Rosse sich unterm Sporengeben und dem Reißen der Zügel und tragen jagend die kühnen Reiter hinaus aus dem Saal.

Hinter einer der großen Säulen verborgen, haben Turmair und Nantwein sich ausgeschnapst, wer dem forschen Gesandten Rede stehen muss. Turmair verliert, Nantwein huscht erleichtert von dannen, und der weise Aventin tritt mutig hervor. Nach höflichem Gruß nutzt Zieten die Auskunft, es werde leider noch dauern, bis der Portner erscheine, zu einem vertraulich anbiedernden Vorschlag:

»Hörense, Turmair, alter Freund, wie war's? Kleiner Blick in euren Himmel? Dass man was profitieren könnte, hm?«

Der reißt treuherzig die Augen auf: »Geh, bei uns Primitiven gibt's doch nichts, was nicht ihr Klügeren und G'schwinderen schon längst …«

»Nee, mein Lieber! Keine falsche Bescheidenheit. Ihr habt Besonderheiten, das wissen wir. Diese Kanzlei sieht doch aus, wie eure Kürchen auf Erden. Die sind auch so voll Gold und Putten und Jemurkel. Wie kömmt das, he?«

Turmair, dem bei ›Gemurkel‹ die Knie einknickten, gibt zaghaft zu:

»Die sind sozusagen von uns inspiriert. Mental, verstehnga S', unsern Baumeistern im Traume geschenkt.«

Da reißt der General die Augen auf:

»Ah ja? – Wir mischen uns in so 'ne Sachen niemals ein. Wir inspirieren niscnt – tout va en sa facon. Auf unsere Architekten is Verlass, klar, sind ja Beamte. Nur – uns're Kürchen sind sachlich und sind karg.«

»Ah geh«, tut der Turmair überrascht und spioniert nun seinerseits: »Wie schaut denn euer Himmel aus? Könnt ihr's verraten, wenn ich recht schön bitt'?«

Da flammt dem rauen Kriegesmann verhaltener Stolz in seine runden Augen.

Er reckt sich, und er ziert sich, um die Erwartung noch zu steigern:

»Soll ich's ausplaudern, ja? Mit Worten malen all die Herrlichkeiten, die unser nimmermüder Geist erschuf?«

»Ich wär ja so gespannt.« Der Turmair legt demütig den Kopf schief. Zieten stemmt die Hände in die Seiten, wippt auf Zehenspitzen und setzt an:

»Ganz im Vertrau'n vorweg: Wir haben schon auf Erden nich verstanden, weshalb der HERR just euch die prächtije Jebirgswelt zugeteilt ...«

»Warum denn net?«

»Ihr seid doch außer Stande, sie zu nützen! Wie sagt ihr doch mit breit behäbjem Grinsen? ›Kürchen von außen, Berje von unten und Kneipen von innen‹, haha. Dies dünkt uns so verschwendet, dass wir unser Paradies, die Fehler eures Stamms vermeidend, uns dergestalt nun eingerichtet, dass – ich weiß, ihr werdet Neid empfinden – uns an der Zugspitz' riesigem Massiv liegt – was wohl? – Leuchtend klar: das ew'ge Potsdam!«

Der Turmair muss sich setzen: »Potsdam an der Zugspitz'?!«

Sein Lallen freut den Zieten, dessen Sprachkunst, an Heinrich von Kleist geschult, dem Heldenspieler gleich im Hoftheater, vollendet halsig hochnorddeutsch, die längsten Satztiraden in Auditorien schleudern kann. Er tönt und übertrumpft noch:

»Neustrelitz liegt bei uns am Tegernsee und Timmendorf im Kleinen Walsertal! Ja! Wir haben klug das Urigste von euch ans Haus geholt, dazwischen auch ein bisschen Heidelandschaft eingestreut, ein wenig Sylt und Nordseebrandung – nu, was sagt Ihr?«

»Nix ...«

Herr Zieten genießt des Aventin Bewegtheit. Der Alte kann ja kaum mehr sprechen vor Bewunderung. Als veritabler Südlicher scheint er ihm sehr geeignet, die preuß'sche Meisterschaft im Paradiesbau voll zu würdigen. Zieten saugt Atem ein, stützt das Zwerchfell, stellt das rechte Bein vor und deklamiert:

»Und die Ochdnung! Der Wanderwege breite Bänder bunt markiert! Gemäßigt sind, bequem, die Steigungen zu trutzjen Gipfeln! Und Alpenstangen trägt ein jeder Mann!«

»Ja, verreck«, stöhnt der Turmair, was Zieten dazu bringt, gefühlvolles Vibrieren seiner Stimme beizumengen:

»In grünen Matten, voll mit O-adelwo-aß, erblickt man, hingeschmiegt am klaren Quell, die schmucken Alpenhütten, wo die Gämsen springen und der zarten Senn'rin Hand den Kelch kredenzt mit jenem prickelnden Getränk, das unser Volksmund zärtlich nennt: ›Weiße mit Schuss‹! Und für des Appetites Lüste: Bouletten gibt's und Rote Bete, Aal grün und Schrippen! Und zu Millionen klettern unsre Leute in strahlender Glückseligkeit die Berje hoch. Sie jodeln, rufen laut Juhu – immer in großen Gruppen! Kein fremder Laut stört ihren unaufhörlich frohen Redefluss: Die Sprache des Gebiets ist preußisch! – Na?«

Der Turmair birgt das Gesicht in seinen Händen. »Da können wir net mit, naa, wirklich«, murmelt er.

»Und trotzdem – ürgendetwas fehlt.« Der Stolz weicht Neubegier: »Da muss was sein, was euch, verzeiht, so überheblich macht. Was weckt denn dies gewisse Glücksgefühl in euren Herzen? Nun? Gesteht!«

Turmair weiß nicht, was er gestehen soll, und schnappt nach Luft. Da wird dem General die Antwort aus der Tiefe der Kanzlei zuteil. Der Portner gibt sie, der soeben unbemerkt zurückgekommen ist:

»Das Glücksgefühl in unsern Herzen? Wenn's staad is, still, verstehn Sie, rundumadum.«

»Still? Ach nee«, staunt Zieten, und er salutiert dem Heiligen:

»Diss is bei uns in toto anders. Uns beglückt, wenn wir, für Reichesruhm und Herrscherglorie, Sieg über Sieg an uns're Fahnen heften ...«

»... und wir sind froh, wenn nix Besonderes passiert.«

»... wenn wir die Welt durchstreifen ...«

»... daheim sind.«

»... fremden Völkern unser Wesen nahe bringen, sie gar zu uns'rer Lebensart bekehren – bis es bei ihnen zugeht wie bei uns ze Hause ...«

»... wenn wir die unsere erhalten, und sie niemand nachmacht.«

»... wenn wir des Fortschritts Herold sind! Total a jour, stets mit dem Allerneuesten!«

»Uns ist das Altbewährte wichtiger.«

»Im Ernst? Und das Gespräch? Reden ohn Unterlass, Gedanken tauschen ...«

»Schweigen ...«

Das ist zu viel.

»Nein, wie schrecklich«, bricht's aus Zieten. »Traun, da scheinen doch gewisse Unterschiede feststellbar. Schweigen, also nee ...«

»Sie kommen, um zu reden. Und worüber, wenn ich die Frage wagen darf?«

»'nen unerhörten Vorfall, Euer Heiligkeit, gestattet mir Rapport.«

»Reden S' ungeniert.«

Der Portner setzt sich. Zieten nimmt breitbeinig klirrend Haltung an:

»Ein wack'rer Zieten lebt derzeit auf Erden. Urenkelkind Kai-Uwe.«

»Ui!«

Herr Zieten überhört den Stöhner des gebeugten Turmair und fährt fort:

»Sein Vater hat zu Wohlstand es gebracht, zu Greifswald, mit Kattun – der Sohn ist Leutnant und ist Diplomat. Laut Weltenplan soll er in Bayern siedeln, am Bayernhof zu Einfluss kommen, Ihr versteht – auf dass die braven Leutchen nicht, in Provinzialität verhaftet, die neue, die moderne Zeit verschlafen.«

Der Portner schnauft: »Aha. Dank dem Kai-Uwe …«

»Gewiss. Er soll am Tegernsee Besuch von noblen Preußen sehen, klaren Köpfen – die alle, von der Gegend Urigkeit bezaubert, gleich ihm dort siedeln …«

Dem Portner reißt's die Augen auf:

»Alle am Tegernsee?«

»Gewiss. Kai-Uwe führt sie ein bei Hof, und dank ihrer Überzeugungskraft sieht die bayerische Regierung bald ein, dass sie mit Preußen sich vereinjen muss zu einem Staat!«

»So?«, fährt der Portner hoch aus seinem Sessel. »Des steht im Weltenplan?«

»Gewiss. Das arme Volk ist ja nicht lebensfähig – ohne uns!«

Der Heilige starrt auf den kleinen General, murmelt: »Einen Augenblick«, zerrt den Turmair hinter eine Säule, hat einen roten Kopf und schnauft erbärmlich, als er flüstert:

»Spinnt der?«

Der Aventinus schüttelt kummervoll das Haupt:

»Leider net. In unseren Pandekten steht es ähnlich: ›Landnahme vom Norden her, auf kaltem Wege. Erneute große Prüfung unsrer Überlebenskraft.‹«

»Wer hat sich des bloß wieder ausdenkt?«

»Die Evolutionäre, wer denn sonst. Moralisch-ethisch läg’ kein Grund zum Prüfen vor. Nur, Herr Portner, schaun S’ – in aller Welt sind die im Norden tüchtig, und die im Süden san vergnügt.«

»Aber doch akkrat so tüchtig, Herrschaftszeiten!«

»Freilich. Bloß die im Norden halten das für minderwertig! Wer lustig ist, der taugt nix! Der Zieten hat grad g’sagt, ihm fehlert was. Just das! Das Laissez faire! Jetzt meinen s’, wenn sie einfach in den Süden ziehen, erlangen s’ auch die höhere Lebensform, die dortige!«

Der Portner rollt die Augen vor Verdrießlichkeit:

»Die machen alles hin durch ihren Zuzug! Z’letzt schaut’s aus im Süden wie bei ihnen!«

»So kommt’s! Millionen strömen ein und überwuchern alles, voll angeblicher Liebe – zum Land, nicht zu die Leut! Die bleiben ihnen odios –. Schrecklich! I bin scho ganz dernepft, wenn i dran denk, weil’s überflüssig is als wie ein Kropf.«

»Was macht ma da?«

»Nix. Beschlossen ist’s im Weltenplan – da muss sich jedes fügen.«

Er stinkt dem Aventinus plötzlich, er rumpelt aus dem Schutz der Säule und ruft: »Wie lang gibt’s euern Staat?«

Herr General sind überrascht und antworten knapp und stolz:

»Schon länger als dreihundert Erdenjahre, guter Freund!«

»Aha! Und Bayern erst tausendfünfhundert Jahr, als Volk und Staat, am gleichen Platz. Allein nicht lebensfähig – gell!«

Der starke Arm des Portners reißt ihn wieder aus dem Blick des Zieten:

»Gib a Ruh. Die Tratzerei versteht der net. Er hat die Trümpf'. Is denn noch irgendeine Hoffnung? Er hat grad g'redt von einem ›unerhörten Vorfall‹? Steht ihm etwas im Weg? Was hat er g'meint?«

»Frag ma 'n halt!«

Der Portner zwingt ein Lächeln über die Verzweiflung seiner Züge und tritt verhaltenen Schritts zu dem Gesandten, der wartend auf den Zehen wippt:

»Wir ham nur grad im Weltenplan was nachschau'n müssen, Sie verzeihen. Ja, der Kai-Uwe – ich gratuliere zu dem Enkelsohn –, der wird Geschichte machen, es schaugt ganz so her.«

Da ruft der kleine Preuße krähend:

»Eben nich! Dies ist die Causa voller Peinlichkeit, der unerhörte Vorfall, dessentwegen ich zu euch kam! Kai-Uwe soll Geschichte machen – und nu geht's nich! Die Klitsche, die er kaufen soll am Tegernsee, vom reichsten Mann der Gegend namens Senftl – wie diese Leute heißen, also nee –, is nich frei! Da wohnt ein anderer drin – ein äh, Pardong«, kramt einen Zettel aus der Ärmeltasche, liest, und schmettert voll Verachtung:

»… ein gewisser Kaspar Brandner!«

Da wird des Portners ewiges Antlitz krebsrot.

In diesem schicksalhaften Augenblick, da er inne wird, dass seine eigene Kanzlei den Weltenplan, den unumstößlich ewigen, in Gefahr bringt, schwebt fröhlichen Gesichts der Nantwein her, um zu verkünden:

»Will net stören, nur vermelden, der Boanlkramer wär jetz ante portas, wartet draußd am Tor.«

Der Portner blitzt mit Augen: »Der kommt grad zupass! Nur rein damit!«, und hätte Weiteres hinzugefügt, Abträgliches, wären nicht die listig wachen Augen des Gesandten hin und her geglitten, voll Neugier, was sich wieder Unbegreifliches begibt.

So lächelt man sich an und schweigt und richtet dann vereint den Blick zum Tor, wo nun, von einem Rudel Englein hergeleitet, der Boanlkramer durch die Pforte tappt, krumm und bucklig.

Geholt zu werden, ist er nicht gewohnt. Nur alle heiligen Zeiten muss er her, um etwas über einen Passagier zu hören. Ansonsten hat er draußen abzuliefern und vor dem Tor zu bleiben, bei Pferd und Wagerl, bis man ihm seine starre, stille Last erweckt und eingelassen hat. Dann hat er wieder zu verschwinden.

»Sieh da, Freund Hein!« ruft Zieten, kaum dass er ihn sieht.

»Han? Naa, i bin …«

»Der Bo-anlkramer, weiß ich, weiß ich! Hein heißt der unsere!«

»Ah ja! Ich lasse ihn schön grüßen, wenn S' ihn treffen, wenn 's genehm is«, buckelt der Schwarze. »Und den Blanken Hans auch, für den Fall …«

»Wird promptestens bestellt.«

Dem Boanlkramer ist es über alle Maßen peinlich, dass ihn ein Wink des Portners näher zwingt. Er schlurft heran, und alles an ihm schlottert: die weiten Hosen und der schwarze Umhang, der weiche Hut, der sein Gesicht verdeckt, die schwarze Feder oben drauf. Im Licht erzeigt es sich, wie schäbig sein Gewand ist, wie ausgewaschen und verschlissen vom vielen Auf und Ab durch Hagel, Schnee und Regen. Tritt er auf Erden aus dem Dunkel, mag diese schwarze Tracht ihm Würde leihen, und fahrt er auf mit seinem Karren durch die Wetter, mag das Wehen seines alten Umhangs dämonisch wirken – doch hier, im Licht? Ein armer Knecht und weiter nichts.

Der Zieten hebt sich auf die Zehenspitzen, um in Portners Ohr zu flüstern:

»Der sieht ja schrecklich aus, erbarmungswürdig! Auch unserer hat hohle Augen, wirres Haar, erscheint jedoch toujour in schnieker Uniform – mit Mütze!«

»Man hat mich g'sucht, han ich vernommen«, zahnt der Boanlkramer mit luckertem Gebiss, verkrampft und falsch, und hält geziemend Abstand:

»Im Fall es ungelegen wär, und bal ich stör, komm ich a andersmal. Ich hab die Ehre …« neigt sich tief und will davon.

»Du wartst gefälligst! Erst red ich noch mit dem Besuch. Dann aber …«, sagt der Portner voll Beherrschung und hebt den Zeigefinger hoch, was stets bedeutet, dass was zu befürchten steht. Der Boanlkramer knickt in Devotion zusammen und möcht am liebsten durch die Wolken sinken.

»Was wird nu mit Kai-Uwe? Der Weltenplan, Herr

Pochtner, immerhin!« mahnt Zieten, und der Portner sagt:

»Des bring ma schon in Ordnung, nur Geduld.«

»Und wie?«

»Jetzt warten S' halt – ich denk grad nach!«

Herr Zieten staunt: »Und sagen nichts, beim Denken?«

Da blickt der Portner zu dem strammen General hinunter:

»Ich weiß, die Preußen sprechen ihren ganzen Denkvorgang mit. Wir aber geben das Ergebnis nur bekannt.«

War das beleidigend gemeint? Herr Zieten staunt:

»Macht Denken überhaupt noch Spaß, wenn keiner zuhört?«

Dann fließt die überlegene Gewissheit wieder ein in sein Gemüt. Nachsichtig tätschelt er des Portners Schulter:

»Die Leutchen Ihres Stammes mögen wertvoll sein, mit reichem Innenleben, alles zugestanden, nur – es kommt nischt raus! Glaubt mir, durchschlagend wirkungsvoll ist alle Mal und auf die Dauer nur das preuß'sche Wesen. Das walzt die Traditionen nieder, setzt Köpfchen an die Stelle von Gefühl, und glorreich führt's die Erdenwelt durch die Jahrtausende! Und nu Kai-Uwe. Wollen wir gemeinsam überlegen?«

Disput, Disput, und er versteht nicht, was sie reden, der Portner mit dem fremden General. Der Boanlkramer drückt sich hinter Säulen, verneigt sich tief und grinst, so oft ein vorwurfsvoller Blick ihn streift. Der Aventinus schaut ihn heute überhaupt nicht an, der steht nur am Regal, sucht in dem großen Buch herum und tut, als wäre er nicht da! Wo grade er doch sonst so freundlich mit ihm plaudert, im Gegensatz zum sanft verklärten Nantwein und seiner Überspanntheit mit Latein. Ein Glück, dass nicht der Michael herumsteht in Donnergrantigkeit, von dem er meistens draußen vor dem Tor die Lista Boanlkrameriensis ausgehändigt kriegt, die Namen, die er einzuholen hat.

Und, hö, was gibt es jetzt? Der General pfeift auf den Fingern, und augenblicks sprengen Berittene herein, vollführen Hohe Schule auf glänzend fetten Pferden, und der Boanlkramer gedenkt des eignen dürren Häuters vor dem Karren und ärgert sich. Kommandos und ein zweiter Pfiff des Generals, und schon jagt durch das Tor ein neues Rudel Pferde. Die Reiter tragen Instrumente, Drummeten, Pfeifen, Pauken und Cinellen. Sie salutieren, und beim dritten Pfiff des Generals erdröhnt ein Marsch durch die Kanzlei, dass die Folianten beben. Unter Musikbegleitung schwingt der Zieten sich aufs hohe Ross, auf dem er hergekommen, man reitet aus im Schritt, und der Portner geht als höflicher Begleiter mit hinaus.

Da traut er sich, der Boanlkramer, huscht hinüber zum Regal, stupst den Turmair an und fragt:

»»Dann aber‹, hat er g’sagt. Und warten sollt i, wo ich doch grad so viel Dringendes zum Tun hätt noch: ’s Wagerl putzen, ’s Ross futtern. Geh, sag mir gschwind, was gibt’s denn, sei so gut, i bitt di schön.«

»Das sagt der Portner selber, dieses Mal.«

»Aha.«

Da ist heut nichts zum Wollen. Der Turmair mag nicht mit ihm reden. Was schaut er denn so traurig in das Buch?

»Des is der Weltenplan in neuster Ausgab'? – Viel zum Tun für mich?«

»Kommen böse Zeiten, Boanlkramer.«

»Ah, geh? A Krieg scho wieder?«

»… und andere Bedrängnis.«

»Naa, sag' g'scheit.«

»Sie rücken ein ins Land, unweigerlich und unaufhaltsam.«

»Truppen?«

»Schlimmer. Zug'reiste! Sie machen, dass die Wesensart verkommt, die Sprach' verwässert, hocken brettlbreit in allem drin, machen lächerlich und machen hin, was gut und was gewachsen war. Ehrgeiz obsiegt, die Lustigkeit verliert sich – fad werd's!«

»Auf lang?«

Turmair blättert weiter im Folianten, und sein Gesicht ist grau vor Kummer, als er murmelt: »Hundert Jahr … und länger … des hört gar nimmer auf!«

Der Boanlkramer lurt ins Buch und sieht ein großes Kreuz gemalt:

»Wen meint des, sag?«

Der Aventinus schaut dem Boanlkramer traurig in die Augen:

»Der König wird verraten und ertränkt. Den musst du aus 'm See holen.«

Da schlägt der Boanlkramer ihm das Buch zu, springinkerlt auf die Seite und zetert:

»Hör auf, hör auf, des muss i gar net alles wissen, so genau – und überhaupts, sag lieber, was is vorgefallen?

294

Spann mi net auf die Folter! Ihr seid's doch so allwissend, und nie sagt mir wer was. Turmair – Aventinus! Wir ham uns doch ansonst so guat g'redt'! Sei net so! Wo willst denn hin? So bleib doch da!«

Der Turmair kümmert sich nicht um das Gezeter. Er dreht sich an der Tür noch einmal um und spricht:

»Diesmal muss dir's der Portner selber sagen. Da steht zu viel am Spiel.«

Fort ist er.

Der Boanlkramer ringt die Hände.

»Aufkommen hat's müssen, ich hab's g'wusst. Ich hätt ja 's Marei net auch noch drunten lassen können, bloß dass ma da heroben nie nix spannt. Da war's am End noch ärger 'worden. Und das Journal von Albach, das i 'krampfelt hab vor gut drei Jahr …«

Das steckt jetzt unter seiner Joppe. Da hätt der Portner lange suchen können, wo es der Boanlkramer doch seit damals stets mit sich herumschleppt. Es muss nun unverzüglich an seinen Platz zurück. Er muss es los sein, und es wär grad günstig, denn er ist ganz allein, und niemand wird's erfahren, so nicht in unsichtbarer Ferne ein Astraler zuschaut im Augenblick der Unrechtmäßigkeit.

Er hoppelt am Regal entlang, der wohl vertrauten Stelle zu, wo er das Bündel Blätter damals sich mit einem Griff geholt und blitzschnell unter seinem Mantel barg. Er sucht, er schaut – da ist etwas verändert! Da stehen andere Bände, andere Folianten, da liegen haufenweise fremde Faszikel!

»Jetz sowas, ham die umg'räumt? Wo g'hört's denn hin, jetz, wo …«

»No?«, fragt des Portners Stimme. Den Boanlkramer reißt's herum, dass ihm die Knochen aufeinander scheppern in seinem Jammergestell. Er beugt sich tief, damit man die Verlegenheit nicht sieht, schreit: »Dank der Nachfrag, gut!«, obwohl der Portner sich wahrhaftig nicht erkundigt hat, wie es ihm geht.

Der war ganz lautlos eingetreten, hatte eine Weile zugeschaut und sich sein Teil gedacht.

»Und?«, fragt er nun ganz ruhig.

Der Schwarze buckelt sich heran und jammert, wie ein altes Weib greint:

»Oh mei, grad so viel Arbeit, Herr Portner, gar so vui …«

»Was d' net sagst.«

»Ja, gewiss! Im Augenblick hätt ich so dringende Geschäfter – die Auftrag san so diffizil –, könnt ich net bittschön wieder gehn?«

»Wir hätten was zum Reden!«

»Soo«, jault's verlogen, »sollt ich Euch was b'sorgen? Gern …«

»Es ist z'wegs dem Brandner Kaspar.«

Freilich. Nun ist's heraus. Wenn da noch eine Hoffnung war, es könne sich vielleicht um etwas anderes handeln, nun ist sie dahin.

Dem Boanlkramer, den es ohnehin stets friert, wird's gänzlich eisig. Er ist indes entschlossen, sich nicht preiszugeben, nichts einzugestehen, was die nicht längst schon wüssten. Man weiß vielleicht nicht alles, und man horcht ihn aus. Wenn er zu viel gesteht, ist er verloren. Drum fragt er recht scheinheilig, indem er nachzugrübeln scheint:

»Brand-ner Kasch-par? Wer is des? Der Name is

mir augenblicks nicht ganz geläufig, bedauerlicher-
weise.«

»Geh, g'stell di net so, Freunderl.«

Der Portner kommt drohend auf ihn zu, der Jam-
merer weicht Schritt für Schritt zurück, stößt an ein
Regal und tut, weil ihm ein jeder Weg zur Flucht versperrt ist, lieber so, als sei es ihm grad eben doch noch
eingefallen:

»Ah ... der vo' Albach? Ja? Was is mit dem?«

»Das frag ich dich!«

Da wird dem Boanlkramer leichter. Der Portner
weiß am End noch nicht, was vor drei Jahren vorgefallen ist.

Da kann er sich herauslavieren, mit etwas Glück,
und muss nicht gar so wilden Zorn und harte Strafen
fürchten. Nur net z' viel zugeben, denkt er sich – und
was sagst jetzt, denkt er, und bringt vor lauter Vorsicht nur heraus:

»Ja – no?«

»Drunt' is er noch!«

»So?«

»Herob'n sollt er sein!«

»Jaa?«

»Ums Paradies wird er betrogen!«

Geh, betrogen, denkt der Boanlkramer, der sieht das
Paradies noch früh genug. Ich hab ihm zug'redt wie am
kranken Kalb, hab ihn verlockt und all's genau geschil-
dert, hab ihm zulieb die Himmelsmusi tönen lassen
und wirklich alles ang'stellt, dass er mitgeht – an mir
liegt's wahrlich nicht, wenn er dickschädlert war.

Dann aber sagt der Portner etwas, das ihn bis ins
Mark trifft, ihm eine Angstlawine in sein Hirn stürzt,

und ihn begreifen lässt, welch ungeheure Folgen der Kerschgeist und das Kartein zeitigt:

»Pass auf! Sein Enkelkind is achtzehn Jahr zu früh da! – Was erschrickst denn so? Verwundert 's dich?«

Akkrat um achtzehn Jahr? Um jene Spanne Erdenzeit, die er dem Brandner zugestanden hat? Er weiß es, hatte es bis jetzt nur nicht bedacht, dass in der Schöpfung nichts verloren gehen kann, dass jegliches, das wo genommen wird, anderswo zugefügt sein muss. Dass alles nur ein stetes Geben ist und Nehmen, Nehmen und Geben, dass alles sich nur wandelt, in Äonen fort, im Kreislauf übers End der Zeiten, dass nichts auf Dauer bleibt in einer einzigen Gestalt, dass alles immer jung und neu wird – Sapristi!

»Komm, beicht«, fordert ihn der Portner auf, der in dem schuldbewussten Zucken des Gesichts erkennt, wie ihm Grausbirnen aufsteigen und er nicht weiß, was tun und was sagen. Er gagetzt um den Brei herum:

»Ich kann mir des nur so erklären, dass da unvorhergesehene Umstand eingetreten san, die wo … äh … von niemandem bemerkt … äh … gewissermaßen … sich zu einem Fehler aufgehäufelt … äh …«

»Beichten sollst! Net stottern!«

Ja, nun!

»Des müsst doch alles im Journal drin stehn, den Brandner-Casus anbelangend«, ächzt er und findet diese Ausred gut für den Moment.

»Ja, gell. Des is nur leider weg, verschwunden. G'spaßig, wie?«

»Geh, des gibt's net. In der Ewigkeit geht nix verloren.«

Wird das Journal ihn retten? Ist seine Schuld nicht nachzuweisen, so lange das verflixte Ding verschwunden bleibt? Oder ist es grad umgekehrt – ist er erst dann vom Obligo, wenn's wieder vorliegt und es sich erweist, dass nichts drin steht, was auf sein Missverhalten schließen ließe?

So wird es sein! Er muss sich nur bewähren und es scheinbar finden. Das wird zum Guten angerechnet, wenn's gelingt.

»Such's halt du amal!«, fordert der Portner ihn auf. Na sowas, besser kann es gar nicht gehen. Er weist ihm selbst den Weg der Rettung!

Der Boanlkramer neigt sich tief:

»Ja, ich such's gern und auf der Stell, wenn's so gewünscht ist. Mit Verlaub, ich bin so frei …«

Er sieht sich schon entlastet, er hoppelt abermals entlang an den Regalen, schaut oben, unten, in der Mitte, seufzt, murmelt, achzt, schnauft, im vorgetäuschten Eifer. Der Portner amüsiert sich fast ob der Komödi und fragt ihn süß und höhnisch:

»Sollt' i wegschau'n?«

»Ja, wenn des gang …« rutscht es dem Boanlkramer unbedacht heraus, weil er sich vorstellt, dass er dann so tun kann, als habe er es grad entdeckt, das vermaledeite Ding. Im nächsten Augenblick schon schießt es ihm ein, dass er mit dieser Antwort blind in Portners Falle tappt, als der ihn anschreit:

»Also zieh's scho raus unter der Joppen!«

Aus. Verloren! Geschlagen, starr, krummbucklert steht der Sünder lange, eh er sich wieder regen kann, die viel gesuchten Blätter unter seiner Joppe langsam vorholt, demütig hin zum Portner mehr kriecht als geht, sie hinstreckt und erlösend haucht:

»Da – und viel tausendmal die Bitte um Vergebung.«

Der Portner nimmt ihm das Konvolut aus seiner Knochenhand, blättert, sucht und liest:

»Da steht's ja: Brandner Kaspar, zweiasiebzig Jahr' – falsch abgehakelt.«

»Das war ich. Mei, ich schäm mich so.«

»Dann machst jetzt an Rapport. Aber d' Wahrheit desmal, bitt ich ma aus!«

»Jawohl.«

Jetz is' scho Wurscht, denkt er, ich sag ihm alles, offen und frei. Zum Retten is da eh nix mehr, nur noch auf Gnade kann ich hoffen, und vielleicht, dass all mein treues Dienen, und dass mir sowas immerhin bis dato nie passiert ist, eine Milde verursacht. Er stellt sich kerzengerade hin und schnattert brav, wie ein Rekrut, laut und gefasst:

»Drei Jahr zuvor, so wie es aufgesetzet war, bin ich im Walde draußen pünktlich ihm erschienen, pflichtgetreu, in anbefohlener Weis.«

»Da steht, er starb am Büchsenschuss.«

»Naa – net.« Die Zwischenfrage raubt ihm augenblicks den Schwung.

»Was soll das heißen?«

»Dass es misslang. Ich hab den Schuss vom Jäger

Simmerl zwar gelenket, indes, er hat ihn lediglich gestriffen – g'stroaft. Es tut ma Leid.«

»Und dann?«

»Dann? Dann war er teuer …«

»Wer?«

»Der gute Rat. An zweiten Schuss hat's nimmer 'geben. Ich hätt auch keinen mehr so recht derwischt und trefflich hingelenket, erneut, weil mir ganz enderisch war, indem mir sowas nie passiert ist!«

Er hebt die Hände von der Hosennaht und legt sich mehr aufs Flehen denn aufs Rapportieren. Der strenge Himmlische muss doch begreifen, wie sehr er im Dilemma war:

»Verstehn S', Herr Portner, ich war völlig deschparat, dass eine Kugel, welche ich gewiesen, ganz einfach nebennaus roast! Hab erst stark überlegen müssen, was ich mach! Bleibt nix, hab ich gedenket, als dass ich es probier, und bin zu ihm in seine Hütten, hab ihm den Casus dargelegt, net wahr, und höflich dringend aufgefordert, dass er freiwillig mitkummert, – kamert, – gangert, doch er war obstinat!«

Der Portner raunzt: »Werst ihn scho so saudumm ang'redt haben, dass er bockig 'worden is.«

Der Boanlkramer windet sich in Missmut:

»Woher denn! Ich war sanft!«

Der Portner glaubt ihm nicht:

»Ich möcht net wissen, wie dass du den Leuten oft erscheinst, dass sie dich gar so fürchten! De nihilo nihil! Von nix kommt nix!«

Sich ungerecht behandelt fühlend, wagt der Verklagte Widerspruch:

»Des is fei arg beleidigend und kränkend – und

wahr is' aa net, naa, auf Ehr! Und außerdem: Hart an-
packen hab ich ihn nicht dürfen, indem er ja kein wol-
terner Sünder niemals war! Also, was machst?«

»No? Was hast na g'macht?«

Die Frage scheint sehr peinlich. Der Boanlkramer
stockt und mault heraus:

»Nachdenkt halt … und grad sinniert … und wäh-
renddem, da hat er mir ganz hinterkünftig … eines
hingestellt …«

»Was?«

»Ein Gefäß.«

Er spricht sehr leise und verschämt und reißt das
Maul nur zu dem langen ›ä‹ besonders weit auf.

»Bier?«

»Kerschgeist«, haucht's zurück, und auf der Stelle
ist dem Portner alles klar. Ja, dann!

»Ich trink's ganz in Gedanken, net wahr …«

Der Portner höhnt: »… und er schenkt immer wieder nach, net wahr?«

»Der Hundling«, nickt er kummervoll zurück, »er
hat mich überlistet.«

»Wie oft?«

Oh, ist das peinlich. Das ist sogar gewiss das Pein-
lichste, weil geistige Getränke sich für halbert Geistige nicht schicken. Nicht dass sie streng verboten wären – was wäre dort verboten, expressis verbis, da ist
Gott vor –, nein, es wird nicht gern gesehen, aus
Gründen.

Wie oft? Er weiß es selber nicht genau. Oder weiß
er's und g'stellt sich nur, als er die Finger klappt und
abzuzählen anfängt:

»Oans, zwoa, drei … äh, viere … fümfe … sechse … hähä.«

Er schielt zum Portner hin und grinst verlegen unter dessen strengem Blick, der mehr und mehr in Staunen sich verwandelt.

»Sieme. Ja, und … haha … achte.« Acht? Jaja, so viele waren's. Haltauf, naa, da waren ja noch:

»Neune, zehne …«

»Zehn?!«

Ah woher! Kopf schütteln und verbeugen. Die ganze Wahrheit muss es sein, es nutzt nichts mehr, es muss heraus, und also: Mut! Nochmal zwei Finger hochgeklappt und vorgezeigt: Es waren zwölfe, ja, so viele waren's, ujujuj.

Der Portner reißt die Augen auf: »Zwölf Kerschgeist? … Und auf oamal? … Auf nüchtern' Magen? – Ja, na glaub ich's!« Er röhrt ein »Ah –!« und stapft mit zorngeballten Fäusten durch die Hallen.

Zwölf Kerschgeist – angesichts des Weltenplans! Er muss mit Donnerwettern dreinfahren! Wie damals, als sie da heroben Karten spielten und nicht merkten, dass drunt der Blaue Kurfürst Land und Volk vertäuschein wollte gegen irgendetwas anderes, »und sei es eine Scheune in den Niederlanden«, wie er sagte. Da rührte Portners Zorn Vulkane auf, und Stürme fegten durch das Land.

Und danach diese Mühen, den Tausch zu hindern! Eingebungen an andere Herrscher waren nötig. Träume und jähe Tag-Gedanken musste man in Hirne senken, eh der kurfürstliche Schmarren wieder aus der Welt war, hui!

Und diesmal? Wie repariert man's diesmal und bringt Kai-Uwe in das Brandnerhaus?

Der Boanlkramer ahnt nichts von den Folgen seiner Schwäche. Er haut sich auf die Knie, hebt demütig flehend seine Hände und jammert sich die Seele aus:

»Herr Portner, wenn Sie wüssten, wie's mir oft kalt ist auf der Fahrt durch Eis und Hagel, nass wie a 'taufte Maus und allweil wieder 'nauf und 'nunter, 'nauf und 'nunter! Und nirgends einen Platz, wo ich mich wärmen könnt! Grad zittern muss ich allweil bloß, und klappern. Des war der Grund, Herr Portner, warum die Kugel auf den Brandner fehlgelenkt ward, weil i grad so scheppern müssen hab, dass mir die wegweisende Hand gehupft is! Ich bin doch der ärmste Bolandi! Daheim net in der Seligkeit, im ewigen Licht – und drunt auf Erden? Gemieden, Herr Portner! Feindseligkeit schlägt mir entgegen, wo i hinkimm! Naa! Und einmal in Äonen stellt mir einer einen Schnaps hin – sagen S' doch selber, ob des net verstehbar is und lässlich…«

Der Jammer scheint des Portners weiches Herz zu rühren.

Die Kraft zum Blitzeschleudern weicht von ihm. Er poltert nur, wie er zu poltern liebt, wenn er, gutmütig, halbwegs schon versöhnt ist:

»Da hast du ihm als Dank für die paar Schnaps glei 's Weiterleben versprochen, wie?«

»Nein! Auf Ehr! Ich kenn doch die Pflicht! Auch wenn ich nach dem Fehlschuss ihm gegenüber in der schlechten Lage war. Nix hab i zub'standen bloß aus Dankbarkeit für Labung!«

304

»Wieso is er dann net da?!«, brüllt der Portner, und der auf Knien brüllt zurück:

»Weil er mi b'schissen hat!« –

– merkt auf den Schlag, kaum ist's heraus, die Ungebühr in diesen heiligen Hallen, haut die Knochenhand erschrocken vor den Mund und stammelt:

»Oh, Entschuldigung.«

»Tu dich nur äußern«, nickt der Portner grimmig, »freimütig, brav, nur zu! Des werd allweil schöner! Jetzt wurert er noch keck, der Bursch! Raus mit der Wahrheit: Warum is der Brandner Kaspar noch drunt?«

Ja, warum! Nun kommt der schwerste Teil der Beichte. War der Kerschgeist lediglich nicht recht erwünscht, der wahre Grund setzt nun den Boanlkramer in den Stand der Sünde. Was hilft's, es muss gestanden sein. Nun also – »Nämlich, wir … wir haben gekartelt. Und ich seh doch net so gut, aus Gnade, dass ich das viele Leid und Elend net genau erkennen kann, in das ich treten muss, alltäglich – da hat er mich mit 'm Grasober 'tupft!«

»Kartenspielen auch noch? Brav! Des wenn der Michael hört, kannst was derleben!«

»Einmal, Herr Portner, grad a oanzigs Mal!«, greint es kläglich.

»Spar dir die Jammerei! Wie viel hast ihm dann gütigst zugestanden in dei'm Surri, dass er werden darf?«

»Neunz'ge, wie seine Ahndln.«

Dem Heiligen verschlägt's die Stimme. Achtzehn Jahr drauf? Sie war nicht falsch geschrieben, die Lebensjahrzahl der Maria Katharina Danzl, im Journal. Da offenbarte sich das Defizit in der Bilanz.

»Achtzehn Jahr, bis denn du narret?«

Hat dieser Kerl denn wirklich keine Ahnung, was er da angerichtet hat, weil er sich traut, gleichmütig zu entgegnen:

»Ich hab mir 'denkt, wir ham doch da heroben so viel Leut, kommt's auf den einen nimmer z'amm.«

»Ja schämst denn du dich nicht?«

»Doch!« – Doch, das tut er, immerhin, und sichtbarlich.

»Es wär mir leichter, wenn Sie mich jetzt ordentlich anschreierten. Ich hätt's verdient, dass ma mich schimpft, des bin ich mir bewusst.«

Der Portner sucht nach Worten – bloß welchen, wenn man als ein Heiliger im Himmel nicht, wie es auf Erden gang und gäbe ist, losfluchen kann. Und darum:

»Mir fallt ja gar nix ein.«

Der Boanlkramer stellt Zerknirschung dar und legt den Kopf demütig schief:

»Ach, ich bereu' so sehr. Es hat mich arg 'druckt.«

»Sowas war ja noch nie da!«

»Doch.« Der Bursche wagt zu widersprechen und grinst sogar, als er behauptet: »Meinem Kollegen aus 'm Morgenland is was ganz Ähnliches passiert, vor a viertausend Jahr, mi'm Palmwein, hat er mir verzählt. Der friert nämlich noch viel mehra, z'wegs dem Klima, wissen S'. Ja, jetzt is' schon a so. Was macha ma?«

Palmwein und Kerschgeist! Der Portner kann sich nicht entsinnen, dass ihm jemals ein Urteil abverlangt war bei so kleinem Anlass und so großen Folgen. Als

306

er recht ratlos vor sich hin sagt: »I weiß net, sollt ich weinen oder lacha?«, feixt da der Sünder nicht zu ihm empor:

»Lacha gang aa …«

»Des könnte dir so passen, Bursch!«

Und was noch sagt er? Folgt nichts mehr diesem sanften Tadel? Komm ich so leicht davon, denkt sich der Sünder und fühlt, wie sich der Krampf der Angst entspannt. Komm ich so glimpflich weg? Doch, offenbar. Er stiefelt nur herum mit großen Schritten. Überlegt er sich die Strafe? Ich verdruck mich g'schwind, noch eh er sich besinnt. Er sagt:

»Jetz is es 'beicht'. Na darf ich mich empfehlen und wieder an mei' Arbeit gehn, pünktlich, verlässig wie seit Anbeginn. Und wenn s' vergessen werden könnt, die G'schicht, wär ich recht froh. Ich selber will sie nie vergessen! Sowas is mir grad oamal passiert und fürder, schwör ich – no, Sie wissen 's eh. Alsdann, Herr Portner, ich empfehle mich und wart auf neue Aufträg.«

Er hat sich während der Suada buckelnd, rückwärts schlurfend, zum Ausgang hin bewegt. Er hopst und rennt, und er ist schon fast draußen, als ihn das Wort des Portners wie ein Blitzstrahl in den Rücken trifft:

»Haltauf! Der nächste Auftrag is: du holst den Brandner! Auf der Stell! Bald hätt i g'sagt: lebendig oder tot!«

Da reißt es ihn herum, er glotzt als wie betäubt und kracht erneut auf seine Knie:

»Naa! Nur des net! Ich hab ihm doch mein Wort gegeben!«

»Willst du den Willen unseres HERRN missachten?!«

Vorbei ist's mit der Sanftheit und der Grüabigkeit. Da steht er, riesenhaft und würdevoll in seinem weiten blauen Mantel. Der Glanz der Heiligkeit umstrahlt sein Haupt, die blauen Augen blitzen. So stund der Michael dereinst an Paradieses Pforten und schwang das Flammenschwert gen Adam und gen Eva. So steht die ewige Gerechtigkeit vor allen Sündern und fordert den Tribut! Der Boanlkramer rutscht auf seinen lächerlichen Knien, jault und jammert:

»Naa, Herr Portner, naa! Wenn schon wir niederen übersinnlichen Mächte 's Wort nimmer halten – wie schaut sich des für die Lebendigen an? Ich kann mi ja ninderscht mehr sehen lassen, wenn des aufkommt! Alles, Herr Portner – bloß lassen S' mich kein' schlechten Kerl machen!«

Wiewohl er Recht hat mit dem Einwand, will ihn der Portner doch nicht gelten lassen:

»Favete linguis! Dictum est! Periculum in mora! Carpe diem!«

»Was hoaßt des?«, heult der Boanlkramer und schmeißt sich wie ein Frosch platt vor des Portners Füße. »I kann 's doch net, 's Lateinische!«

»Dei Mäu sollst halten, heißt des. Und: i sag's nur oamal! Gefahr is in Verzug, du schleunst dich gefälligst, heißt des! Die Suppen hast dir ein'brockt, jetzt löffelst's aus, gefälligst! Sonst jag ich dich vom Dienst und bring dich noch vor's höchste G'richt. Ja, glaubst denn du, wir machen G'spaß?!«

Er wendet sich, zeigt ihm den Rücken, und schrei

tet würdevoll der Pforte zu ins Paradies. Der Boanlkramer rutscht ihm nach auf allen vieren und heult um sein Leben:

»Der geht mir doch net mit!«

Der Portner öffnet die gewaltigen Flügel des heiligen Tors ins Licht, schreitet hindurch, Musik rauscht um ihn, und spricht noch einmal, über die Schulter nur, zum Sünder, ruhig und in verstörender Deutlichkeit:

»Du bringst ihn! Sonst staubt's!«

Und donnernd fällt die ewige Pforte hinter ihm ins Schloss.

Ja, donnernd! Ihr Echo hallt durch Welten, und Finsternis senkt sich herab. Der Boanlkramer liegt noch brettlbreit, alle viere weit von sich gestreckt, wie der 'prellte Broz, die sprichwörtliche vom Schock gelähmte Kröte. Er zittert, togetzt, und er kann nicht anders, als es sich vorstellen: das höchste Gericht!

In Wolken thront es in erdrückender Pracht, umstanden, umschwebt von Erlauchten und Guten, von allen den Seelen, die gelebt seit Erschaffung der Welt. Und er nun, ganz klein, wird gebracht, wird geführt vom gestrengen, geharnischten, schweigenden Cherubim. Wie er da keinen Laut herausbringt, kein Gacksen und Greinen und nichts zur Verteidigung. Was sollt er auch sagen? Was weiß schon ein höchstes Gericht, was wissen die Ewigen von der Qual des Verzichts auf Kerschgeist und irdische Freuden, wo doch Nektar und Manna allezeit da sind für alle.

»I kenn zwar an jeden, der da umadum steht, wenn s' mich verdonnern. Ich war's ja, der an jeglichen 'raufkutschiert hat in die ewige Wonne. Auf mei'm Karren san s' g'flackt, stocksteif und ganz mäuserlstaad, und erst draußd an der Pforte hat sie des Michael Wort oder der Kuss eines Engerls zum ewigen Leben erwecket. Aber da bin i ganz g'wiss, dass keiner von denen a gut's Wort einlegt für mich. So viel Mensch san sie blieben, die Rammeln, Bettelmann, König, Knecht oder Pfarrer, dass ein jedes erhaben sich dünkt über 'an Sünder und ganz gierig auf einen Richterspruch harrt und ihm beistimmt. I kenn s', die Bagasch! Kaum hast du was g'macht, was allseits verboten is, schon schlagen sie sich an die Brust: i bin fei besser, i bin net a so, und: lasst es ihn fühlen und lasst es ihn büßen – o weh! O ich kenn s' … Was is des?«

Ja, was ist das? Er hört etwas, hebt langsam den Schädel und schaut. Zu erkennen ist wenig, seit der Donner des Zorns wie Gewitter auf Erden das Licht verhüllt hat.

»Wenn's finster wird, dann sind sie ganz bös. Bloß … was ratscht da … und wischpert?«

Von überall her, von draußen, von fern und von nah tönt ein Kichern und Flüstern, ein Lachen und Rufen herein, und schwillt zu bedrohlichem Lärm.

»Au weh, au weh!«

Da bersten die riesigen Pforten ringsum, und in den Saal der Kanzlei jagen, laufen, strömen, fliegen und purzeln Selige aus allen Zeiten, in allen Gestalten und Trachten, Große und Kleine, Stumperte, Wamperte, Alberne, Grimmige, Erhabene, Kindische, Schöne und Grausliche.

Sie lachen und kudern, jauchzen und prusten in allen Höhen und Lagen und Tönen, winden sich, halten die Bäuche im Lachen, im gewaltig hallenden Spott:

»Der Boanlkramer ... achtzehn Jahr drauf ... wegen zwölf Kerschgeist ... so a Gaudi ... jetz ham s' 'n derwischt!«

»Is' scho rum, die G'schicht?«, schreit der Boanlkramer gegen sie an. »Ja freili, des g'fallt euch, ös Deppen! Ihr braucht's ja kein' Kerschgeist, euch ist keiner vonnöten, euch ist ewiglich warm!«

Er rappelt sich auf und will fort. Er drängt durch die Mauer der sich vor Lachen Biegenden und derer, die mit Fingern weisen auf ihn und die Köpfe schütteln dazu. »Ja, lacht's mi nur aus! Des is der Dank, dass ich sanft war und gnädig euch g'holt hab vom Leben! Dass i so brav war und fleißig und hilfreich!«

Sie kreisen um ihn, sie schieben und stoßen und bugsieren ihn mählich zum Tempel hinaus. Er rudert mit Armen und Beinen und brüllt in den Lärm:

»Gebt's mir lieber an Rat, ihr Oberg'scheiten alle mitnand! Wenn's scho allwissend sein derft's, da heroben, auch wenn a jedes von euch noch so bläd und voll von Furcht war, bei der ersten Begegnung mit mir!«

Inmitten der Menge, im Glanz seiner Krone, hält Kaiser Ludwig der Bayer sich die vom Gelächter schmerzenden Seiten.

»No, Majestät, du warst doch so g'scheit, und so fromm warst aa no dazu! Sag mir halt du: sollt ich hinkniageln vor eahm und mit aufgehobene Knochenhänd flehen, dass er mir mitgeht? Oder weißt sonst einen Rat?«

Der Kaiser indes kann nicht sprechen vor Lachen. Er setzt an, schüttelt den Kopf und prustet von neuem heraus:

»Zwölfe … naa!«

»Zwölfe! Ja, Guat hast zug'hört, ganz genau, Majestät! Und herzlichen Dank für den trefflichen Rat!«, giftet der Boanlkramer und drängelt sich weiter. Da steht ihm ein Mordstrumm Mannsbild im Weg, ein Lackl mit schneeweißem Bart. Der lacht dröhnend: »Hö – hö – hö!«

»Ja, was siech i? Der Herr Schmied von Kochel persönlich, den i eing'holt hab nach der Sendlinger Bauernschlacht, wie er im Kampfe gefallen is, damals, am Christtag, als Held seines Volkes verehrt bis zum heutigen Tag!«

»Hö – hö – hö!«

»Ja, zahn di brav aus! Habt's die Schadenfreude recht unversehrt mit'bracht, alle mitnander, ins Paradies 'rauf, gell! – Ja, höhöhö! Und auf des denkt keiner von euch: wenn auf mich koa Verlass nimmer is, kannt ja kein Mensch mehr sagen ›todsicher‹!«

Die jauchzende Menge schwemmt ihn vors Tor. Dort harren geduldig sein Ross und sein Wagerl. In dem Gedemütigten kochen Wut und Empörung. Er denkt an die gewissen anderen Fahrten, die hier oben niemals erwähnt werden – an die Seelen, die er nicht aufwärts, sondern hinunter zu führen den Auftrag bekommt. Dort ertönt kein Gelächter, an jener dunklen, eiskalten Pforte, wo glühende Wesen wortlos ihm seine Passagiere vom Karren hinab in die Unterwelt zerren, schreiend und klagend. Dort hat noch nie einer

312

gelacht über ihn. Dort hat's nie Reklamationen gegeben, nie hat ihn jemand bedroht mit Gericht und mit Pein. Darum schreit aus ihm laut der hilflose Zorn:

»Jetzt wär i ja lieber beim Teifi!«

Dieser Name, den hier keiner zu nennen wagt, ist ihm unwillentlich glatt aus dem Maul gerutscht. Haben ihn alle gehört? Wird ihnen das blöde Lachen und Spotten vergehen, nach dieser neuen Ungeheuerlichkeit? Werden sie schweigen und auf ihn starren wie auf den Aussätzigen? Is aa Wurscht, denkt er, und fühlt sich mutig dabei, soll passieren, was mag. Übler kann ich nicht dran sein.

Doch nichts geschieht. Bringt sie nicht einmal der Name des Gottseibeiuns endlich zum Schweigen?

Da erfüllt die Luft sich mit Brausen. Sie fahren daher über den Köpfen, mit gewaltigen Flügeln, der Erzengel zween: der Michael und mit ihm der Gabriel. Ihre Mienen sind ewig und eisig. Sie heben die Schwerter und weisen den zeternden Boanlkramer gebieterisch auf seinen Kutschbock, stumm und bedrohlich.

Der gehorcht und schwingt sich hinauf, packt Zügel und Peitsche und traut sich auf einmal, was er sonst niemals gewagt: er schreit den Erzengeln laut ins Gesicht:

»Ja, freili – sonst waar i der Garneamd, und auf amal kommerten s' gar zu zweiter, die Herrn. Gut, i bin folgsam, i fahr – und wenn es mei letzte Fuhr sein sollt! Aber so is 's. Des hat man davon, wenn man sich mit einem Menschen einlasst, ehvor dass er tot is! Hüah!«

Die Trauer

Noch ehe der Boanlkramer sich so weit gebracht hat, dass er es wagt und ungerufen beim Kaspar erscheint, soll der gejagte Florian Högg seinem Jäger Simon Haller noch einmal gegenüberstehen: am Tag, an dem das Marei beerdigt wird. Den Abend zuvor hat der Kaspar den Sarg zugenagelt und ihn mit Nachbarn hinuntergetragen in die Kirche.

Die Nachbarn sind seit diesem Tod wie verwandelt. Sie reden nicht mehr hintenherum, sie gehen dem Kaspar nicht aus dem Weg. Was ihn lange bedrückt hat, was zu durchbrechen ihm nicht gelingen hat wollen, ist ganz wie von selber vorbei. Hat er vordem oft meinen müssen, sie sähen ihn lieber als Krattler denn als Tüchtigen, hat es nichts genutzt, wenn er versucht hat, eine Freundschaft wieder zu knüpfen, so gehört er nun wieder zu ihnen, und sie sind ihm gut Freund. Voran die vom Pfliegelhof und die vom Besitz des Advocaten Dr. Senger erweisen sich in diesen Tagen als hilfreich in allem. Weil er allein sein Vieh nicht versorgen kann, haben sie es derweil bei sich untergestellt zum Füttern, Misten und Melken, und für das Kleinvieh kommt täglich die Genovefa vom Angermanngütl, die brave Freundin vom Marei, herauf.

Weil seine Buckelwiesen zur Mahd anstehen, haben sie untereinander schon ausgemacht, wer es besorgt.

Denn der Alte muss erst zwei, drei Leute aufnehmen für die Arbeit vom Marei und dem Flori, und bis er da ordentliche findet, mitten im Sommer, wo es überall Arbeit gibt und nur Taglöhner zu haben sind, kann eine Zeit vergehen.

Es hat alles seinen Gang weitergehen sollen, und doch wurde alles ganz anders.

Der Söllmann war wie verprügelt und hat nicht gehorcht. Er hat den Sarg hinunterbegleitet und ist vor der Kirchenpforte liegen geblieben, wie der Kaspar heim ist. Erst spät in der Nacht ist er wieder am Hof aufgetaucht, hat aber nicht in seine Hütte wollen, sondern so lang an der Türe gewinselt, bis der Kaspar ihn hereingenommen hat. Er hat sich an den Fuß der Treppe gelegt, wo er alles im Blick hat. In der Früh, zur Beerdigung, ist er vorausgefegt und während der Totenmesse, und später, beim Gang zur Grabstätte, vor der Friedhofsmauer gelegen.

Es wurde ein warmer, sonniger Tag, herrlich und leuchtend wie zum Hohn. Viele Leut waren da, fast das ganze Dorf und viele aus der Umgebung. Und zu spüren war, dass es jeden was angeht, dass keiner bloß da ist, weil sich's gehört oder aus Neugier, sondern aus Ehrerbietung und um sein Mitgefühl zu bezeigen. Jeder schien etwas verloren zu haben, und viele haben sich Schuld zugemessen, dass ihr Betragen schlecht war und dass sie es hätten verhindern können, wären sie nicht gar so gerechtsam und unnachsichtig gewesen.

Auch der Senftl war da samt Familie und mit ihm der Simmerl. Der ist bei der Anni gestanden, die, seit sie das Kind hat, dünner geworden ist und nicht mehr so auffällig. Sie haben sich seitab gehalten, und kaum jemand hat zu ihnen hingeschaut.

Anders war es zu Anfang der Messe. Die Orgel hat schon gespielt, wie der Gendarm den Flori gebracht hat. Da haben viele sich umgedreht, einer den anderen angestoßen. Es war ein stummes Lauffeuer. Der Senftl ist erschrocken und hat gleich mit dem Simmerl getuschelt, weil ihm offenbar nicht bekannt war, wer dem Gefangenen diese Vergünstigung eingeräumt hat. Der Florian ist frei dagestanden, er war nicht gebunden, war nicht in Schwarz, sondern in jenem Gewand, in dem sie ihn gefangen hatten. Er ist die ganze Messe hindurch hinten stehen geblieben, während der Kaspar vorn in der ersten Bank saß, und erst auf dem Weg hinter dem Sarg her zum Grab haben sie sich mit den Augen gegrüßt.

Die Begegnung hätte den Kaspar gewiss mehr getroffen, hätte da nicht die Totenglocke geläutet. Ihr Klang hat ihn ganz aus der Fassung gebracht. Ihm war, als stünde der Boanlkramer lauernd nahe hiebei. Er hat sich umgeschaut und gelauscht, ob er irgendwas hört, den schiechen Wind oder sonst was, aber er hat nichts vernommen. Trotzdem hat er sich eingebildet, er ist da. Er war auch da.

Am offenen Grab hat das aufdringliche Schluchzen der alten Weiber gefehlt. Sie haben es sich nicht getraut, dieser Tod war zu lähmend und zu bestürzend. Jeder hat eine Schaufel Erde hinuntergeworfen, den Weichbrunn gespendet und dann dem Kaspar, meist nur mit einem Nicken, ein Beileid bezeugt. Die Hand hat er kaum einem gegeben, und Worten ist er schnell ausgewichen. Er hat stumm alles über sich ergehen lassen und ist in seinem Gehäus verblieben.

Zum Flori hat niemand sich hingewagt, obwohl er mit dem Loichinger neben dem Grab gestanden ist. Die Leut haben die Augen niedergeschlagen, und mancher hat sich geschämt, der vor zwei Tagen noch lustig mit ihm auf dem Fest war. Er und der Loichinger haben als Letzte den Friedhof verlassen, und draußen vor der Mauer hat er den Söllmann gestreichelt. Der Kaspar ist in der Entfernung gestanden und hat es gesehen.

Der Kaspar ist beim Leichenschmaus neben der Wurzer-Burgl gesessen, hat aber nichts zu sich genommen, kaum was gesagt, und sie hat ihn nicht weiter behelligt. Nur einmal hat sie gemahnt:

»Willst Hungers sterben?«

»Kümmer dich net. Mit mir geht alles sein' Gang.«

Dann haben sie nichts mehr gesagt. Überhaupt ist es, anders als sonst, still gewesen beim Schmaus. Kaum wer hat geredet, über die Tote gesprochen, und sich, wie üblich, verwundert, dass sie vor drei Tagen noch lebendig war, und wer hätt das gedacht …

Nur der Senftl hat etwas versucht. Dem war nicht wohl in der Haut. Er war ganz grün im Gesicht, aber ist zum Kaspar hinüber und hat eine Versöhnung anbahnen wollen.

»Isst du nix, Brandner? Bedenk doch, Essen halt' Leib und Seel z'amm, und Stärke der Seele und des Leibes ist dir jetzo vonnöten.«

»Du hast dich frühers aa net um mein Wohl so bekümmert, also braucht's es jetzt weniger denn je.«

»Lass dir sagen, Kaspar, es is oa Bedauern in der G'moa. Und auch bei mir. Da is viel verkehrt g'macht worden, von alle Seiten …«

»Tu mir den einzigen Gefallen und verschwind. Wir zwei ham nix zum Reden mitnander!«

»Doch, Kaspar … des muss irgendwann g'sagt sein, dass keiner des gewollt hat, und keiner hat ahnen können, wie's endet. Schau, es war dem Simmerl sei Pflicht …«

Weiter kommt er nicht. Der Kaspar erhebt sich, lässt ihn sitzen, grüßt an der Tür die Gesellschaft mit einer wehen Bewegung der Hand und geht hinaus. Der Söllmann ist neben ihm, und sie steigen mitsammen hinauf zum Hof.

In der Lärchenschonung beim Großen Parapluie fasst sie ein scharfer Wind aus dem Süden. Läutet die Totenglocke darein?

Der Kaspar bleibt stehen:

»Wo bleibst denn? Ich g'spür's doch in alle Knochen, dass du um die Weg bist!«, ruft er rau in den Wind und dreht ruckend und suchend den Kopf. Der Söllmann krümmt sich zusammen und winselt.

»Ich ruf dich net! Musst schon von selber dich vorwagen. Sei koa Feigling und zeig dich! Lüg deine Entschuldigungen alle heraus!«

Alles bleibt still, nichts regt sich, nichts zeigt sich.

Er war aber da.

Am Nachmittag kommt der Kobell vorbei.

»Ich bin grad aus der Stadt zurück, bin auf dem Wege zu Ihnen, fragen, ob Sie mitgehn mögen, morgen früh, den Napoleon ausmachen, da hör ich erst, was geschehen ist.«

Er bekundet sein Beileid und spricht von der Toten in herzlichen Worten. Sie tun gut, aber der Kaspar lenkt ab:

»Auf den Napoleon soll's gehen?«

»Ja, stell'n S' Ihnen vor, der belgische König hat sich erkundigt, ob der schon erlegt worden ist, inzwischen. Er weilt grad in Wien, wo er seine Tochter verheiratet hat mit dem Erzherzog Maximilian, und auf der Rückreise kommt er hierher.«

Der Brandner lächelt: »Der Napoleon steht droben am Riedenstein. Den kannt der König leicht haben, der is alt inzwischen und müd. Der rennt ihm nimmer davon. Er is aa nimmer der Platzhirsch.«

»Kannt er einem schier Leid tun, was? Sollt ma ihn besser verschonen und sein Alter in Ruhe genießen lassen?«

Der Brandner winkt verächtlich ab mit der Hand:

»Für so Alte is' a Erlösung, wenn s' weggeputzt werd'n. Und von am König geschossen – des kann ihm im Hirschenhimmel zur Ehre gereichen, was weiß ma.«

Der Kobell lacht: »Gut. Ich komm morgen früh, dann geh ma mitnand, ihn erlösen.«

Für den Alten ist's eine Erlösung, wenn er weggeputzt wird, denkt der Kaspar, wie er wieder allein ist. Das hab ich gesagt? Und wie ist es mit mir? Was ist übrig von dem, warum ich weiterleben hab wollen? Das Gütl erhalten – für wen noch? Für den Flori, wenn er zurückkommt? Für das Andenken derer, die hier gelebt haben, denen Haus und Hof alles gewesen sind, Grund zur Plage und genauso zum Glück?

»Naa«, sagt er in die einsame Stille hinein. »I gib net auf!«

Es wird Abend, die Sonne geht golden hinunter. Er war im Pfliegelhof drüben und hat selber sein Vieh versorgt. Derweil war die Genovefa da, hat hier das ihre getan und ist wieder heim. Er müsste steinmüd sein und ist doch ganz wach.

Es ist der erste Abend in gänzlicher Einsamkeit. Gestern um diese Zeit lag das tote Marei noch in der Kammer. Eine gewaltige Stille und Leblosigkeit ist rundum. Kein Vieh im Stall, der Söllmann in seiner Hütte tut keinen Mucks. Nur die alte Uhr tickt.

Er nimmt das Hausbuch zur Hand, das noch von der Mutter her im Wandschrank verwahrt ist, blättert und sieht eine Zeichnung, die ein einsames Grab und eine Trauergestalt in Schleiern darstellt. Darunter steht:

> Auferstehn, ja auferstehn
> wirst du mein Staub, nach kurzer Ruh
> Das ewig Leben
> Wird, der dich rief, dir geben

Auferstehen. Sie werden sich leibhaftig erheben aus ihren Gräbern und in Scharen zur Stätte des Jüngsten Gerichts pilgern, vor SEIN Antlitz, zu vernehmen den Spruch? Nicht vorher schon? Lässt der Boanlkramer sie bis zum Jüngsten Tag liegen in der Finsternis, der Eiseskälte des Grabes? Was hat er gefaselt von der

Seligkeit, die alsbald bevorsteht, wenn einer sich fügt und ihm folgt? Ist das Marei schon dort, teilhaftig geworden des Glanzes? Hat der Schwarze gelogen? Liegt sie starr unten im Freithof und muss verfaulen? Tot ist tot, und nichts folgt?

Der Kaspar mag schönen Worten nicht trauen. Eines sagt etwas, und das nächste behauptet das Gegenteil. Es lässt sich alles behaupten, die Wahrheit hat für jeden, dem sie widerfährt, ein anderes Antlitz. Gewiss führt der Boanlkramer einen hinaus, aber wenn er ihn erst einmal auf seinem Karren hat, ist es gewiss aus bis zum Jüngsten Gericht.

Das böse Grübeln gärt in ihm wie ein tückisches Gift. Er steht auf, und er blickt aus dem Fenster zum Himmel hinauf, von dem all die schönen Bücher, der Pfarrer, die Eltern, die Lehrer, die Leut alles und jedes versprechen. Was ist wahr? Wohin sind jene gegangen, die er liebt? Er hasst eine jegliche Prophezeiung und sehnt sich zugleich nach einer, die wahr sein könnte.

Den Berg herauf kommt eine Gestalt, nicht zu erkennen gegen den Schein der untergehenden Sonne. Der Söllmann schlägt an und gebärdet sich wild. Der Kaspar will schon die Türe verschließen, da sieht er, es ist der Simmerl.

Der auch noch!

Der Jäger öffnet zaghaft die Tür und steckt nur den Kopf herein: »Brandner ... redest mit mir?«

»Ja ... naa ... zu was?«

Er tritt ein, schließt die Tür ordentlich hinter sich, legt seinen Rucksack auf der Ofenbank ab und kommt näher. Das Sprechen fällt ihm auch sonst nicht grad leicht, aber diesmal muss er mit Gewalt die Worte herauswürgen:

»Brandner, ich muss dir des sagen: Ich hab den Florian net einsperren wollen. Bloß fangen auf frischer Tat und ihm sagen, lass es dir eine Lehre sein, verstehst?«

Der Kaspar nickt, und seine Stimme klingt bitter:

»Versteh scho. Dich schreckt die Lawine, die dein Steinwurf ausgelöst hat. Möchtest am liebsten all's ungeschehen machen. Aber des geht net. Seit heut in der Früh liegt sie am Freithof, fünf Schuh unter der Erd! Und warum? – Weil sie 's in Liebe net ertragen hätt können, dass ihm ein Leid g'schiecht!«

Der Simmerl hockt sich dicht neben ihn und fleht:

»Glaub's mir, ich hab alles versucht, dass ich sie mir aus dem Kopf bring!«

»Mädeln gibt's gnua …«

»Ich hab mi sogar mit der Anni vom Senftl einlassen, wie sie verzweifelt war, weil sie sich den Florian in den Kopf g'setzt hat, und er hat s' abfahren lassen, genau wie mich 's Marei. Trost ma uns aneinander, hat s' g'sagt, sie is a arm's Luder, glaub mir 's.«

»A sauberer Trost, wo a jedes an andern im Kopf hat. Des Kind is des deine, am End?«

Der Simmerl schaut in den Boden hinein und gesteht:

»Ja. War ma b'suffa, all' zwei, und sie hat so g'woant. Wie sie's dann nach a paar Wochen innewor'n is, ham wir gemeint, es helfert uns was. Aber nix war's, für sie net und aa net für mich! Brandner, i sag dir des bloß, weil du mich besser verstehn sollst. I muaß es wem sagen, sonst zerreißt's mi. Und wem, wenn net dir als dem Nächsten. Versteh mich halt!«

»So schwer is des net zum Verstehn«, seufzt der Kaspar, ohne zu tadeln oder zu trösten. Der Simmerl scheint eine Vergebung herauszuhören und klammert sich dankbar an ihn:

»I hab mir des Marei net aus'm Kopf bringen können! Brandner, nix tut so weh, wie wenn eine, die ma verzweifelt zum Leben braucht, am andern alles vergunnt! Jahrelang war sie mit mir gut, und dann hab i zuschauen müssen, wie sie dem anderen anhängt. Nix tut so weh –!«

Der Kaspar macht sich los und stellt sich auf, vor dem zusammengekauerten Lapp: »Freilich! – und dazu die Macht, dass ma den Nebenbuhler sich aus'm Weg räumt. All's zum Verstehen! Hättst a Heiliger sein müssen, wenn'st dem widerstanden hättst!«

Er beugt sich vor, legt die Hände fest auf den Tisch, und liest dem Jammerlappen die Leviten:

»Aus Lieb is des alles geschehn, Mensch, 's Wildern, die Plag und des Rackern! Wir drei ham alles riskiert, bloß dass wieder richtige Leut wer'n aus uns Krattler! Und ham dabei 's Beste verloren!«

Er dreht sich schnell weg und hockt sich ins Dunkle. Der Jäger soll nicht sehen, wie nah ihm die Tränen schon wieder sind, so sehr er sich auch wehrt gegen sie.

Der Simmerl sagt lang nichts und der Alte auch nicht. Die Uhr tickt so laut, es ist kaum zu verstehen, wie der hilflose Jäger vor sich hin flüstert, und dabei doch die Frag an ihn richtet:

»Und wie soll i weiterleben, mit dem?«

»Danach fragt niemand«, sagt der Alte verächtlich.

»Verachtet bist g'schwind, und der Weg z'rück is alle Mal versperrt, des hab i selber erfahren. Lebst halt dahin.«

»Auf'm Gräbnis hat mich scho keiner mehr angschaugt. Naa, i kündig den Dienst auf und geh fort aus dera Gegend. Was soll i noch da?«

Der Alte nickt vor sich hin in die Dunkelheit und tröstet ihn nicht. Was soll er ihm sagen? Dass er sich zu dem Bankert bekennen und die Anni heiraten soll? Schwiegersohn werden vom Senftl? Immer verlacht, verhöhnt und verachtet? Da wär es wahrhaftig besser, er ginge fort. Was soll er noch da?

Das sagt er auch und meint nur sich selber:

»Ja, was soll ma noch da. Der Boden is weg, 's Licht is aus. Magst's net ertragen? Musst's ertragen! – Möchtst dich auflehnen? Gegen wen? – Kannst bloß dahocken und warten. Die Uhr dappt weiter – nächste Stund – nächste Stund –, und a jede bringt dich weiter weg von dera Todesstund. Aber die Schinderei wird net geringer. So a Trauer is a Hilflosigkeit, aus der's keinen Ausweg net gibt! – Dabei brauchert i bloß rufen. Aber naa! Naa!«

Der Simmerl hat nichts von all dem gehört, was der Alte gemurmelt hat, und was mehr sinniert, als für ihn bestimmt war. Er hat einen tiefen Atemzug getan und sich auf die Füße gestellt.

Er presst die Hände an seine Schläfen und steht da, als warte er auf ein erlösendes Wort, von dem er weiß, dass es nicht kommt, weil es keine Erlösung gibt. Da fällt sein Blick aus dem Fenster:

»Jetzt kommen s' daher –«

»Wer denn noch, um Gottes willen«, fährt der Kaspar auf.

»Der Florian möcht dich noch amal sehen, ehvor dass s' ihn morgen um vier in der Früh mit'm Schub wegbringen. Ich hab dem Loichinger zug'redt. Der Senftl weiß nix davon. Er führt ihn herauf.«

»Heilige Mutter Gottes, muss des aa no sein«, stöhnt der Kaspar, und der Simmerl ist auf einmal verhuscht und verstört und bittet ihn hastig:

»Könnt i 'nüber in d' Kuchl derweil. Dass er mich siecht, des kann ma ihm dersparen.«

Und wer erspart mir was? denkt der Kaspar, gibt ihm den Wink, und der Simmerl verschwindet nach nebenan, während der Kaspar die Petroleumlampe anzündet.

Dem Gefangenen sind die Hände auf den Rücken gebunden. Daran hängt ein Strick, an dem führt ihn der Loichinger.

»Von mir aus hätt's es net braucht«, entschuldigt er sich und löst die Fessel. »Und vom Flori aus auch net. Es is nur, im Fall uns jemand begegnet, dass es net heißt … verstehst scho. Ich wart derweil draußd.«

»Dank dir schön«, sagt der Kaspar und: »Wart!« Er holt den Kerschgeist hervor aus dem Schrankerl, gießt dem Loichinger ein, dem Flori und sich selber.

Dann sind sie allein, und der Flori versucht mühsam ein Lächeln:

»Es is grad ums Pfüa-God-Sagen, Kaspar. Wer weiß, ob man sich je wieder siecht. A paar Jahrl werden s' mir g'wiss 'aufihau'n.«

»I bin dann schon noch da«, versucht der Kaspar den tröstenden Ton, doch der Flori lächelt nur weh und ganz ohne Hoffnung:

»Ich weiß. Du sagst es ja immer, du hast's ewige Leben, wie a alter Baum.«

Das hat er oft gesagt in der Kraft und der früheren Gewissheit, wenn es gefährlich hergeschaut und er etwas Unmögliches gewagt hat. Jetzt schüttelt er nur den Kopf und sagt rau:

»Des is vorbei. Der Baum is abg'sägt, Flori. Da is grad noch a alter Wurzelstock übrig davon – lebendig? Tot? – ma weiß net amal des. Er is bloß noch da und geht allen im Weg um. Ma kann drüber stolpern.«

Bisher hat der Flori sich aufrecht gehalten an seinem Lächeln und seiner jungen Behändigkeit.

Jetzt sieht er sich um in der Stube, in der er drei Jahre daheim war, wo es ist, als müsse die Türe aufgehen und das lebendige Marei hereintreten wie alle Tage zuvor, und da ist es aus.

Es haut ihn verkrümmt auf die Ofenbank hin, in greinenden Stößen schluchzt es aus ihm, während er den Schädel auf die Tischplatte haut, wie um sich zu strafen und sich aufzulehnen:

»Kaspar, i sag dir's, i mag nimmer leben! Ich bin doch schuld an dem allen!«

Der Kaspar packt seine wuschligen Haare, möchte streicheln und trösten.

»Des darfst du net sagen, Bua!«

Der Flori schreit, sein Gesicht ist verzerrt, Tränen laufen darüber:

»Es is wahr! Sie hat mich gewarnt, vor i fort bin: Macht's a End mit der Lumperei, hat sie g'sagt in Verzweiflung. Naa – wenn eines hat stürzen müssen und tot sein, dann wär ich des g'wesen! Ich bin schuld!«

»Flori! Ich mess mir genauso viel Schuld zu. Ich bin der Ältere, ich hätt's besser wissen müssen! Wir dürfen net rechten! Die Welt is a so! Eins lebt vom ändern, eins ist des anderen Tod! Der Fuchs reißt d' Henna, wir schießen den Fuchsen, und als Beute is er uns lieb! Diesmal ham s' uns drei gejagt wie die Fuchsen, und die unschuldigste Seel hat dran glauben müssen! Aber weiter gehn müss ma! Das Leb'n bleibt drum net steh'n! Weiter, Flori, weiter voran! Geht's net über'n Berg, geht's außen 'rum! Aber weiter gehn musst du!«

Der Flori ist still geworden und matt und erwidert nur mutlos: »Glaubst selber, was du da sagst?«

»Ja!«, sagt der Kaspar in Festigkeit. »Weil's koa andere Rettung net gibt für an Lebenden, als wie weiter voran und net z'ruckschaun. Wär sie noch da, sie tät dir das Nämliche sagen!«

»Oh Gott«, sagt der Flori, »warum hab i bloß nie auf sie g'hört?«

Der Kaspar drückt ihm das Glas in die Hand und nimmt das seine.

»Hör auf zum Sinnieren und klag dich net an. Des hilft nix, bewirkt nix, es bringt dich bloß um. Trink mit mir auf an Abschied für heut, auf an kurzen …«

»Kurz? Des wird sein für a Ewigkeit …«

Der Kaspar schüttelt den Kopf.

»Die Ewigkeit is ganz was anders«, sagt er leise.

Sie trinken, und dabei fällt der Blick des Flori auf die Ofenbank:

»Wem g'hört der Rucksack da?«

Der Simmerl hat ihn liegen gelassen, wie er sich in die Küche verzogen hat. Dem Kaspar kommt in den Sinn, nicht die Wahrheit zu sagen, aber dann entschließt er sich doch und gibt zu:

»Dem armen Teufel, der g'jagt hat – und der jetzt auch net viel besser dran is wie wir zween.«

Erst versteht der Flori es nicht, weil er es nicht für möglich hält, dass der Kerl sich hier herwagt und der Kaspar mit dem auch noch redet. Dann begreift er den gesenkten Blick des Alten und fährt in die Höh.

»Arm, net – der Teufel, ja! Hat der si versteckt? Wo is er?«

Er bemerkt, dass die Tür in die Kuchl nicht ganz zu ist, und schreit aus Leibeskräften, dass ihm die Stimme überschlägt:

»Hörst es, da drin? – Komm raus, wenn'st a Schneid hast!«

Es dauert, dann schlägt die Tür auf, und der Simmerl steht da, mit Schuldbewusstsein und Trotz in den Zügen. Zwei Todfeinde stehen zum Kampf bereit voreinander, gebunden der eine, der andere frei, starren einander an, und der Flori beginnt den Gegner zu schmähen:

»Du! Du machst's Leben ärmer, wo'st hinkommst! Du wenn die Welt g'macht hättest, sparertst am Tag mit'm Sonnenschein und bei der Nacht mit'm Mond. Dir singert koa Vogerl, des kostert zu viel. Und wenn wo a Bleami blüht, ruhst du net, ehvor's net zertreten ist. An dir san bloß zwoa Sachen bedeutend: deine Notigkeit und der Neid!«

Der Simmerl blickt ihm fest in die Augen und verbietet sich, etwas zu erwidern. Da erhebt sich der Kaspar und stellt sich, klein, alt und gebeugt, zwischen die Burschen, hebt abwehrend die Hand gegen jeden von ihnen und mahnt streng und ernst:

»Horcht's zu! Es hat sich ergeben, dass ihr zwei Todfeind habt's werden müssen. Waar's anderster 'gangen, hätt euch auch a Freundschaft sein können …«

»Mit dem?«, schreit der Flori und wendet sich ab, weil er das Gfries des Jägers nicht mehr ertragen kann, dieses Mörders, des Lumpen, des Sauhunds. Er möchte ihn totschlagen und verröcheln sehen zu seinen Füßen.

Da fasst ihn der Kaspar und dreht ihn zu sich herum. Er schüttelt ihn und sagt mit erhobener Stimme, ganz ohne Zorn und gar nicht belehrend:

»Flori! Wenn der Hass fortlebt, hätt es zweimal kein' Sinn, dass sie sterben hat müssen. Des is doch zum Einseh'n!«

Er will noch mehr sagen, er hat vor, die beiden nicht im Unfrieden auseinander gehen zu lassen, aber er kommt nicht dazu. Da ist plötzlich etwas vernehmbar:

Ein Wind rauscht heran, und drein mischt sich der scheppernde Klang eines Glöckchens, das der Kaspar gut kennt und das er stündlich erwartet hat. Er lauscht, er wendet sich ab, als wären die beiden gar nicht mehr in der Stube. Sie blicken verwundert auf ihn und können sich nicht erklären, warum er auf einmal zum Fenster hinaus starrt.

Der Simmerl nutzt die Gelegenheit, tritt vor den Flori und verkündet in Schuldbewusstsein und Trotz seine Absicht. Er hat sie dem Brandner vorhin schon sagen wollen, aber nun gibt er sie dem Flori bekannt:

»Vor Gericht gibt's bloß eine Aussag: die meine. Und ich sag, dass ich mich geirrt hab, und a g'wilderte Gams hab ich auch net gefunden.«

»Aber du hast sie doch g'funden!«, schreit der Flori und vermutet eine neue Hinterlist.

Der Simmerl schüttelt den Kopf: »Nein! Nix hab i g'funden und basta! Und der Zeuge aus der Stadt wird auch net benennt!«

Das bedeutet – der Flori kann es gar nicht verstehen – nicht mehr und nicht weniger als seine Entlastung vor dem Gericht. Danach ist es fraglich, ob andere Beweise und die Aussage der jagenden Burschen zu einer Verurteilung genügen. Er fragt tief erstaunt und ungläubig:

»Die Blamasch willst du auf dich nehmen –?«

Der Simmerl nickt trotzig.

Da fährt der Kaspar dazwischen mit weit aufgerissenen Augen:

»Hört's es net? Die Totenglocken, scho wieder! ... Flori!«

Der lauscht und schüttelt den Kopf.

»Ich hör nix.«

Als auch der Simmerl unter dem fragenden Blick den Kopf schüttelt, weil er die Glocke nicht hört, springt der Kaspar zur Tür, reißt sie auf, läuft in die Dunkelheit und tappt bei den Sträuchern herum.

»Und der Wind, abermals ... und koa Blattl bewegt sich!«, stöhnt er.

Er schaut nach dem Söllmann. Der hat sich in die

Hütte verkrochen und kommt nicht heraus. Hat auch er Angst?

Der Loichinger, der vor dem Haus wartet und sich grad seine Latern für den Heimweg anzündet, kommt in Besorgnis heran:

»Was geit's, Kaspar. Habt's ihr scho ausg'redt? So g'schwind? Mir hätt ma noch Zeit. Was suchst denn da heraußd in der Finstern?«

»Hörst du aa nix!«, geht der Kaspar ihn an.

Der Loichinger schüttelt verwundert den Kopf. Spinnt der Alte? War es zu viel, was er ertragen hat müssen? Ist er übergeschnappt?

»Naa. Was sollt i denn hören? – Is dir net extra?«

Der Kaspar antwortet ihm nicht. Er geht in die Stube zurück, fasst den Flori und den Simmerl gleichzeitig beim Arm und befiehlt in Entschiedenheit, blass und gänzlich gefasst:

»Ihr geht's jetzt, alle mit'nand! Gott befohlen, Flori. Es wird alles net so grausam, hat der Simmerl versprochen. A jedes nimmt a Einsicht mit ins Künftige, a jedes lernt ertragen, was kommt!«

Er schiebt und drängt sie zur Tür und ins Freie hinaus, schiebt auch den Loichinger weg, hält plötzlich inne, lauscht und flüstert:

»Jetzt hör i nix mehr.«

Im funzelnden Licht der Latern sehen die drei Männer sich an und wissen sich keinen Rat, wie man dem Alten begegnen soll, der von Sinnen scheint und wie gar nicht bei ihnen. Der Simmerl fragt noch:

»Brandner, fürchtest du was?«

»Fürchten? Ich? Wo's Schlimmste schon g'schehn ist? Was jetz noch kommt, des wird minder schwar …

Geht's jetzt, ich fleh euch an, geht's! Der Herr segne und behüte euch, alle drei.«

Dann läuft er wie gejagt in sein Haus, und die drei hören draußen, wie er drinnen die Türen zuschlägt.

Sie sehen einander in Verwunderung an, ehe sie sich auf den Weg machen. Sie bleiben ein paar Mal noch stehen und blicken zurück auf das matt leuchtende Fenster am Brandnerhof. Dort ist es still, es rührt sich nichts mehr.

Der Kaspar hockt sich in seinen Lehnstuhl. Sitzt da, starr und in allen Fasern gespannt und lauscht in die Stille hinein. In ihm fiebert und bebt es. Wo bleibt er? Er hat sich angekündigt wie damals. Warum klopft er nicht? Erwartet er, dass ich ihn ruf? Da kann er lang warten. Kein Wort werd ich sagen!

Aber dann sagt er es doch, weil er es nicht mehr aushalten kann. Er erhebt sich lauernd, stellt sich in die Mitte der Stube und ruft es zur Türe hinüber:

»Wo bleibst denn? ... I weiß doch, dass d' kommst! ... Klopf endlich an und sag, was du hinterlistig im Sinn hast ... He, du! ... Bist du draußd vor der Tür? ... Hörst du net, wenn ma dich ruft!?«

»Guat hör i 's«, antwortet die Stimme des Boanlkramer ganz nah bei ihm. »Ich bin aber net draußd, i bin scho lang in der Stub'n herinn.«

Den Kaspar reißt es herum. Im leeren Lehnstuhl, in dem er selber grad noch gesessen, schwärzt sich ein Schatten, rundet und breitet sich aus, und aus ihm erhebt sich in Gestalt und leibhaftig der Schwarze, wackelt anbiedernd den Schädel und grinst freundlich her.

332

»Was willst ma denn du? Ich hab dich net g'rufen!«, geht der Brandner ihn an mit einer Stimme, rau vor Erregung.

»Warst aber ganz nah daran, heut schon a paar Mal …«, lächelt's zurück.

»Aber g'rufen hab i di net! Justament net!«

Der Boanlkramer klappert gewinnend und süß die Augendeckel, als er sanft, in öliger Güte erwidert:

»Und wie verhält es sich mit der Einsicht, von der du grad vorhin noch g'redt hast, gibst noch net auf?«

»Nie!«, brüllt der Brandner ihn an, die Fäuste geballt. »Niemals!«

Der Boanlkramer nickt bekümmert und hebt abwehrend, begütigend beide Hände auf gegen ihn:

»Is ja gut, brauchst net a so schreien, ich hab es vernommen. Es war ja net bös g'meint. Ich wollt lediglich nachfragen, ob sie sich g'lohnt hat, die Frist, die du erlangt hast von mir – hm?«

Der Kaspar sagt nicht gick und nicht gack, sondern starrt den ungebeten Eingedrungenen feindselig an.

»Net, gell?«, seufzt der Boanlkramer recht mitleidig und weise: »Ganz im Vertrauen: Es wär auch net möglich gewesen.«

»Was geht denn des dich an, ob sich des lohnt oder net! Reut dich eppa der Handel? Suchst du mich heim, weilst an schlechten Kerl machen magst und mich holen mit Gewalt?«

»Naa naa, ja was glaubst denn? Da könnt ja jetz ich sagen: ›nie‹ und ›niemals‹!« Er tut förmlich empört, so, als sei er gekränkt. »Was glaubst denn du, für was haltest du mich? Abgesehen von dem, dass ich koa Gewaltsamkeit überhaupts niemals net nötig hätt. Mir steherten wahrlich andere Wirksamkeiten jederzeit zu Gebot, wenn i mag, von denen du nix ahnst in deiner irdischen Winzigkeit! Naa, Kaspar, ganz ohne G'spaß, is nix zum Befurchten, ich bin und ich bleib treu und verlässig. ›Todsicher‹, wie ma so sagt, net wahr net.«

Er kichert gemütlich und schleicht auf ihn zu. Den Kaspar verkrampft seine Wut und die Angst immer mehr. Er schaut ihm entgegen, als wollt er ihm gleich an die Gurgel:

»Was rumpelst na 'rein in mei Hütten und machst so an Griwesgrawes her, mit der Totenglocken und 'm Wind als Vorreiter, und erscheinst in mei'm Sessel wie a Zauberkünstler vom Kirta?«

Dem Boanlkramer verdreht es die Augen vor so wenig Respekt:

»Die Glocken und 's Wehen gehören zu mir, Kaspar, wie 's Amen zur Kirch. Als die meinige unüberhörbare Ankündung, verstehst! Das entspricht meiner Würde! Herrschaft, sei net gar a so missliebig zu mir! I komm doch bloß auf an B'such, Kaspar, zum Nachschaun, wie's geht, was d' so machst all die Tag. Des werd doch erlaubt sein!«

»Auf an B'such … soso«, entgegnet der Brandner voll irdischem Misstrauen. »A sauberer B'such wär mir des, der höhnisch mich fragt, wie dass' geht! Du g'fallerst mir guat! Wie werd's mir scho gehn, nach dem, was mir g'schieht, was du selber mir antust –«

Der Schmerz um das Marei würgt so sehr in der Kehle, dass er die Fäuste vor seine Augen pressen muss, um nicht zu flennen.

»Net ›magst‹ – antun musst, Kaspar! Ich erfüll meine Pflicht, befolg meine Auftrag und hab nach Ursach und Sinn des Geschicks nicht zu fragen, des sollterst beachten«, kondoliert ihm der Schwarze in sanftem Grabesgemurmel und setzt eindringlich fort:

»Und was den Besuch anbetrifft, dass ich ungebeten eindring' bei dir, so musst du bedenken: i hab ja sonst neamds, niemand, verstehst, mit dem ich amal ratschen könnt. Die ich ansonsten treff, die seh ich alle bloß einmal, ein einziges Mal! Du hast ja keine Idee, was für a Ausnahm du bist.«

Es dämmert dem Kaspar, dass so ein Begegnen wahrhaftig nie und nirgends geschehen sein muss, weil er gar so sehr bittet und zwinkert und fleht:

»In Freundschaft, lass mich a bissei verweilen auf a Hoagascht. Wer weiß, könnt doch sein, dass mein Dasein und meine Worte sogar a wengerl an Trost mit sich bringen für dich. Geh zua, mach ma's uns grüabig, zünd dir a Pfeiferl an … komm, sei net fad!«

»Die Raucherei bedeut' ma nix mehr.«

»Und wie is' mit 'm Schnaps –?«

Der Boanlkramer zwinkert und grinst ihn dergestalt an, dass dem Brandner der Gedanke einschießen muss, der Kerschgeist allein sei der Grund für diese Heimsuchung, den er Besuch zu nennen beliebt.

»Ja, möchtst wieder ein'?«, fragt er erstaunt.

Da kichert und ziert sich der Boanlkramer und schmatzt mit der Zunge und klappert die Augendeckel wie eine gschamige Magd, wenn der Bursch zu ihr in die Kammer steigt.

»Woaßt, ehrlich … i sagert net naa …« grinst er endlich.

Dem Brandner fällt förmlich ein Stein vom Herzen. Er kann sogar schmunzeln, als er den Kerschgeist herbeiholt und die Gläser: »Du Bazi, deswegen laufst du mir zu!«, so froh ist er, dass es offenbar keine Gefahr hat, und dass er nicht mit Gewalt fortgeschleppt werden soll.

So sehr hängt der am Leben, trotz allem, denkt der Boanlkramer bekümmert.

Des is arg und wird a böses Stück Arbeit, bis ich den überred'. Er lässt sich nichts merken vom wahren Grund des Besuchs, als er fröhlich verlogen ihm beistimmt und Jubel in seine Stimme zu legen versucht:

»Wie's d' es derratst! Der Kerschgeist allein war's, der mich her'trieben hat. Förmlich hergezogen hat er mich in dei' Hütten, weil an den hab ich ja so oft denken müssen, ob ich wollen hab oder net.«

Er schaut auf die Glasln und schnuppert verzückt:

»Ah, wie der scho riecht! Da wüsst ich fei nix, da droben im Paradiese, was da dagegen aufstund. Net der Nektar und 's Manna schon gar net, auf Ehr! Prosit, Kaspar, ich trink auf dein irdisches Wohl!«

»Und dass an dem nix g'nackelt wird«, brummt der Brandner, stürzt seinen Kerschgeist hinunter auf einen Zug und merkt nicht, dass diesmal der Schwarze nur nippt, gleichwohl aber lauthals und strahlend verkündet:

»Ah, der wärmt! Weißt, seit damaln hab ich keinen mehr 'trunken. Gibt mir ja neamds was, verstehst – niemand schenket mir was ein, so ist des.«

»Bist im Grund a ganz armer Kerl, des han i scho g'neißt.«

»Ja? War es bemerklich, dass diam auch mir gegenüber ein Erbarmen angebracht wär?«, winselt der Boanlkramer ihn an, während der Brandner zum zweiten Mal einschenkt, »dass auch ich oft von Sorgen und Kümmernis ausgefüllt bin, wenn keiner mir zuhör'n und koaner mir meine dringlichen Bitten erfüllen mag? O, wenn du wissertst …«

Ob ich ihn packen kann mit dem Mitleid? Oder sollt ich ihm offen bekennen, welch ein Schicksal mir droht, wenn er unerbittlich und dickschädlig auf seinem Vorteil beharrt?

Der Brandner trinkt das zweite Glas leer und setzt es hart auf den Tisch zurück: »A jeder auf Erden hat sein Packl zum Tragen, und bei Enk droben werd des net anders sein. Wer wär net arm dran, wenn man's betrachtet – am End?«

»So ist es! Des is des Wahrst', was ma sagen kann! Überhaupts, Kaspar, du kommst mir heut so ganz besonders verständig und mildherzig vor, und weise dazu. Derf i dir offen gestehn, was mi druckt? Taatst du mir zuhör'n und dich hilfreich erweisen?«

Der Kaspar schüttelt energisch den Kopf. »Des wär a bisserl gar viel verlangt, Boanlkramer. I hab selber Sorgen grad g'nua, und für die kann ja auch keiner sich hilfreich erweisen, weil letzten Endes a jedes für sich allein rankein muss, dass er sein Schicksal verkraftet. Naa naa, mir trink ma a weng mitanand, und dann schiebst wieder ab und lasst mir mei Ruh, so wie ich dir die deine. Eine Hilf und an Rat kannst von mir net erwarten, du, der du in Würde daherrauschst, mit Glocken und Wind. Wohl bekomm's!«

Und abermals trinken die beiden.

So erwisch ich den nie, denkt der Boanlkramer, weil, der is hart wie aus Eisen mir gegenüber. Wär auch a saudumme Idee, einem Irdischen freimütig bekennen zu wollen, was auf dem himmlischen Spiel steht. Des begreifert der nicht. Ich muss was anderes probieren, ehvor er mich 'nausschmeißt.

Und er sagt mit samtenem Flor um die Stimme in geheucheltem Mitleid:

»Wie i dich so vor mir seh, wenn i di anschau, kommst du mir älter vor, Kaspar, und um mehra wie drei Jahr – hab i Recht?«

Der Kaspar nickt grimmig.

»Wird schon der ›Zahn der Zeit‹, wie ma so sagt, genagt haben an mir. Wär koa Wunder!«

»Ja freilich, die Zeit …«, sinniert der Boanlkramer voll triefender Elegie vor sich hin. »Die hat einen wolternen Biss. Die kaut dir die größten Trümmer ungerührt z'amm, die dicksten Mauern beißt s' schartig, nix kann ihr entgehen, alles zermerschert, zerreibt und zerbröselt s', des Luder! Oft …« muss er kichern, »… oft hab i mir denkt, wenn die Zeit zahnluckert würd und könnt nimmer beißen, und nix gang mehr zugrund – des gäb ein Gewirkst! Wär nirgends mehr Platz für was Neues auf der Welt vor lauter altem Glump und Graffi und Zeugs, hehehe.«

Er scheppert vor Lachen, dass es die Schultern ihm schupft.

Der Brandner verzieht keine Miene und schaut ihn nur an, bis dem Boanlkramer das Lachen auf dem Gesicht rostet. Er meckert grad noch ein paar Mal und tarockt dann wie schuldbewusst nach:

»Bläd – gell?«

»Du hast heut an ganz extrigen Humor«, nickt der Brandner.

»No«, tut der Boanlkramer beleidigt, »dei eigene Gspaßigkeit is aber auch g'ringer worden, scheint mir.«

»Wundert dich des?«, geht der Brandner ihn an, so hart, dass der Boanlkramer erschrocken begütigt, um ja nichts Falsches zu sagen und am End auf der Stelle hinausgeworfen zu werden:

»Naa naa, i kann mir gut denken, wie dass dir zumut ist. Weißt, es liegt halt an dem: man muss es begreifen, wenn eine Sach z' End is. Es schmerzt alles doppelt, wenn man verweilt – über die Zeit!«

»Doppelt, ja«, brummt der Brandner, trinkt gach aus und schenkt wieder nach.

»Heut trinkst fei du mehra«, konstatiert der Schwarze mit Tadel und lauerndem Blick.

»Und du machst net ›hick‹.«

»Ma lernt halt dazu«, gibt der Boanlkramer sich weise und wartet auf eine Antwort, wo er einhaken könnt. Aber es kommt keine.

So geht des net, denkt er. Es darf nimmer rumg'redt' werden um den Brei. Ich muss ihn vertraut machen mit dem Unvermeidbaren, und schauen, was er dann sagt. Wenn mir nur endlich was einfallert, was ihn zur Einsicht bewegen könnt. Ob es mit Trost und Verlockungen geht? Probier ma's, denkt er, und fängt an zu salbadern:

»Geh, Kaspar, du tust mir so Leid, wenn ich seh, wie du dich schindest. Auf was wartest denn noch?«

»Wird scho was sein«, kommt es frostig zurück.

»Die Hahnfalz ... den Schnepfenstrich ... d' Rehbirsch ... die Hofjagd?«

Der Alte schüttelt den Kopf: »Des alles wird g'ring«, und trinkt abermals aus. Er mag nicht reden, mag den Kerl nicht in seiner Stube herumhocken haben. Er wünscht ihn zum Teufel und traut sich trotz aller Gewissheit, dass der ihm nichts anhaben kann, doch nicht, ihn weiterzuschicken. Jetzt insistiert der auch noch voll hinterkünftigem Spott:

»Lauft's Leben allweil noch so geschwinde talab, und stürzt wie der Wasserfall, sag?«

»Naa! Jetzt tröpfelt's grad noch! Des willst du doch hören!«, faucht der Alte. »Und die Welt werd mir allbot zum Ekel, wenn i siech, wie die Leut sich, einer zum andern, betragen! Und dengerscht, i derwart's! Es kommt für mich ganz g'wiss noch was B'sonderes. Und wenn 's a Wunder wär!«

Springt auf, rennt zum Fenster, schaut in die Heimat hinaus und klammert sich dran.

Ich bin auf'm richtigen Weg, denkt der Boanlkramer, er is scho ganz dasig und widersteht nur aus Trotz. Jetzt pack i ma'n dant und prophezei' ihm sei' Zukunft, na fallt er mir um.

Er erhebt sich in Würde, tritt dicht hinter ihn und raunt ihm eindringlich leise ins Ohr:

»Des wär wirklich a Wunder! Wartest vergebens, es

kommt nix mehr, Kaspar – is nix mehr vorgesehen für dich im himmlischen Plan. Bist überall nur allem im Weg, alles stößt sich an dir, weil d' nimmer herg'hörst! Für dich kommt nix als Winter und Eis! Trüb, dunkel und grau werden die Tage dir sein, starr im Frost, fünfzehn Jahr lang. Sei doch g'scheit. Was willst denn noch da? Hast 'leicht Angst vor dort drüben?«

»Des werd i dir grad verraten!«, schreit der Kaspar ihn an, und er keucht: »Extra dir! Du hast alles dazu getan, dass es kaum mehr zum Tragen ist!«

Er greift sich ans Herz, er kriegt keine Luft und ächzt zum Derbarmen.

»Mit Bedauern, Kaspar, mit tiefem Bedauern.«

Der Boanlkramer lügt. Er schaut ungerührt zu, wie der Alte sich plagt, und lässt nicht vom Raunen und nicht von der Sanftheit des Mitleids, vom Ton der Verlockung und dem Samt in der Stimme:

»Dass i grad 's Marei hab abholen müssen, so jung und so blühert, das hat mich ähnlich geschmerzet wie dich. Aber i hab denkt, vielleicht hat das Leiden sein Gutes und bringt dich zur Einsicht, dass du rufst vor der Zeit, wie sich's gehört. Dass dir aufgeht, dass dir des alles hätt erspart bleiben sollen, wenn'st mir gefolgt wärst, damals, vor drei Jahr! – Erspart! Verstehst, was das heißt? Statt deiner unnennbaren Qual die Seligkeiten alle da drüben … da droben …«

Er steht mit zum Himmel gerecktem Arm und deutendem Finger und wartet auf das erlösende Wort. Der Kaspar will es schon sagen, das sieht der Verlocker genau, und überlegt sich blitzschnell: ob ich die Himmelsmusi ertönen lassen sollt, auch noch dazu? Aber naa, die kennt er ja schon, die verfehlt ihre Wirkung, auf sowas fällt er mir nimmer rein. Sacklzement, sag halt ja, alter Dickkopf!

Der aber sagt nur:

»Red net so viel! Da, komm, trink ma noch amal mitanander, und sagen dann baldig Pfüagod, weil's mir lieber wär, wenn'st wieder verschwindertst.«

Nein, will der Boanlkramer da schreien, ich kann doch net fort ohne dich! Und beherrscht sich, und flötet in raunendem Ton:

»Schau, die Uhr da – wenn ma die anhalterten, und du gehertst mit mir, wärst augenblicks, ledig des Schmerzes und deiner Qual, auf dem Wege zum Marei und allem, was dich glücklicher macht!«

»Naa!«, sagt der Kaspar verdrossen und endgültig, lässt den Versucher stehen und geht hinüber zum Tisch.

»Naa!«, äfft der Boanlkramer ihn nach und schreit ihn recht an: »Und sowas redt großmäulig daher von der Einsicht! Du leidest's ja net, dass ma dir was Gutes antut! Dickschädel, bayerischer!«

»Nimm di fei z'amm, du! Des wird dir scho recht sein müssen a so!«

Ungerührt schiebt er dem Besucher das volle Glas über den Tisch. Der packt es voll Zorn mit zitternden Fingern, plärrt: »Dei Wohl!« und gießt es hinunter.

»Und grad so des deine – und auf fuchzehn Jahr Kält'n und Eis, wenn's anders net sein kann!« plärrt der Kaspar zurück.

»Wohl bekomm's, wohl bekomm's!«, brüllt es dawider.

Beide leeren die Stamperln, hauen sich auf die Bank

342

und hocken beleidigt, die Rücken einander zuge-
wendet.

Eine Weile wird gar nichts geredet.

Der Boanlkramer schutzt nur immer wieder sein
leeres Glasl ratternd über die Tischplatte hinüber, der
Brandner gießt nach und reicht es bedächtig zurück,
worauf der Boanlkramer es auf einen Zug zu leeren
beliebt. Sie feinden sich an, einer den anderen, und
streifen sich mit verachtenden Blicken, bis schließlich
der Brandner einlenkt:

»Musst net granteln …«

»Durchaus net«, höhnt der Boanlkramer erregt, »is
ja dein Schaden! Leb's durch, viel Vergnügen, du
wirst's schon noch inne, wie bläd dass du warst!«

»Des G'red hat koa Hoamat.« Der Brandner ist
wieder ganz ruhig und beherrscht. »Des is a zornig's
G'schmatz, mehra net, und für des solltest du dir zu
gut sein.«

»Wenn's aber doch die Wahrheit is, dass es die
größte Torheit bedeut', seit die Welt steht, wie du dich
wehrst, teilhaftig zu werden des Geschenkes, das ich
dir geboten!«

Der Brandner schüttelt heftig den Kopf: »Du solltst
es verstehn …«

»Niemals! Nie! Nie!« Er fuchtelt herum.

»Plärr net a so und lass dir erklären …«

»Erklären aa no, du Erdenwurm!«, raunzt der
Schwarze ihn an, empört und erhaben. Du Bladern,
denkt er, du Hammel, du Rammel, oa Wort noch, und
ich sag es dir mitten ins G'sicht, dass du nix mehr zum
Hoffen hast, weil ich in Bälde, wenn mir die überirdi-

sche Geduld reißt, mit einer Bewegung dich wie einen leeren Sack maustot zu Boden sinken lass'! Weil's mir bald Wurscht is, ob ich an schlechten Kerl machen muss, weil mir kein Ausweg mehr bleibt –

– und besinnt und beherrscht sich. Verrät nicht das Unabwendbare seines Besuches, nicht den Anlass und auch nicht die Folgen, sondern sagt nur gekränkt:

»Da gibt's fürder nix zum Erklären, und zum Entschuldigen aa net, weil du ja net amal ahnst, was du da …«

Um's Haar wäre ihm doch was herausgerutscht von seiner Mission, und er hätte sich sauber der Verachtung eines Irdischen preisgegeben, wenn er zugibt, dass auf sein Wort kein Verlass sei. Zu seinem Glück unterbricht ihn der Brandner und haut mit der Faust auf den Tisch:

»Jetzt bist du amal staad und lass mich was sag'n! Pass auf: es is nämlich an dem, dass i dir nix glaub, verstehst? Deine Drohungen net und net das Versprechen von Seligkeit, hast mi?«

Da steht für den Boanlkramer der Lauf der Gestirne still, die Sonne fliegt nicht weiter in ihrer Bahn, das All hält den Atem an, ihm klappt das Maul auf und zu, und er kann nur noch denken, dass er sich verhört haben muss.

»Wie is des? Was waar des? Du glaubertst mir nix?«

»Aber schon gar nix«, grinst der Brandner trotz all seiner Angst und all seinem Schmerz, während er nachschenkt und austrinkt. »Gell, da schaugst!«

Wahrhaftig, da schaut er. Mehr noch, er glotzt. Er erhebt sich, als sei er am Faden gezogen, beugt sich über den Tisch und stiert mit aufgerissenen Augen auf diesen Ketzer wie auf ein Wesen mit zwei Köpf und drei Füß: »Ja, hör ich denn recht? Ich erscheine vor dir noch Lebendigem, sichtbarlich, gesandt von dem Allerhöchsten – und du glaubst mir nix?«

»Aber scho gar nix!«

Da plumpst er zurück auf die Bank, hockt da und lallt nur noch dumpf vor sich hin:

»An dem Volksstamm kannst zerschellen.«

Es dauert recht lang, bis er sich fasst und abermals den gütigen Tonfall versucht:

»Kaspar, du willst mi derblecken, und i Lalli fall dir drauf 'rein. Horch zu: Du musst es doch ahnen, wie's ausschaut da droben …«

»Ja! Harpfen und Chorgesang, sagt der Herr Pfarrer«, gibt der Brandner gleichmütig zurück. Er wackelt ein bissel, weil er schon recht viel erwischt hat vom Kerschgeist.

»Der Herr Pfarrer is g'wiss a kreuzbraver Mann, aber er kann euch net mehra verzähln, wie er weiß.«

»Gell! I hab mir's an öftern scho denkt: extra viel weiß er net.«

»Woher sollt er's denn wissen? Du waarst ja guat! A bissei a Überraschung müssen die sich schon aufsparen, da droben. Und überdies, Kaspar – wo 's Wissen aufhört, da fängt der Glaube erst an! Und ohne Glauben bist du kein Mensch. Und wann und wo ich endlich erscheine, muss ein jedes dran glauben!«

Er hat sich erhoben in Feierlichkeit und vermeint, seine Würde wieder gewonnen zu haben, das sieht man ihm an. Der Kaspar aber hockt halsstarrig da und zeigt sich nicht im Mindesten beeindruckt von den hohen und wahren Worten vom Glauben. Er nickt zwar ein paar Mal, als stimme er zu. Dann aber setzt er bockig dagegen:

»Des alles mag sein, und es klingt all's recht schön, aber siehgst, Boanlkramer, ich glaub bloß des, was ich mit meine eigenen Augen siech!«

Ketzerei! Diversion! Häresie! Apostasie! Warum bleibt es still, und kein Blitzstrahl zerschmettert den Frevler? Den Boanlkramer zieht es in würdiger Wut wieder hoch von der Bank, er schmeißt dabei gar sein Schnapsglasl um und beachtet es nicht, sondern schmettert:

»Ja, du Laugner! Du hagelbuchener Atheist! Das is ein vermaledeiter, überzwercher Unglauben ohne jegliche Urfurcht, was dich du traust ...« – und stockt! – Öha, denkt er, des passt, was der grad g'sagt hat, da is er zum Packen! Er verschluckt seinen Zorn.

»Was schimpfst denn net weiter?«, fragt der Brandner gemütlich. »Warst doch so schön im Zug.«

»Naa naa, des is net mei Sach, wenn du dich verirrst. Für des san andere Gewalten gegeben, die dich weisen auf den richtigen Weg, dermaleinst. I misch mi net ein, des stand mir net zu. Mich ärgert es bloß, wenn du behauptest ... äh ... wie hast grad g'sagt? ... ›mit eigene Augen‹?«

»Anderster net.«

»Ja, so hast g'sagt, und schau, des bekümmert mich, dass du im Unglauben verharrest, wo's doch so watscheneinfach wär, dich zu bekehren.«

346

Er lächelt und tut recht geheimnisvoll.

Des Brandners Misstrauen wächst: »Was hast jetz wieder im Sinn?«

»Nix weiter, nixn«, tut's der Boanlkramer ab, und spitzt seine Goschen:

»Es is nur an dem: es wär ein Geringes, dass ma dir's zeigert – zum Zweck des Beweises …«

»I versteh net, was d' meinst.«

»Ich meine … äh … ich selber könnt die Stätte dir zeigen, von der du net glauben willst, dass' dorten so schön ist.«

»Ah so!«

Jetzt versteht er und lacht dem Verlocker ins Gesicht: »Daher weht der Wind! Du, des spann i scho lang, dass du bloß 'kommen bist, damit du mi holst, und jetz probierst es a so!«

»Net auf ewig, Kaspar, naa naa, grad a bissei, mit Retourbillett sozusagen! Da gibt's einen Platz, wo ma schön heimlich a Bröckerl einischaun kannt, ins Paradies. Und in einer Stund waar ma wieder z'ruck!«

»Jaja, du Planer, dich kenn i! Wenn du mich erst amal droben hast auf dei'm Karren …«

Der dunkle Bote wächst empor zu feierlicher Größe und verkündet gekränkt:

»Brandner Kaspar! Hab ich mei Wort nicht gehalten seit drei Jahr? Und also geb ich dir's jetzo: grad eine Stund!«

»Auf Ehr?«

»Auf Ehr!«

Das zieht den Brandner empor auf die Füß, es leid't ihn nicht länger das Hocken und Bocken. Er sinniert, patscht die Hände zusammen und stiefelt ziellos herum. Es lockt ihn die Neugier, es packt ihn die Furcht, es überwältigt ihn diese Verheißung – und dennoch ...

»No?« drängt der Bote von drüben. »Wär des net was?«

»Ja, wart nur. Freilich, des wär was«, murmelt der Brandner ...

»Mitfahren ... 'neinschauen ... mit eigene Augen ... grad nur a Stund'«, flüstert 's ihm zu, und die magisch schimmernden Augen lassen nicht von ihm ab.

Der Brandner kämpft seinen Kampf. In der Stube ist's still, totenstill, wäre da nicht etwas, das sich rührt und bewegt – ja freilich, die Uhr, das uralte Trumm mit den aufgemalten Rosen im Eck. Ihr scharfes Getick klingt anders als sonst. Was ist denn mit der? Sie hackt nicht mehr gleichmütig dahin, sie lässt manchmal aus, und dann peckt sie gleich zweimal ganz kurz nacheinander.

»Was is mit der?«

»Nix, bekümmer dich net. Alt is s'. D' Zeiger wackeln, d' G'wichtschnur rutscht – alles geht irgendwann amal zu End, Brandner – no?«

Warum antwortet er nicht? Is er noch nicht entschlossen? Was soll i denn noch tun, dass er endlich mir nachgibt? Er is ganz nah dran, des is deutlich zum Sehen. Oa Rempler, ein einziges Wort noch ermangelt! Warum fällt's mir net ein?

»Mitfahren ...« flüstert er noch einmal drängend, »und 'neinschauen!«

»Jaja, lass dir Zeit ...«

So nick doch schon endlich und sag es, dein Ja! Dem Boanlkramer wirbelt's im Schädel. Er sieht wieder vor sich das höchste Gericht in erhabener Furchtbarkeit, und die Seligen alle, wie sie hämisch und gnadenlos lachen. Er malt es sich aus, wie es wär, wenn er ohne den Brandner hinauf käm.

Wenn jetzt nicht sogleich eine Antwort erfolgt, dann ist es geschehen, dann ist es so weit, dann muss ich ein so schlechter Kerl sein, dass ich den Alten gewaltsam, unter Verlust meiner Ehre, hinaufschlepp'! Dazu muss ich imstand sein, sonst muss ich für ihn büßen, muss wesenlos werden, all meiner Kräfte beraubt, ein Würdiger nimmt meinen Platz ein, und ich werd verbannt – Wohin? Am End gar als ein Knecht zu die Preußen – !? Geh, sag Ja, sag doch Ja, fleht er im Stillen, und es jammert ihn, dass ihm die Gewalt nicht gegeben ist, einen Sinn zu bekehren, wie das die Heiligen allesamt vermögen, die Wonne verströmen, Erlösung und Glück, wo sie erscheinen und wirken. Ja, auf die ist Verlass – Ich aber hab längst alles getan, was ich vermag. Hab versprochen, ich fahr ihn hinauf und gönn ihm den Blick, auf dass er sie sehen kann, alle beieinander, mit eigenen Augen, die er geliebt hat –

– und da fällt ihm, vom Himmel geschenkt, das Wort endlich ein, das noch fehlt, und er flüstert:

»Brandner, so komm doch! Willst net das Marei wiederum sehen, jung und lebendig, mit eigenen Augen! Ich zeig's dir – geh zu!«

Das verfängt!

Den Alten reißt es. Er stöhnt auf: »'s Marei, lebendig?«

»Ja freilich, in der ewigen Seligkeit. Tritschel net so umanander und bedenk dich net lang. Des derpackst du doch net mit deinem Menschenverstand, dass du erwägst, was das Bessere wär – 's Beharren oder 's Vertrauen in mich. Guat, i hab mi dir gegenüber recht dappig aufg'führt bei der ersten Begegnung, mit dem Schnaps und die Karten, und du Hallodri hast voller Stolz dir zu sagen vermocht: den hab i blitzt! Darum bin ich verbunden mit dir, und du bist mei Freund, und jetzt glaub mir's, da is net mehra verlangt als wie grad a bissei a Schneid! Eine gewaltige Stunde stund dir bevor, Kaspar, trau dich – da, meine Hand, komm, schlag halt ein. Gilt's?«

»Ja, Boanlkramer, es gilt!«

Er gibt sich den Ruck, er schlägt in die eiskalte Hand und berührt so zum ersten Male den Boten. Der lässt ihn gleich gar nimmer aus, greift mit der anderen Hand den Perpendikel der Uhr, hält ihn fest und sagt selig:

»Grad a Stund!«

Der Brandner lässt sich willenlos zerren, nimmt nur noch geschwind seinen Hut vom Nagel neben der Tür, den alten Ditschi mit der Spielhahnfeder darauf, und drückt ihn sich auf den Schädel, eh er hinausgeschleppt wird über die Schwelle.

»Aber die Tür bleibt fei offen!«, keucht er.

»Alles bleibt offen«, juchzt's aus dem Boanlkramer.

»Komm nur, und schleun dich. Wir ham grad a Stund, und der Weg is noch weit –!«

Die Reise

Draußen ist 's finster.

War doch vor einer Minute noch der Widerschein der versunkenen Sonne zu sehen, denkt der Brandner, wie hat jetzt des so schnell sein können? Er tappt, wird gezerrt, bereut schon sein Ja und traut sich doch nicht mehr zurück. Kühnacht ist's, so finster wie niemals zuvor, und totenstill, leer und lautlos rundum.

»Kumm nur, kumm«, kichert der Schwarze, »wir langen gleich an beim Gefährt, und wirst sehen, sie geht ganz kommod, brauchst dir nix denken, die Reis' ohne Beispiel. Da geht der Weg – vertrau dich mir ganz –, kein Stolpern und Stürzen gibt's net, so lang ich dich halt bei der Hand. Ich bin ja im Finstern daheim und komm nur selten ans Licht, da g'wöhnst es.«

Es wiehert leise, ganz nahe hiebei, und in einem matten grünlichen Schein taucht das Ross auf, von einer Schabracke auf Rücken und Schädel halbert verdeckt, schnaubt, wirft den Kopf auf, schüttelt sich, prustet, stampft und glotzt aus glasigen Augen.

»Gell, da schaugst«, lockt der Boanlkramer und kichert dazu, »heut ham ma fei an ganz an b'sonderen Passagier auf der Fuhr. Der is noch lebendig! Sowas hast du noch niemals erblickt. Den müss ma behutsam kutschiern, voller Rücksicht. I sag dir des glei, net dass d' wieder rennst wie net gscheit!«

Die Hand lässt den Alten nicht los. Sie zerrt, zieht und drängt ihn an dem Klepper vorbei.

»Da sitzt dich jetz nauf, i hilf dir, wart. Hö! Es geht scho, wenn's auch net grad bsonders fürnehm herschaut. Des is ja ansonsten aa net verlangt.«

Der Brandner erschrickt: »Der Karren schaut aus wie a Totentruchn!«

»No freili! Was hättst denn du g'moant? Bedenke, die ich ansonsten kutschier', müssen liegen. Du hast es viel besser, du hockst dich oben nauf. Hoppla, wart, noch a Ruckerl, na ham ma's! Öha … geht scho, spreiz di net ein!«

Er schiebt, und er ächzt, und schließlich, auf allen vieren, kriecht der Brandner hinauf auf den offenen Sarg mit den zwei großen Rädern daran. Ihm glangerts schon, er liefe viel lieber zurück in die Stubn. Die Reise ist ihm schon widrig, noch eh er sie antritt. Aber eine haazschwere Unentschlossenheit hat sich auf ihn gesenkt. Er kann sich nicht wehren, nicht herunterspringen vom Karren, es zwingt ihn ein Unerklärbares, hocken zu bleiben, und erwidern kann er auch nichts.

Dem Boanlkramer läuft das Geschwätz aus dem Maul wie einem alten Weib, das sich immer selber erzählen muss, was es grad tut:

»So, jetz bist drob'n, jetza lass i dei Hand aus, gib Acht. Siehgst as, so mög'n ma's, a so is des guat. Du machst dir's gemütlich, halt di nur ein, da am Rand, i steig auf und setz mi vor dich. Huppa – so, bin scho droben. Jetz nehm ma die Zügel und die Goaßl, obwohl's die net braucht, weil der Häuter da kennt ja den Weg von alloa. Es is nur grad, bal er zu wild 'gang, oder im Fall ebbas schäbert, dass ma'n wieder beherrscht. Samma's? Mach di bereit, Brandner, heb di fest ein! Hab koa Furcht vor der Finstern. Die Reise führt uns ins Licht! Hüah!«

Er schnalzt mit der Zunge und patscht mit der Goaßl. Der Klepper bäumt sich, greift aus und reißt an. Den Brandner hebt's fast vom Platz, denn nicht wie erwartet geradeaus geht es, sondern jählings nach oben, durch die Luft fort vom Boden. Da ist keine Straße, kein buckliger Weg, da zieht das schwarze Gefährt ohne Holpern hinauf in das Dunkel.

Zuerst duckt der Brandner sich angstvoll zusammen. Er macht sich ganz klein und wagt es nicht, über den Rand der Truchn zu schauen. Doch weil es so still und stetig dahingeht, traut er sich doch, lurt hervor unterm Hut und sieht vor sich den Mond und die Sterne, so nah, schier zum Greifen. Er dreht sich um und schaut ängstlich zurück und erblickt, tief unten im Mondlicht, das Tal und den See und die Berge der Heimat, so, wie ein Adler sie sehen mag, ganz von hoch droben.

Am krummen Buckel des Fuhrmanns vorbei kann er das Ross im Galopp so gewaltig und wuchtig ausgreifen sehen, dass die schwarze Schabracke flattert und weht, genau wie der weite Mantel des Kutschers. Der spornt das Ross an:

»Ziag aus! Hui, die heutige Fuhr is wie keine zuvor, weil wir unsern Passagier sogleich wieder abikutschieren müssen – als Lebendigen!«

Da schaut sich das Ross im Galopp mit aufgerissenen Augen um, als wär es erschrocken, glotzt auf den Brandner, wiehert und schnaubt, und der Boanlkramer lacht laut:

»Reg di net auf, auch wenn's des niemals noch 'geben hat, dass wir anders als leer wieder z'rückfahren – heut is' halt a so! Ziag aus, hussa, aber gell, spring mir net wieder im Zügel, dass' uns reißt. Heb di staad, dass koa Rumpler unsern nobeln Herrn Passagier überrascht und derschreckt!«

Wie wütend wirft das Ross seine Haxen und jagt noch geschwinder hinan als zuvor. Dabei ist kein Hufschlag, kein Laut zu vernehmen in der Leere des Irgendwo, Nirgendwo.

Dem Brandner wird's leicht, das Baazschwere fällt von ihm ab und weicht einer Neugier, einem Behagen an dieser schwebende Stille.

Da aber jagen mit einmal von vorn, von oben her schwarze Wolken entgegen. Der Karren taucht mitten in sie hinein, und schon prasseln Hagel, Regen und Schnee. Fauchende Blitze, drüber und unterhalb, schießen herum, manche nahe zum Greifen, und einmal ist es dem Brandner, als jage ein Strahl mitten durch ihn hindurch, ohne dass er etwas spürt. Das Krachen der Donner verschmilzt zu einem einzigen rollenden Dröhnen. Dazu brüllt und sirrt ihm ein Sturm ins Gesicht, dass er mit einer Hand den Hut auf dem Kopf halten muss.

»Boanlkramer, des is z' gach, kehr um, i mag nimmer!«, schreit er über das Tosen. »I derfrier! I kann mi net halten, und i krieg aa koa Luft nimmer!«

»Des tut nix, und des bedeut' nix und dauert net lang!«, schreit es zurück. »I han bloß vergessen, dass i dir's sag, dass ma durch des Gebräu da durch müssen. Da heißt ma 's ›bei die schwarzen Wolken‹, da sind die Donnerwetter zu Haus. Is glei vorbei, brauchst di net furchten.«

Er drischt auf das Ross ein: »Hüah, Krampen, ziag aus! Unser lebendiger Passagier is was Rares! Den friert's noch, der hört noch und siecht noch und kann noch scheppern vor Angst!«

Den Brandner lupft es vom Sitz, so stößt es und rumpelt. Mit aller Kraft klammert er sich an die Truchn. Die Hände erstarren in der eisigen Kälte, er schreit voll Verzweiflung:

»Kehr um! Kehr um!«

Der Boanlkramer drischt ungerührt auf das Pferd ein, als er gegen den Sturm anschreit:

»Des is leider net möglich! Jetzt geht's dahin, unaufhaltsam. Ermanne dich, Kaspar, hab Geduld, lass net aus! Gleich tauchen wir ein in das Reich der ewigen Stille!«

»Sie sind unterwegs!«

Die Kunde schallt durch die Himmel. Aus Welten schweben die Seelen daher, aus allen Epochen, allen Bezirken, begegnen sich vor der Paradiese Pforten und halten Ausschau. Engel, Heilige, Herrscher und Leut, keiner will's glauben, dass ein Irdisches es vermocht haben soll, dem Schicksal ins Handwerk zu pfuschen. Das ist ohne Beispiel, das war nie geschehen, das prickelt und reizt zum Gelächter. Sie schwirren wie Bienen im Stock vor dem Brautflug, drängen

sich um die Fraunhofer und wollen ein jeder hinab-
schauen in die einstige Welt, ihr Zuhause von ehedem,
wollen spähen nach dem noch fernen, winzigen Tüp-
ferl, das sich da nähert, dem Karren, auf dem der
Boanlkramer zum ersten Male einen heraufspediert,
den er noch nicht besiegt hat.

»Male parta male dilabuntur«, nickt der Nantwein gerechtsam. »Endlich die verdiente Straf für den Boanlkramer, dass er oftmals so lax is.«

»Recht hast«, pflichtet Franz Xaver von Baader
ihm bei, der weiland Philosophieprofessor aus München, der Theosoph und Romantiker, der seine Ganz-
heitsgedanken in sechzehn voluminösen Bänden hin-
terließ, die keiner liest, und der vor kurzem erst
eingelangt ist:

»Wie oft hat man nicht jammern g'hört, drunten:
›Dass mei Girgl so früh hat sterben müssen‹ – oder
stöhnen: ›Kannt's mit der alten Wab'n net endlich vorbei sein, todkrank wie sie is, mit sechsadachtz'g Jahr.
Sie betet und fleht doch selber tagtäglich um die Erlösung‹!«

»Alles sei' Schuld«, tönt der heilige Florian Be-
wahr-mein-Haus-zünd-andere-an, den sie beim Mis-
sionieren zu Zeiten des Diokletian in der Enns in
Oberösterreich ertränkten und der von Rom nicht
recht anerkannt wird, was ihm Wurscht ist:

»Der bildet sich ein, weil die unerbittliche Zeit für
uns ewig ohne Bedeutung bleibt, dürfte er schlampen:
komm i net heut, komm i morgen, grad wie's ihm beliebt.«

»Er sich sempre redet heraus, questo birbo, dass er

immer so viel hätte zum Tun«, wirft die sanfte, schöne Kurfürstin Adelheid Henriette ein, die Savoyerin, die sich ihren charmant italienischen Anklang erhalten hat.

Sie ist samt ihrem schüchternen Gatten Ferdinand Maria erschienen:

»Invece da me, beie mir … eh … er hat sich auch eine Irrtum gemacht, questo stupido. Nache die Brand in unsere Residenz, wo mein 'ofdame verschuldet, ich hätte sollen bleiben in Leben ancora un anno, noch eine Jahr, damit ich erlebe la insacrazione, la inaugurazione di chiesa – come si dice?«

»Sie meint die Weihe der Theatinerkirche, die wir beide erbauen ham lassen«, lächelt der Kurfürst, verliebt in sie und in ihren Akzent. »Die hätten wir gemeinsam erleben sollen. Er aber hat sich wieder amal geirrt, war a paar Monat zu früh da und ist unerbittlich geblieben. Da hat er bald darauf mich, weil ich vor Kummer vergangen bin über den großen Verlust, gleichfalls zu früh fortholen müssen. Man hat ihm Vorwürf gemacht, aber er hat sich rausg'redt, dass er niemals genau instruiert wird über Tag und Stunde des Einholens, sondern dass ihm ein Spielraum zugebilliget sei, ein eigen Ermessen …«

»Siehgst, und just des is net wahr!«, ereifert sich der Nantwein. »Wir instruieren den Hammel genau, aber er … ›Oans nach'm ändern, i bin ja koa Hex'‹, is sei ständige Red. Ich bitt' Euch!‹«

Er ringt seine heiligen Hände.

Wo alles grollt, findet der Turmair ein gutes Wort für den Verklagten:

357

»Es ist ja net er allein. Die anderen ewigen Boten alle, die Gevattern und Fuhrleut von den anderen Himmeln verfahren auch nicht viel besser. Die Klage darob ist so alt wie die Welt. No ja – für ein solches Geschäft kriegst ja auch niemand Gescheiten. Den seinerzeitigen Griechen ihr Charon zum Beispiel hat als der Ferge über den Fluss Lethe diam so rumtritschelt, dass es den Styx in sei'm Hades schier z'rissen hätt vor lauter Wut. Es liegt an dem, dass so einer, der pendeln darf zwischen Zeit und Ewigkeit, ohne Maß ist für da und für dorten. Da kimmt eins leicht aus'm Schritt.«

»Mich verwundert's, dass man dich net längst einen Heiligen nennt, Turmair, mit all deiner Nachsicht und Güte«, spottet der Nantwein ihn an.

Der erwidert ganz ernsthaft:

»Nantovinus, jetzt bist du schon so lang heroben, länger als ich. Hast noch immer net g'spannt, dass, ganz gleich wann der Todesbote erscheint, es stets im wahren, gewollten Augenblick g'schieht? Dass stets etwas vollendet ist, was dir und mir nicht zu erkennen vergönnt ist?«

Der Nantwein übertönt diese Beschämung:

»Aber von dem redst du net, wie ruppig der Bursch zu die Braven oft ist und wie sanft oft bei die Falschen?«

Francois Cuvilliés, der einst als verkrüppelter Zwerg auf Erden Träume erbaute und der hier hoch gewachsen und schön, von ranker Gestalt ist, mischt sich ein:

»Der Nantovinus spricht wahr. Braven begegnet der Boanlkramer allzu oft rau und lässt sie in Qual die erlösende Stunde erwarten. G'schwerl aber, Kritikaster, Zopfige, Bosniggel befördert er unverdient gütig davon, zum Ärger der Braven, und lässt sie enden in Frieden, statt dass er ihnen gehörige Schrecken einjagt und ihnen die Buße ermöglicht. Der tut doch, was er grad mag, in seiner Selbstherrlichkeit!«

Es ist offenbar: Die vom Boanlkramer Beförderten sind nicht eben zufrieden mit ihm.

Darum haben sie alle so schadenfroh lachen müssen, als sein Lapsus von vor drei Jahren aufgedeckt wurde, und darum schwirren sie nun vor Erwartung auf seine Ankunft.

»Das höchste Gericht sollt ihn ruhig amal strafen. Net z' arg, aber so, dass er sich's merkt!«, ruft der gestrenge Wiguläus Freiherr von Kreittmayr, des von ihm geschaffenen Kriminalkodex auf Erden eingedenk, der bittere Strafen über weltliche Sünder verhängte und wenig Raum ließ für Milde und Gnade, in jenen harten Zeiten, da Österreichs süße Maria Theresia die bayerischen Vettern bedrängte.

Der Turmair bleibt in seiner Vergebung beharrlich:

»Ihr redet so streng und unbarmherzig daher, wie dereinst auf Erden, ihr Seligen! Menschelt's bei euch noch so bös? Bedenkt doch: Wenn schon das irdische Dasein aus einer Kette von Fehlern besteht, aus Neid und aus Hass, wie sollt dann das irdische Ende gut und gerecht sein? Der Boanlkramer macht's wie er's vermag.«

»Ah, geh weiter«, ruft der Nantwein, »für alle die Sünder findest du stets a Entschuldigung.«

»Sagst du net selber oft: omnia vincit amor?«

»Freilich, freilich«, schnauft Nantwein, »am Ende siegt immer die Liebe. Aber des gibst zu, dass der Halawachl, der boanige, wenn man ihn vermahnt zu der Pünktlichkeit und zum gebührenden Anstand, all-weil a recht a z'wideres G'sicht zieht und einen frech dran erinnert, dass er ja schließlich auch jene gewissen Fuhren nach drunten noch zum Bewältigen hätt'. Des is doch a Keckheit, weil, was sollst da entgegnen?«

»Drunten? Wo drunten«, piepst Madame Verspermann in die plötzliche betretene Stille hinein.

»Beim Sparifankerl«, flüstert der Komiker Lipperl vom Volksschauspiel am Isartor ihr zu. »Es schickt sich hierorts nicht, dieses Unten zu erwähnen, wo Lu-zifer, der gefallene Engel, der das göttliche Licht stahl und forttrug, seiner Gegenwelt vorsteht, mit der man aus Gründen nicht das Mindeste im Sinn haben kann. Man findet sich mit ihr ab, weil es neben dem hellen Tag auch die Nacht geben muss, neben Sonnenschein Regen, und weil ER deshalb einst zu den Männlein auch die Weiblein erschuf, zum Kontrast, und deshalb, zur Sänftigung aller hieraus erwachsenen Schwierig-keiten, die Liebe für obligatorisch erklärte.«

»Ah so, den Teifi meinst du«, nickt die Vespermann fröhlich.

»Pscht, net so laut.«

»Mit dem hab ja ich nix zum tun, weil ich war bei der Oper für die edlen Partien. Die Marzelline im ers-ten Münchner ›Fidelio‹ war ich, ein Riesentriumph mit Jubel und Meeren von Blumen! D' Pferd ham 's ma ausg'spannt, d' Studiosi!«

»Des hast schon a paar Mal erzählt«, wendet der

Lipperl sich ab, der Wonne der sanften Cantrice schon lange nicht mehr gewachsen.

Die selige Vespermann hält ihn am Gehrock zurück:

»Hab ich des auch erzählt, was mich am meisten gefreut hat? Dass nämlich der Beethoven heroben zu mir g'sagt hat: ›Ganz ordentlich, Demoiselle Vespermann‹ – und der kann's beurteilen, weil er hier ja wieder gut hört.«

Klagen die einen den Boanlkramer der Lässigkeit an, so machen andere sich Gedanken über die Folgen des Vorfalls, um den ehernen Lauf der Geschichte.

Gleich nebenan sind etwelche versammelt, die dereinst das Land vor den Alpen zu lenken die Aufgabe hatten. Es sind nur die hinreichend Guten und Braven, versteht sich. Die Mehrzahl einstiger Kurfürsten, Herzöge, Reichsgrafen obliegt seit dem Abscheiden im eben erwähnten Drunten der Buße, der Reinigung, eh sie der Gnade teilhaftig zu werden würdig sein wird.

Auch diese Versammelten spähen dem nahenden Karren entgegen, und der Tassilo Drei meint:

»Wiea er sich klammarat an disse Truchan, der Brandner, ihme iste nit wol in sin bluot, deme piligrim!«

»Dem wird es noch unbehaglicher werden, wenn er begreift, was von ihm abhängt«, meint Max I. Joseph, Bayerns jüngst verewigter Herrscher, der als Erster im Lande König sich nennen durfte. »Bleibt er, kommt alles ins Lot. Will er zurück, dann …«

Er verstummt, er weiß nicht und traut sich nicht

recht, so wie er im Erdenleben oft nicht gewusst hat und sich nicht getraut.

»Es bleibet ihme nit eine Wahl«, meint der gestrenge Herzog Maximilian I. »Des Brandners Wille mueß Höherem untergeordenet sein, res agitur rem, ich hätte nit lang gefackelt.«

Max Emanuel, der Wildling, ist der nämlichen Ansicht. Er ist erst seit kurzem heroben. So wie Max I. Joseph die Säkularisation abzubüßen hatte, fand sich auch einiges auf des Max Emanuel Kerbholz. Geläutert vom fegenden Feuer, wagt er noch keine eigene Meinung, sondern fragt:

»Eh bien, mais je vous en prie, was wäre die Alternative? Der Lump, der Boanlkramer müsste …«

»… ein consilium abeundi gewärtigen, das ihne hinausschmeißt«, dekretiert streng Maximilian I.

»Dommage. Wer übernimmt dann sein Geschäft?«

»Irgendwer. Tout egal. Halbgötter gibt es genug, die um solche Bedeutung sich reißen«, kichert Max I. Joseph.

»Ich wette sogar, augenblicklich bietet der selle Freund Hein an, dass er unser Ressort gern mit übernähme. Der platzt ja vor Tüchtigkeit und vor Korrektheit.«

Er streichelt seine verewigten Hunderln, die stets um ihn schnüffeln.

»Aini främdi bruoder in hus? Ah bäh!«, ärgert sich Tassilo III. Soll sich wieder einer aus dem Lande der fränkischen Gallier einmengen, das ihm vor eintausend Jahren so viel Kummer bereitet hat?

»Die Debatte ist müeßig!«, wischt Maximilian I.

die Erwägungen fort. Er hat Erfahrung mit unlösbar scheinenden Evénements, seit er sein Land ungeschmälert aus dem Dreißigjährigen Mordkrieg gerettet.

»Dieszer Brandner verweilet allhier, fährt nit mehre zurück, ob er mag oder nit, da gibt's keine Wurschtln. Der unabwendbare Lauf der Geschichte erheischt es. Laszet uns dieszen Beschluss unseres Herrscherconsiliums alsbalde als Ratschlag verkünden!«

Ein Nicken der Runde bezeugt, dass seine Meinung geteilt wird.

»Nur …«, zögert Max I. Joseph. Alle blicken auf ihn. Welchen Einwand könnte es geben? Ist es nicht der guten, seligen Herrscher edles Vorrecht, zu betrachten, was in ihren früheren Reichen auf Erden geschieht, und teilzuhaben an schweren Entschlüssen? Können sie nicht durch Erleuchtung und Inspiration von hier aus dem mitunter irdisch engen Verstand der nach ihnen Wirkenden gelegentlich Hilfe zuteil werden lassen?

Zugegeben, das geht manchmal daneben, wenn der Strahl des Beistands den Falschen erleuchtet, den Kabinettsekretär oder gar einen Lakaien, der just neben dem Herrscher sich aufhält. Dann ist das G'scher klüger als der Herr, aber dem glaubt man bekanntlich eh nix. Es kam sogar vor, dass Generale auf diese Art weit blickender wurden als die Gebieter. Aber nur selten.

Hier jedoch, wo es nicht einen Gesalbten, sondern den Brandner Kaspar zu erleuchten gilt …

»Schwierig genug. Ich kenn diesen Dickkopf persönlich, er ist oft als Jagdhelfer mit mir gegangen«, meint der Max Eins. »Vor allem aber, ich frag bloß, ist sein Verbleib auf Erden denn wirklich zu wünschen, wenn man's bedenkt?«

»Ohn Frag, alle Mal! Recht mueß Recht bliben!«, verkündet der wackere Tassilo. »Uns is von dene neuen Zaiten gar Wunders viel gesait, von Helden, Lorebeeren, von groszer Küenhait!« –

»Just dies besorgt mich, Collegae! Bricht da nicht ein bissei gar viel Lorbeer und Kühnheit herein?«

Max I. Josephs rundliches Antlitz rötet sich in Besorgnis. »Prüfungen unseres Landes von ganz anderer Art, als die durch den tückischen Korsen während meiner Regentschaft. Dem vermochte man mit scheinbarem Nachgeben und ein bissei Wortbrecherei auszuweichen und schließlich zu profitieren davon. Aber hier? Vergäbe der Brandner die Jahre, immerhin fünfzehn, könnte Kai-Uwe von Zieten ohn Hindernis an den Tegernsee ziehen und von dort aus bequem seine Missionen erfüllen. – Hm? Ist das wünschenswert?«

Tassilo nickt heftig. »… kemeten alßo die Pruzzen ins Lant!«

»So ist es! Bliebe indessen der Brandner beharrlich, würde da nicht die Landnahme verzögert? Um Jahre? Immerhin fünfzehn, und … wer weiß …«

Max Emanuel grinst: »Peut-être, les évolutionairs, die Weltweisen, sie müssten verfertigen eine ganz neue Plan. Cela me plaît bien …«

»Hm«, sagen da alle.

Inzwischen hat sich die Fuhre genähert. Die Vorfreude steigt, man beäugt sie vergnügt durchs Okular. Immer mehr Selige strömen aus allerhand Paradiesen herbei an die Kante des Hortes der Ewigen, den Platz, von dem aus man ins Paradies schauen kann, die Stelle, wo der Boanlkramer anlanden will.

Sogar der Nantwein räumt ein:

»Des muss ma ihm lassen, g'schickt hat er's gemacht, der Boanlkramer, mit dem Versprechen von Einischaun und innert ara Stund wieder z'ruck.«

Der Turmair freut sich: »List wider List! Der Brandner hat es nicht anders verdient. Erst hat er ihn ausg'schmiert, jetzt kriegt er's zurück.«

»Jaja, is scho a Schlankl, der Schwarze. Hätt ich ihm gar net zugetraut.«

Da rauschen gewaltige Flügel, Erzengel Michael schwebt daher und schreit:

»Wird ihm dengerscht nix nutzen! Da, das Sündenregister vom Brandner, haha!«, und hält den Wartenden ein voluminöses Faszikel unter die Nasen.

»Auweh.« Der Turmair ist voller Mitleid. »Fegfeuer gar?«

»Und des net z' wenig!«, nickt der Engel in Grimm und im Besitze der wahren Gerechtigkeit. Auch der Nantwein zeigt sich bekümmert: »Dann bleibt er net da. Dann besteht er auf seine fuchzehn Jahr, und die Weltgeschichte is aus den Fugen.«

Der Turmair späht mitleidig hinab, wie der Schwarze voll herrlicher Hoffnung seinen Gaul antreibt:

»Jetzt tust mir Leid, Boanlkramer. So g'schickt hast es eing'fädelt, und so nah am Triumph geht's daneben.«

Der Erzengel zieht nur die Brauen hoch und tönt

angewidert: »Wer hat eahm den Kerschgeist geheißen? Alles sei' Schuld, ganz allein!«

»Geh, sei net allweil so streng, du mit dei'm Flammenschwert!«

»An Ordnung muss sein! Und diesmal statuier'n wir 's Exempel!«

Mit diesem Verdikt wendet er sich missbilligend der langen Reihe Neugieriger zu. Turmair und Nantwein blicken ihm nach.

»Er hat seinen nissigen Tag.«

»Ich weiß auch warum«, flüstert der Nantwein. »Er stinkt eahm, dass er es nicht war, der den Schwindel vom Boanlkramer aufgedeckt hat, trotz seiner Allweisheit. Er hat net auf'passt, weil er just um die Zeit mit uns Karten g'spielt hat in der Kanzlei.«

»Ach so? Wegen sowas ist bei uns 's Kartenspielen verboten?«

»Freilich – wegen der Zwiderwurzen! Pass auf, es kommt noch so weit, dass sie das Bier auch noch abschaffen, d' Weißwürscht, 's Schnupfen und 's Kegeln.«

Der Turmair zögert: »War da net noch was?«

»Ja, und des wird auch net gern g'sehn, umso mehr, als es eh ohne Zweck und Ergebnis bleibt, hier heroben!«

Hat der Michael dies gemurmelte Löcken wider den Stachel gehört? Warum sonst fahrt er herum und schreit zu den beiden herüber wie einer auf Erden im Wirtshaus, wenn er endlich zum Raufen anfangen möcht, damit sich was rührt:

»Is was?«

»Nein, nein«, geben die beiden sanft lächelnd zurück und winken freundlich ihm zu. Dabei knirscht der Nantwein zwischen den Zähnen hervor:

»Irgendwann sag' ich's ihm doch noch amal, dem g'schupften Bruder, dass er zu Zeiten, wenn er sich gar a so plustert, kaum mehr ausschaut, wie ein Erzengel ausschauen sollt, sondern mehr wie a goldene Gans!«

Das hochedle Consilium gewesener Herrscher hält sich noch immer abseits versammelt.

Sie sind uneins, ob man Inspiration auf den Brandner aussenden solle.

»Was kommen mueß, ist füglich nit mehre zu hindern«, doziert Maximilian I. seinem späten Nachfolger Max I. Joseph vor: »Bedenket, wie Dero eigene Kinden und Enkelen vom teutschen Gedanken besessen seind!«

Wahrhaftig. Ließ nicht Maxls noch auf Erden weilender Sohn Ludwig I. allenthalben erkennen, wie viel ihm am Teutschsein gelegen, und niemand daheim hatte es ihm beigebracht? Und gar Enkel Max II. Joseph, der eben Regierende, hatte der nicht Pruzzen zuhauf an den Hof geholt, Denker, Dichter und Baumeister, vom ratlosen Volke, dem der Neulinge Namen so schwer von der Zunge glitten, ›Nordlichter‹ benamst?

War's längst zu spät?

»Diese Zietens waren wieder amal g'schwinder als wir und ham ihren Zeitgeist in unserer Leut Köpf praktiziert, eh wir noch g'schaut ham«, ringt Max Joseph die Hände. »Das ganze Teutschland muss es sein, gell?«

367

Zu eines jeglichen Paradieses Wonnen gehört der herzliche Ärger, von dem der verewigte Herrscher soeben weidlich Gebrauch macht. Bleibt er doch stets ohne Folgen, reinigt die Seele, verfliegt ohne Spuren und richtet nirgendwo Schaden an. Wie auch, und bei wem? Tassilo Drei hat finstere Ahnung gewälzt. »Zwunz zwoi alz«, beginnt er zu poltern. »Nahet na diesze Grippin nit zschdid.«

»Wie meinen, pardon?«, fragt Max Emanuel höflich.

»Bedenket, wir seind der altoberdeutschen Idiome nicht mehr gar mächtig.«

Da übersetzt Tassilo schwerzüngig: »Diese schiachen Ideen, die seind net vom Zieten. Da stecket min Vetter dahinter, der Karl!«

Erstaunen.

»Jener Karl, den man fälschlich den Großen benennt?«

Max Emanuel, in Intrigen erfahren, versteht augenblicklich:

»Ca c'est possible, vraiment! Toutes les choses si dangereuses stammen her von Charlemagne: 'eiliges römisches Reich teutscher Nation, grandeur d' Allemagne …«

Tassilos Augen funkeln: »Dieszes soll von denen Pruzzen wieder errichtit tsain! Ihre Herrtschaftzwilli hat dizi Karl inspiriert! Ah – du Tsaugrüpiti, Unsgnochin, kstüngita!«

Einer blickt fragend zum anderen und hegt Zweifel, weil doch –

»Hat der Karl das denn bewirken können, von drunten –?«

»No, grad von da druntin wird die Vernunft konterkariert, gruzüpfimphahl, tsagltsemönt – wie man weiß –«, schreit der Tassilo.

Weiß man es wirklich? War nicht die schlichte Gutgläubigkeit jener, die Bavariens Geschick durch ein Jahrtausend und mehr verantworten durften, schuld, dass falsches Vertrauen in falscher Freunde falsche Bündnisse so viel Leid und Not zeitigte? Dass alle Gelegenheiten zu glücklicher Wendung ungenutzt blieben?

Da steht ein reizendes Paar. Ein vornehmer Mann, an den sich innig ein madonnenschönes Geschöpf schmiegt. Erwarten die beiden demütig Audienz bei einem Fürsten?

»Ist Einrede erlaubt, hochnoble Herren?«

Der vornehme Fremde tritt, das madonnenschöne Geschöpf leicht an der Hand führend, in den Kreis der Erlauchten:

»Es ist wahr! Von dort drunten, aus den Schlünden der Hölle, tauchen all die sehrend zerstörenden Gedanken empor, nisten in den Hirnen der armen Verblendeten, die die Welt besser, gerechter, lauterer und bequemer sich wünschen und flugs hirnlos zerstören, was sie nicht zu begreifen vermögen. O Carole Magne, du Ungeheuer! Ich kenne dich, denn ich habe die untere Welt durchwandert und von ihr berichtet. Lasciate ogni speranza!« Max I. Joseph tritt ergriffen vor den Propheten hin:

»Na san Sie g'wiss der Herr Dante aus Florenz. Und die Signora? Jetzt fallt mir der Name net ein …«

»Beatrice, angenehm, Majestäten«, knickst die Schöne.

»Tellement pour nous.« Max Emanuel, Kavalier höfischen Barocks, küsst zart ihre Hand. Max I. Joseph ist voll ähnlichem Wohlgefallen wie die übrigen Herren: »Wir sind äußerst geehrt.«

»Wenn Sie erlauben, uns führt eine Bitte zu Ihnen.« Beatrice schmiegt sich an Dante, und ihre Augen leuchten den Bayernherrschern aus ihrer Tiefe entgegen:

»Es ist an dem: Wir beide sind hier endlich vereint zum ewigen Glück der Zweisamkeit. Dass dies auf Erden schon allen so unendlich Liebenden gleichermaßen vergönnt sei, ist unser inniger Wunsch.«

»Dero Sohn, Majestät«, kürzt Dante ab, »Ludwig der Erste liebt ähnlich wie wir, hoffnungslos, unwandelbar.«

»Ah ja?« Max I. Joseph staunt. »Seine Gemahlin Therese ...«

»Die auch«, haucht Beatrice. »Indessen, in der wahren, mutigen Männer Herzen ist stets noch weit mehr an Raum, als nur für eine zu fühlen.«

Der Ludwigvater erbleicht:

»Sie wollen nicht sagen, dass er die Abenteurerin, diese Lola ...«

»Für sie und für ihn bitten wir innig«, strahlt Beatrice. Dante setzt fort: »Seit er um ihretwillen dem Throne entsagt, reist er in Gram auf Erden umher, schweigt und verschließt seinen Schmerz vor den Menschen. Sein ganzes Leben war marternde Pflicht, rastloser Fleiß ...«

»Sein Herz aber brannte vor Sehnsucht nach Schönheit«, ruft die kindhaft Zarte dazwischen, »bis endlich sie kam, Lola, die einzige Seele, die ihn verstand, die ihm bestimmt war!«

»Das Volk aber gärte in Hass«, spricht Dante bekümmert. »Es toste durch alle Straßen, und die obersten Richter der Welt, die Studenten, jagten die Schöne, die Teure hinaus aus dem Land! Ich habe ein Epos in Versen begonnen, das die Tragödie beschreibt. Noch fehlt der Schluss, noch kann es zum Guten sich wenden.«

»Darum flehen wir, Majestät, verwenden Sie all Ihre himmlische Macht, dass die stumpfen Toren erkennen, wie groß, wie wahr diese Liebe ...«

»... und führen Sie Ludwig und Lola auf Erden schon wieder zusammen!«

Beide heben bittend die gefalteten Hände, was den Maxl über die Maßen verwirrt. Bitten sie wirklich für eine sündige Liebe, die ein wackeres Volk sittenstreng, wie von den Kanzeln verkündet, getreulich verdammt? Die Italiener, die trauen sich was, selbst hier heroben, denkt er.

»Omnia vincit amor!«, lächelt die Madonna unter Tränen, und diese schlichten Worte, sie bewegen das königliche, das alte, das gutmütige Herz. Er knurrt und erklärt sich besiegt: »Guat, na probier ma ’s halt, auf dass der Bua si nimmer so grämt.«

Die unsterblich Liebenden knien in Dankbarkeit nieder vor ihm.

Dass es schließlich nicht dazu kommt, dass Max I. Joseph darauf vergisst – vielleicht mag er auch nicht –, dass Lola und Ludwig einander nicht wieder begegnen auf Erden, nimmt seinen Anfang, als in diesem Moment der Erzengel Michael daherrauscht und schreit:

»Was mankelt’s ihr alle da heraußen, ha? Wer hat euch gerufen? Wer hat’s euch erlaubt?«

»Wir wollen den Brandner festlich empfangen!«, tönt es jubelnd zurück.

»Diesen elenden Sünder? Nix da! Ihr lässt's uns gefälligst allein. Der darf keinen Seligen erblicken, dieser irdisch lebendige Gauner! Wir erzählen's euch später, wie's ausgeht, die G'schicht!«

Als ein vieltausendstimmiges Murren ihm antwortet, hebt er das Schwert und schreit wie noch nie:

»Schleicht's euch ins Paradies! ... Auf der Stell! ... Wird's! ... Auch die Herrscher, und die Heiligen dazua!«

Da wuselt's, und im Nu liegt die Stätte verlassen und still.

Die Ewigkeit

Ist es nur der Beginn jener Stunde, der versprochenen, einzigen? Weit, scheint es, führt ihn der Weg fort, und nahe zugleich sind seine Stationen. Schier endlos dauert die Reise, und doch ist es, als habe sie eben begonnen. Als sie die Wetter hinter sich ließen, war es dem Kaspar beim nächsten Atemzuge bereits, als seien Sturm, Regen, Hagel und Schnee um ihn niemals gewesen.

Das Gefährt jagt durch ein samtenes Dunkel dahin. Weit in der Ferne schimmert etwas – so wie damals, als der Brandner mit der neumodischen Eisenbahn durch den Tunnel gefahren war und die Helle des Endes näher und näher heranrückte.

Es dauert abermals lange und dauert doch überhaupt nicht, bis sie den unendlich fernen, gleißenden, nebligen Fleck von keiner Gestalt erreichen. Auf einmal ist er um sie, sein Licht verströmt eine strahlende Helle, und blendet doch nicht die Augen.

Der Boanlkramer schnalzt und macht: »Brr.«

Der Karren hält an, er springt ab, er grinst und flüstert geheimnisvoll:

»Mir samma am Ziel, Kaspar. Komm, kraxel heraus, es sind dann nur noch a paar Schritte.«

Der Kaspar zögert. Er traut sich nicht, auf das bodenlos scheinende strahlende Licht seine Füße zu setzen, auf die Insel aus leuchtendem Nebel im tiefschwarzen All.

Der Boanlkramer tänzelt voll Eifer herum, zerrt ihn aus der Truchn heraus, stellt ihn hin und flüstert, indem er deutet:

»Weißt, da beginnt nämlich der – wie man ihn nennt –›endgültige Weg‹. Da nimmt's seinen Anfang, dass in eine jegliche Seele das Eigentliche zurückkehrt, während sie ihn beschreitet – das, was sie verloren hat, ihr irdisches Leben lang, stückerlweis.«

»Was verliert man denn, sag?«, flüstert der Kaspar. Ihm ist feierlich zumut, und er traut sich, wie in der Kirche, nicht laut zu sprechen.

»Na – 's Gewissen verliert ma, die innere Stimm, die einem immerfort sagt, was recht is und was falsch!«

Er trippelt, fasst den Kaspar beim Arm und zieht ihn, fröhlich verheißend und kummervoll plaudernd, voran:

»Oh, die Leut, ich sag dir, mit denen is es a Kreuz. Als gute Kinder ziehen sie aus, und wie grundschlecht kehren sie oftmals zurück! Erfüllt von Rachsucht, Fanatismus und Stolz, und selberg'strickte Urteile über alles und jedes. Alles in ihnen ist krumm und verbogen, wenn sie sich ihr Leben lang durchg'logen ham, stets nur bedacht auf den eigenen Nutzen. Die Ärgsten von ihnen sind gar erfüllt von der übelsten Sünde: der g'wissen Dummheit, die keine Rücksichten kennt! Die blasen sich auf, dass man meinen sollt, wunder

wie g'scheit dass sie wären – diese aufg'stellten Maus-
dreck überanander.«

»Ja, die kenn i guat, von denen gibt's g'nua«, flüstert
der Brandner, und der Boanlkramer freut sich darob:
»Ja, gell, kennst es, die sellen, die von nix was verstehn
und darum im geahnten eigenen Unvermögen alle die-
jenigen dick ham, die still und genau ihre Lebensspan-
ne bewältigen, und ihnen rücksichtslos Prügel zwischen die Füß schmeißen.«

»Dürfen denn solche da her?«

»Schon – im Falle sie nicht von wirklichem Schaden
waren, sondern bloß ärgerlich bläd, weil, hier geschieht es an ihnen, dass alles Grausliche abfällt und
der Mensch wieder zum Vorschein kommt, so, wie er
g'meint war vom …« Er wagt nicht, den Namen des
HERRN zu nennen, sondern deutet nur mit verschmitzt glücklichem Lächeln nach oben und zwinkert: »Weißt es schon. Ah, des is alles so voller Wunder und schön.«

Der Kaspar nickt, versteht aber nicht, sondern
fragt:

»Wie war' ma denn g'meint?«

»No, unendlich grüabig! Sobald das Irdische abge-
tan ist, gibt's koane Deppen nimmer und keine Bes-
serwisser, und net einen mehr ohne an guten Humor.
Ich sag dir's, die täten dir g'fallen, die alle, da drinnen …«

Am Rande des nicht erkennbaren Weges, eben noch
nirgends zu sehen und urplötzlich erschienen, ragt eine gewaltige Statue, ein Erzengel. In würdiger Pose
hebt er das Schwert des Gerichts mit der Rechten, und

seine Linke weist ein Faszikel anklagend vor. Der Brandner verhält in Ergriffenheit, schaut hinauf und denkt, dass dieses Bildnis noch schöner und wahrer aussieht als jenes daheim in der Kirche, so, als habe der heilige Ignatius Günther es selber geschnitzt.

»Mei Liaber«, raunt er dem Boanlkramer zu, der von einem Fuß auf den anderen tritt und ihn weiterzuzerren versucht. »Dass hier heroben auch solche Bildnisse stehen? Gibt's da noch mehra?«

»No freili, überalln, an jedem Eck und grad g'nua. Ein jeglicher wirklicher Künstler, ganz wurscht, wie er gelebt hat, findet Eingang, weil er den Menschen auf Erden schon ein Stück der himmlischen Schönheit gewiesen – im Falle natürlich, dass er wirklich ein Künstler war und net bloß einer, der nix z'amm'-bringt, weil er nix kann und nix g'lernt hat und auch keine Inspiration sich seiner erbarmt, sondern der sich bloß als ein Künstler geriert. Solche Schnapper versammeln sich anderswo, da san s' unter sich und können ihr Bleamiblami wechselseitig bewundern. – Aber komm, geh ma weiter, wir sind anderer Ansichten wegen gereist.«

Er schiebt ihn und zieht ihn und weist ihn in zappelndem Eifer und denkt nur daran, dass der Blick von heraußen ins Paradies schon genügen muss, den Brandner dazu zu bewegen, nicht mehr zurück in sein Leben zu wollen.

Dann erst wäre der Auftrag erfüllt und gelungen. Er hoppelt Schritte voran und deutet schließlich ins Dunkel hinein:

»So, da samma, da is der Platz. Jetzt gib gut Obacht, Kaspar ... und schau fest da 'nüber. Dorten steigt's, extra für dich, aus dem Dunkel empor ... schau nur fest, schau!«

Und wirklich, während der Kaspar, den Hut demütig in Händen, gebannt in das nachtschwarze Dunkel starrt, sieht er, anfänglich schwach und eher zu ahnen als wirklich zu sehen, vielfarbige Flammen aufleuchten, ineinander verschmelzen, wogen und fließen, und dazu klingt, über einem feierlich urtiefen Orgelton sich errichtend, in Fanfarenrufen anschwellend, eine feine Musik aus den Sphären, die ihn erschauern und beben lässt.

Der Boanlkramer ist die paar Schritte zurück zur Statue des Erzengels gehuscht und wispert hinauf:

»Da hab i 'n, was sagst?«

»Bleibt net da!«, antwortet die Statue Michael aus dem Mundwinkel, ohne sich weiter zu regen.

Der Boanlkramer kichert ihn an und ist seines Sieges gewiss: »Wart's nur ab, des wer ma schon sehen«, und läuft behände zum Brandner zurück.

Der steht fest gebannt und starrt auf die Wunder, die sich vor seinen Augen begeben. »Da licht' sich was auf«, flüstert er, ohne den Blick von dem Schauspiel zu wenden.

»Ja, gell, da erscheint's!« Der Boanlkramer stupst ihn mit dem Ellenbogen in die Seite und jubelt: »O freue dich, g'freu di – es begibt sich vor deine eigenen Augen, wie du's verlangt hast von mir!«

Es begibt sich, und wie beim Aufgang der Sonne über dem Berg blitzen Strahlen empor, mischen neue Farben sich zu und verdrängen das Dunkel, schießen Bündel von Licht in die Höhe. Getragen von den wachsenden Klängen der Himmelsmusik formt sich ein immer deutlicher schaubares Bild, das dem Brandner wie ein Sturmwind in seine Seele fegt, bis er schreit in ungläubigem Staunen:

»Da is' ja ganz grün und ganz klar! Und Täler sind da und Berg' ... und ein See, Boanlkramer! Was is denn des dorten, auf einmal?!«

Der ist grad nicht mehr dicht neben ihm. Er ist zurück gewitscht zu dem Erzengel, der reglos in seiner Statue verhält, und flüstert grinsend hinauf:

»No, hörst es, wie's wirkt?«

»Bleibt dennoch net da, will wieder abi«, ist die eisige Antwort.

»Geh, da wett' ich doch glei ...«, hohnlacht der Schwarze.

Da reißt sich der Erzengel aus seiner Pose, beugt sich blitzschnell herab, bedrängend nah vor sein Gesicht hin, und hält ihm, aus zornigen Augen funkelnd, das Faszikel unter die dürre Nase.

»Auf seine Sünden steht Fegfeuer!«, faucht er. »Und was sagst jetzt?«

»Auweh!«, stammelt der Boanlkramer in solch tödlichem Schrecken, wie er ihn oftmals selber verursacht.

»Und ich? ... Was wird dann aus mir?«

»Du g'hörst der Katz!«

Die Statue richtet sich wieder empor zu regloser Größe. Indessen spielt nun, wenn man genau hinschaut, ein leises, grimmiges Lächeln um ihren Mund, ein Triumphieren der wahren Gerechtigkeit.

Dem Kaspar, wie er da steht, umbraust von der zarten, ausfüllenden Musi, treibt es die Tränen in die staunenden Augen. Er heult und trenzt wie ein Schlosshund, als sich vor ihm das herrliche Bild formt: die Gegend, die er so genau kennt, und die doch von ganz anderer Art ist. Der See da vor ihm ist sein See, und die Berge sind just seine Berg, die Wiesen in Blüte und Pracht und die dunklen Wälder hinauf auf die Höhen, das alles ist seine Heimat, und ist doch größer und leuchtender, als er es jemals gesehen, von Kind auf.

Er schaut und bemerkt voll Erstaunen, dass manches nicht da ist, was ihm unschön vorkam. Dass da, wo es kahl war im Walde vom Einschlag, alles dicht ist und grün. Kein Marmorbruch klafft wie eine Wunde der Erde, drüben bei Scharling. Kein achtlos getrampelter Pfad durchschneidet die Wiesen. Die protzigen Villen der Fremden am Ufer des Sees sind nicht da und auch nicht das alberne Schlössl des Hofadvokaten an der Neureuth.

Er schaut hinauf, von der Kirche in Sankt Quirin über die Gehöfte am See weg, weiter nach oben bis dorthin, wo sein Anwesen liegt, und erkennt sein eigenes Haus und den Stadel, und rundum stehen die Felder in Frucht, und die Obstbäume tragen die Reife.

»Des is wie dahoam«, trenzt er, »bloß größer und schöner. Was siech i denn da?«

»'s Paradies, Brandner Kaspar«, sagt eine tiefe, gemütliche Stimme dicht hinter ihm. »Was verwundert dich des so? In der irdischen Heimat erkennt doch ein jedes sein Paradies, sobald ihn die Reife hinausträgt aus der kindlichen Blindheit. Der Herrgott hat euch drunt' schon ein übriges geschenkt von seiner Pracht. Nur versteht's ihr's scheint's net, und bringt's es net

379

z'amm in Verblendung, dass ihr's euch dort schon zum Paradies macht's, es Muhaggln.«

Der Kaspar nickt und kann den Blick nicht abwenden, hört die Stimme, und es fällt ihm nicht ein umzuschauen, wer zu ihm spricht. Aus der Tür seines Hauses dort drüben tritt soeben eine kleine Gestalt. Es reißt ihn, er keucht:

»Wer is denn des? Is des am End …«

»'s Marei, wer sonst?«, sagt die Stimme und lacht.

»'s Marei?«, haucht er, und ein Schauer rieselt ihm über den Buckel, Sehnsucht packt ihn und eine zärtliche Rührung, und er fleht:

»Darf ich zu ihr?«

Da stupst ihn wer an, und flüstert dringlich dazu:

»Hä, du, der heilige Portner!«

Den Kaspar reißt es herum, und er fallt auf die Knie.

Der Boanlkramer, noch zu Füßen des stockstcifen Michael, hatte den Portner gesehen, wie er, die Hände unter dem Mantel über dem Bauch verschränkt, gemächlich heranschritt. Nun war es so weit, nun stand die Entscheidung bevor über sein und des Alten Geschick!

Der aber rührte sich nicht! Wahrhaftig, er glotzte, sah nicht zurück und begriff nicht, wer zu ihm sprach. Da blieb dem Schwarzen in seiner wachsenden Angst nichts mehr übrig, als hinüberzujagen, den Brandner in die Rippen zu stoßen, zum Hinweis, dass der größte Augenblick ihrer Reise nunmehr gekommen sei und dass er sich demütig aufzuführen habe, gefälligst, und niederzuknieen, wie es für Sünder sich ziemt.

Gut, nun kniet er und faltet anbetend die Hände, wie sich's gehört, und in seinen Augen schimmern die Tränen des Glücks und der Furcht. Der heilige Portner, wird er zürnen, schimpfen, verdammen, ihn davonjagen und sagen, wie man so sagt: geh zum Teufel?

Nein, der Portner beugt sich herunter zu ihm, fasst ihn an den Armen und hebt ihn empor, zurück auf die Füß, und spricht freundlich:

»Inkommodier' dich net, Brandner. Hast uns ja ganz schön warten lassen. No, g'fallt's dir bei uns?«

»Ich hätt mir nie ausmalen können, wie sehr …«, stammelt der Alte, und der Portner nickt, sichtlich zufrieden:

»Jaja, is schon a so, in der Regel mach' ma auf Neue sogleich einen günstigen Eindruck. Grad a paar ganz Hagelbucherne brauchen a Zeitl, bis dass sie was spannen. Schön behaglich schaugt's her, gell«, meint er und schaut mit dem Alten ein wenig stolz in die leuchtende Welt.

»So friedlich«, sagt der Kaspar voll Innigkeit und kann nicht anders, als die Hände wiederum falten, wobei ihm der Hut ein wenig im Weg ist.

»Des ist die wahrhaftige Welt, so, wie sie gewollt is«, erklärt ihm der Portner. »Es is seltsam, dass ihr in ihrem Spiegelbild drunten, obwohl es ein jeder sich wünscht, dass es friedlich sein sollt, bloß allerweil Raufereien und Kriege veranstaltet. Jeder sagt, er mag's grüabig, und keiner lässt's zu. Wir verstehen des net. Für was hat ma euch eigentlich a Hirn mit'geben? Wir probieren von hier aus wahrlich zu jeder Zeit alles, wir erleuchten, inspirieren, verkünden, unsere

Pfarrer drunt reden sich 's Mäu fransert – und dauernd wird g'rauft, Mensch gegen Mensch, oa Volk gegen's andere, wie net g'scheit. Warum bloß? Kannst äs du mir erklären?«

»Da dürfen S' uns kloane Leut net drum fragen, Heiligkeit. Wir verstehen's ja auch net, wir befolgen bloß, was ang'schafft wird. Behauptet wird, die bösen Nachbarn san jedes Mal schuld am Gerankel, die geben koa Ruh«, erwidert der Brandner beschämt und bescheiden.

Der Portner seufzt und schüttelt bekümmert das Haupt:

»Ihr seid's schon a seltsame Rass'! Kommt keinem von euch der Gedanke, dass er selber der Bosniggel sein könnt? Dass ihr so paradiesisch friedlich sein könnt's, wie die da drüben? Dass da nix weiter dazu g'hörert, als dass ihr nach unseren Geboten verfahrt?«

»Mei …«, sagt der Brandner verschüchtert. »Bei die mehran g'langt halt as Hirn net für des.«

»Jaja, des wird's sein – und es wird noch a Zeitl so bleiben, bis ihr erkennt's, wie dass' richtig gehert.«

Er seufzt ein wenig und fragt dann: »No, dass ma uns net verratschen, wie is' jetzt, bleiberst gern da?«

Der Brandner schaut zum fernen Marei hinüber, das den längst verstorbenen Bräunl aus dem Stall führt und auf die Weide entlässt, und sagt voller Sehnsucht:

»So gern … so gern bleibert i da, nur … ich zweifelt, ob's möglich sein könnt. Ich war fei kein recht guter Mensch …«

»Er sagt's selber!«, donnert der Michael, springt vom Podest, wandelt sich aus einer Statue in ein bewegliches Wesen, entfaltet die Flügel und schwebt dräuend herzu.

»Des is der Michael«, erklärt der Portner, und den Brandner haut es sofort wieder auf seine Knie, vor Ehrfurcht und Furcht.

Der Portner indes hebt ihn abermals auf: »Brauchst auch net hinknieen vor dem, bei uns geht's kommod«, und achtet nicht des giftigen Blicks des Geflügelten ob dieses respektlosen Worts.

Hätte der Boanlkramer ein menschliches Herz, es wäre ihm nun in die Hosen gerutscht, denn er ahnt, dass auf der Stelle Gericht gehalten werden soll über den Passagier, den er mit Mühe und List hergebracht hat, wie es befohlen. Also kräht er und tritt keck herzu:

»Aber dableiben möcht er, des habt's doch gehört – und somit ist mein Auftrag glänzend erfüllt, und i bin aus'm Wasser!«

»Du bist ganz staad, mit dir red ma später«, sagt der Michael und streckt dem Portner anklagend das Faszikel hin, dessen viele Seiten und Blätter sich auffächern unter dem Griff: »Des is das Sündenregister vom Brandner. No? Ganz schön scho, kannt ma da sagen!«

Der Sünder nickt ahnungsvoll, reuig und ernst, und erkundigt sich schüchtern: »Mit wie viel Höll' müsst i denn rechnen, so ungefähr bloß, dass ma weiß?«

»Schau' ma amal«, meint der Portner gelassen und lässt sich vom Erzengel die Seiten vorblättern.

Der Michael stöhnt dabei voller Empörung und deutet:

»Da! … Mei o mei! … G'wildert, g'wildert, g'wildert – und des alles als a Jagdg'hilf!«

Der Portner schüttelt das Haupt, spitzt den Mund und sagt nebenbei, während er aufmerksam weiter studiert:

»Des macht nix, des is ja ein weltliches Gebot.«

Dem Brandner reißt es die Augen auf. Er glaubt, nicht richtig gehört zu haben: »Ah … da staun ich!«

»Des kannst doch kei'm Bayern net nehmen. Bei uns darf ma jagen, was denn.«

»Ja, und 's Schießen?«

»Des g'hört dazu.«

»Und wenn ma dann trifft?«

»… fallt's Viech um, steht wieder auf und sagt: Pack ma's noch amal? Für 's Viech is des ja auch eine Gaudi, a willkommene Abwechslung, ein Messen von Kraft und Geschick. Was glaubst, wie die hupfen vor Freud, wenn s' die Jager entwischen.«

Es wird weiter geblättert. Sie lesen, sie murmeln und stecken die Köpfe zusammen. Der Boanlkramer tanzt von einem Fuß auf den anderen und wieder zurück, und quäkt schließlich kläglich dazwischen:

»Geh, seid's doch net kleinlich und lässt's 'n heroben, wo ich ihn schon verlockt und raufkutschiert hab mit so vieler Müh!«

Er bekommt keine Antwort und wird keines Blickes gewürdigt. Das Murmeln und Deuten geht weiter, der Erzengel empört sich und schüttelt den Kopf wie ein Schullehrer, wenn er die Aufgab des Hausdeppen korrigiert: »Nicht zum Glauben, was der Leut tratzt hat. Hundertweis'!«, bricht es schließlich aus ihm.

Der Boanlkramer eifert anklagend dawider: »Des hat allen gefallen, und grad g'lacht ham s' dazu, über seine berühmten G'spaß! Des zählt überhaupts nicht!«

Abermals achtet man nicht seiner, sein Protest geht ins Leere. Der Portner blättert nur vor und zurück, sucht, und fragt halblaut den Michael:

»Wie is des, steht irgendwo, dass einer Schaden g'nommen hätt'?«

»Keiner! Koa Einziger!«, schreit der Boanlkramer, und die gebotene Ehrfurcht rutscht seiner Stimme derart davon, dass der Michael aufschaut und den Portner fassungslos anblickt: »Was is, schmeiß' ma den 'naus?«

»Lass ihn da. Für ihn geht's ja um was«, begütigt der ihn, in unendlicher Milde. »Blattl weiter, ob sich was Arges anfindet.«

»Da!«, sagt der Michael triumphierend und deutet: »Da, des da! Ui! Da hat er doch tatsächlich den Posthalter von Kreuth derart blamiert vor der zuschauerten Gemeinde, dass der drei volle Monat krank g'legen is mit der Galle! Wenn des net ausreicht, na woaß i's fei nimmer!«

Der Kaspar senkt schuldbewusst seinen Kopf, als der Portner ihn forschend anblickt, eine Erklärung erwartend. Doch eh er dazu kommt, etwas zu sagen, ruft schon der Schwarze dazwischen:

»Was? Der miserablige Kerl? Oh, den erinnert ich gut! Der hat net amal auffi dürfen, den hab ich abwärts kutschieren müssen, so voll war sein Kerbholz! Is der überhaupt scho herob'n? Tät mich verwundern, bei dem sein' Charakter heizen s' dem g'wiss noch ein!«

»Bi staad«, sagt der Portner, und der Michael liest vor, was geschah:

»Der Posthalter ist ihm nachgerennt, einen hoch geschwungenen Stecken aus Haselnussholz in der Hand, in Zorn und Empörung, um ihn zu strafen, und dabei ist er blindlings in eine Odelgrube gestürzet, die der Brandner vorsorglich aufgemacht hatte!«

»Hahahaa«, lacht der Boanlkramer verkrümmt und verkrampft. »Des war doch grad lustig und zünftig! Geh, habt's doch einmal an Humor da heroben!«

Niemand stimmt ein in sein Lachen, keiner verzieht eine Miene. Der Portner sagt ruhig: »Halt du dei Mäu, der Brandner soll reden.«

Der murmelt beschämt: »Es war so: dieser Posthalter war der alt' Senftl, für den hab ich a paar Mal was g'schlossert, als a Junger. Er hat mich zwei-, dreimal um meinen Lohn für die Arbeit betrogen, und da hab ich mich bei der Leonhardifahrt vor alle Leut auf die Art a bissei für des revanchiert. Ich hab ihn auch gleich wieder raus'zogen aus'm Baaz und mit'm Schlauch abg'spritzt, aber grad des hat die Leut noch mehra g'freut. Er war der Vater von unserm jetzigen Senftl daheim – und des hat der nicht vergessen. Für des hat er mir oft noch geschadet in späterer Zeit.«

Wenn auch verständlich ist, wie es dazu gekommen sein mag – der Fall scheint bedenklich, denn die Gerechten, Portner und Michael, stecken die Köpfe zusammen und wispern.

Der Boanlkramer steht da und schnappt mit dem Mund, ohne etwas sagen zu können. Ihm fallt keine

Entschuldigung ein. Er weiß nur, wenn der Brandner, trotz seines Wunsches zu bleiben, nicht Einlass erfährt, ist alles verloren.

Da kommt Sukkurs!

Es blitzt auf in der Landschaft dort drüben, es saust und schwebt her, und unverhofft steht vor Gericht und Verklagtem ein fröhlicher Mann in festlicher Tracht, den Stopselhut schief und kühn auf dem Schädel.

»Jawohl, so war's«, ruft er lachend. »Mir hat er des g'macht! Grad recht is mir g'schehen, und vergeben is' lang. Ich lach selber schon drüber!«

Der Kaspar glaubt seinen Augen nicht trauen zu dürfen, und schreit heraus ohne Bedenken:

»Ja Senftl! Des ist doch net möglich! Du? Der alt' Senftl!«

»Grüaß di, Kaspar! No, wie steht's? Kommst bald? Wir alle da drüben warten auf dich, dass d' mit uns und für uns wieder a zünftige Gaudi hermachst!« Er tut einen Schritt und möchte den Brandner umarmen.

Die Versöhnung zwischen dem noch Lebenden und dem Verstorbenen wird verhindert. Der Michael tritt dräuend dazwischen und fahrt den seligen Senftl an:

»Wer hat denn dich g'rufen? Was traust di denn du, Bursch, verdächtiger?«

»Trauen?«, grinst der dawider, im stolzen Selbstbewusstsein des unantastbar Seligen. »Wenn's ihr da heraußd meinen Casus verhandelts, hab i denkt …«

»Denkt hast du, soso? Und zug'horcht hast du – gelauscht, heimlich, versteckt! G'hört sich des? Hab ich euch net grad vorhin noch ang'schafft, dass ihr gefälligst drinnen zu warten habt's?«

»Wir verharren daselbst in Gehorsam, erhabener Michael, aber vom heimlich Zuhorchen hast du nix 'pfiffa. Wir alle lauschen voll Spannung auf des, was ihr dischkriert's. Des interessiert einen jeden und geht jeden was an – und g'wettet wird auch schon, wie's ausgeht und wer obsiegt. Ich favorisier natürlich den Kaspar. Dem drucken die mehrern die Daumen, hähä!«

Recht dreckig lachen traut er sich auch noch, der höhnische Hundling! Der Michael geht ob dieser Dreistheit schier der Sprache verlustig, und es dauert, bis er sich wieder derfängt. Dann schreit er, wie meist, äußerst grantig, wie stets, dass die Wolken sich rühren:

»Jetza langt's aber! Du respektloser Gloifi, du verschwindst auf der Stell, eh ich fuchtig werd! Wird's?«

»Oh, oh, oh«, macht der Senftl, spielt ein Erschrecken und wendet sich, scheinbar gehorsam, zum Gehen. Aus sicherem Abstand ruft er dem Kaspar noch zu:

»Wenn die Gaudi da ausg'standen ist, kommst fei gleich 'nüber zu uns. Wir g'freun uns schon alle! Und bekümmer dich net! Unser Herr Erzengel Michael herrlich is a grundguter Mann, der markiert bloß allweil den Wauwau. Dir kann's net fehlen, wir kennen dich alle, du hast redlich gelebt! Pfüat di derweil«, macht einen Satz und verschwindet in sanftem Aufleuchten.

Der Michael schäumt ihm hinterher: »Einen Ton hätt der dir am Leib! Den ham ma z' früh auffig'holt aus der Buß', moan i, der war noch net gar!«

Der Kaspar fühlt sich erfrischt und ermutigt. Er schaut dem davonfliegenden Frechling nach, lächelt gerührt:

»Der alt' Senftl! Der hat si koa Bröckl verändert mit sei'm frechen G'waff«, und raunt dem Boanlkramer zu:

»Aber wenn so a Bazi herobn sein darf, is für mich am End auch noch net alles verloren, was moanst?«

Der Schwarze seinerseits ist wie erlöst seit dem Erscheinen des Zeugen und der mildernden Auskunft, dass der Geschädigte über den bösen Sturz in die Odelgrube selber schon lacht. Er haut voller Hoffnung dem Brandner sanft die Faust in die Rippen und kichert:

»Brauchst nix mehr befürchten, des werd scho, des ham ma bald überstanden. Ich mach dir dazu einen Gnadenanwalt, dass' nur a so rauscht!«

Er reckt sich kühn zum Michael hinauf und fragt frech fordernd: »Also, was is, was hast noch auf der Pfanna? Oder is jetzt endlich a Ruh?«

Der würdigt ihn keiner Antwort, sondern blickt grämlich in das Faszikel hinein. Erneut wird schweigend geblättert, gemurmelt, verglichen, bis der Michael auf etwas stößt und mit dem Finger drauf sticht:

»Da! Die Söller Kreszenz! Sechstes Gebot! No, jetzta ham ma'n!«

Die Kreszenz, ja freilich, schießt es dem Brandner ins Gewissen, das war bös. Die hat er gekannt von Kind auf. Erst hat er sie tratzt, immerzu, an den Zöpfen gezerrt und ihr, dem Deandl vom Nachbarhof, Frösche ins Bett praktiziert. Wie sie dann, dürr, mit stakigen Beinen, in die Stadt fort müssen hat als ein Dienstbot, weil es zu Haus nimmer gelangt hat, da hat er sie recht sehr vermisst, zu seinem Erstaunen. Natürlich nur der Streiche wegen, die mit ihr anzustellen waren. Aber wie sie zwei Jahre später zurückgekehrt ist, rund und ansehnlich, da hat er nicht mehr gemeint, dass er ins Bett ihr Frösch' legen sollt, sondern was anderes war ihm im Sinn.

Die Söller Kreszenz! Jeden Tag sind sie sich über den Weg gelaufen, weil ja die buckligen Felder am Hang aneinander gegrenzt haben und er dem Nachbarskind von fern her ins Fenster hat schauen können, und mit jedem Tag mehr hat sie ihm gefallen.

Auf Kirchweih waren sie tanzen, sind den gemeinsamen Heimweg mitnander gegangen, und es war gut, sie anzulangen und nahe zu spüren. Er hat aber lang noch gezögert, bis er sich endlich getraut hat und ist einmal hin zu ihr, spät in der Nacht. Sie hat ihn erwartet gehabt, obwohl nichts ausgemacht war, und weil alles still blieb und alle haben geschlafen, sind sie halt beinander geblieben in dieser seidigen Mondnacht.

Ihr Vater hat's g'spannt und hat nichts gesagt, weil er gemerkt hat, dass die zwei aufs Heiraten denken. Es war ihm recht, denn wenn man zwei Anwesen vereinigt, ist es besser zum Wirtschaften. Überhaupt war grad Not am Mann, weil der Kreszenz ihr Bruder, der den Söllerhof erben hätt müssen, ein ganz fauler Hund war und überhaupt nicht geeignet.

Ein Jahr lang war er wie's Kind im Haus drüben. Es ist auch vom Heiraten geredet worden, aber ausgemacht war noch nichts. Jeder in der Gegend hat gneißt, was sich da anspinnt, und die Burschen haben die Kreszenz in Ruh gelassen, weil sie nicht mehr zum Haben war. Das hat jeder gewusst.

Es ist aber ein böses Jahr gekommen. Im Winter ist der Vater vom Kaspar tödlich verunglückt, und gleich haben die Gläubiger alles gefordert. Der Kaspar hat werkeln können, so viel er vermochte, es war nicht zum Vermeiden, dass man ein Trumm nach dem anderen abgetrennt hat. »Bal 's a so furtgeht, kimmt er auf d' Gant«, haben die Leut schon gesagt, und das ist wahr gewesen. Ums Haar wär gerichtlich versteigert worden, und der Kaspar hätt schauen können, wo er bleibt.

Im Frühjahr ist auch der Kreszenz ihr Vater verstorben, und nun war dort das nämliche Elend der Fall. Der Bruder, kaum hat er geerbt und das Sach übernommen, hat sich gleich umgehört, ob jemand das ganze Glump kauft, wie er gesagt hat, weil er in die Stadt wollen hat. Was er dort soll, für was man ihn dort braucht, hat er selber nicht gewusst.

Der Kaspar und die Kreszenz haben die Heirat erwogen, aber es hat keinen Sinn gehabt, so lange Not war auf beiden Seiten. Sie waren weiterhin gut miteinander, aber froh sein, wie vordem, haben sie nicht mehr gekonnt, weil keiner die Sorgen aus dem Kopf gebracht hat.

So ist es gegangen bis zum nächsten Fest Kirchweih, im Herbst. Die Kreszenz hat nicht hinunterwollen zum Wirt, und der Kaspar hat auch erst nicht mögen. Dann aber hat ihn der Giez gepackt, dass er, wo er doch gar nichts dafür kann, daheim hocken soll wie ein notiger Knecht, und er ist justament hin. Dort hat er die Traudl gesehen, die von Laindern herüberkommen war mit ihren zwei Brüdern. Es war gleich geschehen um ihn, und übers Jahr hat er die Traudl geheiratet, ungeachtet der Not und ohne dass sie eine rechte Aussteuer gebracht hätte und auch nur ganz wenig an Mitgift.

Und die Kreszenz?

Es krampft sich heut noch dem Brandner das Herz zusammen, wenn er dran denkt, wie sie geheult hat und gar nicht mehr zum Beruhigen war. Sie war fürder nie mehr so lustig wie ehedem. Ihr sauberer Bruder hat den Hof an den Pfliegel verkauft. Der war ihnen ein guter Nachbar und tüchtig dazu. Die Kreszenz ist schließlich dem Haberl von Waakirchen sein Weib geworden, hat sieben Kinder zur Welt gebracht und war stets eine redliche Hauserin.

Der Portner liest lange und gründlich, und der Brandner denkt: Das steht jetzt alles da drin, wie wir beide gesündigt haben, ich und die Kreszenz, in dem Jahr, wo wir beide gemeint haben, dass wir bald heiraten werden. Wir haben es freilich immer gebeichtet, jedes Mal. Der Herr Pfarrer war schon ganz fuchtig und hat uns immer schwerere Bußen auferlegt, aber wie's halt so geht …

»Was gebert's denn noch zum Bedenken?«, fragt ungeduldig der Michael. »Sechstes Gebot, gell!«

»Ja! Schon!« Der Portner blättert unschlüssig vor und zurück. »Nur waren die zwei halt gar a so jung und gar so verliebt, und gar so streng war unser Gebot

nicht gemeint, seinerzeit, wie's die Geistlichkeit aus-
legt, mitunter.«

»Das sechste Gebot …?«, stöhnt der Michael.

»… is a Mahnung, koa Dogma, vor der Eh', wenn s'
jung und verliebt san und ansonsten brav. Omnia vincit amor, für was sonst wär ihnen die Liebe geschenkt.
Und im besonderen Falle, wie dem da …«

»Aber das sechste Gebot?!«

»Ich weiß scho, sei friedlich! Da steht deutlich ver-
merkt, dass der Brandner sein Weib, die Traudl, innig
geliebt und ihr Leben erfüllt hat mit Glanz – des
macht's wieder gut.«

Der Michael kann es nicht glauben:

»Beim sechsten Gebot … mir nix dir nix vergeben?
Und die Söllerin? Ha? Die hat sich bös runter'kümmert, hernach!«

Da kann der Boanlkramer hitzig dazwischenfahren:

»Das ist ihra Sach' g'wesen und ihn nicht betref-
fend!«

Der Michael gerät in edle Desparation: »Soll denn
des auch noch a Gericht sein, wo ein jeder spricht für
den Sünder?«

»Na und … na und?«, trumpft der Boanlkramer
siegesgewiss auf: »Habt's ihr neuerdings die Barmher-
zigkeit abg'schafft oder was?«

Es fehlert nur noch, dass er dem Erzengel die Zunge herausstreckt, so frech ist sein Ton. Zu seinem
Glück beachtet ihn keiner.

Der Portner blättert noch ein bissel herum, dann
reicht er dem Michael das Faszikel zurück und
brummt in Güte dazu:

»Wenn ma sich alles so anschaut, moan i, ein Aug könnt ma zudrücken.«

»So?!«

Dem Erzengel reißt die Geduld. Er blättert seinerseits abermals wild und wütig herum, findet die Stelle, hält sie dem Portner unter die Nase und sagt nur verächtlich:

»Da – bei dem eppa auch?«

Der Portner liest zuerst widerwillig, dann weiten sich seine Augen, und er schaut entgeistert den Michael an. Der nickt, vorwurfsvoll wissend, und scheint wortlos zu sagen: Gell, da schaust. Das hättest du übersehen, das Ärgste von allem. Drückst du angesichts dessen noch immer ein Aug zu?

Der Portner liest noch einmal, erkennt die Bedeutung, starrt fassungslos bös auf den Brandner, und der, als ein reuiger Sünder, hält voll Zerknirschung dem Blick nicht mehr stand und schlägt die Augen schuldbewusst nieder.

»Nein«, sagt der Portner, »das ist zu arg!«

Er reckt sich und hebt beschwörend die Arme nach oben, und der Kaspar wird wahrhaftig Zeuge einer Levitation. Der Portner erhebt sich vom Boden, schwebt auf und empor, der Krone des Lichts zu, die als unendlicher Kuppeldom sich über ihnen wölbt, ist bald nur winzig klein noch zu sehen und verschwindet.

Nun wissen alle Bescheid, nur der Boanlkramer noch nicht.

Ihm ist alles verhagelt, und er gackst: »Was is so arg? Und wie arg? Und mit wem? … Sagt's mir doch auch was, ich bitt euch!«

Sie sagen ihm nichts. Der Michael blickt verachtungsvoll auf den Brandner herab und schüttelt den Kopf:

»Du hast es gewusst und hast es gewärtigt!«

»Ja«, gibt der Brandner ganz zerknirscht zu.

Der Boanlkramer gerät förmlich ins Fieber, in eine Froas': »Was war des? Ich fleh euch an! Es betrifft mich, an mir geht's doch 'naus … Sagts es halt!«

»Betrogen hat er! Einen Vorteil erlangt von unglaublicher Größ.«

»Ja, ich weiß …«, haucht der Brandner und scheint immer kleiner zu werden unter der Last seiner Schuld.

»Was hast denn du ang'stellt, von dem i nix weiß? So weiht's mich doch ein! Sagt's mir die Wahrheit! Wen hat er betrogen und wie – und mit was?«

»Lass' gut sein, Boanlkramer, des is jetzt a so und nimmer zum Ändern«, sucht der Brandner ihn zu beschwichtigen. Aber der Schwarze gibt keine Ruh und jammert zum Steinerweichen hin und her zwischen Engel und Mensch:

»Tut's mir des doch net an, dass ich womöglich der Strafe anheim fall' und weiß net amal, warum und wieso! – Michael, sag 's!«

»Na, falsch hat er g'spielt, was denn sonst!«, schreit der ihn an, aber der Boanlkramer begreift immer noch nicht:

»So? … Wo? … Und mit wem?«

»Ja mit dir! Wird denn dir nie was von selm offenbar? Muss ma dich erst mit der Nasn drauf stessen? Hast du net gspannt, dass er den Grasober in sei'm Ärmel versteckt hat? Und das ist es! Eine Versündi-

gung gegen Menschengebote mag ja noch hingehn –
aber betrügen den Willen des HERRN!«

Hoch auf reckt er sein Schwert und macht wieder,
dass Flammen lodern in ihm, das Licht sich verfinstert
und ein leises Donnern von überall her zu vernehmen
ist, so sehr regt er sich auf. Das ist mehr als sein sons-
tiger Grant, das ist Empörung und unwandelbares
Gericht.

Der Boanlkramer jammert und greint an ihn hin in
wilder Verstörtheit:

»Mit'm Grasober des? Da war ich doch der Depp!
Ich hab mich o'maukeln lassen und hab's selber bald
drauf scho g'spannt, wie der Kerschgeist verflogen
war aus mei'm Hirn! Des war keine Sünde von ihm,
Michael, des war mei Blädheit! Lässt's mich bittschön
in dem Fall den Deppen sein, ich flehe dich an!«

Obwohl er dabei vor dem Gewaltigen auf seine
Knie sich hinwirft und ihm bittend die Knochenhän-
de entgegenreckt, erhält er sogleich seine Abfuhr:

»Des is nimmer dei' Sach'! Basta und ausg'redt!«

Der Schwarze sinkt gänzlich zusammen, trommelt
mit Fäusten, wie ein hilfloser Bub, auf die Wolken ein,
auf denen er kniet, und heult wie ein Köter:

»Dann trifft mich das Gericht wegen die paar Stamperl vom Kerschgeist. Des derf doch net sein! Hab a
Einsehen, Michael … hilf! … Gnade … Barmherzig-
keit!«

Der Michael wendet sich von ihm und schreitet in
Hoheit ein paar Schritte von dannen, um abseits zu
harren.

Jetzt ist es geschehen. Es war nicht zu verhindern.

Der Boanlkramer sieht ein, was er längst wusste: Keine Schuld bleibt ohne Sühne, und ihm war's ja bekannt, dass das Kartenzeugs Teufelswerk ist, von dem man sich fern halten muss. Er hat es gewusst und sich nicht dran gehalten.

Freilich hat er erhofft, dass man lediglich ihm eine Schuld zumessen wird, weil er der Verführung nicht widerstand, und dass er ob seiner besonderen Stellung zwischen Himmel und Erde glimpflich davonkommt. Dass der Verführer ihn aber dazu noch betrogen hat und dass sie nun beide ...

Er erhebt sich ächzend und schwer, mit steifen Gelenken, und hatscht mit hängenden Schultern zum Brandner hinüber:

»Schad«, sagt er mutlos, »aber wenn's anders net sein kann, guat, ergeb ich mich drein. Die Stund ist fast um, bis ma drunten sind in deiner Hütten, und ich der alten Uhr wiederum ihren Lauf lassen kann. Geh zu, komm ... der Karren wart' scho auf uns, so viel Zeit hab i net, i han ja no ander'ne G'schäfter ... Mir fahr ma z'ruck.«

Zurückfahren, ins Leben?

Der Kaspar schaut zu der leuchtenden ewigen Heimat hinüber, in der ganz gewiss alles so ist, wie er es auf Erden ersehnt und zu erlangen sich abgemüht hat. Dort ist Harmonie, dort ist Vollendung, dort ist Bestand. Wer dort Einlass findet, der wird ein Teil davon sein.

Zurückfahren? In das verwaiste Haus, immer voll Sehnsucht nach all den Gestorbenen? Allein, ohne tätiges Leben? Dem irdischen Senftl wieder begegnen? Wieder mit ihm und seinesgleichen umgehen müssen und dabei die Zunge im Zaum halten? Lauern und schauen, wo die Bosheit sich wiederum zeigt? Hoffen und warten, dass irgendwo hilfsbereite Vernunft und Güte für kurze Zeit siegen?

Dahin zurück?

Wohin sonst? Der Glückseligkeit hat er sich selber entwunden durch seine Sünde. Ihm bleibt nur die irdische Welt, von der er auf einmal bestürzend erkennt, dass sie nichts ist als ein Zerrbild des wahren Gedankens der Schöpfung, ein Schemen, ein arger Traum, ein unstetes Spiegelbild in einem fleckigen Glas voller Buckel und Blasen. Die wahre Welt, die ist Kraft und Gedanke. Die unwahre ist Fleischlichkeit und ist Behelf. Er sieht sie wuseln auf Erden wie Ameisen, wenn man den Stock in den Bau stößt, in Angst vor allem, was ist und was kommt. Sieht sie in Gier sich mühen und rackern wie Käfer, gefangen im Glas, die übereinander kriechen, um hinaus zu gelangen, höher hinauf als die anderen. Sieht sie in Dummheit versagen, in Gruppen sich rotten, einander neidig bekämpfen, sich prügeln um Nahrung, um Liebe, um Macht. Dorthin zurück? Nachdem er dies hier mit Augen gesehen hat?

Zurück?

»Nein«, sagt er und richtet sich auf. »Wir fahren net z'ruck, und du gehst mir net vor's Gericht. Ich nehm das Fegfeuer auf mich, gleich auf der Stell.«

Ihm ist allsogleich wohler, als er gesprochen hat, so, als habe er ganz allein mit seinen Händen eine sehr schwere Last abgeladen, eine gewaltige Fuhr Steine.

Der Boanlkramer schaut ihn ungläubig an:

»Des sagst du doch net im Ernst? Kaspar, du willst …? Is des wahr? Bedenke, des lauft drauf hinaus, dass du dich sehenden Auges opferst für mich!«

»Geh zua«, winkt der ab. »Opfern! Gar so g'schmerzt brauchts es net. Büßen muss ich a so und a so. Es kommt doch auf eines heraus, ob früh oder später. Nehm ich's gleich auf mich, hab ich's g'schwinder hinter mir. Also …«

»Aber bedenk doch: du verschenkst fuchzehn Jahr!«

»Von was? Hast es mir net prophezeit, was mich erwartet? Winter … Eis … Kälten … dumper und graab! Naa naa, es is besser a so. Pfüat di, geb ma uns d' Hand drauf.«

Sie fassen sich fest bei den Händen und schütteln sie lange, wie nach einer guten Handelschaft, mit der jeder zufrieden sein kann. Der Handschlag besiegelt, dass der Brandner Kaspar das irdische Leben verlässt. Das ist sein Tod, ist sein Sterben.

Öha – haltaus! Dem Boanlkramer fällt noch etwas ein. Er macht bekümmerte Augen, zieht den Kaspar ganz dicht heran und raunt ängstlich:

»Aber net dass du mir's nachträgst in Ewigkeit, dass du den Weg antreten musst wegen meiner. Bedenke, ohne dein' Schmu mit dem Grasober wärst du glatt 'neing'rutscht ins Paradies, unter mei'm Beistand …«

Der Kaspar kann, so ernst ihm zumut ist, nicht anders als lächeln ob dieser Befürchtung und erwidert voll Trost und guter Vergebung:

»Unbesorgt. Aber gell, trag mir du's fei gleichfalls

net nach, dass ich dir gar so viel Schererei g'macht hab. Sonst wär'n wir net quitt.«

»Is scho gut, mir samma beinand'«, meint der Boanlkramer glücklich und kummervoll und zwinkert dazu. Der Brandner beugt sich ganz nahe und wispert:

»Und überdies … dank ich noch für den einen, einzigen Blick da hinüber …«

Er schaut noch einmal hin und murmelt dazu: »Der allein war alles schon wert. Des hast guat g'macht … guat!«

Sie lächeln wissend und traurig, lösen sich voneinander, stoßen sich, einer den anderen, noch einmal aufmunternd an die Schulter. Es kommt sie hart an, Abschied zu nehmen. Sie winken beim Auseinandergehen zurück wie zwei Freunde, die etwas ausgeheckt haben und das Gelingen erhoffen.

Dann tritt der Brandner hin vor den Erzengel und spricht mutig und laut: »Heiliger Michael, wenn ich's recht g'lernt hab, so weist mir du jetzo den Weg.«

»So ist es«, sagt der, hebt sein Schwert, breitet pompös die goldenen Flügel und schreitet, ein Bild göttlichen Zorns und unerbittlicher Sühne, wegweisend voran.

Der Kaspar folgt mit gefalteten Händen, barhäuptig, den Hut unter den Arm geklemmt, in gemessenem Abstand.

Als Franz von Kobell am folgenden Tag in der Früh auf den Hof kommt, um den Kaspar, wie ausgemacht, zum Jagdgang auf den Napoleon mitzunehmen, springt ihm der Söllmann wild kläffend entgegen mit

400

eingezogenem Schwanz, führt sich auf, zerrt ihn winselnd zum Haus, windet sich und kratzt an der Haustür, bis Kobell sie öffnet und eintritt.

Er findet drinnen den Kaspar tot auf, friedlich entschlummert im Lehnstuhl. Das Herz hat versagt, drei Tag nach dem Tod seiner Enkelin, und alle Leut sagen, kein Wunder, er hat nicht mehr wollen.

Was noch sagen sie?

Ich hab ihn immer gern mögen. Er war halt schon recht alt. Gewiss bleibt ihm viel erspart. Wie wär er denn allein mit dem Anwesen fertig geworden, ohne den Flori. Viel gehabt hat er nicht von sei'm Leben. So is es besser für ihn. Als Schlosser is eh der Lickleder brauchbarer. Wenigstens hat er noch sein' Geburtstag feiern können. Da war er glücklich, das hat man gesehen. Was wird aus dem Hof? Wer sind die Erben? Ob ein Testament da ist? So sagen sie.

Der Senftl kommt gleich mit dem Loichinger herauf und sucht amtlich herum nach einer letztwilligen Verfügung, während der Tote noch in seinem Lehnstuhl sitzt. Weil er nichts findet, holt er beruhigt daheim jene Papiere heraus, die seine Ansprüche beweisen, und schreibt an den Silbermann, dass der die Versteigerung vorbereitet. Er weiß, dass er dabei den Zuschlag bekommen wird.

Die einzige Verwandtschaft ist die Schandler Theres vom Schliersee, die alte Gurgel, und die ist so dumm, die findet man ab, die hat nichts zum Schnabeln. Der Schreiner hat diesmal niemand zum Ratschen. Ganz allein sargt er den Kaspar ein, führt Selbstgespräche dabei und schimpft mit dem Toten:

401

»Siehgst as, jetzt liegst selber am Schragen und verbietest niemand mehr 's Mäu. Hättst dich halt ausgeredet bei mir, die Seele erleichtert vom Schmerz, ich hätt dich getröstet! Hättst beim Leichenschmaus vom Marei ordentlich was 'gessen, Essen und Trinken halt' Leib und Seel z'amm. Hättst dir net alles so zu Herzen genommen und dich gemessen betragen, wärst über den Verlust leichter wegkommen und vielleicht sogar noch am Leben. Des hast jetzt davon, dass du dich aufgeführt hast, als wärst du der Allererste, dem jemals wer g'storben is.«

Als er später mit denen vom Pfliegelhof den Sarg hinabträgt, begegnet ihnen Kai-Uwe von Zieten. Vom Senftl geführt, will er sich Haus und Liegenschaft nun ganz genau ansehen. Der Senftl weiß schon den Preis, er sagt ihn bloß nicht, weil er den Zieten umhauen wird, jaja …

Wer trauert? Der Simmerl? Die Wurzer-Burgl? Die Genovefa vom Angermanngütl? Die vom Pfliegel, vom Westerhof, die Schützen, die Leut vom Schlössl des Dr. Senger? Wer sagt nicht bloß, 'schad, armer Kerl', und geht sogleich an seine Geschäfte? Gewiss, Prinz Carl ist berührt, als er es erfahrt, und seine Jagdfreunde desgleichen. Bei ihnen hat der Alte eine gute Nachred'.

Für Franz von Kobell, der ihn in der Stille der Stube gefunden hat, ist es anders. Er hat den Toten lange betrachtet, und das erstarrte Gesicht schien ihm nicht erloschen zu sein. Er glaubte, darin Trotz und Behagen zu sehen, ein ironisches Lächeln – und Glück. Der

Anblick ist ihm nahe gegangen. Er wird den Brandner gewiss nicht vergessen.

Nachdem er die Nachbarn benachrichtigt und alles besorgt hat, geht er allein auf die Jagd. Wie der Zufall es will, läuft ihm der Napoleon über den Weg und setzt nicht davon. Da kann der Jäger nicht anders, er pfeift auf den belgischen König, legt an, und ihm glückt ein bildsauberer Blattschuss. Der Napoleon macht noch zwei Sätze, dann stürzt er mit gebrochenen Lichtern, und diesmal springt er nicht wieder auf und roast nicht mehr davon.

Als Kobell seine Beute mit dem Verbruch aus Tannenzweigen schmückt, denkt er, wie der Brandner gestern gesagt hat:

»Für so an Alten is' a Erlösung, wenn er weggeputzt wird.«

Die Erlösung?

Wahrlich, es begibt sich, dass Posaunen zu sprechen beginnen, und aus ihrem Ruf erklingt deutlich das Wort: »Wartet!«

Der Brandner tappt hinter dem Erzengel drein, gepeinigt von Angst, denn er bereut schon den raschen Entschluss. Was wird ihm geschehen? Wird er ins Bodenlose stürzen, ins Nichts, ins Vergessensein? Geht es profan zu wie im Kasperltheater, dass Sparifankerln erscheinen mit glühenden Zangen, ihn zwicken und fassen und in siedendes Öl schmeißen? Kommt ein höllischer steinerner Bote daher und zerrt ihn in ewige, eisige Kälte und Finsternis? Das wär ihm die ärgste der Strafen. Das Eisige scheut er noch mehr als die kochende Hitze.

Oder ist alles ein kindischer Schmarren, was man auf Erden von Hölle, Teufeln und Fegfeuer sagt? Wie es dort überhaupt ausschaut, darin sind die Visionäre und Künstler recht uneins. Einer stellt sie so dar, der andere anders.

Den Himmel aber malen sie alle gleich, seltsam, und in Andeutung so, wie der Kaspar ihn nunmehr gesehen hat. Können sie sich die Verdammnis nicht vorstellen?

Warum tönen Posaunen durchs All und rufen vernehmlich das Wort:

»Wartet!«

Der Michael späht unruhig im Gehen nach allen Seiten. Alltäglich ist das offenbar nicht. Der Schall der Posaunen kommt näher und näher, kreist sie ein, errichtet eine unsichtbare Mauer aus Klängen um sie, aus denen es immerzu ruft:

»Wartet!«

Der Michael knurrt und schleicht nur noch langsam dahin. Was soll die Bedrängnis bedeuten? Nun mengt sich ein menschlicher Ruf, eine weibliche Stimme in das gewaltige Tönen, erst kaum zu verstehen, dann deutlich vernehmbar, ein über das andere Mal:

»Großvater! Wart!«

Da ruft doch das Marei!

»Was ham s' denn jetz scho wieder?«, dröhnt der Michael, und befiehlt seinem Opfer: »Wart ma halt an Moment. Da macht si irgendwer wichtig.«

Sie bleiben stehen und schauen zurück. Die friedliche Helle, aus der sie kommen, hat sich gewandelt. In ihr zuckt es und fackelt, Schatten huschen und gleiten, es leuchtet und blitzt –

»Großvater! Wart!«

Ein Etwas, eine Wolke jagt aus der ewigen Heimat daher, in ihr läuft das Marei in Hast, sie kommt ihnen nach, sie fliegt und sie eilt mit wehendem Haar.

Der Kaspar breitet die Arme weit aus und umfängt sie voll Glück:

»Marei!«

Sie aber ist außer Atem und viel zu erregt, um seine Rührung zu teilen.

Sie keucht: »Großvater, wart! – kann sein, es kommt anders!«, wirft sich dem dräuenden Michael zu Füßen und reckt flehend die Hände:

»Herr Erzengel, bloß an Moment, bitt gar schön!«

»Was waar nacher des für a Ramasuri?«, fragt er sie, derart perplex, dass er den gewöhnlichen markigen, zornigen Ton ganz vergisst.

»Des zu erklären, sind andere berufen, erhabener Herr. Für des bin i zu jung und zu neu hier. Ich bin bloß vorausg'saust, so g'schwind als es geht, dass ich flehe um Aufschub! Warten S' halt, Herr Erzengel. Glei san die anderen da!«

»Was für andere?«

»No, alle …«

Es widerfahrt dem Kaspar, dass er mit Augen das Gleiche erblickt, was das Marei erlebte, als der Boanlkramer verklagt, verlacht und verjagt war, den Brandner zu holen. Die Seligen alle kommen daher, im Schwall und im Schwarm, in der unübersehbaren Fülle.

Sie fliegen, sie stolpern, sie jagen und purzeln wieder herzu, aus dem Nirgendwo und dem Überall, die Großen und Kleinen, Wamperten, Dürren, Stumperten, Albernen, Grimmigen, Erhabenen, Kindischen, Wissenden, Schönen und Grauslichen.

Diesmal lachen, kudern, krächzen und dröhnen sie nicht. Sie schimpfen und drohen, sie fuchteln und greinen, sie streiten und hecheln und bedrängen den Michael, der wie ein Denkmal herausragt als der Mittelpunkt ihres empörten Gezappels.

»Ru – hä!«, schreit er, aber es wird nicht ruhig.

Ein Ungehorsam? Ist denn der Teufel in alle gefahren? Er reckt sein Schwert, dass die Blitze herniederzischen und die Donner durch Welten dahinrollen – aber es wird nicht ruhig.

Es rauscht zu Häupten. In großem Entsetzen kommen die anderen Erzengel geschwebt, der Gabriel, der Raphael und zum Schluss noch der Uriel.

Drei eherne Wächter stellen sich auf zum Geviert, Rücken an Rücken mit dem so arg bedrängten Michael, und schirmen ihn gegen den Aufruhr. Ihre Züge spiegeln die Ratlosigkeit. Sie können sich nicht erklären, was vor sich geht. Ist das ein himmlisches Haberfeldtreiben? Seit dem Luther und seiner rauen Epoche war es hier nicht mehr so laut und so indezent zugegangen.

Sie holen tief Luft und schreien gemeinsam, mit einer Stimme:

»Ru – hä!«

Und siehe, es wirkt, es wird ruhig.

»Was is los mit euch?«, will der Gabriel wissen.

»Er!«, kreischt es aus tausenden Kehlen auf, recken sich tausende von Armen gegen den Michael.

»Bloß oaner gibt Antwort!«, verlangt der hochedle Raphael.

»No, er, der Michael, ist voreilig und wart' net!« verklagt Wiguläus von Kreittmayr, der Rechtsgelehrte, kühn seine ihm gottgewollt vorgesetzte Instanz.

»Auf was sollt er warten?«, interessiert sich mäßig der Uriel.

»Dass der Portner erscheint und verkündet, was über'n Brandner beschlossen is«, ruft die gerechtsame, ungerecht hingeopferte, liebliche Agnes Bernauerin, die keine Justiz mehr ausstehen kann.

»Er schickt'n gäh abi zur Buß' und woaß selm no net, welcher!«, kommt es vom alten Senftl.

»Und des passt euch net?«, will, nicht ohne drohenden Unterton, der gewaltige Gabriel wissen.

»Naa!«, jauchzt es im Chor, millionenfach laut.

Ein Aufruhr, eine wirkliche Rebellion! Doch ein Haberfeldtreiben!

»Er soll ihn gefälligst dalassen, bis der Portner erscheint. So is des koa Macha – wo der Hort der Gerechtigkeit hier daheim is!«, verlangt in süßem Ton die heilige Anna von Andechs.

»Nulla poena sine lege«, zirpt höhnisch der selige Nantwein, weil sie ihn seinerzeit ohne Gesetz massakriert haben.

»In dubio pro reo, jawohl!«, ruft, um der Gnade und der Gerechtigkeit willen, von ganz hinten der Kirchenvater Ambrosius und erntet frenetischen Beifall damit.

Den Erzengeln scheint es die Sprache verschlagen zu haben. Erst blicken sie unsicher einander an, dann schauen sie auf die schier unübersehbare Menge Petenten, es fällt ihnen nichts ein, und sie antworten nichts.

Daher wird es still. Die himmlische Menge erwartet die befriedigende Antwort von dem Verklagten, dem Michael.

Der ist bis in die Knochen beleidigt. Er schiebt schließlich zögernd und grantig heraus:

»Bitte sehr, bitte. Von mir aus, i wart, eh ich ihn weiter geleite! Als ob des was ausmacht für seine Straf! Als ob es net Wurscht wär, ob er's jetzt erfährt oder später, was eahm beschieden is – ös Kasperln!«

»Is net Wurscht!«, protestiert lauthals der Turmair, und Millionen stimmen ihm bei.

»Guat, hock ma uns nieder und harren der Dinge, allesamt.«

Das geschieht allsogleich. Ein Heerlager bezieht sein Quartier. Bis zum Horizont hinaus bequemen sich die rebellischen Myriaden, ratschen leise in Gruppen, stehen herum, debattieren, schweigen und schauen.

Der Kaspar fasst sein Marei bei der Hand und blickt sie verzückt an. Wie strahlend und noch viel schöner sie ist als auf Erden! Auch wenn sie grad böse Zornfalten hermacht auf der Stirn, das Leuchten, das aus ihr strömt, ist nicht zu verdüstern. Sie erzählt ihm voll Eifer:

»Alle san nämlich erschrocken, wie der Portner vorhin so grimmig wor'n is und aufg'schwebt und davon, koa Mensch weiß wohin. Was hast denn ang'-stellt? Gesteh 's!«

»Was Arg's, Marei, ich mag's net bekennen.«

»Geh, Großvater, du und was Arges. Des gibt's gar net!«

»Red ma lieber von dir. Bist du zufrieden dahier?«

»O mei! Gar seit i weiß, dass es dem Flori net übel ergeht, dass er davonkommt und wir bald wieder vereint sind. Bloß du – was wird jetzt mit dir sein?«

Sie haben nicht lange Gelegenheit, miteinander zu schwatzen. Von allen Seiten kommen Selige und wollen dem Kaspar Trost zusprechen und Mut.

Zuerst schüttelt Max I. Joseph seinem einstigen Jagdhelfer, herzlich erfreut ob des Wiedersehens, beide Hände.

»Ja … Majestät …!«

»Sie Schlankl! Können S' das Streichemachen net lassen?«

»Hätt i 's bloß …«

»Unter uns, es is net so arg, wie man sagt. Ich hab mein läuterndes Feuer bald hinter mir g'habt – gut, es is a bissei unangenehm heiß – und das Gemeinste: es gibt nix zum Trinken …«

»Koa Bier? Net amal a Kracherl?«

»Absolut nix! Andererseits ham sie dort wenig Übersicht. Es herrscht so ein Andrang – und es gibt eine höllische Korruption, und es gibt Nischen, quasi, verstehn S' …?«

»Wo ma si a bissei verschliefen kann?«

»Pscht …«

»Dank, Majestät, für den Hinweis.«

»Wissen S', in der Ewigkeit ist das Schöne viel schöner und das Grausliche grauslicher – aber sonst is es genau wie auf Erden. Wer schlau ist, witscht überall durch, haha …«

Kommt der gewaltige Schmied von Kochel daher und haut dem Kaspar auf die Schulter, dass es kracht:
»Hö hö Brandner! Du Volksheld! In hundert Jahren noch wohl bekannt und einen jeden erfreuend! Respekt – und komm bald zurück aus der Pein!«
Kommt Ferdinand Kobell, der Maler, und tröstet:
»Grad hab ich vernomme, mei Enkel, der Franz, betet für Sie. Auf den hört ma hier obe, das kann Ihne helfe! Net verzweifle!«
Kommt Otto von Wittelsbach selber und begehrt zu wissen: »Was hat Er eigentlich angestellet? Wir tappen im Dunkel, man weiß nit, wie man fürsprechen soll …«
Der Brandner windet sich:
»Herr Herzog, ich mag es net sagen, i genier' mich so sehr!«

Es bleibt nicht verborgen. Der Michael plaudert die G'schicht mit dem Grasober aus, und die Kunde von dieser Todsünde geht im Flug durch die ganze Versammlung. Sie lähmt die eilig bereiten Fürbitter und die rasch entflammten empörten Protestanten, denn jeder fühlt voll Entsetzen, das ist ernst:
Er hat betrogen den Willen des HERRN!
Da kannst nix machen, das verdient seine Strafe, das bedeutet Buße bis hin ad calendas graecas. Ein paar Millionen Selige lassen sogleich vom rebellischen

Zorn und begeben sich heim in ihren Bezirk des Paradieses.

Die verbliebenen Myriaden wiegelt der Schmied von Kochel in bewährtem, ungebrochenem Widerspruchsgeist unbeirrt auf:

»Warum sollt der Brandner allein daran schuld sein? Wer von uns is schon gern aus der Welt 'ganga, ob's Zeit für ihn war oder net, und hat sich net gewehrt gegen's Sterben? Zu jedem Betrug g'hören zwei, und genauso schuld is der Lapp, der Boanlkramer, mit seiner Saufgier!«

»Da hat er Recht!«

»Wo is 'n der Lalli scho wieder? Nie, wenn ma'n braucht, is er da!«

Ja, wo ist der denn wieder? Eine Legion Engel schwärmt aus und findet ihn schnell. Auch ihn hat die Neugier geplagt, dieser beständigste Teil alles Lebendigen, er hat an seinem Gefährt herumgetritschelt, das Ross ein wenig gestriegelt, was bitter nötig war, und dabei immer geschielt, ob nicht Botschaft kommt, von oben.

Sie schleppen ihn her, er zappelt und strampelt, aber es gibt kein Pardon. Er muss Rede stehen, und er rechtfertigt sich zeternd. Die Seligen schütteln die Köpfe: »Wenn'st so sehr verlangst nach was Geistigem, hättst halt was g'sagt! Von uns hättst doch auch an Kerschgeist kriegt.«

»Derf ja nix sagen! Er hat mir's verboten!«

»Wer?«

»No, der da! Wer sonst?« Der Verklagte weist auf den grimmigen Michael. »Wehe, ich derwisch dich beim Saufen, hat er gedonnert vor zweitausend Jahr! Und ins Paradies zu euch eini derf i sowieso net.«

»Wenn ma's weiß, bringt ma dir den Kerschgeist diam aussi ans Tor, wenn er net herschaut, des is doch net schwierig!«

Hoffnung steigt auf in dem Schwarzen:

»Ja, derfert i mich da wirklich manchesmal melden?«

»Wehe!«, schreit der Michael, und alles schweigt allsogleich betroffen.

Wer noch hoffte, verstummt. Bald traut sich niemand mehr reden. Der Portner bleibt gar so lang aus, das bedeutet nichts Gutes. Das wäre gewiss auch nicht möglich, denn eine solche Untat kann nicht milde betrachtet sein.

Die Wartenden alle harren des Boten, der den Spruch herniederbringt. Sie schauen hinauf in die Krone des Lichts.

Dort ist es nicht, wie sonst immer, gleichmäßig hell, dort ist es nicht still, dort huschen Schatten, und ferner Rumor ist vernehmbar.

Die Zeichen des Zürnens.

Die heilige Cäcilia, die grundgute Seele, die alles versteht und alles verzeiht, erhebt in das beklommene Schweigen hinein ihre liebliche Stimme mit einem Bittgesang für den Kaspar, einem zarten Flehen um Verstehen und Vergeben. Andere stimmen ein in die Weise, und bald braust ein gewaltiger Bittchoral empor zu den Höhen.

Der Michael hat wieder Oberwasser, er ist gerechtfertigt. Der Brandner muss fort, ganz gleich ob für immer, oder ob ihm irgendwann Gnade erwiesen sein wird. Er hat den Weltenlauf durcheinander gebracht, was gäbe es da noch zu fordern! Er ist ein Verdammter, er muss hinab, er hat hier nichts mehr zu erwarten.

»Weiß jemand vielleicht einen Grund, warum bei dem Sünder eine Milde am Platz wär?«, fragt er gewaltig.

Ihm wird keine Antwort.

»No also, wo's endlich alle kapiert ham, Brandner, was du für einer bist, gibt's keine Wurschtln mehr. Mir pack ma's wieder«, sagt er zu ihm in väterlich gütigem Ton.

»Ich schreite wieder voran, und du folgst mir, wie vordem. Es wird sich niemand mehr trauen, dass er uns aufhält!«

Der Kaspar nickt und stellt sich gehorsam hinter ihm auf. Er faltet die Hände, und umbraust von dem vieltausendstimmigen Bittgesang, tut er die ersten demütigen Schritte, fort aus der Gemeinschaft der Seligen, endgültig hinab zur Verderbnis.

Die am Wege stehen, blicken ihn mitleidsvoll an. Etliche winken verschämt und versuchen ein Lächeln, als Trost auf dem Gang zum Schafott.

Das Marei geht ihm zur Seite, ringt seine Hände und wagt nicht, noch etwas zu sagen. Sie will ihn geleiten bis zum äußersten Rand, wo ihr die Umkehr befohlen wird, und sie allein in ihre Glückseligkeit heimkehren muss, heimkehren darf.

Denn er hat betrogen den Willen des HERRN!

Dann aber begibt es sich, dass ein Strahl herabfährt aus der Krone des Lichts, und in ihm schwebt hernie-

413

der der ewige Portner, in stummer Gelassenheit, mit gefalteten Händen.

Die gewaltige Menge verstummt und starrt dem sich Niedersenkenden erwartend und schaudernd entgegen.

Der Michael verhält seinen grausamen Schritt, er wendet sich um, er blickt dem Brandner kühl in die Augen und bedeutet ihm, sich demütig zum Portner zu wenden.

Hier kommt sein Urteil. Es ist oben beschlossen, nun wird es verkündet, und wie anders könnte es lauten als: Verdammnis.

»Passt's auf«, hebt der Portner an, »jetz is' a so …«

Niemand wagt sich zu rühren. Millionen Augen schauen auf ihn.

Er zögert, ermannt sich, und setzt endlich fort:

»Ich hab's vorgetragen, die G'schicht. Ganz droben, bei der heiligen Trinität. Alle drei waren's beinand – und die Maria, und g'sagt ham s', des is a ganz a besonderer Fall, der net amal in ihre heiligsten Gebote vorgesehen is, dass –«

Es zuckt ergriffen um seine Mundwinkel.

Er stockt.

Er kann nicht weitersprechen, vor lauter Ergriffenheit.

»Dass jemand den Tod –«, bringt er grad noch ernsthaft heraus –

dann ist es zu Ende.

Es reißt ihn.

Er platzt.

Er explodiert in Gelächter.

»– den Tod beim Kartenspielen b'scheißt!«, brüllt er und läuft im dröhnenden Lachen ganz rot an.

Die Verblüffung ist groß.

Es ist von ergreifender Albernheit, wie einer sich inmitten einer schweigenden Menge krümmt vor Gelächter, und alle schauen voll Unverstand auf ihn hin, weil sie gar nicht so schnell wahrzuhaben vermögen, was da geschieht.

Der Michael fasst sich als Erster und fragt todernst und verächtlich: »Was soll diese bläde Lacherei! Des is ernst!«

»Naa, ernst is des nimmer«, prustet der Portner und holt im jaulenden Aufstrich Luft in die Lungen:

»Fegfeuer … haha … brauchts net … haha!«

»Brauchts net?«

»Naa … is alles … haha … scho vergeben!«

So voll dämlichem Unverstand hat noch nie seit der Erschaffung der Welt jemand in des Michael edlem Antlitz erblickt. Es ist ganz leer, ist wie ausgeronnen, als er lallt:

»Vergeben? … Warum?«

Des Portners würdiges Haupt hat inzwischen die Röte vollreifer Kirschen erreicht:

»Weil … die ham ja … haha … die ham ja … haha …«

»Was ham s'?«

»So viel g'lacht!«

»Gelacht? … Über des?«

»Und wie! Vor allem über'n Kerschgeist! – D' Maria lacht no'!«

Das bricht den Bann der Verblüffung. Das Lachen steckt an, es breitet sich aus, es fährt durch die Menge, bald hupfen sie alle, hauen einander auf die Schultern, winden sich, kugeln sich, biegen sich, kringeln sich, ächzen, prusten und husten – das ist mehr als das berühmte homerische Gelächter.

Nur einer steht regungslos, stumm und begreift seinen Himmel nicht mehr. Wer wohl?

Er sieht den Gabriel schmunzeln, den Raphael kichern und den Uriel sich krümmen. Lachen genügt, um bittere Sünden zu vergeben? Hätte da seinerzeit nicht der HERR auch über das lachen können, was die Eva mit dem Adam im Paradies aufgeführt hat? Das war in gewisser Weise auch komisch und für Erzengelaugen albern genug –

Aber nein, damals nicht, heute schon. Kenn sich da einer aus.

—

Sich die Tränen vergeblich aus den Augen wischend, tritt der heilige Portner hin vor den freigesprochenen Sünder und sagt:

»No, du Hallodri, jetzt steht nix mehr im Wege, dass ich dich empfange und geleite in Ehren. Für des müsst ma eigentlich 'nüber in meine große Kanzlei.«

Sie müssen nicht. Als könnten sie es gar nicht erwarten, den Alten endlich ins Paradies zu spedieren, tragen Nantwein und Turmair schon schwebend das große Buch der Heimkehr herbei und legen es in Portners Hände, nachdem der sich die letzten Lachtränen abgewischt hat. Der erhabene Akt der Aufnahme geschieht halt diesmal nicht im Amt, vor nur wenigen Zeugen. Diesmal sind die Himmel versammelt, wohnen die Myriaden der Feierlichkeit bei, stehen sie unübersehbar weit im Kreis um den Portner und richten still und behaglich den Blick auf das Zeremoniell.

Der Kaspar kniet, faltet die Hände, und der Portner verliest:

»Brandner, Kaspar Egidius, vom Albach gebürtig, hat redlich gelebt und nur selten harmlosen Schaden getan an Menschen, und niemals an Seelen. Heimgerufen im zweiundsiebzigsten Lebensjahr ...«

Er schaut auf den Kaspar strafend hinab und schüttelt den Kopf, ganz heiliger Mahner, aber die Strenge will nicht gelingen, er muss wieder lachen. Er gibt dem Turmair das Buch und diktiert ihm:

»Jetza schreib: ... Verzögert durch List ... welche verziehen durch Gnade ... Heimgekehrt in Gottes ewiges Reich im sechsundsiebzigsten, erwartet vom Marei, von seinem Weib, seinen Eltern, seiner Tochter ... und der ganzen himmlischen G'moa in herzlicher Freud.«

Hat das Paradies die Fröhlichen jemals so fröhlich gesehen, die Strahlenden also strahlend und die stets Lachenden je so vergnügt? Der Kaspar wird auf Schultern gehoben, getragen, umjubelt, man reicht ihm die Hände zum Gruße hinauf, man schwebt mit ihm auf und trägt ihn hinan, man gleitet gemeinsam mit ihm der ewigen Heimat entgegen.

Vier Erzengel bleiben zurück, drei Vergnügte und einer mit eisiger Miene, dem seine heilige Arbeit gar keinen Spaß mehr zu machen scheint.

Der Portner sagt ihm:

»Geh, lach halt auch amal, himmlische Z'widerwurzen, kumm!«

Er erntet nur einen verächtlichen Blick. In ewiger Schönheit und Grazie wendet der Unbeschreibliche sich hoheitsvoll ab und entschwebt in höhere Sphären, samt seinem Schwert, in dem derzeit kein Feuer zu glühen vermag. Es zieht ihn voll Sehnsucht hinan in den weiland Parnass, in dem die wahrhaften Dichter, die ohne Humor, zu Haus seind, allwo man erhaben ist über solch niedere Begebenheiten wie die mit dem Kaspar und sich der unvergänglichen Wonne des reinen Geistigen hingibt. Das soll ihn laben.

Der Turmair begibt sich in die Kanzlei, vertieft sich in weise erklärende Schriften über den Lauf der Geschichte. Er sinniert, wie es dem jungen Zieten nunmehr gelingen wird, mit Verzögerung den unabänderlichen Ratschluss der Evolutionäre wahr zu machen, und seufzt leise.

Nun ist es nicht nur der Blick, der dem Kaspar gegönnt ist, nun trägt man ihn heim im Triumph in die unglaubliche Wirklichkeit jener Vision, die er vordem von ferne hat schauen dürfen. Entlang des ganzen himmlischen Tegernsees spielen auf seinem Wege Musikanten zum Gruße ihm auf, jubeln lange verstorbene Freunde ihm zu, begibt sich ein Volksfest, wie er es nie auf Erden geschaut. Am Wegesrand bemerkt er den jungen Meier aus Glashütten und ruft ihm zu:

»Hast mir vergeben?«

»Du bist gut«, ruft der zurück. »Schaug di doch um, wie i mi verbessern hab können!«

Schließlich klopft ihm gewaltig sein unsterbliches

Herz, denn man geleitet ihn hinauf zu seinem wahren, unzerstörbaren Zuhause für alle Zeiten von nun an, ohn Anfang und Ende. Dort steht alles in Blüte, am Haus und am Stadel ist nichts verfallen und alt, die vier Bräunl vom Vater weiden dabei und kommen wiehernd getrabt, um die Köpfe an ihm zu reiben. Die Afra ist da, jung und gesund, und sie grüßt ihn unter Tränen der Freude.

»Jetzt pass auf!«, sagt das Marei und lacht. »Schaug amal, wer da aller is!«

Er schaut, und aus seiner Haustür treten mitsammen sein Vater, die Mutter, die Brüder, die Traudl, sein Weib, mit der verstorbenen Tochter, der Leni, und sein Schwiegersohn, der Josef von Hausham ist auch da. Sie alle sind leuchtend und jung, er kann das Glück gar nicht fassen, und weiß kaum, wen zuerst er innig umarmen soll. Noch ein paar ganz junge Leut treten herzu. Er kennt sie erst nicht, aber es sind seine Großeltern. Und noch andere, die er nicht kennt, folgen ihnen, das sind die Urgroßeltern und noch frühere Ahndln. Sie alle, die zusammengehören, die einander brauchen, einander vermisst haben und sich nacheinander gesehnt, sind wieder vereint, und der Kaspar schreit laut:

»Jetzt erst hebt sich das Leben an, das wahrhafte Leben, wie's ohne Beispiel is auf der Welt!«

Und noch etwas schreit er voll Glück:

»Wo is der Boanlkramer! Her damit!«

Der ist tatsächlich noch da. Still und bescheiden hat er sich unerlaubt eingeschlichen, hat die glückliche

Wendung betrachtet und sich gefreut, dass ihm die List gelungen ist und er den widerspenstigen Alten heraufgelockt hat. Wenn ihm selber auch nicht grad der Humor aus der Seele rinnt, so viel Empfinden ist doch in ihm, dass er froh ist, dass die heilige Trinität über so viel unerwarteten Sinn für Gaudi verfügt.

»Boanlkramer, alter Bazi«, ruft der Brandner ihm zu. »Wer hätt des denkt!«

»No, ich – aber du hast ja nix glauben wollen. Ihr Menschen seid's ja allerweil die Allerg'scheitern, wenn ma euch was vom ewigen Leben verzählt!«

»Des is wahr, da war ich der Depp! Woaßt was, zum Dank holst dir den Rest von dem Kerschgeist aus meiner Hütten auf Erden!«

Da zwinkert der Schwarze, klappert verschämt mit den Augendeckeln, zieht die Flasche aus seinem Gewand hervor und lispelt dazu:

»Dankschön, den hab i scho lang.«

Hat dieser Bazi ihn tatsächlich mitgehen lassen, als er den Brandner aus dem Hause gelockt hat! Ob jemand die Flasche suchen wird, drunten? Na, wer denn?

Unter dem Gelächter der Seligen gönnt er sich einen tiefen Schluck, dreht sich und wirbelt davon, um nur ja nicht in diesen Gefilden ertappt zu werden.

Das ist vielleicht einer!

Als der Kaspar mit den Seinen in sein Haus treten will, da begibt es sich zum Beschluss dieser Heimkehr, dass die Krone des Lichts hoch über ihnen hell aufglüht, dass die gewaltigste aller himmlischen Musiken aufbraust und in ihren jubelnden Tönen spricht, weil

Musik ja die Sprache des HERRN ist, die unendliche Stimme, hallend und laut, auf dass es die Welten vernehmen:

»Von Herzen willkommen daheim, Brandner Kaspar, in Meinem Ewigen Reich – du Bazi, haha!«

Als man die irdische Hülle des Alten drunten ins Grab senkt, ist schon bekannt, dass der Hof zertrümmert wird und an den Meistbietenden geht. Manche denken und sagen es auch:

»Eigentlich is ihm nie was gut 'nausgegangen.«

Haben die eine Ahnung!

Übersetzung bayerischer Wörter und lateinischer Kalauer

A
abi – *hinunter*
Äpfi – *Äpfel*
akkrat – *geradeso*
allbot – *überall, augenblicklich*
Alzerl – *Stückchen*
anlassig – *übel anbiedernd*
Antn – *Ente*
ankeandn – *anzünden*
Ankratz – *Gefallen*
anwuiseln – *anflehen*
aper – *offen, aufgetaut*
ara – *einer*
ausgstellt – *entlassen*
aus'tipfelt – *ausgerechnet*

B
Baaz – *Schmutz, Brei*
bärig – *sehr gut*
bal – *wenn*
Basl – *Base, Cousine*

Bazi – *Schelm*
Behangzeit – *Jagdbeobachtung*
belfern – *anschnauzen, brüllen*
Belli – *Kopf*
beuteln – *schütteln*
Bleami – *Blume*
bliatn – *bluten*
bloach – *bleich*
Boanlkramer – *personifizierter Tod*
Bolandi – *ausgenützter Mensch*
Bsuff – *Säufer*

D
Dadädl – *Tattergreis*
dader – *hier*
dalkert – *ungeschickt*
damisch – *dumm*
Dampes – *Rausch*
dant – *rücklings*

dasig – *geistesabwesend,*
still
Dauch – *Tunke, auch*
Kompott
dengerscht – *dennoch,*
doch
derblecken – *verspotten*
derfeit – *verfault*
derglengt – *erlangt,*
erreicht
dernepft – *verstört,*
erschöpft
derpacken – *überstehen,*
vollbringen
diam – *manchmal*
Dicket – *Dickicht*
dipfin – *zählen, rechnen*
Dischkursi – *Gespräch*
Ditschi – *Hut*
drent – *drüben*
drucken – *fortgehen*
dumper – *dunkel*
Dutterer – *Bursche*

E
ebbes, eppas – *etwa,*
etwas
Ehhalten – *Gesinde*
enderisch – *verzweifelt,*
ohnmächtig
enk – *euch*
eifern – *eifersüchtig sein*

eing'ruaßelt – *einge-*
schlafen
etza – *jetzt*

F
Fackein – *Ferkel*
fad – *langweilig*
fei – *aber*
feit – *fehlt*
ferchten – *fürchten*
Fiduz – *Zutrauen, Lust*
firti – *fertig*
flacken – *liegen*
z' Fleiß – *mit Absicht*
Flez – *Hausgang*
Fleimuada – *Schmetter-*
ling
Fotzn – *Mund, Gesicht*
fretten – *armselig leben*
Fretter – *armer Mensch*
Froasen – *Erregung,*
Fieber
fürder – *fortan*
Fürlege – *Schießstelle der*
Treibjagd
fürizahnen – *hervor-*
grinsen
fuchtig – *wütend*

G
gach, gäh – *jäh,*
plötzlich

g'arwat – *gearbeitet*
gagetzen – *stottern*
Galten – *junge Rehe im Rudel*
Gams – *Gämse*
Gant – *Pleite*
Garneamd – *Garniemand, Unperson*
geit – *gibt*
Gewurl – *Gewimmel*
Ghörtsi – *Benehmen*
Giez – *Zorn, Wut*
Girgl – *Georg*
Gfries – *Gesicht*
Gloifi – *roher Mensch*
glusti – *gelüstend*
Glump – *minderwertiges Zeug*
Gmoa – *Gemeinde*
gneißen – *bemerken, verstehen*
Goaßl – *Peitsche*
graab – *grau*
Grant, grantig – *üble Laune*
Graffel – *altes Zeug*
Grasober – *Tarockspielkarte, entspricht Pik-Dame*
Grewoi – *Krawall*
greislich – *schlimm, hässlich*

Grippi – *Krüppel, falscher Kerl*
Griwesgrawes – *Herumreden*
g'nackelt – *gerüttelt*
G'schaftlhuber – *Angeber*
g'scheert – *ungehobelt*
G'schiss – *Umstände*
G'schmatz – *Geschwätz*
g'schroamaulert – *lautstark, vorlaut*
g'schupft – *geziert*
grüabig – *behaglich*
G'selchtes – *Rauchfleisch*
G'sootbank – *Strohschneide*
G'stanzl – *gesungener Spottvers*
Gumpen – *ausgewaschenes Becken im Bergbach*
gutding – *mindestens*
Gwaff – *Geschwätz, Maul*
Gwappelter – *Angehöriger der Oberschicht*
Gwirkst – *Durcheinander*

H

hagelbuchern – *urwüchsig*

Haffa – *Haufen*

hantig – *streng*

harb – *herb, böse, zornig*

Harpfn – *Harfe*

hatschen – *gehen (abwertend)*

Hatz – *Hetze, Jagd*

hinausstampern – *hinauswerfen*

Hirgscht – *Herbst*

hinterkünftig – *listenreich, verschlagen*

hinwandeln – *anbiedern*

Hoagascht – *Besuch*

hoamli – *heimlich*

hoamscheiteln – *verprügeln*

Hube – *Hofgrößendefinition aus der Feudalzeit*

Hurnstingl – *Hurenbock*

I

Ingreisch – *Eingeweide*

irger – *ärger*

K

Kampel – *Kamm, dummer Mensch*

keifen – *schimpfen*

Kirta – *Kirchweih*

Klopfeter – *Treibjagd*

Kracherl – *Limonade*

krampfin – *stehlen*

Krattler – *Kleinhäusler*

Kraxen – *Traggestell am Rücken*

Krischperl – *kleiner, schwacher Mensch*

krummhaxert – *krummbeinig*

kudern – *kichern*

Kühnacht – *dunkle Nacht*

kummert – *käme*

kunnt – *könnte*

L

lack – *abgestanden*

Lackel – *Flegel*

Lätschen – *Mund, Gesicht (abwertend)*

lätschert – *lahm, langsam, phlegmatisch*

Lalli – *törichter Mensch*

Lettn – *Lehm, feuchter, schwerer Boden*

letz – *schwach*

Loas – *Muttersau*

loami – *zäh, matt*

lucklassen – *loslassen*

luren – *heimlich beob-*
achten

M
mampsen – *maulen*
Mankei – *Murmeltier*
mankeln – *mauscheln*
Maschkra – *Verkleidung,*
Maskierung
meinoad – *bei meinem*
Eid
Mo – *Mann*
moana – *meinen*
Muhaggl – *Tollpatsch*

N
narret – *närrisch*
neamds – *niemand*
ninderscht – *nirgends*
nissig – *schlechter*
Laune
no – *nur, noch*
Notigkeit – *Armut*

O
oaschichti – *einsam,*
ledig
Odel – *Jauche*
o'draht – *abgefeimt*
o'geb'n – *reagieren*
o'maukeln – *anschwin-*
deln

P
paschen – *schmuggeln*
penzen – *hartnäckig*
drängen
pfaunzen – *stöhnen*
pfiffa – *gepfiffen, ver-*
raten
pfutschen – *prusten*

R
Raatschenbertl – *ge-*
schwätziger Kerl
Ramasuri – *Aufre-*
gung
Rammel – *Flegel*
Rass – *Gruppe*
Ratschen – *geschwätzi-*
ges Weib
reing'schmeckt – *uner-*
fahren, neu
resch – *knackig, knusp-*
rig
roglert – *schwankend*
Roas – *Reise*
roasn – *laufen*
Ruach – Geiziger, *Geld-*
gieriger

S
selchterne – *solche*
selle – *derselbe, der*
gewisse

427

selm – *damals, selbst*
siffeln – *leise pfeifen*
solenn – *feierlich, fest-*
   lich, ernst
Sparifankerl – *Teufel*
sper – *mager*
schelchaugert – *schielend*
spitzen – *aufpassen*
Schellenober – *Tarock-*
   spielkarte, entspricht
   Karo-Dame

SCH
Schalk – *Mieder*
schäbern – *klappern,*
   scheppern, zittern
schiach – *hässlich*
schierli – *schlecht, be-*
   drückend
schinakeln – *herum-*
   fahren
Schlankl – *schlauer*
   Mensch
schleunen – *beeilen*
Schlossen – *Hagelkörner*
Schmuser – *Heiratsver-*
   mittler
Schneid – *Mut*
Schragen – *Bretter,*
   Sarg
schuiklert – *schielend*
schupfen – *stoßen*

Schwemme – *der*
   Schenke Vorraum

ST
staad – *still, leise*
stampern – *hinauswerfen*
stessen – *stoßen*
strawanzen – *streunen*
stumpert – *klein, plump*

T
tarocken – *Tarock*
   spielen
toa – *tun*
togetzen – *zittern*
trapft – *geistesabwesend,*
   dumm
tratzen – *auf den Arm*
   nehmen
trenzen – *weinen*
tritscheln – *trödeln*
Truchn – *Truhe, Sarg*
Trumm – *großes Stück*
tupfen – *betrügen, an-*
   rennen
Tuften – *Bezirk am*
   Tegernsee

U
umi – *hinüber*
unbandig – *ungeheuer,*
   außerordentlich

Unterläufeln – *Unterge-
bene*

V
vazierend – *wandernd,
fahrend*
verkutzt – *verschluckt*
vermurt – *verschmutzt
nach Unwetter*
verschliefen – *sich zu-
rückziehen*

W
wampert – *dick*
wamperte Loas – *Mast-
schwein*
weitschichtig – *ent-
fernt*
werken – *Frondienst
leisten*
Wittib – *Witwe*

woltern – *kräftig, völlig
gut*
wuiseln – *winseln,
jammern, bitten*
wurert – *würde*

Z
zach – *zäh*
zahnen – *hämisch
grinsen*
zammaruachen – *er-
raffen*
ziag – *zieh*
zuatatig – *anbiedernd,
zudringlich*
Zuawag – *Draufgabe*
zuawi – *zu, herzu*
zwerch – *quer*
Zwiderwurzen – *zänki-
sches Weib*
Zwunz – *Sinn, Zweck*

Das himmlische Latein

235 Appropinquat quidam, Michele, audi!
Jemand naht, Michael, horch!
Summa summarum, male parta male dilabuntur
Alles in allem – übel begonnen, übel zerronnen
Ohe, iam satis
O, mir reicht's

236 Hinc illae lacrimae
Daher diese Tränen
Cor, cur cor?
Herz, warum Herz?

237 Errare humanum est
Irren ist menschlich
Non solum in terris, sed etiam in coelis
Nicht allein auf Erden, sondern auch in den Himmeln
Stupidum. Lupus in fabula
Töricht. Wie der Wolf im Märchen
Duo cum faciunt idem, non est idem
Wenn zwei das Gleiche tun, ist es nicht dasselbe
Quod licet Jovi, non licet bovi.
Was Jupiter darf, dürfen die Hammel nicht.

239 Nantovinus eram
Ich war der Nantwein

240 Ad sausicios albos
Bei den Weißwürsten

242 Appropinquat Dominus Petrus
Es naht der Herr Petrus

260 In aeternas aeternitatis
In alle Ewigkeit

263 Nihil mihi alienum est, humanum coeliterque
*Nichts ist mir fremd, nichts Menschliches und
nichts Himmlisches*

265 Mundus vult decipi
Die Welt will betrogen sein

277 Sic itur ad astra
So geht's zu den Sternen

278 Proximus sum egomet mihi, et suum cuique
*Ich bin mir selber der Nächste, und jedem das
Seine*
Visitare non olet, miles gloriosus.
Ein Besuch stinkt nicht, ruhmreicher Kämpfer.
Tu si hic sis, aliter sentias.
An meiner Stelle würdest du anders denken.
Cui bono –
Wem nützt das
Rerum novarum cupidi
Neugierig sein
Unus multorum
Ein Beispiel für viele
Semper aliquid haeret
Es bleibt immer was hängen

279 Unum pro multis dabitur caput
Einer muss für viele den Kopf hinhalten
Crede experto
Glaube dem Fachmann
Sine ira et studio
Ohne Zorn und Eifer